U0598923

醉诗经

西岭雪——著

时代文艺出版社
SHIDAI WENYI CHUBANSHE

图书在版编目（CIP）数据

醉诗经 / 西岭雪著. -- 长春：时代文艺出版社，
2024.2
　　ISBN 978-7-5387-7238-8

　　Ⅰ. ①醉… Ⅱ. ①西… Ⅲ. ①《诗经》－诗歌欣赏
Ⅳ. ①I207.222

　　中国国家版本馆CIP数据核字(2023)第194906号

醉诗经
ZUI SHIJING

西岭雪　著

出 品 人：吴　刚
责任编辑：余嘉莹
装帧设计：任　奕
排版制作：隋淑凤

出版发行　时代文艺出版社
地　　址：长春市福祉大路5788号　龙腾国际大厦A座15层　（130118）
电　　话：0431-81629751（总编办）　　0431-81629758（发行部）
官方微博：weibo.com/tlapress
开　　本：880mm×1230mm　1/32
字　　数：330千字
印　　张：13.75
印　　刷：吉林省恒盛印刷有限公司
版　　次：2024年2月第1版
印　　次：2024年2月第1次印刷
定　　价：62.80元

图书如有印装错误　请寄回印厂调换

目录

引子　我们为什么要学《诗经》？

一、风雅颂

孟春季节，冰河解冻，早莺初飞，田埂上，阡陌间，一个峨冠葛袍的清瘦官员踽踽独行，摇着木铎，吟着歌儿，走过水远山遥，一村一县，遇到男女对唱或儿童嬉笑时便驻足倾听，听到悠扬的曲调、清逸的歌词会面露微笑，还会拿出小刀和竹简，一笔一画地记录下来——这就是采诗官。

早在西周时，朝廷就设置了这种中国最古老的文化官员，采集民间歌谣，献于朝廷。如《汉书·食货志》记载："孟春之月，行人振木铎徇于路以采诗，献之大师，比其音律以献于天子。"真是风雅。而风雅这个词正是源于西周，"风"和"雅"是分开的，连同"颂"共同构成《诗经》的三大组成部分，代表不同的音乐风格。

宋代学者郑樵在《六经奥论》中指出："风土之音曰风，朝廷之音曰雅，宗庙之音曰颂。"虽不够确切，但可见一斑。其中"风"被公认为是《诗经》中最具华彩的、艺术成就最高的部分，共分为十五国风，也就是周王朝分封的十五个诸侯管理地区的民间小调。

"风"指乐调，又称"土风"。这部分音乐主要来自百姓在田间巷陌的口头创作，最能代表不同地域的风土人情，而"采风"这个词也由此而生，流传至今。比如《卫风》，就是卫国的民歌;《周南》《召南》，就是周公、召公管辖的地方的民歌。

"雅"有正的意思，分为"大雅""小雅"。周人把正声叫作"雅乐"，带有一种尊崇的意味，而成语"大雅之堂"的含义也典出于此。只有身居朝堂，才能听到大雅的音乐，以喻身份。

"颂"是用于宗庙祭祀或举行其他大典时演奏的乐歌，就更加黄钟大吕了。其内容多为向祖先神灵报告王侯功德的赞美诗，配以舞蹈与礼仪，极具仪式感。

孔子是鲁国人，祖先是商人，一生崇尚周文化，所以《诗经》中没有录入其他诸侯国的祭祀颂歌，而只保留了《周颂》《鲁颂》《商颂》三个部分，共40篇，因而又称"三颂"。

那么，为什么要把民谣叫作风？周天子又为什么要派遣官员各处采风呢？

古时候，人们相信瞽者更能听风辨时，接收上苍的命令。其方法是把各种不同长短的乐管分别定律，交给盲乐师来吹奏，不同的温度湿度下，律管会吹出不同的声音。这极细微的变化，盲师分辨得最为清楚，便会根据这音律来告诉大家，什么时候该翻地了，什么时候该播种了，何时种瓜，何时种豆……

这管中吹出的气流就是风，人吹管发出风声，这就是天地人的融合，而瞽师就是通过吹音定律来聆听上苍的声音，所以风就是天地的声音，自然的意志。不同的季候有不同的风气，古时将季候分为八种，而每一种风都与一种音律相和，故有"八风"与"八音"之说。佛教有"八风吹不动""乐昌八音"等语，都是源自《周礼》

而来。

君主发布政令让百姓耕种收割固然要听风辨律，管理治下也要听从民声民意，关注八方来风，这就需要采集民风了。而最好的办法，就是采集民间的歌谣。《汉书·艺文志》载："故古有采诗之官，王者所以观风俗，知得失，自考证也。"天子不能亲往治下各地，但是通过民谣，却可以约略了解民心所想、民风所向，也就是"采诗观风"。比如听到《溱洧》《静女》会知道民间男女的婚恋风俗，听到《硕鼠》《伐檀》会了解民生疾苦，接收农民对于贫富不均的控诉，听到《采薇》《无衣》会得知军中战士的处境与想法……

"在心为志，发言为诗。"诗歌是民众最真实的心声，是情绪的集中抒发，没有比听取民歌更能了解民心的了。于是天子就可以准确地切中民生之脉，忧民所忧，乐民所乐，得出合理的政见。

因为乐管有长短刻度，故称"尺管"，而定出的音律，叫作"律吕"。《宋书·南朝梁·沈约志第一》上说："制十二管，以听风鸣，以定律吕。""昔先王之作乐也，以振风荡俗，飨神佐贤，必协律吕之和，以节八音之中。"意思就是天下纷扰，必须遵守一定的规则秩序，与时俱进。这是从吹音定律渐渐引申发展而成的律礼意义了。

不仅风雅，而且明智。可惜的是，今天的"采风"一方面貌似领域变宽了，不只限于采集民歌，也可用于绘画等其他艺术创作，包括搜集创作材料，寻找艺术灵感的一切行为；但是另一方面，这种行为只限于艺术领域，而失去了治国初衷，则意义又变得狭隘了。

二、孔子修诗

这些诗本来是各自散落的，但是孔子晚年述而不作，整理上古诗歌编成《诗》，约计收入了自西周初期到春秋中叶大约五百年间的诗歌305首，包括风160篇，雅105篇，颂40篇，因此又称"诗三百"。又因句式多以每句四个字为主，遂亦称"四言诗"。

后世编诗选或词选，如《唐诗三百首》《宋词三百首》，都以三百为限，就是向孔老夫子致敬。关于孔子删诗，自古便有争议。但是《论语》清楚记录了他从卫国回到鲁国后开始整理校正礼乐的事迹，使雅归《雅》，颂归《颂》，这就是编校的工作啊：

子曰："吾自卫反鲁，然后乐正。雅、颂各得其所。"（《论语·子罕》）

《史记》说："古者诗三千余篇，及至孔子，去其重，取可施于礼义。"也就是说，孔子在三千多首诗中删削择选，编辑了一部"金曲榜"，选了305首，弦歌谱乐，"以求合韶武雅颂之音。礼乐自此可得而述，以备王道，成六艺"。

《诗经》是中国历史上第一部诗歌总集，而孔子，便是中国历史上第一个文学编辑。"温柔敦厚，诗教也。"这就是孔子选诗的标准，更是孔子传诗的目的。

诗三百原本只称"诗"，后来因被儒家为经典，成为"六经"之首，故称《诗经》，堪谓中国韵文的源头，中国诗史的起点。不读《诗经》，非但不能真正了解中国文化，就连中国历史也是不能真正亲近的。

秦始皇焚书后，汉代传授译注《诗经》的主要有四家：鲁人申培的鲁诗，齐人辕固的齐诗，燕人韩婴的韩诗，鲁人毛亨和毛苌的毛诗。其中又属毛本流传最广，起于西汉，盛于东汉，并因为郑玄作《毛诗传笺》大行于世，遂为诗学之专宗，直到民国时学生启蒙仍采用这一版本。因此《诗经》就多了很多别名，人们通常所说的"三百""四言"以及"毛诗"，都是指《诗经》。

孔子早在两千多年前就已经教化世人：要学诗、学礼、学乐，方可为人。

正如孔子在《论语》中所述的：

子曰："小子何莫学夫诗？《诗》可以兴，可以观，可以群，可以怨；迩之事父，远之事君；多识鸟兽草木之名。"（《论语·阳货》）

翻译过来就是：小孩子怎么能不学《诗经》呢？学诗可以抒发情志，可以观察世界，可以交朋友，可以刺不平；从小处说，懂得孝敬父母，从大处说，可以忠君治国；最不济的，还可以通过学习《诗经》来了解自然常识，多知道一些鸟兽草木的名字，了解十五国的地理风情，这不是很好吗？

《诗经》中牵涉的飞禽走兽、奇花异草实在是太多了，并且由此衍生了大量的专论文章，争辩讲解诗中的"关雎""桑扈""棠棣""卷耳""嘉鱼""芄兰""晨风""扶苏"等究竟为何鸟，为何鱼，为何花，为何木。

清人朱筼言："诗有性情，兴观群怨是也；诗有寄托，事父事君是也；诗有比兴，鸟兽草木是也。"就是对这段话的总结发挥。不仅如此，《诗经》中对于战争、耕作、礼仪、婚恋的描述，不仅全方位地向我们展示了周代的文明与生活，更是通过流淌在华夏后裔血液中的诗的基因，为我们纾解了很多当下的困惑与挣扎。

读诗时，我们或许不应该以当下的思维方式去注释经义，但却不妨以《诗经》来解答我们现实的生活中许多礼仪与行为方式的渊源。

美国学者柯·马丁教授是这样评价《诗经》的："它是中国诗歌的活化石，最初我们做选本的时候，远远没有料到它具有如此不可超越的历史价值。它不仅是一部上古时期的诗歌总集，而且是研究后世文献的一条路径。仅凭这点，就值得学好汉语。"

如此，作为华夏后裔、炎黄子孙的我们，"小子何莫学夫诗"？

三、诗无达诂

庄子《齐物志》里有一段关于风的描述："夫大块噫气，其名为风。是唯无作，作则万窍怒呺，而独不闻之翏翏乎？山林之畏佳，大木百围之窍穴，似鼻，似口，似耳，似枅，似圈，似臼，似洼者，似污者。激者、謞者、叱者、吸者、叫者、譹者、宎者、咬者。前者唱于而随者唱喁，泠风则小和，飘风则大和，厉风济则众窍为虚。而独不见之调调之刁刁乎？"

这段话，形容的乃是自然之风，却也太适合描写国风了。人能呼吸，天地也要呼吸；宇宙混沌呼吸之时长吁出一口气来，那就是风。风不发作则已，一旦发作，整个大地上数不清的孔窍都要随之怒吼。山陵上高耸峭拔的各种棱层洞穴，百围大树上无数的坑洼洞孔，有的像鼻子，有的像嘴巴，有的像耳朵，有的像横木的方孔，有的像围起的圈环，有的像舂米的臼，有的像洼地，有的像浅池。当风吹过这些孔穴，便发出了不同的声音。清风泠泠就有微细轻柔的和声，长风呼啸便有高荡激昂的回响，一旦迅猛的暴风突然停歇，万般孔窍也都寂然无声，简直就像一个大型乐队的演出。

你可曾看见风过处，万物响应，万籁齐发？

同样的一股风，因为进了不同的孔窍，便有了不同的回声，而当"前者唱于而随者唱喁"时，传唱的过程中又有了不确定的变化。十五国风凡160篇，面貌各自不同，有的如泠风，有的如飘风，有的如厉风，调调刁刁，一唱三叹，正如同风入万窍，各作其声。它会在你的耳中脑海引起什么样的回响，不仅要看个人的悟性，更还有当下的语境与心境。

《诗经》在流传的过程中，每隔数百年便掀起一次译经的高潮，比如汉代的经学、宋代的理学、明清的训诂，谁也说服不了谁。有人把三百篇全都当作"谏书"来看，甚至认为"风"就是"讽"；有人则以为凡是美好诗篇都是歌功颂德，美帝后、颂圣明；也有人动辄将《诗经》中传情达意之类视为"淫奔之诗"，大加挞笞。而在这些争鸣中，《诗经》的意义被一再延伸或扭曲，渐渐让人找不到门径。这种现象在语言学中叫作"噪声"，就是那些在表达或传播过程中容易出现曲解和歧义的用词和语句。因为语意含糊不明，便会影响了表达的准确性和传播的力度。

我们究竟该相信哪一种声音呢？

古往今来的《诗经》解读版本浩如烟海，书读得越多，脑子里的声音越容易打架，所以我不得不自己动笔把各种声音记录下来再剔除噪声，同时尽量放下诸多引申联想，只是用心聆听远古的声音，单纯地理解字面意思，带着不染的心思，体会"无邪"的美好，理出自己的感受。要学会把自己放空，让心思清澈、空灵、敬畏、宁静、内视，然后去和思想对话，体悟历史与自然。

读诗，也是一种修行。

这便是我写这本读诗笔记的由来，而将它王婆卖瓜地推荐给大家，又多制造一种噪声，则纯粹是因为学生的怂恿。早在多年前，就有学生提出：老师，我觉得《诗经》太难读了，自己实在读不进去，如果您能带着我们一起读就好了，肯定您讲一首，我背一首。

我也问过：为什么会觉得《诗经》难读呢？综合考量，大约有三方面的原因：

一是生僻字太多。因为年代久远，《诗经》中的很多字我们现在已经不常用了，需要查字典才知道读音，甚至查了字典也仍然不能确定读音，因为那个字的音义和今天并不相同。而且很多字有多种读音，比如一个"说"字，就有三种读音，三种意思，很难判断在诗中应该读哪个音，当何义解。

二是西周的历史距离今天太远。很多风俗礼仪与今天的认知大不相同，也就无法很好地了解《诗经》的意思，那些祭祀、婚礼、民间风俗，都与今天大相径庭，以至于人们无法很好地理解诗中所云，而读不懂就让人兴趣阑珊，觉得"隔"。

三是比兴手法的大量运用。古人指东说西的方式，也让读者有点儿丈二金刚摸不着头脑。如果是抒情诗还好，如果这暗喻的是政治背景，就完全无法理解了。尤其是历代诗家的解释，更让这些诗蒙上了一层神秘的外纱，让很多诗具有多重解释，极其晦涩曲折的历史背景，就更让人敬而远之了。

因此，我虽然酝酿多年，反复筛选，但直到2021年元旦才终于将《诗经》讲座推上日程，建了微课群，陪大家每天读一首《风》诗，并每周选取一两首诗详细分析。

又经过一年的增删整理，将这些课程编辑成书。

我选编的原则是：第一是选择流传度广、易背诵、生活中经常会引用到的诗；第二是代表性强、开创一代风体的诗；第三是生僻字少、不太容易引起歧义的诗。如此，或许可以让读者与诗相亲，愿意走近《诗经》。

宋代李龙高《郑笺》诗所云："老郑东都一巨儒，未知楠树与梅殊。平生博识犹如此，何况儿曹不读书。"

所以，究竟要相信哪一种声音呢？不妨多读诗、多读书，然后，安静地沉淀下来，聆听自己的心。

⊙**周南**

《关雎》为什么是《诗经》第一首？

一

周南·关雎

关关雎鸠，在河之洲。窈窕淑女，君子好逑。

参差荇菜，左右流之。窈窕淑女，寤寐求之。

求之不得，寤寐思服。悠哉悠哉，辗转反侧。

参差荇菜，左右采之。窈窕淑女，琴瑟友之。

参差荇菜，左右芼之。窈窕淑女，钟鼓乐之。

翻开《诗经》第一首《关雎》，就是一首经典的婚恋诗。孔子对其青睐独加，专门给了它八个字评论："乐而不淫，哀而不伤。"这八字真言后来成了评论家厘定文学作品主题风格的重要准则。

开篇采用比兴手法，从"关关雎鸠"说到"窈窕淑女"，已经先有了种婉约温柔、矜持含蓄的情调，接着诉说因为追求不得的相思之苦，辗转失眠，思兹念兹。但采取的行为，也不过是"琴瑟友之""钟鼓乐之"，何等风雅端庄，正人君子！所以，这是一首非常适合在婚筵上歌唱的赞诗。

"关关"，是鸟鸣声，这雎鸠（jūjiū）既是在河边栖息，可见是水鸟；而"荇（xìng）菜"是一种生在水塘里开小黄花的水生菜。这就先给诗歌画面泼染了一层水汪汪、绿油油的清亮质感。以关关鸟鸣揭开故事，再以"琴瑟友之"相呼应，这就使全诗先天具备了一种音律的美感，恰如杜甫的"两个黄鹂鸣翠柳"，先声夺人，然后再揭开一个春天的画面。

关于雎鸠究竟是种什么鸟，自古说法不一，有人说是鱼鹰，有人说是雕，有人说是凫（野鸭子）。我对鸟类不精通，不能如孔圣人所说的"多识人鸟兽草木之名"，只能确定是一种水鸟，因为它"在河之洲"。

洲，就是水中的陆地。这里指雎鸠的栖息地。

窈窕（yǎotiǎo），身材体态美好的样子。窈，深邃，喻女子心灵美；窕，幽美，喻女子仪表美；淑，好，善良。

合在一起的"窈窕淑女"，就是贤良美好的女子。请注意，这可不单指身材相貌，而要德行兼备，秀外慧中，是一位全才的闺秀、理想的佳人。所以下面会接着说，"君子好逑（hǎoqiú）"，这样一个才貌双全又善良贤德的美女，当然人见人爱，是贤妻的最佳人选，君子的好配偶。好逑，美好的配偶。娶妻娶贤，所以君子虽然看见的是美色，看重的却是德行。他看到这女子，首先想到的不是占有，而是迎娶，是要做妻子，一生一世相伴的，这就是正念。

明清"十大才子书"中有部《好逑传》，成书可能比《红楼梦》还早，是才子佳人小说中的佼佼者。全书旨在宣扬"守经从权"，虽然宣扬爱情自由，却也不忘礼教风化，强调"贞莫贞于暗室不欺，烈莫烈于无媒不受"。所以，即便是坊间传奇的情色小说，却仍不肯触犯礼教，强调女子德行。只有秀外慧中的淑女，才是君子的好配偶，宜室宜家，这就是书名"好逑"的来历。

　　要注意的是，先秦的君子有两方面的含义，一是"君之子"，也就是贵族；二是受过良好教育、有文化有德行的人，自然也非等闲之辈。

　　让我们从"封建"讲起，先简单介绍一下春秋时期的社会构成：夏商周时期都是天下共主的，这个主就是"天子"；天子把天下分给自己的兄弟子侄、心腹肱股，叫作"封"，封地的主人叫"诸侯"；诸侯们在自己的封地上建立国家，就叫作"建"。之后诸侯再把"国"分封给各位"大夫"，这就是"家"，跟我们今天的小家可是截然不同的。一国之主也就是诸侯又称为"国君"，而"一家之主"则被称为"家君"，这就是"国有国法，家有家规"。

　　国君、家君的子孙都是君之子，而每个家族根据嫡庶长幼又分成很多房，嫡系正统的称为"君子"，而越分越偏的小支偏脉则为"小人"。小人便是没有分封职位的平民。

　　封建社会的阶级划分依次是天子、诸侯、大夫、士、平民。平民又分为国人和野人，通通都算作"小人"。春秋时并没有"贵族"一词，只有"士大夫"或"卿大夫"，大夫是高级贵族，士为低级贵族，统称为"君子"。

　　孔子儒学的根本，就是怎样成为一个合格的君子，也就是"君子之道"。君子之道就是辅佐家主、国君，乃至天子，所以"士"一生的目标乃是"修身齐家治国平天下"。孔子推崇的理想秩序是诸侯服从天子，贵族服从诸侯，"天下有道，则礼乐征伐自天子出"，次则自诸侯出，再次自大夫出，也就是周天子的大一统格局。

　　《关雎》这首诗，说的就是一位君子的终身大事。

二

诗中第一段以"关关雎鸠"起兴，第二段以"参差荇菜"起兴，都是由此说彼，指东说西。这就是比兴手法，先言他物而引起所咏之物曰"兴"，以此物喻彼物曰"比"，这就使情感的表达有了一种含蓄婉转的意味。

雎鸠、荇菜的起，与君子好逑的兴，两者之间看似是毫无联系的，其实有种不可言说的隐秘关联。春暖花开，莺飞草长，水鸟咕咕地发出求偶的叫声，人性与情感的本能在体内苏醒、冲撞、萌生，男子看到了心仪的女子，情愫顿生，难以自持，魂牵梦萦，又煎熬又愉悦，这便是生命的呼唤。这是人与自然的呼应，神秘而简朴，隐约而清晰。

流，采摘、求取。一说为通假字"摎"（jiū），择取的意思。"左右流之"，指淑女时而向左、时而向右地采摘荇菜的情状，同时暗喻君子前前后后左左右右地跟着淑女打转，至少是眼睛跟着人转。后面的"左右采之"，"左右芼之"，也都是一样的意思。芼（mào）：挑选。

君子白天穷追不舍，晚上还要魂牵梦萦，"寤寐求之"。寤是醒觉，寐是入睡。也就是不论睡着还是醒着，君子满脑子里都只有淑女的情影，梦里也是一片绿绿的荇菜，那女子在绿田间穿行，美不可言。

真是一个痴情的君子。

第三段继续强化君子的情感疯长，"求之不得，寤寐思服"。服是思念，日思夜想，无时或忘。

"悠哉悠哉"，形容缠绵悠长的心绪，夜不能寐的深沉，思慕之情绵绵不断。请注意，这个词与我们今天常用的"悠哉游哉"可不是一回事，改了一个"悠"为"游"，意思全变，改后为形容一个人的生活状态很惬意闲适。悠，是一种可意会不可语达的深度、广度、长度，它不是明确的刻度，而更接近于一种感受。比如"悠长"，就是很长；"悠久"，就是很久；"悠悠"，那更不得了，一个悠已经很深很久了，两个悠该有多么深沉难言。后面的诗里我们还会讲到《子衿》，"青青子衿，悠悠我心"，可以想象那个心有多么千寻百转。

"辗转反侧"，这个词我们今天也经常用，形容心事重重、在床上翻来覆去睡不着。比如考试前夕、项目启动之时，思绪万千，忧心忡忡不能入眠，在床上像烙煎饼一般翻来覆去，这就叫辗转反侧。所以这个词在今天的使用频率也挺高。毕竟，焦虑才是当今最常见的情绪癔症。

三

至此，一幅青年男女慕色生情的初恋图已经跃然纸上了：

当春之时，草长莺飞，河水潺潺，身材婀娜的女子在田间劳作，左一行右一行地采摘荇菜。这是一个播种发芽的季节，鸟儿清脆欢快地鸣叫，发出求偶的啼声，年轻的心也随着春天放飞，念着暗恋的姑娘摇漾起伏，每一道涟漪里都皱叠着姑娘的影子。

也许会有人问：淑女是一位贵族女子，怎么会下田摘菜呢？

请注意，这是先秦，仕女也是要劳作的。即使是天子后妃，也要亲自种桑养蚕，织布裁衣，倒是很少躬耕田亩。不论贵贱，出嫁与否，女子都极少耕种，她们的主要任务是采摘和纺织。尤其新春之际，天子君王也要亲自执犁行"藉田"之礼，表示与民同乐；而后夫人也有"亲蚕之礼"，要亲自养蚕、缫丝、制衣，并在祭祀时将亲手制成的衣裳献给君主，为天下女子做出典范。

另外，周朝的祭祀内容多而隆重，而祭品中少不了水果野菜，采摘这些果蔬的女子必须是非常洁净的贵女。比如《采蘩》中言："于以采蘩？于涧之中。于以用之？公侯之宫。"《采蘋》中则说："于以奠之？宗室牖下。谁其尸之？有齐季女。"甚至提到这些采摘从早到晚忙个不停，可见任务之重。

君子看到了淑女，他想念着她，渴望着她，夜不能寐，辗转反侧，虽然哀怨，却不及于乱。而只会用最温柔的心去想方设法一点点接近她。

怎样接近呢？"窈窕淑女，琴瑟友之。"原来，这方法就是用琴乐来表达相思，展示自己的才情，吸引她的注意。

抚琴是君子必备的才技，也就同时成了有身份有修养的君子的象征。一位君子对着一个淑女手挥目送，所有的情意尽在弦中，那是相当感人的画面。

既然已经明确定义他的身份是"君子"了，也就是受过良好教育的贵族子弟。这样一位会弹琴又痴心的君子，如此苦苦追求着一个贤德美好的淑女，一心求娶她为妻，她有什么理由不答应他呢？当然，君子不太可能抱着床琴跑去田头弹唱，所以这个"琴瑟友之"的行为很可能发生于一场小宴上。君子思慕淑女，总要遣媒问字，打探消息，于是两家人便找机会给君子和淑女制造见面聊天的机会，发起一场贵族间的聚会。

君子和淑女终于有机会近距离相处了，可是他们当着众人的面能做些什么呢？便有人故意问他们分别会什么乐器，又说不如合奏一曲吧。这一弹奏不要紧，发现两人真是琴瑟和谐、天造地设的一对啊。接下来，纳采、问名、纳吉、纳征、请期就都是顺理成章、水到渠成的了，直到"六礼"的最后一步——"亲迎"。这便是"钟鼓乐之"的大团圆结局。

乐，使人快乐。钟鼓乐之，就是敲钟击鼓去使淑女高兴。但是钟鼓可不能随身携带，随时随地取出来对着女子一顿敲，那非把淑女惊跑了不可。

那什么时候会敲钟鸣鼓呢？一定是在盛大的典礼上。对于诗中的男女来说，只能是婚礼，而且还是贵族的婚礼。得偿所愿啊，从初春等到暮春，三媒六礼，步步为营，当荇菜成熟的时候，他终于迎来收获的季节，用盛大的钟鼓之乐将她迎娶。而她也非常满意这番携手，绽开了灿烂的笑颜，故曰"乐之"。

所以说，这是一首婚筵歌诗，主题就是：有情人终成眷属！

四

《礼记》有云："饮食男女，人之大欲存焉。"而这首《关雎》，恰恰就是写了"饮食"（参差荇菜，左右采之）与"男女"（窈窕淑女，君子好逑）两件大事，此乃"人之大欲"。这是上天的声音，如同"四时行焉，百物生焉"，是最本真的天道。

听着关雎啼鸣，采着参差荇菜，便是倾听上苍，顺应天道。这其中没有任何不正当的思想言行，犹如春生夏长、秋收冬藏一般自然天成。这不就是天地和合，万物生长吗？

男女之间最纯洁的爱情依照着"大欲存焉"的自然规律，由春天发生，循着雎鸠求偶的歌唱，如荇菜般茁壮勃发，经过苦苦相思与追求，终于琴瑟定情，钟鼓迎娶。从相识到追求到迎娶，有层次有顺序有程式，而且从追求之初就是确定了以婚姻为目的，"窈窕淑女，君子好逑"。

婉约美好的女子，是君子的好配偶——女子的美丽不止于容颜，更是德行。这男子爱慕女子的美丽，首先想到的是她会成为一个很好的妻子。这样的感情，多么真挚，多么美好。喜悦而不轻佻，苦恋而无怨怼，是谓无邪，谓坦荡，谓天然，谓雅正，谓之"乐而不淫，哀而不伤"。

如此，《关雎》怎能不成为诗三百之首？

因为《关雎》的意境是这样的美好重大，于是出现在了盛大的国宴上。

子曰：师挚之始，《关雎》之乱，洋洋乎盈耳哉！
（《论语·泰伯》）

师挚，是鲁国的乐师，名挚。古时的著名乐师，尊称时都会在名字前加个师字。比如孔子学琴，便从于师襄。师挚演奏乐曲，先奏开篇，谓之"升歌"。通常开场曲由太师亲自演奏，所以孔子说"师挚之始"。而乐曲奏到结尾时，会用多种乐器合奏，叫作"乱"。

可见孔子这段话，是在评价或者回忆一次难忘的音乐会。那次盛筵，由师挚亲自领奏，以《关雎》的音乐合奏作为结尾曲，美妙无比，其悠扬浩荡之感，充盈胸臆，直到今天还在耳边环绕，绵绵不绝。

虽然今天我们再也无法听到《关雎》的音乐，但只是反复吟读，也能略微感受那种音韵铿锵的律动。尤其诗中采用了大量的联绵词：比如雎鸠是同声词，窈窕是叠韵词，参差、辗转也都是同声，分别表现了荇菜的丰茂与夜晚的悠长，另如寤寐、琴瑟、钟鼓也都是联绵词组，这些词汇错落有致地排列着，宛如琳琅满目，珠玉在耳，让人在念诵时满口生津，舌上生香。

"风始《关雎》，雅始《鹿鸣》。"

《关雎》和《鹿鸣》都是经常出现在盛筵上的音乐，一个以"关关雎鸠"开始，一个用"呦呦鹿鸣"起头，都是将听众带去了清新幽静的旷野绿洲，鸟啼鹿鸣，婉转悠扬，然后才缓缓说到人事的美好。这正是孔子盛赞的温柔敦厚之美。

然而恪遵礼数的汉代诗家不能接受孔子推崇《关雎》仅仅因为爱情，便将本诗的主旨解释成"后妃之德"："关雎，后妃之德也，风之始也，所以风天下而正夫妇也。"

这实在有点儿牵强。我们学诗完全不必那样敲骨问髓，只要依照字面意思将其解读成一首歌颂美好婚恋的诗就可以了，而且是君子与淑女的贵族婚姻。

孔子把贵族的婚姻看得极为重要，甚至推重到治国之本的高度上。《礼记·昏礼》云："昏礼者，将合二姓之好，上以事宗庙，而下以继后世者，故君子重之。"

《礼记·哀公问》中，哀公问为政之道，孔子答："夫妇别，男女亲，君臣信，三者正，则庶物从之矣。"

这句格言，在《孔子家语》第四章再次重复，并进一步讲解大婚之礼："古之政，爱人为大；所以治爱人，礼为大；所以治礼，敬为大；敬之至矣，大婚为大；大婚至矣，冕而亲迎。"

这么一路推算下来，王者冕服迎娶后妃，便成了治国为政的头等要事。所以哀公有些惊诧，觉得孔子是不是夸大其词，危言耸听，遂问："然冕而亲迎，不已重乎？"孔子愀然作色，正襟危坐，又郑重阐述了一番大道理，说婚姻乃是"合二姓之好，以继先圣之后，以为天下宗庙社稷之主"，自然是治国要事。"君何谓已重焉？"

接着又反面推理说："天地不合，万物不生。大婚，万世之嗣也，君何谓已重焉？"婚姻不仅事关天下，还延及万世，你怎么能觉得不重要呢？怎么能觉得冕而亲迎太隆重了呢？

这一正一反的两个"君何谓已重焉"把鲁哀公问蒙了。孔子这才又滔滔不绝地从头细说："昔三代明王，必敬妻子也。"夏商周三代明主尚如此，何况今世？而且只有君主能做到"身以及身，子以及子，妃以及妃"，通过自身想到百姓之身，由自己的儿子想到百姓之子，由自己的妻子想到百姓之妻，才能以身作则，上行下效，敬爱妻子，家庭和睦，社会安定，"如此，国家顺矣"。绕了一大圈，成功定论：婚姻大事乃是影响天地和合、万物生长的头等大事。

《周易·序卦》有载："有天地然后有万物，有万物然后有男女，有男女然后有夫妇，有夫妇然后有父子，有父子然后有君臣，有君臣然后有上下，有上下然后礼义有所措。"所以夫妇乃为人伦之首，之后才会衍生出父子、君臣、上下的关系，再之后才可以谈到礼。

帝王结婚须得"冕而亲迎"，平民结合也不能草草了事吧？于是《周礼》中规定了结亲的三书六礼，程序相当烦琐，延伸到今天，虽然简化了许多，"迎亲"的仪式却不能少，一定要男方上门接了新娘来举行婚礼，不然就显得太不郑重了。

人们习惯把结婚略带戏谑地说成是"行周公之礼"，便是缘于此了。因为礼的根本，就是男女结为夫妇，就是"窈窕淑女，君子好逑"，就是"琴瑟友之"，"钟鼓乐之"。

"夫妇别，男女亲，君臣信。"这才是最初的"三纲"，却在汉代时被颠倒顺序，改成了"君为臣纲，父为子纲，夫为妻纲"。

其实，没有夫妻，何来父子？没有父子，何来君臣？

所以后代的儒学发展，其实是有悖天道根本的。这种悖论在程朱理学的"存天理而灭人欲"中走向了极致，《关雎》的本意也就随之被扭曲得越来越畸形了。

好在万物大道依旧，四季轮转如常，我们的真心也就依然不改。

每年春暖花开，雎鸠啼啭，少年的心还是会温柔地悸动，一点点走近心仪的淑女，弹一曲琴瑟，在琴声中呢喃轻问：待你长发齐腰，我娶你可好？

《桃夭》：像桃花般美好的女子

一、比兴

《诗经》从题材可分三种：风、雅、颂。主要表现手法亦分三种：赋、比、兴。此六者合称《诗经》"六义"。

朱熹解释："赋者，敷陈其事而直言之也；比者，以彼物比此物也；兴者，先言它物以引起所咏之词也。"

简单来说，"赋"就是铺叙，直截了当地叙事抒情，有话直说；"比"则是打比方，不直接说，而用比喻、象征、借代等手法来表达主题；"兴"是由此及彼，先说别的事，然后引到想说的真正话题上来，也就是"绕圈儿讲话"，是民间最常用的一种语言艺术，迄今仍常见于各地民歌，比如陕北的"花儿"，几乎全是比兴手法的运用。

在《诗经》中，比兴的手法不仅运用频繁，而且灵活多样，婉转自如，比如前面的"关关雎鸠，在河之洲。窈窕淑女，君子好逑"便是。

下面这首《桃夭》，也是比兴手法的最佳教材：

桃之夭夭，灼灼其华。之子于归，宜其室家。

桃之夭夭，有蕡其实。之子于归，宜其家室。

桃之夭夭，其叶蓁蓁。之子于归，宜其家人。

这首诗和《关雎》一样，都是适合在婚筵上唱的歌。只不过《关雎》比较贵族化，所以也泛用于各种筵会；而这首《桃夭》则更适于民间婚礼，所以也更直白、更接地气，不仅谈婚论嫁，还提到了生儿育女。

然而即便是民间歌谣，也自有一种风流婉转，明明说的是人间情事，偏不从红尘男女说起，而要说桃花。先说桃花怎么美，再说姑娘多么好，多么含蓄典雅。

"桃之夭夭"是兴，"之子于归"是真正的主题。由此及彼，这就是一种优雅的说话技巧。这两件事物（情）之间，还有着若有若无的联系：桃花开了，春天来了，姑娘大了，好事来了。且隐隐暗示了这姑娘与桃花一般貌美娴静。

这比开门见山的"男大当婚，女大当嫁"不知高明出多少倍！

夭夭，茂盛的样子；有人解释为"少好貌"，有人解释为"屈伸貌"，还有的干脆形容成"桃花笑"。这最后一种说法无疑最美，桃花，的确是一种会笑的花。

灼灼，花开鲜艳的样子。华，就是花，也可以指花开的光彩。

之子，就是这个女子。于归，出嫁到婆家。古时候人们都觉得女儿是替别人家养的，在自己家里成长只是暂时寄住，嫁到婆家去，才叫作"归"。

古人结婚喜欢选在春天，因为春天是播种的季节，万物生长，最宜受孕。而春天里最好的月份又是三月，不冷不热，桃花盛开，故而又称"桃月"，看着就喜庆，宜嫁娶。

宜，合适，和顺。室家，家室，都是一回事，就是家。古时男以女为室，女以男为家，室家即由男女结合而组成的家庭。"宜其室家"，就是这个女子天生温柔和顺，容易相处，最适合娶回家了。

这与"君子好逑"是一样的概念，娶妻娶贤，结婚不是两个人的事，而是全家乃至全族人的事，娶一个女子过门，首先要想到她能不能与族人和睦相处。

这段诗翻译过来就是：繁盛的桃花光灿灿，这美丽的女子娶过门，定会使家庭和顺美满。

接连重复三次，大概意思都差不多：就是娶了这家的女子，可以夫妻和睦，白头偕老。

而且依次递进，第二段"有蕡其实"，已经从开花说到了结果。

蕡（fén），果实很多的样子。这是已经从嫁人说到生子了。显然是婚礼上的善祝善祷，媒婆傧相的主打歌。

后来世世代代的婚礼歌内容也都如此，直到今天人们参加婚礼，还是要说些"早生贵子"的吉利话，婚床上更是铺满了枣子、花生之属，这礼俗千百年来从未改变。

第三段更丰茂了，从开花结果说到了开枝散叶，连子子孙孙都想到了。

蓁（zhēn）蓁，树叶茂盛的样子。

不能不说，国人的想象力实在太丰富了，姑娘刚娶进门，炕沿儿还没挨上，宾客们已经上下打量着她宜生养的身材，从夫妻和睦想到了姑嫂相处，从子嗣旺盛想到了光大门楣，世代其昌。

新娘的压力还真是大啊！

二、桃花难画

每个人的一生中都有过或者自以为有过一段遗憾的情事吧？

在生命的某个拐角，某年某日，遇到了一个心仪的人，对自己投以多情的回眸，怦然心动，然后，擦肩而过。从此那一低头的温柔，常萦心间，化为一道涟漪、一片风景、一阵思念、一份渴望，日思夜想，怎么可以再见她一面，怎么将故事延续下去，怎么结一段善缘？

那便是传说中的"桃花"了。

千百年来，人们把情缘比喻成桃花，把绯闻说成桃色，把孽缘说是桃花劫，实在是很巧妙的用词。缘也罢，劫也罢，只管在记忆深处夭夭绽放。如果人生没有遇到过几朵桃花，如果一次也未见过桃花开，那该有多么黯淡？

胡兰成的《今生今世》翻开来，劈面第一章第一句便是"桃花难画，因要画得它静"，只这一句已经将我征服了。大气，诗意，清通，还有一份若有若无的禅意——想来，当年张爱玲也是被这些征服的吧？

盛开的桃花是会笑的，放着光辉，艳丽得似会灼伤人的眼睛，故曰"夭夭"，曰"灼灼"。那一种光华，可不是难描难画？

而最难的，是这样盛容姿艳的桃花，却不会给人热闹琐碎之感，不会像"红杏枝头春意闹"，而只会"桃花依旧笑春风"。那一抹笑，也是淑女的、轻盈的、端丽的微笑。这份娴静，才是真正的难得、难画。

胡兰成曾形容张爱玲如"花来衫里，影落池中"，这也是静艳；

别人见不到品不出的她的好，都一一落在他眼里，并且清切地懂得，说她"柔艳刚强，亮烈难犯"，是"民国世界的临水照花人"。

柔艳刚烈，正是"夭夭"与"灼灼"的结合。她穿一件桃红色单旗袍，他也说好看，因为"桃红的颜色闻得见香气"。

她说："因为懂得，所以慈悲。"

——是他更懂得她，还是她更懂得他？

他说："桃花难画，因要画得它静。"他是懂画的人，却不是惜花的人，于是，他一生桃花，次第开落。

张爱玲，是胡兰成的第几枝桃花？

三、人面桃花与其叶蓁蓁

不是每朵桃花都会结果，不是每段爱恋都有结局。

一千多年前的某个春日，大唐，一个叫崔护的书生静极思动，野游踏青，行至郊外时一时口渴，便叩开了一家桃花开出墙外的庄户的门。

门开处，一位妙龄少女站在桃花树下笑脸相迎。桃花的娇艳和少女的笑脸相映相衬，定格成了天地间最美的一幅图画。

这幅画成了崔护心中的烙印，历久弥新，不可磨灭。到了第二年桃花开的时候，他不禁又想起了那个桃花树下捧茗浅笑的山村少女，越想越心热，再也忍不住，终于再次拄杖前往，到了那熟悉的农家，想再讨一碗水，再见一面佳人；然而柴门紧闭，只远远看到桃树的花枝伸出墙头，那门内的女子呢？是不在家，还是已经出嫁？

崔护惆怅不已，遂在院墙上题下了一首《题都城南庄》："去年今日此门中，人面桃花相映红。人面不知何处去，桃花依旧笑春风。"

这首诗从此成为咏桃绝句之冠，每年春天桃花盛开的时候都要被人多次吟咏。

关于故事的结局，则有两个版本：一是说崔护和少女再也没有见过，然而思兹念兹，无时或忘；直到多年之后，齿摇发落，仍然记着，某一天某一处，某个少女桃花一样的笑脸，永远年轻，依然娇艳。

遗憾吗？是。然而很美。

错过好过打破。所谓美好记忆，离现实总有一段距离，可以遥望，却不可碰触，好比看电影，再清楚也隔着一道玻璃墙。如果一定要穿过那道墙走进去，你会发现墙背后是空空一片，什么也看不到。

珍爱生活的人，应该懂得收藏记忆，而不要缘木求鱼。

记忆的深处，桃花灿烂，如火如荼。

但也有人总是更喜欢大团圆的，所以唐传奇里还有另一个结尾：

原来那桃花人家的少女乳名绛娘，自见过崔护一面后，也对他念念不忘，但只当作萍水相逢，不敢多想。谁知隔了一年，崔护又来了，偏偏那天绛娘合家去山上扫墓，竟然失之交臂。待回来看了院门题诗，才知道对方心里也是有着自己的，特特前来相会，却当面错过，那以后就再没有机会见面了吧？一生心事，尽付东水，何其憾也？

绛娘越想越痛，一口血喷出，从此病倒。好在过了几天，崔护到底不甘心，再次上门来问个究竟。结果不用说了，这一剂不花钱的灵丹，当即治好了少女的相思病，于是有情人终成眷属，桃花人面，可以一同笑对春风了。

比崔护晚出生了几十年的晚唐诗人杜牧，他的运气可就没有那么好了，他的故事恰恰是"人面桃花"的另一个版本。

传说有一次杜牧去湖州公干，湖州刺史崔大人（恰好也是姓崔）因为慕其才情，投其所好，召集湖州城所有歌伎前来侍宴，为杜才子挑选红颜知己。没想到，小杜在花丛中看迷了眼，竟然一个也没看上。

崔大人很为难，想着好色多情的采花才子要是在湖州空手而返，岂不被人笑话湖州无美女吗？但是小杜却另有主意，对崔大人说：要不，你组织一次龙舟赛吧，到时候全城的姑娘都会前来观看，定能在人群中发现真正的美女。

时非端午，这"赛龙舟"实在莫名其妙。可是才子就是这么任性，崔大人也真就这么荒诞，真就张榜公布，搞了一场龙舟竞渡。

到了那天，江边场面那是相当壮观，锣鼓喧阗，鞭炮齐鸣，红旗招展，人山人海。杜牧无心看赛舟，却在人群中穿来穿去，一双眼睛只往百花斗艳、姹紫嫣红上溜来溜去，果然被他看中了一个十三岁的小花骨朵儿，可实在是太小了，十三豆蔻，尚未及笄。杜大人只是多情，也不是贪花不讲理的人啊。于是只说下订，他日迎娶。

女家有些踟蹰："孩子年纪还小，大人风萍浪迹，这一见面就说婚嫁之事，岂不耽误了我家女儿的青春？"

杜牧拍着胸膛说："怎么会呢，十年之内，我必来湖州当刺史，到时候风风光光地娶你女儿做刺史夫人。如果我十年不来，任她嫁人。"

于是崔大人做保人，杜牧送上聘礼文订，两人就算定了亲了。

这一年，杜牧三十三岁，女孩儿十三岁。

结果你猜怎么着？

一晃十年，杜牧没有回去。不是不想回，他真向朝廷打了报告，要求外放湖州刺史，但是朝廷不批。杜牧不死心，连上三启，终于得到朝廷恩准，却已经是十四年后的事情了。

杜牧快马加鞭来到湖州，一到任就忙不迭地派人请订过的少女来，自己坐立不安地想着，也不知道衙役去了能不能完成任务，可别来个"人面不知何处去，桃花依旧笑春风"啊。他正等得头焦额烂之时，手下报：找到人了。

杜牧大喜，一个箭步蹿出来相迎，却被眼前的景象惊呆了。

原来，少女早已成为人妇，还左手抱着个襁褓婴儿，右手牵着个小孩儿。

杜牧痛心疾首："你，竟然没有等我。"

女子说："是你负我在先，我足足等了十年，你却没有回来。我在第十一个年头才结的婚，三年抱俩。大人，我们回不去了。"

杜牧长叹一声："苍天误我，情深缘浅啊。"遂赠了妇人诸多"青春损失补偿费"，派人护送他们回去了。

当晚，杜牧一把鼻涕一把眼泪地，写下了感人至深的《叹花》一诗："自恨寻芳到已迟，往年曾见未开时。如今风摆花狼藉，绿叶成阴子满枝。"

桃花开时是只开花不长叶子的，所以满树繁花，娇艳干净。待到桃花"坐果"之后，叶子才会长出来。这句"绿叶成阴子满枝"，就是"有蒉其实""其叶蓁蓁"了。

要不，古人怎么说"花堪折时直须折"呢，稍一迟疑，可能就桃花归去，绿叶成荫了。

四、夭夭如也

"夭夭"这个词，应当最初就是见于《诗经》的吧。

《诗经》由孔子编撰，然而在《论语·述而》中出现"夭夭"时，意境却是大不同："子之燕居，申申如也，夭夭如也。"

对于"燕居"，有两种解释，一是郑玄的注解："退朝而处曰燕居。"这个让我很费解。难道不做官不上朝的人回到家里，就不能叫作"燕居"了？要叫雀巢吗？我更喜欢司马贞的索隐："燕谓闲燕之时。"说闲居生活就像燕子回到窝里那么自在欢乐，至于那燕子做不做官，没人问。

孔子并不像我们想象的那样严肃，总是板起脸来皱着眉头训话。他在家里的时候，很舒展自如，很活泼愉快。

我喜欢"夭夭"这个词，也很喜欢"燕居"这个词，所以也喜欢《论语·述而》的这段话。因为这就是我日常的生活状态，穿着宽松的衣裳，懒懒散散，时读时嬉，时坐时卧，不能忍受一点儿冷。并不是因为我的体质特别怕冷，而是厌烦天冷了就要穿得很厚，身体瑟缩，极不自在。所以天气最冷的时候会三个空调一起开，直到温度升至我可以穿单薄的家居服才作罢。这便是我的"申申如也"。

申申，就是舒展的样子。夭夭，在这里是活泼的样子。用形容花朵怒放、艳丽似锦的"夭夭"一词来形容孔夫子，真有点儿让人忍俊不禁——孔圣人得乐成啥样，才会像一朵绽放的夭桃般俏皮舒展啊？不过，想象下孔老夫子穿着宽袍大袖在宅中夭夭起舞的样子，也是乐事。

《论语·季氏》中有则小故事，关于孔子的儿子孔鲤回忆父亲督促自己读诗的经历：

　　尝独立，鲤趋而过庭。曰："学《诗》乎？"对曰："未也。""不学《诗》，无以言。"鲤退而学《诗》。

　　他日又独立，鲤趋而过庭。曰："学《礼》乎？"对曰："未也。""不学《礼》，无以立。"鲤退而学《礼》。

孔鲤字伯鱼。有一天孔子独自立在庭院中，鲤正好经过，看到父亲，忙跑过去请安。孔子板着脸问："《诗经》学得怎么样了？"伯鱼老老实实回答："还没学呢。"孔子立刻说："一个不学诗的人，还有什么话好说。不可理喻。"伯鱼吓坏了，赶紧回屋去读诗。又有一次，孔鲤经过院子，又遇上老爹了，只得硬着头皮凑上去问好。孔子又问："《礼记》读完了没？"伯鱼说："还没呢。"孔子又沉了脸，惯性地教训说："学不好《礼记》，连站的资格都没有，还不回去温书？"伯鱼只好又收回出门游玩的心，闭门读书去了。

这就是"不学《诗》，无以言；不学《礼》，无以立"。

又有一次，孔子问儿子："学习《周南》《召南》了吗？"伯鱼又说："没有。"孔子更加干脆："面墙站着去！"

有人说，罚站就是从孔夫子那里学来的。

　　子谓伯鱼曰："女为《周南》《召南》矣乎？人而不为《周南》《召南》，其犹正墙面而立也与？"（《论语·阳货》）

注意，《召南》的"召"读 shào。《诗经》中有十五国风，唯有周公旦与召公奭（shì）的子孙所统领的南部地区的民歌称为《周南》和《召南》，故而合称为"二南"，是《国风》的第一、第二章，此处代指《诗经》。

孔子告诫儿子说："作为一个人，没学过《周南》《召南》，就是不懂诗；而没有学过诗，就是个睁眼的瞎子，好比面墙而立，前面什么也看不见，如果往前走，那就是撞墙。"

换言之，不学《诗经》，非但无以言，简直连人都不要做了。

亲爱的朋友们，今天，你学诗了吗？《周南》《召南》，背起来！

《芣苢》《螽斯》《麟之趾》，百子千孙的图腾

一、采采芣苢

周南·芣苢

采采芣苢，薄言采之。采采芣苢，薄言有之。

采采芣苢，薄言掇之。采采芣苢，薄言捋之。

采采芣苢，薄言袺之。采采芣苢，薄言襭之。

先秦时期，女人最主要的户外劳动就是采摘，不是采果就是采药，《诗经》开篇的淑女，便在"参差荇菜，左右采之"，第二首《葛覃》，虽然重点是浣洗，却也暗含了采葛织布的过程；第三首《卷耳》更是回到了"采采卷耳，不盈顷筐"的标准，另如"采蘩""采萧""采艾""采菽""采绿""采蓝"……总之，一年到头不停歇地采。

所以这首《周南·芣苢》，也是从头至尾不停地唱着"采采芣苢"，真是直奔主题。

当然，大多注本的说法都是：采采，指茂盛的样子。

持这种说法的专家是觉得开篇八个字里，三个"采"意思重

复，所以前两个叠字做形容词，后一个做动词，词意有变化些。但我觉得，单纯做动词解岂非更加明了，更有一种动作的韵律感。因为，这本来就是一首节奏明快的劳动号子，而且是"女团"的号子歌曲，清新灵动，仿佛隔着千年都能听见那娇脆欢快的笑声。

全诗三段，也可以说是六段。不但每段以"采采"开头，而且句式完全一样，只换了一个字，还全是动词，这就使得节奏更加轻快灵动。

芣苢（fúyǐ），是一种草本植物，又名车前草，嫩叶可食，叶和种子都可入药。所以，善采摘的女子怎么可能放过这浑身是宝的天赐之物呢，当然要不停地采啊采。

薄言，发语词，无实义。

"采采芣苢，薄言采之"翻译过来就是：采啊采啊采芣苢。或者，也可以译作：芣苢长得真茂盛，且由我来将它采。

其下数段也全是一样的意思，就只是换了一个动词，分别是：采之、有之、掇之、捋之、袺之、襭之，全部是采的意思，只是换了不同的姿势来采摘。

有，取得，获得。

掇（duō），拾取，摘取。

捋（luō），用手掌握而从茎上成把脱取。

袺（jié），提起衣襟兜东西。

襭（xié），把衣襟扎在腰带上兜东西。

诗的产生是为了唱，讲究节奏与旋律，并在段落衔接中大量地运用到复沓的手法。这是风雅的音乐特性所决定的。

所有的音乐作品中，往往都会有个重复出现的主旋律，三千年前的民间诗人便已经早早掌握了这种巧妙的修辞手法，以不断的反复和递进来表现情感。

复沓，又叫复唱，指句子和句子之间可以更换少数的词语，是诗歌创作中常用的一种修辞手法。略有变化的复沓最适合重唱或者合唱，有力地加强了抒情效果，也更适于分清层次，推进节奏，突出音乐主题。

重复是生命的本质，在重复中有变化，则是人生的希望。《诗经》的句子非常经典地诠释了这一重复与变化的天地奥秘。

《关雎》中的"参差荇菜"从"左右流之"到"左右采之""左右芼之"是自然环境与生活状态的重复与变化，而对于"窈窕淑女"的再三吟咏则是君子心底不断加深的思念，重复的词语从客观到主观都在貌似不动声色的反复吟诵中给出了深刻真切的描绘，而那一两个词语的微妙变化，则写出了最令人喜闻乐见的大团圆结果！

《桃夭》中的"桃之夭夭"从"灼灼其华"到"有蕡其实""其叶蓁蓁"，同样是桃树从开花结果到绿叶满枝的自然过程，是客体随着时间而发生的变化；而"之子于归"的主体，则也在悄悄地不断地深化着喻义：她这样桃花般美好的女子，最适合娶回家做正房夫人，不但会持家，还好生养，开枝散叶，子嗣绵延，绝对是居家镇宅的标准好太太！

这样的循环往复，简直就是洗脑神曲啊！

而这样的洗脑手段，早在两千多年前的大西周，就被我们的老祖宗运用得如此得心应手，这才是最让人瞠目的，简直五体投地都不够，非得在原地来个俯卧撑五十下外加十个鲤鱼打挺才能略表衷心佩服之一二。

比如这首《芣苢》，全诗复沓，只在动词上有所不同，从而表现不同的采摘方式，左一把，右一把，低头拾，伸手捋，这种收获的快乐，唯有借助不断重复的歌声才能表达出来。

诚如清人方玉润在《诗经原始》中所描绘的："读者试平心静气涵咏此诗，恍听田家妇女，三三五五，于平原旷野、风和日丽中，群歌互答，余音袅袅，若远若近，忽断忽续，不知其情之何以移，而神之何以旷。"

不禁想起汉乐府的《采莲歌》："江南可采莲，莲叶何田田。鱼戏莲叶间。鱼戏莲叶东，鱼戏莲叶西，鱼戏莲叶南，鱼戏莲叶北。"

同样是叠唱的手法，表现劳有所得的欢快。不同的是，《芣苢》听上去好似一群女子在劳作，采了又采，群相呼应；而《采莲》则更像是单个的采莲女撑舟而行，穿梭在江南水乡间，一边采莲，一边低头观察莲塘里的游鱼，看那鱼儿倏然来去，轻灵活泼，心中同样充满的是收获的喜悦。

当真是岁月静好。

但是也有一种完全不同的译注，如《毛诗序》云："妇人乐有子矣。"原来，因为车前子穗状花序，结籽繁多，古人崇尚多子，迷信籽粒可助女子怀孕或治难产，因此女子采摘芣苢便带有了祈祷的意味。

也就是说，这其实是一首祈祷歌，所表现的并非劳动场景，而是在某种仪式上用歌舞的形式为妇人祈福。"袺之""襭之"，都是把衣襟在腰前扎起，兜住车前子的籽粒，暗示女子怀孕。

那么唱这首歌的歌者，就应是巫师或者请来助祭的已婚已育的妇人了，虽然是祝福，背后却藏着一个女人的耻辱与渴望。真是悲哀啊。"洗手净指甲，做鞋泥里踏。"女人的一生，总是充满着那么多的隐忧与不幸。

二、螽斯振羽

周人崇拜多子，是因为他们的老祖宗实实在在得了多子的好处。

周文王元后太姒善生养，一口气给文王生了十个儿子，包括武王姬发和周公姬旦。这还不算，她还大度能容，给自己找了很多个姐妹一起为文王生，生足九十九个儿子，文王还嫌不足，又认了雷震子为义子，刚好凑足一百。这就是民间《百子图》的来历。

儿子多，孙子自然更多。如果穷苦之家，几百张嘴嗷嗷待哺，那是要人命的。可是天子拥有整个天下，还会怕儿子多吗？越多越好。

武王伐商后，分封诸侯，就把自己的这些个兄弟子侄分封到各地建设新国家，从此开启了轰轰烈烈的大西周。于是，全天下都是姬姓子孙在管理了。换言之，西周的昌盛，很大一部分原因就是建立在周文王多子多孙的前提下。

如此，周人怎能不崇拜生养、祈求多嗣呢？

正是因为周人这种强烈的生育崇拜，以至于很多风歌都带上了祈福的意味；落到了汉代经学家的眼里，就更是挥舞着这根百试百灵的点金杖，恨不得给所有诗歌都加上一层祈祝的色彩，就连《关雎》都被说成是赞美后妃之德，所唱的乃是太姒如何给老公选妃充实后宫的故事。那些民间女子排着队来到田头采荇菜，为的就是请王后挑选，这是一个西周版的选妃阵容。

真真是煞风景。

不过，对于《关雎》的上纲上线我们固然不同意，《芣苢》是不是为了祈子也存在争议，但是《诗经》中的确有很多祈子歌是不争的事实，其中最著名的一首要属《螽斯》：

> 螽斯羽，诜诜兮。宜尔子孙，振振兮。
>
> 螽斯羽，薨薨兮。宜尔子孙，绳绳兮。
>
> 螽斯羽，揖揖兮。宜尔子孙，蛰蛰兮。

螽（zhōng）斯，一种蝗类昆虫，民间俗称蝈蝈，又说是蟋蟀。其繁殖力极强，因此被拿来作为多生养的象征。这就是"六艺"中的"比"，寄兴于物，即物寓情。

蝗类昆虫是靠振动翅膀摩擦身体发出声音的，所以开篇说"螽斯羽"，就是螽斯在叫，发出"诜诜"的声音。比如《豳风·七月》有言："五月斯螽动股，六月莎鸡振羽。"斯螽就是螽斯，莎鸡是蛐蛐儿，动股或振羽，都是为了高歌。

诜（shēn）诜，象声词。亦说同"莘莘"，众多貌。

宜，适宜，有益，表示祝福。振振，盛大的样子。

这段唱词翻译过来就是：蝈蝈振着翅膀啊，发出诜诜的叫声。祝福你多子多孙啊，兴旺又繁盛。

二、三段复章重唱，表达的也都是一样的意思，只是唤了几个近义词罢了。

薨（hōng）薨，众虫群飞的声音。或曰螽斯齐鸣。

绳（mǐn）绳，延绵不绝的样子。

揖（yī）揖，亦说读 jí，通"集"，"集集"，群虫会聚的样子。

蛰（zhé）蛰，一说读 zhí，多，聚集的样子。

翻来覆去，三段说的都是多子多孙，连绵不绝。明文高歌的"宜尔子孙"，表明这是一首不折不扣的祈子诗，《毛诗序》更可以理直气壮地大声疾呼了："《螽斯》，后妃子孙众多也，言若螽斯。不妒忌，则子孙众多也。"

其实，祈子就祈子，与后妃何干呢？不知道毛家兄弟怎么那样在意女人的不嫉妒，莫不成天天拿着诗劝说自己夫人大度，容许自己广纳姬妾，开枝散叶？

毛氏的腔调，连保守的清朝人方玉润都看不惯了，在《诗经原始》中指出："仅借螽斯为比，未尝显颂君妃，亦不可泥而求之也。"

无论如何，不起眼的小虫螽斯，就这样被抬捧成了求子的图腾，雕在了翡翠白玉的白菜雕件上，摆满玉器店的柜台。

忽然想起迪士尼版的《花木兰》来，里面有个木须龙，稀里糊涂成了家族保护神；另有一只蛐蛐儿，则作为花木兰的吉祥物被小心善待。动画片的灵感，或许就是来自这首《螽斯》吧。

三、麟之趾

北京紫禁城内廷西六宫的街门，叫作"螽斯门"，南向，与"百子门"相对，显然是为了祈子之意，希望宫廷后妃们多多生养，百子千孙。东六宫则有座"麟趾门"，与"千婴门"相对，典故出自另一首诗《麟之趾》，都是善祝善祷的好意头。

清朝末年，溥仪弄了个新玩意儿——自行车。为了骑车方便，很多门槛被锯掉了，就包括螽斯门。民间传说，就是因为这样，溥仪才会无子，大清才会灭亡的。

我们且来看一下《周南》的最后一首诗《麟之趾》：

麟之趾，振振公子，于嗟麟兮。

麟之定，振振公姓，于嗟麟兮。

麟之角，振振公族，于嗟麟兮。

麟，就是麒麟，古代虚构的神兽，祥瑞的象征。

这是一首赞美公族子弟的诗，而且是盛典集会——比如检阅三军时的赞美诗，所赞咏的不是某一位公子，而是所有整装待发的公族子孙。

周天子要出征打仗了，各路诸侯都会前来相帮，众将士着装整齐，雄姿英发。天子在对着众人讲话前，就会让乐官奏起这支军歌，以示赞美。

麟之趾，趾就是脚，蹄子；麟之定，定是额头，也就是顶；麟之角，就是触角。

麒麟的样子，在传说中是鹿身、牛尾、马蹄，头上长角。这形象是很勇武的，形容公族子孙的贵气与英气。

振振，与《螽斯》的"宜尔子孙，振振兮"同意，都是盛大的样子。

公子，是公侯之子，站在队列前排的将帅们；公姓、公族，指同姓同祖的族众嫡系，也都是士的身份。所有这些公卿世家的子孙们，都是英武勇敢的好男儿。

这些公族将士们战袍铠甲，勇武整齐。天子看军士先从他们粗壮敏捷的腿脚看起，因为健壮才能行军打仗嘛；然后才看额头，看冠羽，那是身份的象征。真是"从头看到脚，风流往下跑，从脚看到头，风流往上流"。

看了又看，忍不住衷心赞叹："于嗟麟兮。"

于（xū），同吁；嗟（jiē），语气词，表感叹。

这些王孙公子，可真是麒麟一般的祥瑞之师啊！因为麒麟乃百兽之王，这支麒麟军开发出去，自是所向披靡，无往不利。所以，这是一支相当自豪庄严的壮行军歌。

麒麟是威武的，同时又是仁善的，"不履生虫，不折生草"。人们形容一个人心地善良经常会说"连只蚂蚁都不忍踩死"，而麒麟却是连新草都不肯踩踏的。

儒家的中心思想是"仁"，故而造神运动时，便将孔子推成了麒麟代言人。传说孔子出生时，有麒麟吐玉书于庭院；而当孔子晚年，鲁国君西狩获麟，不识而伤之，孔子见了，涕泪横流，痛哭失声，万念俱灰，绝笔《春秋》，第二年便过世了。并因此留下了一只琴曲《获麟操》，是我深爱的曲子。

因为孔圣人的这一典故，后代儒家便将杰出人士称为"麒麟之才"，民间且有了"麒麟送子"的传说，若是有人生了儿子，便恭贺他"喜获麟儿"。

而这首《麟之趾》，也随着时间推移，即便在和平年代也常会在公族集会时被再三唱起。尤其大族长看着族中振振子孙时，便忍不住喜笑颜开，高呼"于嗟麟兮"。于是，麒麟便渐渐也成了子孙兴旺的象征了。

中国人，真是什么时候都忘不了传宗接代，百子千孙。

《汉广》：从单相思到三大戒律

一、思无邪

子曰："诗三百，一言以蔽之，曰思无邪。"（《论语·为政》）

这是孔子对于《诗经》的总体评价：思无邪。这三个字原出自《鲁颂·駉》："思无邪，思马斯徂。"

"思"有两种解释，一是说语气助词，相当于"斯""夫"等，没有任何具体的意义；二是作"思想""愿望"解，意即诗三百的内容风格用一句话形容概括，就是没有任何邪恶的想法。

这并不是说《诗经》里所有的诗都是端庄呆板、无情禁欲的教化之诗，正相反，十五国风里多的是男欢女爱，但是一派天真，出语自然，宛如孩童般真诚坦荡，故曰"无邪"。正如司马迁在《屈原列传》中所说的："国风好色而不淫，小雅怨诽而不乱。"

这说的是《国风》中尽管多有慕色生情的文字，但不涉淫邪，不至放纵；《小雅》里常常描写战士庶边行役之苦，却不会逾礼越矩，恶言乱上。

总而言之，就是诗中的情感全然出自真挚的胸怀，没有不正当的思想，循规蹈矩，有礼有节。

比如下面这首《汉广》，无疑就是"发乎情止乎礼"的深情典范：

> 南有乔木，不可休息。汉有游女，不可求思。汉之广矣，不可泳思。江之永矣，不可方思。
>
> 翘翘错薪，言刈其楚。之子于归，言秣其马。汉之广矣，不可泳思。江之永矣，不可方思。
>
> 翘翘错薪，言刈其蒌。之子于归，言秣其驹。汉之广矣，不可泳思。江之永矣，不可方思。

《诗经》第四篇《樛木》开篇云："南有樛木，葛藟累之。"《小雅》中则有"南有嘉鱼""南山有台"之诗，可见"南有"是一种常见起始语。四首诗分属于《周南》与《小雅》，又都提到君子，这就为诗句平添了一种郑重的意味，有了官方告示的口吻。

西周初期分封诸侯，周公姬旦和召公姬奭分陕（今河南陕县）而治。"召公既相宅，周公往营成周。"（《周书·洛诰》）陕县以东为周公管理，周公居东都洛邑（又名成周），统治东方诸侯。

《周南》是周公统治下的南方地区的民歌，从洛阳以南直到江汉一带，包括河南西南部及湖北西北部。这就是诗中所说的"南"。比如这首诗里提到的"汉之广矣"，汉江为长江支流，源出陕西秦岭，流至湖北武汉，在汉口汇入长江。所以这首诗的发生地，很可能在湖北。而且不是湖北本地民歌，而是周人来到湖北后唱的歌。因为当地人不会自称"南有乔木"，只有外来的周人，看到南方的乔木、汉江、樛木、葛藟之类觉得新奇，才会一再咏唱"南有乔木""南有樛木"。

"南有乔木，不可休息。"亦作"不可休思"。这个"思"同样是当作语气词来讲的，没有实际意义。

南方高大的树下，不可以停留休息；汉地美丽的女子，不能够追求恋慕；汉江的水宽广深阔，非但游不过去，就连撑着筏子也是过不去的。

永，即长；方，渡河的木排，就是筏子。

这显然也是比兴，"乔木"是比，"游女"是兴。而且还是长而深阔的汉江对岸的女子，可望而不可即。这说的是一个男子对于恋慕的女子深深的仰望。他望而难近，求之不得，像《关雎》中的那个男子一样"寤寐思服""辗转反侧"，却无法"琴瑟友之""钟鼓乐之"，只能眼睁睁看着她嫁给了别人，那又能怎么样呢？

"翘（qiáo）翘错薪，言刈（yì）其楚。"意思是柴草长得高又高，用刀割取那荆条。

翘是高耸，错是交错，薪是柴。"错薪"就是许多草木杂生在一起。刈是割，楚是荆条。

有个词叫作"翘楚"，就是从这首诗里来的，用杂草丛生中最长最高的那根荆条，比喻人群里最出色的一位，比如"女中翘楚"。

古时候结婚六礼中的前五礼都是在白天，而亲迎却在晚上，需要点燃火把照明。不但迎亲时要"执烛前马"，闹洞房也要灯火通明，所以需要大量柴捆，比如《唐风·绸缪》："绸缪束薪，三星在天。"

"之子于归"我们在前面已经讲过了，就是女子出嫁。

秣（mò），是喂马。

照明需要柴，喂马需要草。因此薪柴与刍草便成了民间婚礼馈赠之物，相当于今天的"随份子"，毕竟百姓穷困，也没别的可以送出手，上山打些柴草尽尽心意也是好的。

第三段仍是复沓手法。"蒌"指蒌蒿，和"楚"一样指杂草。驹，便是马。

三段重章叠唱，表达的是一样的意思：我爱的女孩儿嫁人了，新郎不是我。怎么办？

有三种选择：一是抢亲，二是旁观并默默伤心，三是为她祝福。

无疑诗中男子选择的正是最伟大无私的第三种。他一边砍柴，一边辛酸地想：我爱的女孩儿出嫁了，从此天各一方，永隔江汉。我唯一能为她做的，就是帮她劈柴开路，喂饱马驹，让她顺利地起程，嫁人。

二、江干樵唱

方玉润《诗经原始》中将这首诗说成是"江干樵唱"，是江边樵夫一边伐木一边想着彼岸神女、打发时间喊号子的山歌。

"汉有游女"，可以是任意一位美女，也可以是传说中的汉水女神，例如屈原的《湘夫人》、宋玉的《神女赋》、曹植的《洛神赋》，都是脱胎于此。

神女是朝为云、暮为雨，神龙见首不见尾的，"翩若惊鸿，婉若游龙，凌波微步，罗袜生尘"。樵夫或许是某日在云中雾里见了一面，又或者只是听过祖辈传说，总之从此心里存了念想，于是每每在伐木无聊时，便唱起了这支耳熟能详的老山歌，仿佛献祭山水神明。

这样说倒也合理。然而因为男子一直在砍柴，就认定他是位伐木工人，未免有点儿胶柱鼓瑟。若是"言刈其楚""言刈其蒌"就是樵夫，那么"言秣其马""言秣其驹"岂不成了马夫？

欧阳修将"言秣其马"解释成"虽为之执鞭所欣慕焉"，那"言刈其楚"又为什么不能是"愿为之开路而欣然哉"呢？

所以，既然认定这首诗表达的是恋慕之情，不如相信他与她本来就是认识的，而他砍柴也好、喂马也好，都是有意义的主动行为，是他对她最后的奉献与祝福。这样想，岂不是更加美好？

而且在《诗经》中，柴薪和婚姻一直有着密不可分的关系，这可能涉及如今已经失传了的某种古老风俗。

比如描写新婚之夜的《唐风·绸缪》就说："绸缪束薪，三星在天。今夕何夕，见此良人。"以"束薪"来起兴，说的是今夜洞房，得见良人。

《周南·汝坟》则说："遵彼汝坟，伐其条枚。未见君子，惄如调饥。"说这沉浸在苦苦思念中的女子连早饭都没来得及吃，忍着饿走在河堤上，一边采伐山楸枝条，一边念叨着远行的夫君，生怕被夫君抛弃。

《王风》和《郑风》中有两首不同的诗，开头都是一样："扬之水，不流束薪。"似乎束薪有着祈祷占卜的效用，是婚礼祭祀必备贡品。所以歌者要在婚礼前砍柴，为新娘子祈福；也有说是因为古时有抢亲传统，所以结婚前得弄好多柴放在屋里，准备点火把。总之，砍柴确实和婚礼密不可分。

"汉之广矣，不可泳思。江之永矣，不可方思。"那女子是注定可望而不可即的，是梦中神女也好，心中女神也好，他对她，都是"思无邪"，纵然求不得，亦不会心不甘，茫茫江水阻隔了你我的未来，却也衬托了我迷惘的心绪和宽广的怀抱。

曾经遇见，便是美好。在这永诀之际，我也没什么可以送给你的，就只是替你砍砍柴，喂饱马。

正如当代诗人海子在《面朝大海，春暖花开》中说："从明天起，做一个幸福的人，喂马、劈柴、周游世界。"

三、三大戒律

如果就这样将《汉广》理解成一首暗恋者的歌，无疑是很美好的情愫。但是史上偏偏还有很煞风景的第二种解释，说这根本就是一首军歌，而且是警告将军戒色忍情的座右铭，讲述了三大戒律：乔木、游女、汉江。

南方有乔木，那高大的树木下可不能随意停留、歇息。为什么？有战争经验的人都知道，树上是最适宜设机关的，随时会有敌人跳下来要你的命。

周公要管理南方，就会派军队进驻，免不了征服与战争。

《周南》十一首，无不是温柔敦厚之诗。如果这首诗的主旨不是在表达无邪的情思，那便是周朝军队出征时警示士兵的严明纪律：小心树上的危险！

在古代，南方是蛮荒之地，荆楚一带对于文明程度较高的周人来说，是有一种带着神秘恐怖意味的巫野之地。所以南方的树木是危险的，南方的女子也不能亲近。

游女，就是游荡的女子，与"窈窕淑女"中优雅的淑女相反，有游冶、轻浮之意。那南方不正经的浪荡女子，可是不能去轻易招惹追求，不然会惹大麻烦的。这是军队戒律第二条，也是亘古不变的重要军纪。

在汉江里游泳则是第三条禁忌，因为汉江的水流太深太急了，来自陕西的旱鸭子们见了汉江的水自是新奇，一旦解放天性尽情嬉游，很可能就被江水吞了，所以游泳也是被禁止的。

⊙召南

《鹊巢》：到底是谁的窝

一

《周南》的第一首是《关雎》，《召南》的第一首是《鹊巢》。关雎住在河之洲，喜鹊筑巢树枝上。两首诗讲的都是女子出嫁的故事，看来结婚和住房永远分不开。

> 维鹊有巢，维鸠居之。之子于归，百两御之。
> 维鹊有巢，维鸠方之。之子于归，百两将之。
> 维鹊有巢，维鸠盈之。之子于归，百两成之。

这首诗为后世创造了一个响亮的成语：鹊巢鸠占，意思是斑鸠不会做巢，便强占了喜鹊做好的窝。

但在这首诗里，鹊是夫家，鸠是新娘，显然并没有批评讽刺的意思，而是欢歌祝福两姓之好。说的是夫家搭了好漂亮的窝，等着新娘搬进来。新娘嫁过来了，夫家用百辆车子相迎。

诗的章节排列与《桃夭》颇为接近，也是回环往复连唱三遍"之子于归"，显然是婚宴曲目。

开篇起兴:"维鹊有巢,维鸠居之。"

维是发语词,无实义,鹊与鸠代指两位新人,第一句说男方,第二句说女方。

喜鹊是非常勤快的鸟儿,盖的鸟巢特别坚固,代表着诚稳可靠。俗话说:"嫁汉嫁汉,穿衣吃饭。"男方要财力雄厚才能娶得好妻子,这真是亘古不变的硬道理。没有房子咋结婚?所以男人盖好了新房,才好迎接新娘来住,主持中馈。而鸠虽然不会筑巢,却有"均一之德",在喂养小鸟时保证绝对平均公正,这就是"母仪天下"的德行。

第三句"之子于归"进入正题,改用"赋"的手法,说明女子出嫁;第四句再转到男方身上,"百两御之",说明迎亲的场面。

两,就是车子,古时四马一车为一乘,车有两轮,马有四匹,所以一两就是乘。御,读(yà),通"迓",迎接的意思。

不但有新房,还得有花车,而且要整个车队来迎亲才显得体面。因此朱熹《诗集传》认为这是一首描写诸侯婚礼的诗,因为百辆婚车的仪仗,可不是小门小户的民间婚礼所能承当的。即使是士大夫的女儿出嫁,也没有资格使用百乘,所以这是一场规模盛大的跨国婚姻。

古时王室大婚讲究的是"媵嫁制"。

媵(yìng)妾,指陪嫁的女子,或指姬妾或陪嫁丫头。媵妾的地位比妾高很多,有正式的身份,可以出席正式场合。

《春秋公羊传》载:"媵者何?诸侯娶一国,则贰国往媵之,以姪娣从。姪者何?兄之子也。娣者何?女弟也。诸侯一聘九女,诸侯不再娶。"

也就是说,诸侯娶别国之女为妻,结两国之好时,女方需要从家族中找一个妹妹和一个侄女随嫁，妹妹叫"娣"，侄女叫"侄"，这就是"以侄娣从"。比如电视剧《芈月传》里的芈月便是以芈姝妹妹的身份随嫁到秦国的。

非但如此，诸侯嫁女，还要在同姓的两个诸侯国各请一位女子陪嫁，那女子自己做媵不算，还得带上侄女和妹妹相随。比如周王室的姬姓国，共有五十多个，同姓不通婚，而两姓成婚时，姬姓家族中一次就要嫁出去九个女儿，这叫"一聘九女"，直接把对方的后宫填满，故称"百两盈之"。

这样，就算正宫娘娘不生育，媵妾中也总会有人生下联系两姓血统的儿子；甚至，就算诸侯娶的夫人去世了，也不能另聘他国之女为妻，而只能从八位媵妾中选出一位做继室，继续两国之好。如此，便可以确保一旦婚盟，两国的姻亲关系也就长久地保存下来了。

这样盛大的新娘团队，再加上送亲的官员，随从的仆婢，的确是需要百车相送的；而男方当然也不能示弱，须得"百两御之"，才能够迎进新房。而堂皇华丽的鹊巢，则会被美丽的鸠女们迅速占满，"方之""盈之"。

当然也不是每场两姓婚姻都能选出九位媵妾随嫁，毕竟除了姬姓宗族外，没有那么多的同姓诸侯，所以规矩是规矩，执行的时候总有些走样。

媵嫁制度上溯可以一直追到上古时期，尧帝将两个女儿娥皇、女英一同许配给舜。古籍《尸子》说："妻之以皇，媵之以英。"娥皇为舜之正妻，而女英则是媵娣。直到三国时期，媵嫁制仍保存于贵族婚姻中，比如孙权的母亲就是和妹妹一起嫁给孙坚。

后世每当男人死了妻子，妻族家长往往会在族中再选一位闺阁女子嫁到男家做继室，以此继续两家姻亲，这种行为模式的根本也是源于此。比如苏东坡的原配夫人王弗过世，族人便以其堂妹王闰之为东坡续弦，承续苏王姻亲。

二

全诗三段，采用"复沓"手法，表达的都是差不多的意思。

从女方的角度讲，"居"是住进来，"方"是比并、共居，"盈"是充满；从男方的角度讲，"御"是迎亲，"将"是接到新娘往家走，"成"指大婚礼成。所以这是完整地叙述了婚礼的整个过程，并恭喜这女子很快就要入主中馈。从今往后，"王子"就和"公主们"欢欢乐乐地住在大房子里，过上幸福的日子啦。

《仪礼·士昏礼》详细注明，士昏礼分六为六个步骤，合称"六礼"：纳采、问名、纳吉、纳徵、请期、亲迎。

《鹊巢》这首诗，说的就是"亲迎"的场面。但亲迎之后，并不代表男女双方从此就要百年好合了，还有个"成妇之祭"和"反马之礼"。

这说的是女方到了男家，并不能即刻举行婚礼并实行同居，而要先学习男家的规矩，接受男方族人的考验。男方会请女官来教习德容言功，三个月后通过家族考核，才能在祖庙进行正式的祭告仪式"庙见"，至此才算真正承认这段婚姻。

据说《周南·采葛》表现的就是女子出嫁三个月后，终于小考过关的欢喜雀跃。"言告师氏，言告言归。"这个"师"，就是教导自己的女官。

如果"庙见"之前新妇就死了怎么办？《礼记·曾子问》载：

"归葬于女氏之党，示未成妇也。"也就是说，如果新娘还没来得及举行"成妇之祭"便过世，就不能算是男家的人，尸体会被送回女家归葬。

与"成妇之祭"紧密相关的，则是"留马、反马之礼"。

孔颖达为《左传》注疏："礼，送女适于夫氏，留其所送之马，谦不敢自安于夫，若被出弃，则将乘之以归，故留之也。至三月庙见，夫妇之情既固，则夫家遣使反其所留之马，以示与之偕老，不复归也。"

这说的是新娘嫁到夫家后，所乘的送亲马车先不回去，表示我虽然嫁给了你，但是并不敢自视主人，如果您看不上我，那我还是要坐上车子回家的。直到三个月后行过祭礼，男方正式承认新妇身份了，才会装上礼物、打发使者带着车队回去，"示与之偕，老不复归也"，表示我对新娘很满意，会和她白头偕老的，你们放心回去吧。

感情这古人结婚还有试用期的。

当然，时间也不一定非要持续三个月，如果男方对新妇很满意，也可以提前录用，不然养不起送亲队的那些车马。我估计公主出嫁时带上那么大的车队，就是存心吓唬男方的，如果你不赶紧给我签字盖章结束试用期，我就让车马吃穷你。这个"反马"之礼，民间是摆不起谱的，即便王侯间也并不是必须遵从，多半只是做个样子。后世的"三日回门"，便是对这种礼仪缩水版的继承；而"庙见"，则被简化成了结婚次日的"敬茶"。

综上所述，《鹊巢》是一首婚礼赞歌，夸耀主家的排场荣光。

但也有完全不同的另一种说法，认为这是一首表达弃妇哀怨的诗，鹊指弃妇，鸠喻新人。男子喜新厌旧，始乱终弃，于是弃妇在哭哭啼啼地抱怨自己辛辛苦苦经营了一个家，却被夫家抛弃，转而用盛大的车队去接进了另一位新人，从此后那没良心的男人将和没羞耻心的新人住自己的房子，打自己的孩子，真是太凄惨了。

这样的解释似乎更贴近"鹊巢鸠占"的讽喻意义，勉强解释得了"维鹊有巢，维鸠居之"。可是配上后文的"之子于归，百两御之"则有些不伦不类，难道这位弃妇已经如此伤痛了，还要不停感慨继任婚礼的盛大排场吗？

况且作为"正始之道，王化之基"的《召南》诗歌，又被放在开篇位置，怎么也不可能是一首弃妇诗吧。全诗重叠三唱，很明显的歌颂意味，我们完全没有必要因为一个成语在后世的喻义转变，而反过来曲解古诗欢乐的基调。

这首诗虽然没有"桃之夭夭，灼灼其华"那样以桃花衬托新娘娇艳的警句，然而"维鹊有巢，维鸠居之"同样使用了比兴手法，让"之子于归"的盛大场面显得热闹而欢快。只是因为"鹊巢鸠占"引起的争议与尴尬，导致传唱度远不如《桃夭》来得广。

这在语言学中叫作"噪声"，就是那些在表达或传播过程中容易出现曲解和歧义的用词和语句。因为语意含糊不明，便会影响了表达的准确和传播的力度。

所以，在不能确切判断诗歌的喻义之前，让我们且放下诸多引申联想，摒除噪声，只管单纯地理解字面意思，带着不染的心思，体会无邪的美好就是了。

三

除《鹊巢》外，《召南》还有一首《何彼秾矣》，同样是描写王室婚姻的诗歌：

> 何彼秾矣？唐棣之华。曷不肃雍？王姬之车。
>
> 何彼秾矣？华如桃李。平王之孙，齐侯之子。
>
> 其钓维何？维丝伊缗。齐侯之子，平王之孙。

是什么那样浓艳明丽？是美丽的棠棣花。为什么那么热闹不庄重？是王姬的出嫁车队来了。这种自问自答的方式，直到今天也仍是民歌中最常见的修辞手法。当然，也很有可能是路边的行人互相答问，跟着王姬出嫁的车队一路打听。

秾（nóng），花木繁盛的样子。

唐棣（dì），亦写作棠棣。华，就是花。李商隐《寄罗劭兴》："棠棣黄花发，忘忧碧叶齐。"可知棠棣花为黄色。《小雅·常棣》开篇云："常棣之华，鄂不韡韡。凡今之人，莫如兄弟。"从此将棠棣视为兄弟手足的象征。

"曷不肃雍"，曷就是何；肃，庄严；雍，安详。

有诗家认为这句有讥讽之意，觉得送嫁车队不够庄重，有失礼仪。这是路人在讥笑周室衰微，又或是看到贵族婚车心中不平，讽刺他们为什么这么荣光排场，不就是因为有个好出身好相貌吗？对于这些解释，我只能说：想多了。结婚是喜事，车队虽然盛大却并不肃穆，这不是很正常吗？因此我认为这只是在表现送嫁队伍的热闹，并无贬义。

第二段开篇仍是以问答形式表示欣赏：多么秾丽绚烂啊，如同桃李一般娇艳。

桃和李是两种花，所以这句喻义为男女般配，都是青春貌美，艳如桃李。

关于"平王之孙，齐侯之子"的身份争议是最大的，有人说女方是平王孙女，男方是齐国公子；有人说男方是平王之孙，女方是齐侯之女；还有人干脆说这俩人是同一个人，父为齐侯，母亲则是周室王姬，所以她是齐侯的公主，周平王的外孙女。我更倾向于第一种说法。因为史料有载，公元前693年，周平王的孙女的确嫁给了齐襄王。

在西周时，周齐联姻代有之，以至于称齐国为"舅国"。这也难怪，周公兼治天下，分封诸侯，本着天下一家的大原则，各诸侯国间为了一直保持亲密关系，就要不停通婚，用姻亲的方式将彼此缠绕。

但是问题来了，古代婚姻制度讲究同姓不通婚。而姬姓诸侯国多达五十三个，其后代子孙不能通婚，那么姬姓宗室的子弟想结一门家室相当的亲事，就只能从十八个异姓国的公主王孙中寻找对象了。而这些诸侯国中，领头的就是姜姓的齐国。

齐国的第一任封君，是大名鼎鼎的姜尚，字子牙，晚年垂钓于渭水，遇时为西伯侯的姬昌，拜为太师，尊称太公望。姬昌过世后，姜尚又辅佐其子姬发即位，伐纣建周，一统天下，被尊为尚父，得封齐侯，定都于营丘。

姜子牙先后辅佐周朝四代君王：文王、武王、成王、康王。被历代皇帝和文史典籍尊为兵家鼻祖、武圣、百家宗师，其名望堪与周公旦媲美。所以齐国的君子贵女，从来都婚姻不愁，齐姜美女源源不断地被送往周王室的后宫，而周室的王姬下嫁，首选也是齐国霸主。

《陈风·衡门》诗说："岂其食鱼，必河之鲂？岂其取妻，必齐之姜？"用的是反问句，说是娶到一位满意的妻子就好，何必一定要娶齐国姜氏的女儿？而这种退而求其次的自我安慰，恰恰说明齐姜女子有多么难娶。

不过到了东周，周室衰微，王家血统再没那么被看重，两国的联姻次数也就少了，整个东周时期也只有四次，能和"平王之孙"扯上关系的，就只有一位孙女儿，没孙子什么事。

所以这首诗的年代，我给定格在了公元前 693 年，是姬氏女嫁姜家男的婚礼。

弄清新人的身份，我们再来看最后一段：用什么钓鱼最方便？自然是将细丝绳撮合成线。

缗（mín），多条丝拧成的丝绳，喻男女合婚。朱熹《诗集传》："丝之合而为纶，犹男女之合而为婚也。"

桃花配李花，丝线配缗绳，公子娶王姬，这的确是一宗门当户对、郎才女貌的美满婚姻，因此世人作歌以记之。

全诗由棠棣花起兴，以钓鱼线作比，诙谐生动。

诗经中常以鱼事作为婚姻的隐语，所谓"鱼水之欢"，正是象征了男女之事。这是因为鱼的繁殖能力特别强，所以打鱼、钓鱼，就常被用来形容配偶。陕西西安半坡村出土的人面鱼纹陶盆，就反映了七千多年前人们对鱼的崇拜心理，视鱼为一种图腾，祈求鱼保佑族人家丁兴旺，人多势众。

比如《卫风·硕人》讲述庄姜出嫁的场面，末章的"河水洋洋，北流活活。施罛濊濊，鳣鲔发发"与这首诗中的"其钓维何？维丝伊缗"都是一样的用意，祝福王侯婚姻美好，多子多孙。

而当女子失贞，就会被比喻成渔具破漏，《齐风·敝笱》中称："敝笱在梁，其鱼鲂鳏。齐子归止，其从如云。"则说的是齐国另一位美女文姜的故事。

倘若这首《何彼秾矣》当真说的是齐襄王与周王姬的婚礼，那么这两首诗还前后相关呢。只是，"维丝伊缗"的理想婚姻，却输给了乱伦的破鱼篓。

这个故事，我们将在《齐风》中说到文姜的故事时再讲。

《草虫》与《出车》，西周时的一场战争

一

春秋时期交通不便，丈夫一旦出了远门就会不知归期，留下妻子在家中牵肠挂肚，因而诞生了大量妻子盼望丈夫回家的诗。

比如《周南》中有《卷耳》："采采卷耳，不盈顷筐。嗟我怀人，置彼周行。"

而《召南》与之相应的，便是《草虫》了。

> 喓喓草虫，趯趯阜螽。未见君子，忧心忡忡。亦既见止，亦既觏止，我心则降。
>
> 陟彼南山，言采其蕨。未见君子，忧心惙惙。亦既见止，亦既觏止，我心则说。
>
> 陟彼南山，言采其薇。未见君子，我心伤悲。亦既见止，亦既觏止，我心则夷。

喓（yāo）喓，虫鸣声；趯（tì）趯，昆虫跳跃。

阜螽（fùzhōng），是蝗的幼虫，一说蚱蜢。

草虫在嘤嘤地鸣叫，蚱蜢在草间跳跃。这显然是在户外山间，且是深秋。女子行走在草丛间，悠悠地思念着远行的丈夫，忧心忡忡。

以草虫蚱蜢"起"，为的是想念君子之"兴"，两者之间似无关联，又似有着必然而紧密的联系，让人想起太虚幻境的那副对子："春恨秋悲皆自惹，花容月貌对谁妍"。

想念一个人，连风里的每一丝气息都与他相关，都牵动思念。更何况草虫的蹦跳嘶鸣呢？简直每一声都是替自己在呼唤，在寻找。见不到我的夫君啊，心如乱麻，惶惶不安。若能见到他，与他尽情欢好，我的心该有多么舒坦。

"未见君子"是事实，"亦既见止"却只是想象。

亦，如果，若。既，已经。止，语助词。

觏（gòu），遇见。一说通"媾"，指男女结合。倘若见到，小别胜新婚，翻云覆雨自是难免的，必定痛快淋漓，"我心则降"。

降，可以读四声，jiàng，降落，放下，这里指放心；也可以读二声，xiáng，投降，驯服，这里指服帖。

只要能见到君子，还有什么不放心不如意的呢？张爱玲写信给胡兰成说："遇见你我变得很低很低，一直低到尘埃里去，但我的心是欢喜的，并且在那里开出一朵花来。"这真是"亦既见止，亦既觏止，我心则降"最妥帖的翻译了。

第二段陟彼南山，进一步说明女子在郊外，而且是在采野菜。

陟（zhì），升，登。

也就是因为登上山坡，站得高望得远，一直能望见那条人来人往的官道，才更加盼望那匆匆行人中，会有自己的丈夫。倘若他的身影突然出现在那官道上，该是多么喜悦的事情啊！可惜只能是想象，一次又一次的失望。

忧心惙（chuò）惙，与居心忡忡相类，都是忧愁苦闷的样子。

我心则说（yuè），说通"悦"，高兴。

第三段继续重复。

薇与蕨，都是不同的野菜。

夷，平，指心情平静。

登上南山采野薇，想念夫君怎不归？若是能得见到你，心如山岳化为水。古代的人与自然的联系是极为紧密的，草虫、荇菜、桑叶、泉水，乃至古老的树木，都在传递着神的旨意，寄托着人的情感。

王国维说："一切景语皆情语。"

在这样的诗中，草虫野菜究竟是单纯地起兴还是在描写环境，已经不重要了。"以我之眼观物，物皆着我之色彩。"我们已经从那嘤嘤的蚕鸣中看到了一个活生生的身影：深秋的风拂动她的衣摆，她提着她的野菜筐子，站在山坡上痴痴地驻望，恨不得化作望夫石。一望，便是千年。

"春心莫与花争发，一寸相思一寸灰。"

诗人刘半农有首白话诗，充分表现了思念一个人时，万事万物都与她相关。我且只选摘第一段和最后一段："天上飘着些微云，／地上吹着些微风。／啊！微风吹动了我头发，／教我如何不想她？／……／枯树在冷风里摇，／野火在暮色中烧。／啊！西天还有些儿残霞，／教我如何不想她？

想念一个人，不需要理由，天地间万事万物都可以牵动相思。然而答案，却只有一个，那便是相见。

只要与他相见，四季都是春天。

二

若想更好地理解《草虫》，不如与《小雅·出车》对看。尤其雅诗中第五段与本诗几乎完全相重，清代牛运震《诗志》说："《小雅·出车》篇有此'喓喓草虫'六句，为室家念南仲行役意，亦合。三百篇中多有重辞，未知孰先孰后，不必执泥以求也。"

但是就这两首而言，只能是《草虫》在前，《出车》在后。我们来细读一下《出车》原诗，自然知道答案：

我出我车，于彼牧矣。自天子所，谓我来矣。召彼仆夫，谓之载矣。王事多难，维其棘矣。

我出我车，于彼郊矣。设此旐矣，建彼旄矣。彼旟旐斯，胡不旆旆？忧心悄悄，仆夫况瘁。

王命南仲，往城于方。出车彭彭，旂旐央央。天子命我，城彼朔方。赫赫南仲，猃狁于襄。

昔我往矣，黍稷方华。今我来思，雨雪载途。王事多难，不遑启居。岂不怀归？畏此简书。

喓喓草虫，趯趯阜螽。未见君子，忧心忡忡。既见君子，我心则降。赫赫南仲，薄伐西戎。

春日迟迟，卉木萋萋。仓庚喈喈，采蘩祁祁。执讯获丑，薄言还归。赫赫南仲，猃狁于夷。

这首诗背景明确，乃是周宣王时期，天子派南仲为统帅率军讨伐猃狁的故事。同时，也正因为《出车》的背景明确，可以帮助我们反推出《草虫》的创作年代，应在西周末期。

孟子说"春秋无义战"，是因为春秋时期的战争主要发生在诸侯之间，为了争霸而起，种种弑君弑父、祸起萧墙之事不断，故谓"不义"；而西周时期的战争则多是为了抵御外侮，当时西周的外敌，主要是北边狁狁和西边昆夷等少数民族，为了王朝安定，周王朝多次派兵征讨。这是为了保卫国土而战，是"义战"，值得高歌颂扬。

《小雅》中的战争诗篇，多为此类。比如本诗所写的，就是南仲率领族众去讨伐狁狁的战争，而且是一次胜仗，自然更值得大歌特歌，表现出昂扬的斗志与信心。

本诗借用一位战士的口吻，记述了跟随南仲出征的过程，并将重点放在战前准备和战士凯旋这两个关键场景，高度概括地把一场长时间大规模的战争浓缩在一首短短的诗里。也就是因为这场战争时间很长，才出现了像《草虫》主人公这类独守空房的思妇，酿生了大量哀感动人的思妇诗。

诗的第一章开篇即言"我出我车"，主题鲜明，表现出征。

牧，城郊以外的地方。

棘，通"急"，急迫。

我乘坐着高大战车，从城郊出发。天子诏命自王宫发出，召唤我来到这里。我召集仆从马弁，告诉他们一同上前线。此乃国家多难之秋，我们将紧急赴难勇往直前。

这里要专门介绍一下周礼的军制，和今天颇为相似，分为军、师、旅三级。

一万两千五百人为一军，周天子可以建六军；大诸侯国如秦、晋、齐等可建三军；宋、郑等可建二军；曹、邾等小国则仅有一军。军将由卿大夫担任。

军以下有师，凡两千五百人，师帅由上大夫、中大夫担任；

师以下有旅，凡五百人，旅帅由下大夫担任；

再下面为卒，百人一卒，卒长就是唐代的百夫长，由上士担任；

再下为两，二十五人为一两，两司马由中士担任；

五人为伍，伍长由下士担任。

这个上士、中士、下士的说法，现在也依然保留着。由于招兵是在庶民中进行，一伍之人往往是相熟的乡亲邻里甚至同族兄弟。

军师旅的主帅都是大夫，自然是要坐战车的，每辆战车上除了主帅外，通常还要有两个"士"级别的副手，一个是驾车的"御戎"，一个是清障的"车右"，随时准备着在路况不好的时候下车去指挥兵卒推车甚至扛车。而围随在车驾附近的小兵，大多是主帅的家仆，从宗族中选出的亲兵。

诗人既然自称"我出我车""召彼仆从"，显然是位大夫，担任帅职，所以有车可乘。

第二章大军描写行军至郊与战士紧张的心态，生僻字较多。

旐（zhào），古代的一种军旗，上面画着龟蛇。常用组词有旐旗、龟旐、行旐、丹旐、龙旐、旐旌等等。下面一系列的描写也都是说这军旗如林的情景有多么威武。

旄（máo），旗杆上装饰牦牛尾的旗子。

旟（yǔ），画有鹰隼图案的旗帜。

旆（pèi）旆，旗帜飘扬的样子。

悄悄，心情沉重的样子。

况瘁（cuì），辛苦憔悴。

车队从郊野出发，龟旗鹰旗交错，旗杆上装饰着牛尾和彩羽，迎风飘扬，好不威武！士兵们匆匆行路，有些担忧，有些憔悴。

第三章继续描写军容之盛。明确这次战争的主帅：南仲。战斗的对象：猃狁。

南仲，周宣王时司徒。

往城于方，去边境筑城。

彭彭，形容车马众多。

旐，绘交龙图案的旗帜，带铃。

央央，鲜明的样子。

朔方，北方。阴历每月的初一称为"朔"，由于"朔日"没有月亮，所以又引申出"幽暗"的意思。后来把"北方""北风"等也称为"朔方""朔风"。

"城彼朔方"，就是往北方去筑城。现在我们就明白为什么将士们要离家这么久了，因为不仅要打仗，还要筑城镇守，安抚边境。

赫赫，威仪显赫的样子。

襄，即"攘"，平息，扫除。

周天子传令南仲，前往北方筑城。车队壮观，旗帜飞扬。天子之命，谁敢不从？我们跟随威仪不凡的南仲前往北方扫荡猃狁，相信此战必定获胜。

连续三章，都是战役打响之前的准备，你会觉得接下来总该浓墨重彩地描写战争了吧？

非也，第四章直接写战事结束，兵将们回乡了，中间关于征战厮杀出生入死的重头戏竟全然掠过。

这手法为《木兰辞》所继承，在冗长的"东市买骏马，西市买鞍鞯"之后，一句"将军百战死，壮士十年归。归来见天子，天子坐明堂"直接将战争的苦难一笔带过，木兰已经从战场来到天子殿前了。倒是回家后"对镜帖花黄"还花费了不少笔墨。

不过《出车》里的将士们一时还没有回到家，正在返家的途中，开始抒怀。想着从前离乡的时候，田中麦苗青青，正是春夏之交；如今得胜归来，却是寒冬腊月，大雪满途。这场战争足足打了大半年，真是多灾多难，无日或安。我是多么想念家乡啊，但是王命在身，不能回归。

这一段的手法，与《小雅·采薇》最著名的末段唱词如出一辙："昔我往矣，杨柳依依。今我来思，雨雪霏霏。"

《采薇》的优胜之处在于"杨柳依依"更加柔美，是古今都很常见的情景；而"黍稷方华"虽然更接地气，却距离今天的生活较远，便失了亲切感。

关于"雨"的读音释意，诗家也颇多争议，认为此处当作动词讲，读四声，"雨（yù）雪"，就是下雪的意思。然而作名词讲，与"雪"构成并列名词，同"黍稷"对偶，又有何不可？雨夹雪本来就是常见自然现象，何必因为下雪，就要让雨变性做动词呢？

"王事多难，不遑启居"亦与《小雅·采薇》中的"王事靡盬，不遑启处"相近，都是说战事瞬息万变，官兵无法安歇的意思。

遑，空闲；启居，安坐休息。

简书，写在竹简上的命令，又称为策。此处代指天子下令征战的诏命。《毛传》："简书，戒命也。邻国有急，以简书相告，则奔命救之。"

我哪里是不想家，无奈诏命在策，身不由己。这真是自古忠孝不两全啊。

然后，惊才绝艳的第五章出现了，画风一变而为女子口吻，完全是《草虫》的翻版。却加上了一个尾巴："赫赫南仲，薄伐西戎。"

薄伐，征伐，薄是发语词，无实义。西戎，指猃狁。

古代居住于中原的人自称华夏，四方部落则称为东夷、西戎、南蛮、北狄，泛指未开化地区与人群。

女子们唱着思念的歌，并赞美自己夫君的功绩赫赫。这真是"军功章啊有我的一半，也有你的一半"。

这转折太漂亮了！前一段是将士近乡情怯的牵挂与忧心，歌声雄浑；后一段是驻守妻子登高遥望的思念与盼望，婉转悠扬。如同青鸟呼应，山水相望，动人心魄。这段突然插入的女声唱段，让豪迈雄壮的战争诗平添了一抹浪漫温柔，简直要逗下人的眼泪来。

可以想象，这首《出车》在阵前慰军或凯旋庆功会上演出时，一路男声高低音，从"出车"唱到"归来"，突然插入女声对唱，那气氛会如何澎湃高涨。

这些英勇的武士啊，他们是为了保护自己的家国、自己的族人、自己的妻儿而战，他们凯旋之时，满面沧桑，然而再多的辛苦也值得，飞扬的旌旗上招展着他们的荣光。那些雨雪风霜厮杀冲锋瞬间都被遗忘了，疲惫的心受到了安抚，这时候他们只想高歌自己的英勇，也感恩主帅的英明。

有人说这是宫廷诗传入民间，被人节选了"草虫"一段改成民谣。但是这种可能性微乎其微。因为诗的"采风"是由民间集中到宫廷，"风"来自百姓的无意创作，而"雅"则多为宫廷乐官的有意创作。若是先有宫诗流行，再被民间改编，采诗官就没有必要再采集一回，即使采了来，宫廷也不会收录，孔子又何须费两道功夫编撰呢？而且就这首诗的整体风格而言，"草虫"一段的加入明显要活泼生动得多，远不是刻板严肃的宫廷乐官可以为之。所以显然是宫廷乐官创作赞歌时吸纳民歌入雅乐，以此完成了这首庆功歌。

难得的是乐官们着实画龙点睛，在《出车》中加入女声的唱段后，又顺势在最后一段来了个男女二重唱，为全诗做了一个光明的结尾，顺带创作了一连串的美好成语："春日迟迟，卉木萋萋。仓庚喈喈，采蘩祁祁。"

这一段同样是"偷诗"，出自《豳风·七月》："春日迟迟，采蘩祁祁。"春天的太阳暖融融，初生的草木郁葱葱，黄鹂鸟儿唧唧叫，采蘩女子笑盈盈。

萋萋，草木茂盛的样子。喈喈，鸟叫声。

蘩，白蒿。祁祁，众多的样子。

这四句说的是家乡最温柔的景象，最美好的时光。战士回家了，夫妻团聚了，他们从此可以执手并肩，共对这鸟鸣花开，美好春光。

这最后一段合唱，表现的是家人团圆，共同展望美好生活，手法极其巧妙。但是这首诗的主旨是歌功颂德，所以男女畅想抒情之后，没忘记重新庄严了面孔，再来四句高亢的总结："执讯获丑，薄言还归。赫赫南仲，狁犹于夷。"

执讯，捉住审讯。

获丑，丑即"首"。《毛传》曰："馘，获也。不服者杀而献其左耳曰馘。"《左传》宣公十二年云："吾闻致师者，右入垒，折馘，执俘而还。"

古时战争以斩首多寡计功，后来嫌拎着人头麻烦，改成割下左耳代替头颅。所以"执讯"是活人，"执俘而还"；"获丑"则是死人，不服者杀而献之。这说的是大军归来，论功行赏，献上大量的俘虏和敌寇首级，以此彰显南仲的威风凛凛，荡平猃狁之功。

全诗六段，前三段是战前准备，后三段是战士凯旋，虽然完整记述了"出车、受命、建旗、筑城、归来、献俘"的全过程，中间的厮杀征伐却全部省略。

这正是中国古诗与欧洲史诗的不同，同样描写战争，却不以暴力杀伐为能事，不夸耀悍勇，不强调杀戮，不主张侵略，更不会宣扬什么血腥乖张的暴力美学，而这，便是孔子所说的"温柔敦厚"。

我大中华的胸襟气度，仁者风华，自古皆然。

《江汉》《甘棠》，请不要动那棵树

一

召南·甘棠

蔽芾甘棠，勿翦勿伐，召伯所茇。

蔽芾甘棠，勿翦勿败，召伯所憩。

蔽芾甘棠，勿翦勿拜，召伯所说。

从诗三百里选择三十首来讲，标准很难定，除了流传度和我的个人喜好外，主要考虑的就是典型性，那些千古第一的诗总要选进来。这首《甘棠》就被奉为"千古去思之祖"，自然不能缺典。

这是一首追忆先贤的诗，而且不像雅颂里的赞歌那样，穷本溯源地讲述先贤的平生事迹与功业，而仅仅是通过一种行为艺术来表现最质朴的情思：爱一个人，就连他曾休息过的甘棠树都被视若神明，不可轻怠。

武王灭商，分封诸侯，将周王朝直属地带分成两部分，一部分由周公旦治理，一部分由召公奭管辖。召南，就是召公的封地。这首诗里的召伯，有人说是召公奭本人、周武王姬发和周公旦的弟弟；也有人说是奭的后代，周厉王、周宣王时期的重臣召伯虎。

厉王昏庸无道，召伯虎再三劝诫他"防民之口，甚于防川"，但是厉王不听，结果国人发动叛乱，赶跑了厉王，还想杀死厉王的儿子姬静。召伯姬虎将太子静保护了起来，却让自己的儿子代替太子而死。在厉王逃亡、姬静即位之间的这段政权空白期，朝政由周定公和召穆公共同主持，遂出现了古代史上难得的"周召共和"的局面。

时为公元前841年，岁次庚申，又称共和元年。这是中国历史有确切纪年的开始，自从共和行政直到今天，中国历史的纪年一直不曾间断。这是件多么美好且重大的事情！

有专家认为，"周南""召南"指的应是这一时期周公和召公的领土，于二公的封地都在镐京和洛阳的南面，遂以称之。

不过，二公都不曾去到封地做国君，而是一直留在京中，所以周南和召南都只是封地，不能算作真正的"国"，但是这一点儿都不妨碍两地诗歌的典雅不凡，所以就连列入十五国风都要受到争议的两部风歌，竟然成了《诗经》的代名词，也的确出人意表。

而无论这位召公是姬奭还是姬虎，都是西周名臣，召南封主，都做出了足以让百姓后代感恩戴德的功绩。

蔽芾（fèi），形容树木枝叶小而茂密。当芾读fú的时候，意为草木茂盛。因此关于蔽芾，便有了两种截然不同的解释：一说幼小树枝，一说高大树木。但是我想召伯不会倚着一棵小树休息，想想那个画面也不够好看，还是宁愿相信是大树吧。

而且甘棠这种树，成树也就是大腿般粗，树枝就更细，但是高可过房顶，所以又小又高又茂密也是可以解释得过的。

甘棠，又叫棠梨、杜梨，落叶乔木，果实只有黄豆大小，味涩可食。陕西人喜欢将其采下来后蒸熟了再吃，甜糯可口，是秋天的美味。

翦，同"剪"；伐，砍伐。

茇（bá），草舍，此处有野营露宿的意思。

整句诗翻译过来就是：那株茂密神圣的甘棠树啊，千万不能砍伐伤害，因为那是召公曾经歇息过的地方。

后面两段的意思也都是一样。"勿翦勿败"的败，亦是砍伐、毁坏的意思；而"勿翦勿拜"的拜，则是折断。

"召伯所憩"，憩是休息；"召公所说"的说通"税"（shuì），同样是停留、歇息。

这里要特别说明一下"说"这个字，在《诗经》里的使用频率特别高，扮演的角色也特别多，承担的任务各不相同。

它最常见的读音自然是 shuō，意思是说话；

在古时则多读作 yuè，通"悦"，即喜悦。

第三种读音便是 shuì，在现代也是说话的意思，只是说的都是劝解的话，比如"说服""说客"；但是在《诗经》里，却表示"税驾"，就是停下车子休息，比如《硕人》里的"硕人敖敖，说于农郊"，就是在郊野下车休息。其用法，与这首诗里的"召伯所说"是一样的。

诗中一唱三叹，反复强调：请爱惜那棵树，请记住召公的恩情。

这爱伯及棠的行为，比爱屋及乌还要来得深沉、炽热。因此留下了一个成语，叫作"甘棠遗泽"。这个行为其实不难理解，现在很多景区里都有各种名人井、名人碑、名人故居，总之名人停留过的地方、操持过的事物，样样都是风景。更何况这诗中说"召公所芳"，还不只是在树下休息了一下，很可能是小住过一段时间，至少是睡过一晚呢。

《史记·燕召公世家》载："召公之治西方，甚得兆民和。召公巡行乡邑，有棠树，决狱政事其下，自侯伯至庶人各得其所，无失职者。召公卒，而民人思召公之政，怀棠树不敢伐，歌咏之，作《甘棠》之诗。"

这段描写的画面感就更强了。这株甘棠，是召公下乡巡政时遇见的，而且他还坐在树下办公，决狱断案，安排政事，整个城邑的侯伯与庶人代表也都围在一旁，听候决断。那个场面，相当有纪念意义。

西汉刘向《说苑》写得更具体了："召公述职，当桑蚕之时，不欲变民事，故不入邑中，舍于甘棠之下而听断焉。"

原来召伯之所以歇在邑外树下，是不想进入城邑中扰民。此时正值农忙，召伯不愿让乡党为招呼自己而误了农事，所以就随便找个地方歇歇脚听取汇报，帮民众断断案子。

甘棠树的浓密树荫曾经遮蔽了召伯，让他一觉好梦；而召公的遗泽则荫庇了众多的召南百姓，正所谓"前人种树，后人乘凉"，这里有一种隐约未明的轮回与福祉。

种树人不知道去了哪里，但是这棵树还在；召伯早已作古，但是德政还在，这就是人们要歌咏召伯、歌咏甘棠的心意。

二

《诗经》中还有一首《江汉》专门表彰召伯功业，录于《大雅》。

江汉浮浮，武夫滔滔。匪安匪游，淮夷来求。既出我车，既设我旟。匪安匪舒，淮夷来铺。

江汉汤汤，武夫洸洸。经营四方，告成于王。四方既平，王国庶定。时靡有争，王心载宁。

江汉之浒，王命召虎：式辟四方，彻我疆土。匪疚匪棘，王国来极。于疆于理，至于南海。

王命召虎，来旬来宣。文武受命，召公维翰。无曰予小子，召公是似。肇敏戎公，用锡尔祉。

釐尔圭瓒，秬鬯一卣。告于文人，锡山土田。于周受命，自召祖命，虎拜稽首：天子万年！

虎拜稽首，对扬王休。作召公考：天子万寿！明明天子，令闻不已，矢其文德，洽此四国。

诗中有"王命召虎"的字样，可以确定这是歌颂召伯姬虎的诗。

姬虎为召公奭直系，历经周厉王、周宣王两朝，曾在国民暴动时救过太子静的命，又与周公共同执政，做了很长时间的"摄政王"。待到时局稳定，二位叔父又毫不居功地还政于王，扶姬静即位，成为周宣王。

这样恩深义重的肱股之臣，搁在后世是铁定要成为天子心中之刺，被忌功高盖主，是要被拔除的。幸而这是在知恩图报的周朝，周宣王对两位叔父一直非常敬重，在他们面前发号诏令时，也是以晚辈自居，谦称"小子"；而召伯虎也从未居功自傲，还政后继续辅佐宣王南征北战，和合诸侯，功业盖世。

这首诗记录的就是召伯虎伴同宣王亲征、东伐淮夷之事。所谓"江汉浮浮"，是借长江、汉水之宽阔雄浑来比喻大军浩浩荡荡的气势。

诗篇大意是：长江汉水滚滚涛浪，出征的将士气势雄壮。这次远行不为游乐，是为淮夷挑衅打仗。兵车已出动，战旗已张扬。三军不求舒适，驻镇淮夷，守卫边防。

第二段夸耀召伯之功，平定四方，战事告捷，上报宣王：四方叛国均已平定，愿我大周安定盛昌。从此再无征战，百姓安宁，天子和畅。

第三段说战事既平，周宣王于长汉之滨诏命召虎：要重建秩序，开辟四方，划定疆界，安定四邦。不要操之过急，也不要扰民矫枉，要以大周德政教化天下，将天子恩泽传至四野八荒。

四、五两段继续传达周宣王诏命，他说文王、武王君权天授，以治天下，你的先祖召公奭厥功至伟，堪称栋梁。如今你又辅佐于我，正是绍继门风，将祖传美德继续发扬，尽心竭力，建功立德，子孙后代福禄无穷，百世其昌。如今赐你圭瓒一柄，黑黍香酒一壶，还要赐你山川田畴。去到岐周进行册封，援例康公仪式如旧。召虎叩头谢恩："天子万年！"

第六段再次强调召虎磕头谢恩，也再次恭祝天子万寿无疆！齐唱明明天子，美名永扬，施行文德，和睦四方。

诗中记载的赏赐很有趣：一柄玉制酒勺，一壶祭礼指定御酒，这是说召伯的功业还不只是这一代，而是历代忠心，箕裘不堕，所以这酒与酒勺是用来祭祀其文德高尚的先祖的，要放在祠堂里做传家宝。更实在的赏赐是大量的山林和田产，而且还将这赏赐仪式安排在了岐周，也就是"凤鸣于岐"的岐山、凤翔一带，这可是当年召公奭接受先王赏赐的流程。后来，召伯家族的人将这些荣光刻在了青铜器上，这就是迄今流传的召伯簋，参考《诗经》的解读，必会更有利于理解簋上铭文的意义。

这是一首叙事诗，除了开篇的"江汉浮浮，武夫滔滔"采用比兴一笔带过外，全篇使用"赋"的手法，正面记录了召伯虎平淮夷受到天子奖赏的功业，算得上一首小型史诗。

世界各国最古老的诗歌往往从史诗开始，比如古巴比伦的《吉尔伽美什史诗》，印度的《罗摩衍那》，荷马史诗《奥德赛》等等。

中国是诗的古老国度，却没有那样鸿篇巨制的英雄史诗。虽然《诗经》中"雅""颂"的部分也有很多叙事诗，比如《大雅》的《生民》《公刘》《绵》《皇矣》《大明》等，比较完整地记述了周民族的起源、迁徙与发展壮大的过程，但也都不算太长。而且这些都不是中国诗体的主旨，只是在祭典上要完成的一种仪式，在祭祀典礼上向后代子孙介绍祖宗的功业。

中国古老《诗经》的主体是"关关雎鸠，在河之洲"那样的殷殷祝福，和"蒹葭苍苍，白露为霜"那样的郁郁抒情，打一开始就是大写意的风格，讲究的是意境，不是内容。

这就好比古巴比伦打建国起就先搞了个《汉谟拉比法典》，而中国历经三皇五帝、商周大统，一直都是以礼治国、以德服人，直到战国时期才出现律法。

因此孔子说，诗教的底子是"温柔敦厚"，这便是我们古老的大中华的气度心胸，宛如谆谆长者，看淡一切，包容一切；也因此中国古老文明历经五千年而不衰，虽然土地几遭异族侵占，这古老的文化传统却始终折而不断，断而不绝，或许有过弯曲欹斜，但终究不曾消亡，还要反过来将异族文明同化。

满蒙夷狄的孩子们来到中原，自小背诵的都是《周南》《召南》。"呦呦鹿鸣"取代了草原民歌，华夏大地上，处处盛放的依然是"桃之夭夭，灼灼其华"，这就是诗教的力量。

"法"能约束的只是外在的行为，"诗"能感化的却是人心！

所以同样是歌咏召公的"红歌"，《甘棠》的传播远比《江汉》要远得多，因为它记录的是民众的真实情感，而这深情厚意，就只是轻轻柔柔地寄予了一棵树。

如果这棵树今天还在，一定会被缠满祈福的红丝带。

《殷其雷》：老公快回家

一

《诗经》中，盼望丈夫回家的诗不少，有"采采卷耳，置彼周行"的孤单寂寥，有"式微式微，胡不归"的殷殷呼唤，有"日之夕矣，羊牛下来"的缱绻深情，所有这些，没有一首能比《殷其雷》更哆的了。

> 殷其雷，在南山之阳。何斯违斯，莫敢或遑？振振君子，归哉归哉！
>
> 殷其雷，在南山之侧。何斯违斯，莫敢遑息？振振君子，归哉归哉！
>
> 殷其雷，在南山之下。何斯违斯，莫或遑处？振振君子，归哉归哉！

这首诗非常简单，一句话就能说明白：打雷了，老公快回家啊！也正是因为这种简单家常，才瞬间打动了我，这就是夫妻啊，这就是生活啊，这就是执子之手最真实的陪伴啊！

说什么"两情若是久长时，又岂在朝朝暮暮"，若是没有了朝朝暮暮，要那些海枯石烂的虚应故事又有什么用？嫁个老公，就是要与他卿卿我我，携手并肩，雨天为我打伞，晴天伴我出游，祸事来了挡在前头，天上打雷了要他好好地将我抱在怀中软语叮咛。

这样的腔调，一定会有卫道士站出来批判，说是太矫情了、太物化了、太不独立了等等。可是诗中的女子就这样大胆地喊了出来：打雷了，回来啊！那些公事哪有老婆重要？

殷，为多音字，读 yīn 时代表盛大，富足，比如殷实；读 yān 时当颜色讲，殷红就是浓到发黑的深红色；读 yǐn 时指雷声，有"隐"的意思，常写作叠词，比如殷殷雷声，殷殷车辙，然而作情意殷殷时，则又读作 yīn。所以这首诗里的"殷"读一声或三声都是可以的。

南山之阳，就是南山的南面。古人以向阳为南，背阳为北，所以"阳"就是南，而北则常写作"背"。

"殷其雷"既可以解释作震耳欲聋的雷声在山南炸响，也可以释作从山那边传来隐隐雷声。从全诗情境来看，我宁可相信前者，雷声滚滚，一阵紧似一阵，胆小的女子不禁哭起来，越发思念远行的丈夫。

于是，她忍不住抱怨起来："何斯违斯，莫敢遑息？"

这是全诗最有歧义的一句，歧义在于这句感叹到底站在谁的立场发出的。

"斯"为语气词，无实义；"违"，是离家出走。"何斯违斯"就是为什么要离家远行的意思。有"违"才有"归"，故而"何斯违斯"正与"归哉归哉"相呼应，情感非常直白强烈。

莫敢、莫或、莫敢或，双重否定，有反问的意思，怎么敢？哪里敢？

"遑"，通"惶"，惶恐、慌张；一说指闲暇，与下文的"息""处"相类，指休息。"莫敢或遑"就是无一时闲暇，没有片刻安息。

于是争议就来了，如果这句是女子的心思，那就是在责问丈夫：你为什么要在这时候离家远行，这样的打雷天我实在害怕，不能片刻安眠啊。

若是表现君子的情境，则是说行役辛苦，不能稍有懈怠。

于是也有第三种"和稀泥"的说法，承认这是一首思妇诗，是女子思念丈夫而写，但同时又说这句"莫或敢遑"是妻子在想象丈夫远行在外，没得休息。

总之，在古人看来，若是这句只解释作女人自个儿矫情，在家里好吃好喝的还要因为打个雷就吓得睡不着，抱怨丈夫不回家，就未免有失妇德了，不符合诗三百无不彰显后妃之德的大主题。

"振振君子，归哉归哉。"振振，英武貌。

女子在雷声中发出强烈的呼唤：我那英俊的丈夫啊，快回来吧。

如果就此简单解释的话，那么整首诗就非常简单活泼，充满生活情趣。那个在打雷天缩在床头咬着被角瑟瑟发抖的小娘子是可爱的，让我也忍不住替她呼唤，希望她的夫君早日归来，将她抱入怀中柔声安抚。

但是经学家们从不肯这样青菜豆腐地解释，他们所擅长的是给萝卜安上人参须，用豆腐雕出龙凤图。而雕刻的句眼所在，就是"君子"二字。

二

"君子"是谁？

如果照着思妇诗的角度来理解，当然是指这女子的丈夫，而且还是位有公职的丈夫，不是普通的徭役。但若是特指君主，那事情就大了。按照"美刺"传统，这首诗便被理解成了讽谏诗。原是某位好游冶的君子不思政务，出外远游，大臣们苦苦劝谏。

殷其雷，是一种起兴，是借用上天的雷声震醒沉湎游乐的君子。那么全诗就应该这样翻译了：南山之南在打雷，君子你听见了吗？为什么要在这种时候远行？这可是违背了上天的意志，怎能不惊慌？纵然远行，哪里能够安心游息？我英明勇武的君上啊，请您快回来吧！真是位苦口婆心的老好忠臣。只是，就这样将诗的主人公从柔柔嗲嗲的美娇娘换成了絮絮叨叨的糟老头，未免煞风景。

汉代注诗，将"风"解释为"讽"，认为所有篇章都是关于刺政讽谏之用，并且通通附会上一段历史故事和政治意义。比如西汉大臣霍光专政，想找给小皇帝讲诗的大臣王式麻烦，制造罪名说："皇上胡闹，你身为帝师，为什么不进谏？"这是典型的欲加之罪，但王式也不能承认自己没有进谏啊，于是灵机一动答："诗三百，无不是谏言之书，我讲诗的本身就是在给皇帝上谏啊！"霍光听了，也是无辞以对。从这个例子就可以看出，《诗经》在汉代的政治意味，以及"篇篇是谏书"的主流思想。

同样是在这种思潮的主导下，本诗还有第三种解释：王命号令之诗。殷其雷，现在变成了一种比喻，指周天子号令一下，有如天雷，万物百姓皆俯首聆听。那南山之南的周朝廷发出了号令，所有人惶惶栗栗，战战兢兢，立即出发，不敢有丝毫懈怠。所有的才德之士啊，愿你们立即前行，早日大捷，得胜归来。于是，这同时也是一首军旅出征、家人送行之歌。反正"国之大事，在祀与戎"，所以诗三百，怎么都得跟这两件事扯上关系才显得正大堂皇。

综上所述，单是"殷其雷"三个字，就同时可以兼有"赋、比、兴"三种功能。倘若此句是赋，则实指打雷；是比，则比喻王威如雷；是兴，则借此及彼，以示上天之警。

《诗经》博大精深，是好处也是麻烦，因为随便一个字或词稍作深究，就可能得出完全不同的引申来，往往因人因时而异，而我，总是喜欢挑选最简单直接的那一种来理解。

三

我喜欢尽量照着最本真的情感来理解诗，所以《叔于田》这首歧义颇多的诗，在我眼中也只是一首简单的花痴女表白诗。

> 叔于田，巷无居人。岂无居人？不如叔也，洵美且仁。
> 叔于狩，巷无饮酒。岂无饮酒？不如叔也，洵美且好。
> 叔适野，巷无服马。岂无服马？不如叔也，洵美且武。

我心仪的那个帅哥出门去打猎了，于是整个里巷都变得空荡荡的。岂止是巷里，整个世界都空了，黯无颜色，了无生趣，没有存在的必要。

叔，代指男人；古代兄弟排序为伯、仲、叔、季，女人管丈夫的弟弟叫叔叔，所以叔就指代了年轻男人。

田，通"畋"，打猎。

古时候的男人，耕种和打猎是他们日常最重要的两种工作；而对于贵族男子来说，耕种的事儿交给平民去做，留给自己的正经事儿就只有打猎了。

打猎不仅是个人的山中游戏，更是团队的军事训练，通过打猎的方式进行军事演习。春秋时对于什么季节打什么野兽、用什么方式狩猎是有明确规定的。春天叫"蒐田"，以用火为主；夏天叫"苗田"，以用车为主；秋天叫"狝田"，以用网为主；冬天叫"狩田"，是最郑重的排列车阵，大型围猎。

诗歌里的"叔"，应该不会是位平民，即使不是诸侯或大夫，也是位高贵的士，因为他是骑着马喝着酒去打猎的。普通平民参与狩猎可是没马可骑的。高贵的武士骑在马上，一手握酒壶，一手握弓箭，那身姿可真是美好英武啊！

洵（xún），真正的，的确；"洵……且"，又……又……

首句用叙述，说明男人走了，巷里没人了。紧接着下一句又自我否定，以反问加强语气，说哪里是真的没人，只是那些人都不如叔叔你英俊、仁义、美好、勇武，他们喝酒时没你帅气，骑马时没你潇洒，连一星半点儿都不如你，简直行尸走肉，有也等于没有，活着都是多余。

估计巷里的男人们听了会感觉很不爽。但是所谓爱情，就是当你中意了一个人，便觉得他是独一无二的"这一位"，当他微笑，整个世界都变得光明，春暖花开；当他转身，那背后落了一地的，不是花瓣，是我凋零的心。《叔于田》和《出其东门》，表达的就是这样一种"我的眼里只有你""不论人间是与非"的真爱。

歌德说：哪个男子不钟情？哪个少女不怀春。这两首诗，分别表达了一个男子对女子的钟情，和一个女子对男子的怀春。

只是这样。

《摽有梅》：恨嫁女的大声疾呼

一

召南·摽有梅

摽有梅，其实七兮。求我庶士，迨其吉兮。

摽有梅，其实三兮。求我庶士，迨其今兮。

摽有梅，顷筐塈之。求我庶士，迨其谓之。

这是一首恨嫁女的大胆表白诗。与《叔于田》类似，只不过《叔于田》是对一个男人的钟情，而《摽有梅》则是对所有适龄男子的嗔怨。

摽（biào），是坠落，或者打落；有，语助词。

七，非实数，这里从"七"到"三"再到"顷筐"，意思是从多到少，代表时间的消逝。

古时候女子的主要工作是采集，所以表达爱情的方式也往往与采集物分不开。比如"采采苤苢""投我以木瓜"，反正不是摘就是扔，在这首诗里，充当重要道具的是梅子。女子走在梅林间，一边打落梅子一边想着，树上的梅子还有七成多，自己也正是青春好时光，可是那些适合我的众多好男子啊，你们倒是赶紧找个好日子来求亲啊。

梅，与"媒"谐音。因此这里有见梅起兴的意思，同时以梅子的由盛而衰，比喻年齿渐长。

庶，众多。士，这里指未婚男子。

迨（dài），及，趁，赶得上。吉，吉日，好日子。

可见这女子本来是挺自信的；但是随着年龄渐大，就开始慢慢着急了。

"摽有梅，其实三兮"，树上的梅子已经只剩三成，我的青春小鸟眼看就要飞走了。那些追求我的男子啊，要求亲就赶在今天吧。

今，是现在，当下。这时候，我们已经感受到女子口吻的焦虑，而到了最后一段，简直要为她叹息了，因为她是真的沉不住气，真的迫不及待，甚至不管不顾地"顷筐塈之""迨其谓之"了。

顷筐，斜口的浅筐。塈（jì），拾取，一说给。

梅子已经全部打落，拾尽了也还不足以装满一只斜口的浅筐。那些适婚的众男子啊，你就赶紧说句话吧。

全诗三章，循环复唱而一步紧逼一步，将恨嫁女情急意迫的心理描写得纤毫毕现。"花堪折时直须折，莫待无花空折枝"啊，如花美眷，似水流年，就这样白白付与了断壁颓垣，怎不令人伤心？

也许有人会问：这么急切的一个女子，竟然出现在妇德典范的《召南》篇中，合适吗？

当然合适。男大当婚，女大当嫁，这本来就是自然规律。而这女子不管有多么急，也还是在等待男子开口来求，合情合理合法，这还不是"思无邪"吗？

二

这首诗本来没什么好争议的，只是一个恨嫁女焦灼的心情。但是因为末句"迨其谓之"有三种解释，整首诗的画风也就跟着跑偏了。

谓，一是指开口说话，意思是只要你开口表白，我这就答应你了；一说归，也就是"之子于归"的归，你肯娶，我就立刻嫁；一说"会"，指上古风俗未婚男女的相亲大会。

《周礼》规定，每年仲春时节，乡里会举办适婚男女的大型见面会，让单身男女自由相处，极速配对，这叫"男女以时"，为的是安定社会，繁衍人口。而这首诗中的女子，眼睁睁看着青春流逝，错过了嫁娶的最好时光，硬生生等成了一个大龄剩女，所以就必须参加这样的聚会来寻找伴侣了。

因此也有一种说法，认为整首诗描写的都是这聚会上的情形。

"摽有梅，其实七兮。"摽，在这里是抛、投掷的意思。女子抱着一筐梅子来参加舞会，却只是做着清冷的壁花。开始时筐里的梅子还挺多的，姑娘心里也挺踏实的。看到今天参会的男子素质不错，年轻英俊的适龄男子还蛮多，因此心里热乎乎的，几乎看花了眼，每见到一个俊男经过就向人抛去几枚梅子。可恨的是，那些男子却没有一个为她停留，向她伸出邀舞的手。筐里的梅子越来越少，最后她已经要哭出来了，眼神里发出炽热的邀请：只要你愿意，我可以把整筐的梅子都给你。就这样，女子抱着梅筐坚持到了最后，看着一对对年轻男女在她面前牵起手翩翩共舞、双双离去。

不过这里有个时间上的问题：梅子黄熟一般是在六七月份，而周礼的法令则指仲春时节，所以将"摽有梅"解释为在交谊大会上投掷梅子似乎不妥。

虽然"抛梅示爱"这个说法在现今诗解中占了主流，我仍然不愿接受，还是宁可相信这只是姑娘自己走在梅林中的沉吟，虽然孤独忧伤，却也是属于她独自的焦虑与冷清，不会将伤口展示人前。

后来，有了一个专有名词叫作"摽梅"，意思是女子到了适宜成婚的年龄，比如"摽梅之期""摽梅之年""摽梅之龄"。

同样指年龄，"摽梅"比"及笄"显然多了一种催促的味道：到了摽梅之期，就该谈婚论嫁了，"父母之命，媒妁之言"，如果家人不管，官府也是要管的。

这真是关于催婚的一个最婉约又最残酷的说法啊！

《小星》：小公务员之歌

一

有个古老传说：每个人都相应着天上的一颗星星。那么《小星》中彼此呼应的，一定是颗光芒黯淡最不起眼的星星，和一个身份卑微籍籍无名的小人物。

这大概是史上第一首描写庶吏的诗，用现在的话说就是：小公务员之歌。《小星》这首诗很短，只有两段，还大多是重复的词句。

嘒彼小星，三五在东。肃肃宵征，夙夜在公。寔命不同。
嘒彼小星，维参与昴。肃肃宵征，抱衾与裯。寔命不犹。

起始第一句惯例是"兴"，而且是以"星"起兴。"嘒彼小星，三五在东。"意思是三三两两的星星在东方的天空中闪烁，显然是早晨。

嘒（huì），微光闪烁的样子。三五，形容星星稀少。一说参（shēn）三星，昴（mǎo）五星，与下段的"维参与昴"相呼应。

参星与昴星都属于二十八星宿，天将明时最亮。清代阮元《小

079

沧浪笔谈》有一段话形容最是清新："及其清露湿衣，仰见参昴，城头落月，大如车轮，是天将曙矣。"

天将曙时，参昴在东，小吏已经要早早起身出发，为了公务而奔劳了。

肃肃，急忙赶路的样子。宵征，夜间赶路，这里指天未亮。

夙（sù），早；夙夜，就是早晚。

小吏的工作从早到晚忙个不停，可是又能说什么呢？实在人同命不同啊。

寔（shí），通"实"，实在；亦通"是"，这，此。

"寔命不同"，这就是命不同啊。下文"寔命不犹"也是一样的意思，犹是如，命不如人。

只读这一段，或许会认为这小吏赶路是为了上班，从而让人产生疑问：古代衙门上班需要这么早吗？莫不是这小吏是巡城防卫？

但是看到第二段，虽然只改了几个字，却把内容更具体化了。

"嘒彼小星，维参与昴。"意思重复，仍是起兴。既是指一物说一事，又是点明时间，为人与事营造了环境氛围，起到景物描写的作用。东方未明，残星孤月，映着小吏匆忙孤清的身影。他在月光下急急赶路，背上一个大大的行囊，压得他几乎直不起腰。可他头也不回，只是默默地低头前行。这简直就是由古往今来千万个底层小吏共同的怅叹所凝结的一幅画像。

衾（qīn），被子；裯（chóu），被单，一说床帐。

公务员为什么要抱着被子去上工？有两种可能：一是最近衙门突发大事件，所有人都要加班工作，随时待命，短期内可能回不了家，所以带上行李去开工；

二是小吏要出差，古时虽有驿站，但是小吏夙夜赶路，投宿不便，未必刚好遇得上驿站，随时都可能野营露宿，所以出远门都是自己背上被褥。

还有一种说法，抱同"抛"，"衾与裯"代指家室，小吏公务辛苦，顾不得衾枕之欢，夫妻之爱。每天早出晚归，只有东天的参昴与他做伴。

真是太辛苦了有没有？然而这就是命不如人，有什么好说的呢？忍不住想起《庄子·大宗师》末尾的一段故事：

> 子舆与子桑友。而霖雨十日，子舆曰："子桑殆病矣！"裹饭而往食之。
>
> 至子桑之门，则若歌若哭，鼓琴曰："父邪！母邪！天乎！人乎！"有不任其声而趋举其诗焉。
>
> 子舆入，曰："子之歌诗，何故若是？"
>
> 曰："吾思夫使我至此极者而弗得也。父母岂欲吾贫哉？天无私覆，地无私载，天地岂私贫我哉？求其为之者而不得也！然而至此极者，命也夫！"

子舆和子桑是好朋友。这子桑家的境况显然很困窘，接连下了十天阴雨后，子舆就替他担心了，猜他大概没什么吃的，于是带着饭盒去雪中送炭。来到子桑门前，子舆听见里面有人唱歌，如泣如诉，而且是边弹边唱："爹啊，娘啊，天啊，人啊！"声音微弱而词句急促。还真是困顿出诗人，这子桑饿得都有气无力了，倒还有心思弹琴唱歌。不过诗写得不怎么样，只会呼天抢地哭爹娘。因此子舆忍不住推开门问："你的歌词怎么会这样呢？"

子桑说："我在思考自己为什么会沦落成今天这样子，是什么使我如此困窘？但实在想不出来。父母生我，难道会希望我贫困吗？天道无私，大地公正，天地难道会单单看我不顺眼让我贫困吗？这没理由啊！我苦苦探求使我如斯的原因而不得，然而困顿却是不争的事实，所以我只能想，这就是命啊！"

"命也夫！"这句话今天的人也常说，而且是略带调侃地说："这就是命！"

难道庄子想告诉大家的是，修为的终结是认命？"这就是命"是自古以来人们自我安慰时最常用的理由，所以无论道家还是儒家，都会讲究"安天乐命"，颜回如是，庄周亦如是。

而这首《小星》，说的便是小公务员的知命认命了。

认了命，也就没那么多好抱怨的，再辛苦，也只对自己说一句："寔命不同。"

如此而已。

二

《小星》诗中所言主人公"肃肃宵征，夙夜在公"，描写的乃是小吏或役夫之苦，这本来没什么好曲解的。然而喜欢把一切诗文都附会成帝妃之德的汉代经师，竟然生生把这首诗也说成"夫人无忌妒之行，而贱妾安于其命""惠及贱妾，进御于君"，把那个抱着被子赶路的小吏，说成是夫人打发小妾带上自己的被褥去服侍主公，"夙夜在公"的"公"不是公务，而是公侯。

这品位实在不高，把整首诗的层次拉低了不少。这就是我厌恶汉儒经学家的缘故。

然而这种说法，自汉代至明清，颇为盛行，以至于喜欢"意淫"的老学究们还替小妾们发明了一个美称，叫作"小星"。好好的诗题，竟然成了妾侍的专属代词，真让人无语。

胡适是我敬重的大师，但他对《小星》的解读却实在让我不能苟同，竟然认为："（《小星》）是写妓女生活的最早记载。我们试看《老残游记》，可见黄河流域的妓女送铺盖上店陪客人的情形。再看原文，我们看她抱衾裯以宵征，就可以知道她为何事了……"

这个说法真让人如芒在背，难以忍受。《老残游记》为晚清作品，焉能用来解释上古经典，中间隔了两千多年的历史文化习俗呢。所以大家在读书的时候，千万不要因为是某位大师的讲解就认为一定是对的，"尽信书不如无书"，包括我这部书在内。

说实话在我讲诗的时候，很不愿意把这些莫名其妙的解释一块罗列出来，但是每每讲课时，都有学生会作猎奇式提问：我曾听过一种说法，某某大师说过……凡是我不讲的，学生就会认为我缺乏了解，所以要好心地提醒我去读一下某位专家的书增长见闻，这让我被迫在讲座时尽量把自己并不认可的种种版本也都简单提及，以此证明我是认真做了功课，在博览众书后才提出自己观点的，虽是一家之言，并非闭门造车。

唉，耕字者辛苦啊，谁让我不是大师呢？"寔命不犹！"

三

《诗经》中的小吏之歌，还有一首非常写实的，叫作《北门》。

出自北门，忧心殷殷。终窭且贫，莫知我艰。已焉哉！天实为之，谓之何哉！

王事适我，政事一埤益我。我入自外，室人交遍谪
我。已焉哉！天实为之，谓之何哉！

王事敦我，政事一埤遗我。我入自外，室人交遍摧
我。已焉哉！天实为之，谓之何哉！

通过子桑的故事我们就知道了，自古至今，人间最难治的重大疾病都是穷病，穷到无可奈何了就只能认命。

窭（jù），贫寒、艰窘。"终窭且贫"，又寒酸又贫困。

穷成这样了，也实在无法可想，就只能怨天尤人，说这就是命啊，有啥可说的呢？

已焉哉，感叹词，意思是算了吧。

整段翻译过来就是：我从北门出来，心情沉重忧愁。如此贫穷，无法可想。唉，算了吧，老天爷要这样安排，我又能怎样呢？这就是命！

单只是这样一段总起还没什么，重点在于第二段，是标准的办公室小人物画像："王事适我，政事一埤益我。"

适我，就是抛给我。埤（pí）益，增加、堆积。

王事，政事，可不会是了不得的国家政治大事，而只是日常行政事务、公家的事。主上把公务全都扔给了我，所有杂事一股脑儿堆积在我这里。

这种情形，在今天的写字楼里不也是每天重复发生的吗？职场中没有背景的老实人，总是工作最多报酬最少的那个人，凡是大家不想劳心的琐事杂事，都会毫不犹豫地扔给他，把他压死在如山的公文堆里，永远也做不完。做不完就要加班，加班就要迟归，迟归就要惹老婆生气："我入自外，室人交遍谪我。"这简直就是一条死

循环。

室人，家里人。交遍，交替、轮流。讁（zhé），指责、埋怨、数落。

好容易下班回到家，家里人却轮流上阵，每人变着法儿将他数落一顿，无非说他没出息、不圆滑，这么久了也不见升职，只加班不加薪。面对种种压迫与指责，小公务员欲哭无泪，最后只能默默叹息：算了，有啥可说的，这就是命！

第三段是重复二段，只换了三个字。

"王事敦我"的"敦"，与"适"一样，都是投掷的意思。

"政事一埤遗我"的"遗"，是交给。

"室人交遍摧我"的"摧"，是挫折、讥刺、挤兑、讽刺。

这日子真是苦啊！在公司受倾轧排挤，回到家还要被刁难指责，生活真是黯淡无光。如果不能推给命运，那简直没有活路了。

"政事一埤益我"与"室人交遍讁我"互相呼应，写出上班与下班的两种境遇，令人窒息。尤其"交遍"这个词用得好呀，生动地写出了家人喋喋不休的围攻，让人喘不过气的利言如刀，简直是不给人活路！

这时候再回味第一段的"莫知我艰"，就会明白并不是无人知道他日子艰难，而是没有人体谅、没有人理解，这种在公司与家庭两头受气的人生，日日郁挫而无处诉说，那种艰辛真的是无人知道。而这一切，说到底是因为穷，真个是"贫贱夫妻百事哀"啊！

而《北门》相较于《小星》，也是这般赤裸裸的更刺心而真实，让我们隔了几千年，还仿佛能清晰地听到小公务员的怨言。

不过，或是生僻字和歧义字太多的缘故，这首诗流传度不高，真是一首被低估了的好诗。

《野有死麕》：荒烟蔓草的爱情

一、原来你也在这里

召南·野有死麕

野有死麕，白茅包之。有女怀春，吉士诱之。

林有朴樕，野有死鹿。白茅纯束，有女如玉。

舒而脱脱兮，无感我帨兮，无使尨也吠。

荒烟蔓草的原野上，年轻的男女纵情欢爱，健硕的骨骼，柔美的线条，燃烧的热情，压抑的呻吟，那是来自远古的呼唤，让人双颊飞红，而又心向往之。

《野有死麕》被理学家视为"淫奔之诗"，甚至说成是"强暴之诗"。大约他们一辈子也没有谈过恋爱，即使爱过，也因为被"理"与"礼"洗了脑，早已忘记纯朴的"情"的本色。

麕（jūn），亦作"麇"，獐子，比鹿小，无角。

白茅，草名，属禾本科，在阴历三四月间开白花。

怀春，就是思春，指情欲萌动。

歌德曾说："哪个少年不多情，哪个少女不怀春。"怀春，是年轻男女最自然的情感。

爱情，不过是在合适的时候遇到一个合适的人。

这个合适的时候，就是"有女怀春"，这个合适的人，就是"吉士诱之"。

吉士，是对男子的美称。《郑笺》则注为"壮健之貌"，也就是一个拥有八块腹肌的健美男，那就更充满原始诱惑了。

诱，不要当成引诱或诱骗来理解，它更接近于"逗"的意味，献殷勤，说甜蜜的悄悄话，与她调情，让她发笑，浑身都软化在暖洋洋的青春悸动中。

也许他并没有她想象的那样好，但是此时她情窦初开，春心荡漾，正是最渴望爱情的时刻，而他恰好出现了，带着温暖的笑、热烈的情，还有一份精心准备的求爱礼物，这便是满满的诚意了，也是最合适的时机。这礼物也很有趣，是用洁净矛软的白茅草包裹着的死獐子。也许是他的猎物吧，宣告着他的勇敢与出色。

《易经》中说："藉用白茅，无咎。"祭礼时，将白茅垫在器物下，就会趋吉避凶，可见白茅之圣洁。古人以白茅包裹礼物，是非常郑重的表示。一个男人对心爱女子的最高礼敬，莫过于将自己的狩猎战绩致献于她面前。

张爱玲曾经写过一段关于爱的格言："于千万人之中遇见你所遇见的人，于千万年之中，时间的无涯的荒野里，没有早一步，也没有晚一步，刚巧赶上了，那也没有别的话可说，唯有轻轻地问一声：'噢，你也在这里吗？'"

这便是邂逅，便是爱情。只是旧上海的小资之恋要含蓄克制得多，哪怕心中小鹿悸动得快要跳出喉咙，也只是轻轻一叹：原来你也在这里。

古老《诗经》的荒野里，爱情却如烧荒之火般熊熊燃烧，无法遏止。

《尔雅·释地》："邑外谓之郊，郊外谓之牧，牧外谓之野，野外谓之林，林外谓之坰。"

这个故事是发生在"野"与"林"之中的，远离城邑文明，也就远离了礼教束缚，此时少女含羞低头，眼中只有男子那诚意满满用白茅包裹的礼物，而男子眼中，则只有美好如玉的少女。

林有朴樕（sù），樕是小木，灌木。这里是紧邻山林的原野，年轻男女躲在灌木丛后，体会着爱欲升级的纠结与渴望。

纯束，捆扎，包裹。那头猎物是用白茅紧紧包裹的，在猎人眼中，满面飞红的小姑娘又何尝不是被层层衣服包裹着的美妙礼物，他忍不住要解开她，欣赏她，拥有她。

"有女如玉"是这首诗里最美的字眼，不需要任何的解释与引申，就只是轻轻念起这四个字，便觉满口生津。

美，太美了。当此美景，触景生情。于是，男子的示爱表白升级到了动手动脚，而女子越发娇羞，最后一段是从女子的角度出发，全是半推半就的忸怩口吻：哎呀，你别这么冲动呀，动作慢一些啦，哎呀，别扯我衣裳啊，哎呀，你惊得狗都叫了，小心有人过来啊。这样的昵语，问你脸红不脸红？

"舒而脱脱兮"，舒是舒缓；脱（tuì）脱，动作文雅舒缓。

"无感我帨兮"，别动我的佩巾。感（hàn），通"撼"，动，触碰。帨（shuì），佩巾，围腰，围裙，敝膝。总之，是女子身上的穿戴。

尨（máng），多毛的狗。

这乱入的几声狗吠宛如画龙点睛，让整个画面都活动了起来。

宋代王质《诗总闻》云："当是在野而又贫者，无羔雁币帛以将意，取兽于野，包物以茅，护门有犬。皆乡落气象也。"意思说这男子当是国之野人，身份卑微而家境贫穷，拿不出雁礼钱帛下聘，所以就自己打了獐鹿，用白茅包了求爱，这是典型的乡落气象。最后一句提到那远远传来的狗吠声，亦是乡村特色。

这样的说法已经比理学家们说的宽厚得多了，肯定了年轻男女的爱情是认真的，无关诱拐强暴，男人是真心要娶这女子的，只是拿不出彩礼而已。但这里仍有一种高高在上的态度，用都城的礼教，而且是宋代的城市文明在评判着一对《诗经》时代的荒野男女，貌似褒许，其实俯视。

在我看来，那头亲手猎来用白茅包裹的獐鹿可是比财帛聘礼有诚意多了，更何况聘礼又称雁礼，其中最重要的大雁，不也是象征着猎雁人的勇武与真诚吗？更何况后来雁礼越来越趋于形式化，只是买只野鸭甚至雕个木头呆雁代替了。如雪的白茅里面包裹的不是六礼的手续，而是男子满满的诚意，是独一无二的"这一份"。自然的粗疏与芜乱，却又不失精致。这是这首诗与诗中的情感，最美最纯粹的所在。

我们经常在电视剧中看到这样的俗套桥段：男子向女子求婚时，手边并没有准备戒指，于是随手扯下可乐罐的拉环，或者干脆在路边扯根狗尾巴草编成环，套在姑娘手指上，跪地求婚。当那傻姑娘就这样被套路了时，当不知从哪里蹿出来的路人啦啦队齐声高喊"答应他，嫁给他"时，当电视机前的观众感动拭泪时，有没有人觉得：那只同样就地取材的指环与林野中白茅獐子的差距，抵得上一个银河系！

二、泪水化成的雪在烧

周地经了"文王之化",礼仪规矩要比诸侯国强,所以经学家们才无法接受《周南》《召南》中亦有"淫奔之诗"。这是典型的"一刀切"做派。但是周邑之外也是有林野的,而林野之人未必那么在意遵从城邑人的臭规矩,也遵从不起,所以才会有死鹿代替雁礼。

不过,《野有死麕》到底是《召南》中的异类,倒是《郑风》中有首《野有蔓草》,更容易为人们所接受,因为已经认定了"郑风淫"的论断,便觉易"野有"是合理现象了。

> 野有蔓草,零露漙兮。有美一人,清扬婉兮。邂逅相遇,适我愿兮。
> 野有蔓草,零露瀼瀼。有美一人,婉如清扬。邂逅相遇,与子偕臧。

春之野,草之原,一对青春靓丽的男女相遇了,一见倾心,比翼双飞。这是个挺"速成"的爱情故事,却被老祖宗形容得如此令人心怡。

这是因为记在《周礼·地官·媒氏》中的一道特别法令:"仲春之月,令合男女。于是时也,奔者不禁;若无故而不用令者,罚之,司男女之无夫家者而会之。"

古代生育条件差,婴幼儿成活率低,所以人口增殖就成为社会最大的问题。这道法令,就是为了鼓励生育而设。仲春时节,凡适龄而未婚的男女，都要来到郊野参加一场大型交谊会，遇到合眼缘的，便可双宿双飞，手拉手一起钻小树林去了。有那自持身份不肯参加聚会的，还要受罚。

这首诗歌，写的便是男女于春郊相会野合的画面，是对那些参加聚会的男女的鼓励与诱惑，结构严谨，文辞典雅，倒让人颇怀疑出自官府之手，是首鼓励自由恋爱、宣传生育的广告歌；只不过它终究宣扬的是野合，不便录于雅诗，只能放在风歌中罢了。

第一句写景，赋中有兴："野有蔓草，零露漙兮。"这是故事发生的时间地点，乃是仲春之时，郊野之间，蔓草青青，露水晶莹，一个明丽清新的早晨。

蔓（màn），茂盛。零，降落。漙（tuán），形容露水多。

八个字画出一幅仲春晨野图：一片浓密的绿色铺向天边，草尖上还坠着晶莹的露珠。一切都是这样美好、透明、而稀薄，宛如转瞬即逝的青春与爱情。怎可不珍惜？

第二句写人："有美一人，清扬婉兮。"虽然只说"一人"，但加上作者，自然是两人。所以是两个年貌相当的男女相遇了，这男子一见钟情，衷心赞美姑娘的清丽出尘，婉约可人。

清扬，眉目清秀的样子。扬，就是明，形容眉目漂亮传神；婉，美好。

这就是《硕人》里的"美目盼兮"。看一个人，要先看他的眼睛。用优雅的话来形容，就像是黑格尔说的："灵魂集中在眼睛里，灵魂不仅要通过眼睛去看事物，而且也要通过眼睛才被人看见。"用老百姓的话说就是：看对眼了。要"对眼"，当然要注视对方的眼睛，在那双美丽的剪水双瞳里看见自己的小小身影，怦然心动。那便是爱情了。

所以第三句便是叙事抒情："邂逅相遇，适我愿兮。"

邂逅（xièhòu），这真是一个最美妙的词语。它形容的是人世间的不期而遇，而这相遇无疑让人心生欢喜。尤其诗中遇见的这个姑娘，还是那样的顺心遂意，简直是照着我的理想打造出来的一般。

适，顺遂。遇到心仪的姑娘，得到天赐的爱情，这真是人世间最遂心如意的事儿，让人想起宝黛初见时，宝玉那喜出望外的唱词："天上掉下个林妹妹，似一朵轻云刚出岫。娴静犹如花照水，行动好比风扶柳。眼前分明外来客，心底却似旧时友……"

第二段重叠复唱，前五句都没有太大变化，重点在最后四个字："与子偕臧。"当下两结同心，成其好事。

瀼（ráng），形容露水浓。

"婉如清扬"，将清扬婉兮倒装，形成一种音韵琳琅的美感，极其巧妙。

偕，一起。

臧（zāng），善、好。比如"臧否"，就是褒贬好坏的意思。直到今天，两个人相爱了，还会被形容成"某某和某某'好'了"。

看到这句诗，耳边简直要响起吃瓜群众的起哄声："在一起，在一起！"于是郊野上一对迫不及待的男女，就大大方方地并肩携手，明确表示：我们一起去"好"一下吧。

第一段的"适我愿兮"还稍为含蓄，是爱的表白；第二段的"与子偕臧"却已经直接升级为行动，热烈得烧卷了纸页。

岁月不只是杀猪刀，也可能是清洗剂。明明是最原始粗犷的欲望，但是因为历经了三千年风霜，那些交颈叠股的身影，仿佛已经脱离了肉身，上升为精神的圣像，就像是印度卡朱拉霍神庙雕像群上的交欢男女一般，古老、遒劲、散发着勃勃生机。

而文字的印迹，无疑比雕刻的石像更美。

这首诗，清丽、优雅、脆烈、华丽，简直严丝合缝，无一字不美。读着这样的诗，会让人全然忘记礼教的烙印，暂时将"父母之命、媒妁之言"抛至脑后，只是衷心为那对热情洋溢的年轻男女祝福，他们眼中只看到彼此，而我们隔着时光看见他们、看见悸动的青春。

那荒烟蔓草的爱情，充满原始的欲望，让人莫名想起一首老歌《雪在烧》："我的心是坚硬的岩石不曾动摇 / 我的爱的蛰伏的春雷未曾来到，任凭缥缈 / 终于知道是你深深的拥抱 / 让我痴痴的等待也逃不掉，任凭燃烧 / 雪在烧，雪在烧 / 火中的身影，绝望的奔跑 / 泪水化成的雪在飘……"

那些适龄而未婚的"剩男剩女"们，曾经有过多少次春的轮回，心的冰封？在风中、在火中、在梦中，他们无数次奔跑、寻找、幻灭，渐渐冷却、雪藏，心如岩石不可动摇。然而一旦邂逅了那仿佛等待百年的意中人，便如初听春雷，惊蛰苏醒，石可转，山可挽，"不辞冰雪为卿热"地燃烧了起来。

这样的情感，怎不令人祝福？

关于春郊邂逅的诗在《诗经》中还有很多，这里先略作提及，与《召南》形成对比，更多的内容在后面我们详解《郑风》时再讲。

遇见他，爱上他，竭我所有，为你所爱。这样尽情纵性地欢娱一场，便是当下最好的遇见。

遇见了，也不过是轻轻一句：原来你也在这里。

⊙邶风

《柏舟》：怨妇的心是一件没洗的旧衣服

一、桑间濮上有风情

邶风·柏舟

泛彼柏舟，亦泛其流。耿耿不寐，如有隐忧。微我无酒，以敖以游。

我心匪鉴，不可以茹。亦有兄弟，不可以据。薄言往愬，逢彼之怒。

我心匪石，不可转也。我心匪席，不可卷也。威仪棣棣，不可选也。

忧心悄悄，愠于群小。觏闵既多，受侮不少。静言思之，寤辟有摽。

日居月诸，胡迭而微？心之忧矣，如匪澣衣。静言思之，不能奋飞。

这是一首怨妇诗。

关于这首诗的作者，有人说是被冷落于卫国后宫的庄姜，也有人说是宣姜，还有的说是臣子见疑于君主，作此歌假托主妇遭众妾排挤，以喻小人在朝、君子有志难抒，屈原《离骚》"众女嫉余之蛾眉兮，谣诼谓余以善淫"便是袭用这一手法，并由此开启了士大夫宫怨诗的先河。且不论它究竟是女子所作，还是男子假托弃妇口吻而作，总之字面意思表达的是一个遇人不淑的怨妇心声。

至于为什么《邶风》中的女子可能是卫国的夫人，这是因为邶、鄘、卫三地相连，原为殷商旧都。武王灭殷后，占领了殷都朝歌一带，并三分其地。封商王后裔武庚于朝歌，"以续殷祀"，又将周边分封给自己的三个弟弟管叔鲜、蔡叔度、霍叔处，以监管武庚的行动，史称"三监"。

值得赞叹的是，古人崇尚"灭国不绝祀"，不涸泽而渔，不竭林而猎，杀人也不会让人家绝户。后世"翦草除根"的狠绝在古人的道德理念中是不允许的，就算明知留种会有后患，星火可以燎原，也不能绝了人家的血脉传承。并且，周天子不但仍封武庚于朝歌，还实行"商人制商"的仁政，仍许朝歌保留着商朝的习俗与传统，这大概是历史上最早的"一国两制"。

周武王姬发病逝后，因姬发之子成王年幼，由其弟周公姬旦摄政，同为兄弟的管叔、蔡叔不服，到处散播"公将不利于孺子"的流言。一心复国的武庚趁机挑唆，并联合东夷部族发起叛乱，史称"三监之乱"或是"武庚之乱"。周公旦亲自东征，历经三年平叛，诛杀武庚，管叔自尽，蔡叔流放，霍叔废为庶民。

即便如此，周公仍不绝祀，封纣王庶兄微子于宋（今河南商丘），建国继承殷祀，史称宋国。这也是后来赵匡胤建国称宋的由来。孔子就是宋国的后裔，若非其祖逃去了鲁国，本来是应该姓"子"的。

周公平叛后，进一步营建东都雒邑（今洛阳）。周公、成王、康王执政的时期是西周王朝稳定发展的隆兴之期，史称"成康盛世"。

至于商之故都，以朝歌为界三分其地，朝歌以北为邶，以南为鄘，以东为卫。邶、鄘始封，周公东征后并入于卫，所以三地所咏人事混杂，地名风物经常重叠，并无明显界线。

《国风》有"邶风"十九首，"鄘风"和"卫风"各十首，并称"卫地三风"。

班固《汉书·地理志》载："卫地有桑间濮上之阻，男女亦亟聚会，声色生焉，故俗称郑卫之音。"

这是说卫地濮水两岸桑蚕业发达，男女作风大胆，经常跑到濮水边桑林中去约会，忙活些"食色性也"的人生大计，于是这桑蚕地区便产生了大量民歌，被称为"桑间濮上之声"。

另外，除了卫风的桑濮之音，孔老夫子还曾明确地判决"郑风淫"，郑地的山水比卫地更旖媚，民风比卫国更开放，所以歌声也就比卫风更淫靡，因此并称"郑卫之音"。

这真是件让孔夫子烦恼的事，他一边说着"放郑声，远佞人"，一边校正着诗三百，最终却在160首国风中，足足保留了郑风21首，卫地三风39首，郑卫之音共计60首，占了十五国风的三分之一，比被他再三称道的《周南》《召南》可要多了。或许，就因为孔子本为商人后裔，所以编诗时，免不了要从卫风中寻找故国之音吧。真不能想象，老夫子在"郑风淫"与"思无邪"的摇摆中，咬断了多少笔杆，愁白了几许鬓发。

虽然到了孔子撰《诗经》的时候，周朝灭商已久，然而礼教盛行的西周初期，商人遗风犹然若此，更何况礼崩乐坏的春秋后期呢。

诚如班固《汉书·地理志》所载："康叔之风既歇，而纣之化犹存。"周公后代的鲁国都已经"八佾舞于庭，是可忍孰不可忍"了，纣王后代的卫人自然就更加解放天性、随心所欲了，因此卫地三风，多的是表现贵族男子桑中之约、女子婚后被弃的故事。

这首位列《邶风》第一的《柏舟》，就是一首贵族妇女痛斥君子混乱的怨诗。我们且逐章详细解读一下。

二、以酒浇愁愁更愁

泛彼柏舟，亦泛其流。耿耿不寐，如有隐忧。微我无酒，以敖以游。

柏舟，就是柏木做的独木舟。诗人泛舟中流，任其漂荡河面，宛如星星沉浮于夜空，举杯独酌，心有戚戚，不能释怀。诗中开篇便塑造了一位忧伤而又雅致的诗人形象，宛如国画山水，意趣横生。

耿耿，内心烦躁的样子。比如"耿耿于怀"。

忧烦失眠，难以排遣，于是想到喝酒，想到泛舟，想到遨游，样样都做齐了，却仍然解不了隐忧。

"微我无酒"，我不是没有酒。微，非，不是。敖，同"遨"，与"游"同义。

抱持"忠臣说"的一派认为，"隐忧"，忧的是国事君功，即使饮酒、游湖也不能排解痛苦。何楷《诗经世本古义》云："饮酒遨游，岂是妇人之事？"以此认定诗作者当为士大夫。

然而，谁规定古时的女子不能饮酒遨游的呢？不喝酒，哪来的

"宜言饮酒，与子偕老"？不郊游，哪来的"有女同车，颜如舜华？"

女子可以陪男子一起饮酒遨游，当然也可以自己独自浇愁。卫地开放，桑间濮上都去得，泛彼柏舟算什么？若是后宫嫔妃，更可以带上宫女秉灯夜游。大观园里的小姐还能撑船咏莲呢，卫宫的姜夫人还没点儿特殊待遇了？

把女人裹上小脚束之高阁，是宋明以后的事，不可以反过来解释《诗经》。更何况，即使理学盛行的宋朝，李清照还没事就撑个船晃悠呢，至于美酒，更是不能少，高兴的时候固然"沉醉不知归路，兴尽晚回舟，误入藕花深处"；忧烦的时候也是"轻解罗裳，独上兰舟"；已经流亡南国了，愁得霜鬟雾鬓的，稍一得空还忘不了游船，"只恐双溪舴艋舟，载不动许多愁"。那些见着女人饮酒便大惊小怪的人，只能说是见识少、眼皮浅罢了。

三、心比镜子更小气

> 我心匪鉴，不可以茹。亦有兄弟，不可以据。薄言往愬，逢彼之怒。

匪，同"非"。鉴是铜镜。茹（rú），是吃，引申为包容、忍受，比如"含辛茹苦"。

"我心匪鉴，不可以茹"，是说自己的心不可能像镜子那样，不论善恶美丑都如影就形，将一切都包容映照。这个比喻非常奇特，简直令人拍案叫绝。

以镜子比喻人心，在历代诗文中并不罕见，比如《庄子外篇·天道》："圣人之心，静乎。天地之鉴也，万物之镜也。"

还有北宗禅师神秀的佛偈："身是菩提树，心如明镜台。时时勤拂拭，莫使惹尘埃。"

南宗祖师慧能也正是借着反驳神秀而一战成名："菩提本无树，明镜亦非台。本来无一物，何处惹尘埃？"世上无我，无心，自然无忧无虑，无尘无垢。

然而《柏舟》中的女主却说，人心不能像镜子那样，藏污纳垢，包容万恶。这是一个爱憎分明的女主，眼里容不得沙子，心中盛不下污垢，不能像镜子般物来斯受，不择美丑。

接下来这句"亦有兄弟"是争议最大的。

抱持"怨妇说"的人，多认为这指的是妇人的娘家兄弟。她虽然也有娘家，但是没法依靠，因为兄弟们根本不听她说，不肯帮她，还对她发脾气。

据，依靠。薄言，语助词。愬（sù），同"诉"，告诉，诉说。

彼，人称代词，代指那位"兄弟"。

虽然也有兄弟，但是无法依靠，去跟他说自己的忧心事，只会惹他发怒，反落埋怨。女人在夫家受了欺侮，跑回娘家告状，这是最常见的生活状态。《柏舟》里的贵夫人如此，《氓》里的民女也是如此。她们都没能得到兄弟的支持。

抱持"大夫说"的人，则以为这里是指忠臣郁愤难抒，就连自己的亲兄弟好伙伴也不能理解，还怕跟他沾包，指责他不圆滑、不懂得人云亦云。

最特别却最合理的一种说法，则认为"兄弟"指丈夫。

比如同属《邶风》的《谷风》说："宴尔新婚，如兄如弟。"夫妻至亲，宛如兄弟手足，所以邶地的女人会用兄弟来形容丈夫。

另外，《卫风·伯兮》中也说："伯兮朅兮，邦之桀兮。""自伯之东，首如飞蓬。"伯是大哥的意思，这里则用来称呼丈夫。

这个现象倒也不难理解，现在很多地区的人还喜欢管自己的老公或情郎喊"哥"，尤其陕北民歌中，那一声声"哥呀哥呀"妩媚入骨，可不是用来称呼自己亲兄弟的。

如果将兄弟解为丈夫，那这句诗就很好理解了：主妇受了气，去对主公告状，然而这位主公却喜新厌旧，宠妾灭妻，反过来对她发怒。这真是让人生气，于是引发了妇人下面这段响震山河的立誓。

四、非石非席不可移

> 我心匪石，不可转也。我心匪席，不可卷也。威仪棣棣，不可选也。

又是一连串令人称奇的比喻：我的心不是石头，不可轻易转动；我的心不是席子，不可以任意曲折。

这真是与人们惯性思维不同的奇思妙想。我们熟悉的形容是："君当作磐石，妾当作蒲苇。蒲苇韧如丝，磐石无转移。"

石头向来被形容为坚定不移的意志，然而那大概是一块巨石吧。妇人却认为，石头嘛，小的一踢就走，大的也可以搬来搬去，连王屋、太行二山都能被愚公移走，所以石头是会转的；席子就更没原则，用的时候展开来，不用的时候随便裹个席卷儿便收到墙根了。但是我这个人堂堂皇皇，明媒正娶，可不能容许你们这样对待，随便把我弄走、卷起。我有我的尊严，哪容得你们任意侮弄。

棣（dài）棣，文雅安闲的样子。

选，筹算，算计，引申为因计较得失而改变准则；亦有人说通"巽"，指屈服，服从。

这真是一个非常有威仪有原则的女子啊，这段宣言令人不容小觑。"大夫说"一派认为"威仪棣棣"不可能是妇人的语气，由此判断为男子所作。这种说法让人无语：难道女人就不能有威严吗？

联想到《硕人》中庄姜初至卫国时那惊为天人的亮相，也就不难理解人们为什么会认定这首诗也是庄姜所作了。"硕人其颀"，庄姜高大俊美，蝤首蛾眉，浑身上下都散发出大国嫡公主的骄傲与华贵，形容她"威仪棣棣"，有什么不可以呢？更何况，倘若只因"威仪"的态度就认定不可能是女子形容，那么根据下文"寤辟有摽"，那双手交叠拍胸哭号的行为，岂不是也可以认定不该是一位士大夫的举止呢？

五、捶胸顿足

> 忧心悄悄，愠于群小。觏闵既多，受侮不少。静言思之，寤辟有摽。

悄（qiǎo）悄，忧心忡忡的样子。悄读三声时表示忧愁的样子，比如《陈风·月出》："舒窈纠兮，劳心悄兮。"

愠（yùn），恼怒，怨恨。

群小，就是成群的小人，亦可指众妾。

这是呼应开篇的"如有隐忧"，正面道明忧愁的原因在于小人的攻击排挤。

觏（gòu），同"遘"，遭受。闵（mǐn），痛，指患难。

遭遇的痛苦很多，受到的伤害不少。这是用正反两面来说明同一件事，且采用对偶的形式，起到强调的作用。

"静言思之"，就是静静地思索，言为结构助词，无实义。

寤，交互、连续；一说通"牾"，逆、相逢的意思。辟（pì），通"擗"，拍打胸脯。摽（biào），捶打。

"寤辟有摽"就是双手轮换着拍打胸脯，形容痛心疾首的样子。

这位骄傲的主妇实在被众妾气得不行，跑去跟丈夫告状，还被丈夫无情指责，当真有恨难抒，怒火冲天。她遭受了太多苦痛，受到了难忍的欺侮，静心细思，捶胸顿足，抑郁难言。

于是，她再度发出了绝望的呼号。

六、心事如同脏衣裳

> 日居月诸！胡迭而微？心之忧矣，如匪澣衣。静言思
> 之，不能奋飞。

人们生气到极点的时候，就忍不住要怀疑人生，指责天地不仁。这位女诗人也是一样，她直接对日月发出了质问：太阳和月亮都明晃晃地挂在天上，为什么黯淡无光？

"日居月诸"，就是太阳啊月亮啊。居、诸，都是语助词，又或是解作居住在这里。在哪里呢？当然是在天上。日月高悬，无所不照，但是现在却看不到自己的苦痛不公，为什么呢？

因为发生月食了。这又是一个惊掉人下巴的奇思妙想。

《小雅·十月之交》说："彼月而微，此日而微。"微，就是亏缺，隐微无光。

"迭而微"，就是日月叠在一起，黯淡无光，也就是日食、月食。太阳、月亮本该好好地待在自己应该的位置，为什么会错了规则，失了光芒？

这真是非常漂亮的一个双关语句。古人常以日月比喻夫妻关系。因此这里的日月无光，既可以是恼恨苍天无眼，也可以代指夫妻失和。"胡迭而微"的发问也就振聋发聩，更加令人心惊。

唐代李季兰有《八至》诗："至近至远东西，至深至浅清溪。至高至明日月，至亲至疏夫妻。"这里将日月与夫妻并提，很可能就是从"日居月诸"一脉相承而来。

更加让人意外的还是后面这个比喻："心之忧矣，如匪澣衣。"

澣（huàn），同"浣"，洗涤。

忧心忡忡，就像一件没有洗过的脏衣服。这简直就是一场醒不来的噩梦：雾霾阴沉的天空，肮脏拥挤的街道，散发出腐臭污浊的味道，你走在一群面相不善的人群中间，一直挤一直挤，却总也挤不过去，无法前行。这便是诗人的生活状况。

张爱玲曾说过她的成名作《倾城之恋》的灵感，便是来自《柏舟》："小说如果想引人哭，非得先把自己引哭了。若能够痛痛快快哭一场，倒又好了，无奈我所写的悲哀往往是属于'如匪浣衣'的一种。"并说："'如匪浣衣'那一个譬喻，我尤其喜欢。堆在盆边的脏衣服的气味，恐怕不是男性读者们所能领略的吧？那种杂乱不洁的、壅塞的忧伤，江南的人有一句话可以形容：'心里很雾数'"。

女诗人被众妾欺侮后的郁闷，就是一种"雾数"的感觉，心里憋屈得要双手捶胸，却仍然吐不出这一口浊气。日月无光，朝夕漫长，夜不能寐，有怨难伸，这真是无望的生活。各种冤屈堵在心里，仿佛街道上拥挤着邋遢凶悍的乞丐，让人恨不能化作飞鸟从街道上空飞过去；又像盆子里盛满了没洗的旧衣服，那一种污糟不洁的气息，抑郁搓磨的痛苦，令人绝望憋闷得想哭号、想发疯，最终却只能是"静言思之，不能奋飞。"不管她怎样的不如意，嫁了人就再也摆不脱，走不掉，不能像鸟儿那样振翅飞去，永远只能窝在这一堆脏衣服中，日日夜夜地煎熬下去。

这首诗的艺术成就极高，在《诗经》中拥有不可取代的地位，其最大特色就是比喻独特，接连将自己的心比作镜子、石头、席子已经够出人意表的了，末段还来了个"如匪浣衣"，竟将心事比作没有洗的脏衣服，真真洴断了肠子。

《红楼梦》中香菱与黛玉论诗，笑说："诗的好处，有口里说不出来的意思，想去却是逼真的；又似乎无理的，想去竟是有理有情的。"

这句"如匪浣衣"，正应了这话，乍一看似乎无理，细细揣摩却难描难画，亏他想得出来。那是从穿透心灵的痛苦和日积月累的生活经验凝练出来的警句，绝非士大夫闭门造车可以拾得。

哪怕只是冲这个比喻，我也认定这首诗只能出自女子之手。男人的烦恼与忧伤，哪有这样的曲折细腻？

七、日月父母不贴心

同属《邶风》的另一首诗《日月》，也是一首弃妇诗，并且通篇四段都以"日居月诸"开头，因此有人认为这两首诗都出自庄姜之手。但我认为更大的可能是这句"日居月诸"只是古时妇人的常用语，如同"之子于归"一般，只是固定句式，表达怨愤之情。

日居月诸，照临下土。乃如之人兮，逝不古处。胡能有定，宁不我顾？

日居月诸，下土是冒。乃如之人兮，逝不相好。胡能有定，宁不我报？

日居月诸，出自东方。乃如之人兮，德音无良。胡能有定，俾也可忘。

日居月诸，东方自出。父兮母兮，畜我不卒。胡能有定，报我不述。

这首诗相较《柏舟》要口语化得多，更像一位底层妇女的泣诉。诗歌大意是：太阳月亮啊，你们高高在上，无所不照，怎么看不见我的忧伤苦痛？那个人啊，竟然将我抛弃，还有天理吗？日月啊，你们怎么不帮帮我！

"乃如之人兮"，抛去诸多语气词，就是那个人，指丈夫。

"逝不古处"，不像从前那样相处，一说不依古道相处，总之是喜新厌旧，始乱终弃，变了心了。

"胡能有定"，既是说日月永恒，也是说夫妻百年，都应该是有定数的呀，为什么现在变了呢？

"宁不我顾"，就是宁不顾我，为什么不顾惜我。

这仍是将日月与夫妻混为一谈了。

第二段意思完全相同，"下土是冒"的"冒"也是覆盖、照临的意思，"相好"就是相爱，"报"是回报。

第三段递进一步，对丈夫提出了明确的控诉："德音无良。"

德音，就是善言、好话，一说好名誉。无良，就是不好。意谓这个男人对我如此无情，没一句好话，或是这男人没信誉，对我始乱终弃。

"俾也可忘"，俾（bǐ），使。

日月出自东方，男人变心无良，何时恢复秩序，让我忘记忧伤。这女人一边恨着丈夫的无情，一边还暗暗希望他能回头是岸，恢复从前的日子，那么自己就甘愿忘记所有的伤害与背叛，还同从前一样。真是天真啊！

我不喜欢这样的女人，也不喜欢这样的诗歌，尤其不喜欢最后一段。因为这女人哭天抢地、毫无建设地抱怨一通后，连父母也怨恨上了，最后得出结论：是娘家不给力，才让丈夫有底气。

畜，通"慉"，喜爱。卒，终于，到最后。"畜我不卒"，是说父母喜爱我，却不能一直关照我，养我一辈子。

"报我不述"，古时女人归宁太难，无法向父母诉说冤屈，又或是费尽周折递了信回娘家，却没得到支援，所以怨念。也有人说，这是在怀悼自己的少女时期，念叨着：爹啊，娘啊，为什么没有一直把我留在你们身旁，让我遭受这忧伤。这苦痛的日子何时才能正常，让我从此不必诉冤枉？不论是哪一种，这种怨天、怨地、怨父母、怨社会的人物形象，向来为我所不喜。此处赘述，只是想说自古以来就有这种没出息的女人罢了。

感谢时代进步，女人终于不再只是在家靠父母，出嫁靠丈夫了！日月有恒，天地无情，但女人自己会晓得如何爱自己，这就是时代最大的进步！

八、同题不同诗

另外，在《鄘风》中也有一首《柏舟》，经常有人将两首诗混为一谈，甚至也将作者裁给了庄姜，其实除了起句都是"泛彼柏舟"外，两首诗毫无关联。考察诗的内容，《鄘风·柏舟》不可能是注定嫁给诸侯的少女庄姜所作：

> 泛彼柏舟，在彼中河。髧彼两髦，实维我仪。之死矢靡它。母也天只！不谅人只！
>
> 泛彼柏舟，在彼河侧。髧彼两髦，实维我特。之死矢靡慝。母也天只！不谅人只！

这是一首追求自由恋爱的诗，大意是：河上飘来一条柏木船，那个风流倜傥的美少年，真是合我的眼缘。我誓死要嫁给他，娘不同意也不行，老天爷啊，请你为我作证吧，今生今世我心不变。

髧（dàn），头发下垂状；两髦（máo），男子未行冠礼前，头发齐眉，分向两边状。显然这是一个还不到二十岁的美少年。

仪，配偶。男人看中了女子，便想到"君子好逑"；而女子看上了少年，也认定了"实维我仪"，真是我的好配偶。

"之死矢靡它"这句话听上去有些别扭。"之"就是到，"矢"通"誓"，"靡它"就是没有他心，再不他顾。连起来就是我看见他之后，就再也看不到别人了，也就是非君不嫁。

只，是语助词。"母也天只"就是娘啊，天啊；"不谅人只"就是太不体谅人了呀。

这女人真是泼辣，这是跟娘怄气，指天誓地强调自己非他不嫁的决心，豁出命来争取爱情自由。这种撑天撑地撑亲娘的泼辣劲儿，倒是与刚才那首《日月》相似，但是没有怨愤，只有坚定，是个更有主见的"小辣椒"。

第二段"实维我特"的"特"亦是配偶的意思;"之死实靡慝"的"慝(tè)"则通"忒",意谓变更,差错,引申为变心。我就是要嫁定了他,绝不反悔。

这显然是一个少女的口吻,而且这种"巧儿我要自己找婆家"的性情,根本不符合公主出身的庄姜的形象,不知历代诗家怎么会将一位弃妇和一个少女给扭结到一起。认为两首《柏舟》题目相同因此作者也相同的论调,简直比《红楼梦》中四儿的"同日生日就是夫妻"还莫名其妙。

说起来,这首诗的意思明明很接地气,风格也很独特,但是语助词用得泛滥而显得生僻,就像《日月》中那句"乃如之人兮"一般,读起来极其别扭,这大概就是传唱度不广的缘故吧。

其实整首诗的意思,完全可以用一首唐代词人韦庄的小令《思帝乡》来注释,最是贴切巧妙:"春日游,杏花吹满头。陌上谁家年少,足风流。妾拟将身嫁与,一生休。纵被无情弃,不能羞。"

《燕燕》：千古送别诗之祖

一

邶风·燕燕

　　燕燕于飞，差池其羽。之子于归，远送于野。瞻望弗及，泣涕如雨！

　　燕燕于飞，颉之颃之。之子于归，远于将之。瞻望弗及，伫立以泣！

　　燕燕于飞，下上其音。之子于归，远送于南。瞻望弗及，实劳我心！

　　仲氏任只，其心塞渊。终温且惠，淑慎其身。先君之思，以勖寡人！

　　这首《燕燕》被奉为"千古送别诗之祖"，尤其第一段，吟诵频率极高。全诗四段，前三段的格式都相仿佛，回环叠唱，描述别离的伤悲。

　　到底是谁在送别谁？史上有不同版本：有说是卫庄公死后庄姜送别戴妫的，有说是卫定公的妻子定姜在儿子死后送儿媳妇大归的，也有说是某位国君送妹妹出嫁的。既然诗中并无确指，我们且只就字面意思，理解为送女子出嫁好了。毕竟，"之子于归"，已经是我们非常熟悉的固定句式了。

《桃夭》里的嫁娘新婚照，背景用的是夭夭灼灼的桃花；而这首诗的背景画面，则是翩翩飞舞的燕子。燕子在古代被称为玄鸟，《史记·殷本纪》中说，商朝的女祖简狄在郊游时拾到一枚玄鸟蛋，吞食而生下商契，因此商人以玄鸟为祖。所以《商颂·玄鸟》称："天命玄鸟，降而生商。"

邶是周代诸侯国之一，周武王封殷纣王之子武庚于此，在今天河南省淇县以北、汤阴县东南一带。邶人是殷商的后裔，也就是燕子的传人。所以，在送嫁时歌唱燕子，一则为离别的背景增添色彩，让画面富有动感；二则也含有祈福的意思，在送婚时有燕子上下翩飞，岂不就是殷商的老祖宗在看着自己的子孙出嫁吗？这女子嫁过去后，一定会多子多孙，宜室宜家。

"燕燕于飞，差池其羽。"差池，不能读作 chāchí，那就变成了差错，意外的意思；而要读 cīchí，指参差不齐，形容燕子上下翩飞，双翅不停挥动，参差不齐。

瞻望，就是远望；弗极，没有尽头，这里指看不到。

燕子飞啊飞，上上下下鼓舞双翅，我送妹妹出嫁啊，送出城外，经过郊田，一直送到荒僻的野外，犹自驻望。"送君千里，终有一别"，我看着你走远，一直望到望不见，涕泪纷纷，洒落如雨。

这句诗特别有画面感，清楚地勾勒出送行人孤单落寞的身影，久久地伫立在郊野上，望着出嫁的队伍走远，一直走出了目力所极，连一丝影子也看不到了，他还呆呆地站着、望着，许久才意识到她真的走了，再也看不到了，一时间好像被什么撞了鼻子一般，泪下如雨。

真是史上最多情的送别歌。

"泣涕如雨"已经是非常强烈的情绪了，似乎有违于孔子说的"哀而不伤"，但是"瞻望弗及"又给这情绪框定了边界，没有让送行人对着远行客失态号哭，而是说看着她走远，直到看不见了才泪水涟涟，所有的眼泪都是流给自己的，所有的悲伤也都留给了自己。如此，这压抑的悲伤就有了一种动人的力量，格外婉约悱恻，余韵悠长。从此之后，"瞻望弗及，泣涕如雨"以及下段的"伫立以泣"就成了送别的标准用语，使用率极高，说是开创了一种诗风题材也不为过。

这种手法，被李白学了个十足，每每写送别诗都有出人之处。比如送孟浩然时，他写道："孤帆远影碧空尽，唯见长江天际流。"看着孟夫子的小船一直驶出天水交接处，李白还站在岸边看着滔滔的江水发呆，多么深情的表白。

再如《送友人》五律，尾联说："挥手自兹去，萧萧班马鸣。"人已经走远了，风中遥遥送来马嘶的声音，这回不但有影像，还有声音，别情更添一筹。

送王昌龄去龙标时，他干脆说："我寄愁心与明月，随君直到夜郎西。"这回更直接，心跟着旅人走了，一直追去了贬谪地。

二

《吕氏春秋·季夏纪》载："有娀氏有二佚女，为之九成之台，饮食必以鼓。帝令燕往视之，鸣若谥隘。二女爱而争搏之，覆以玉筐，少选，发而视之，燕遗二卵，北飞，遂不反。二女作歌一终，曰'燕燕往飞',实始作为北音。"

这说的是从前有两个受宠的女子,住在九层高台上,锦衣玉食。有一次帝命燕子来探望她们,两人却用玉筐把燕子罩了起来,过些时候打开筐子检视,却见燕子下了两只蛋,然后向北飞去,再也不回来了。于是两女作了一首歌,唱道:"燕燕往飞。"这是最早的北方音乐了。若是照此说法,"燕燕往飞"大概是北方民谣中很常用的开篇歌词。

诗中前三段的句式都差不多,以"燕燕于飞"起,接着形容飞舞的形态。

"差池其羽"固然是双翅鼓动,"颉之颃之"也是上下飞舞,颉(xié)是鸟向上飞,颃(háng)是往下飞。"下上其音"还是说上上下下地飞舞啼鸣。

《朱子语类》赞:"譬如画工一般,直是写得他精神出。"确是这样,这首诗甫一唱起,那生动活泼的图画便扑面而来了。

接下来的"之子于归"又是重复出现的叙述,"远送于野""远于将之""远送于南",意思也都差不多,"将"(jiāng)就是送,送了一程又一程,送到郊外,送出城南。

再接下来,"瞻望弗及"的形象不断加深,"泣涕如雨"和"伫立以泣"都是同样的意思,"实劳我心"则更加直白,说实在让我的心感到难过啊。

到了第四段,曲风忽变,直抒胸臆,使用"赋"的手法,开始回忆和感叹。

"仲氏任只"的说法,在今天读来有点儿别扭。"仲"是老二,任是信任,只为语助词,无实意。

"其心塞渊",塞(sè),是秉性诚实;渊,是宽厚博大。

"终温且惠"，是既温厚又和顺。

"淑慎其身"，淑是善良，慎是谨慎小心。

这一连四句，都是在赞美出嫁女的德行。那送别的人久久地伫立在郊野上，一边流着泪，一边想着女子的美德，益发伤感。

但也不能一直这么哭下去啊，所以最后两句又自我勉励说："先君之思，以勖寡人。"

先君，就是已故的国君。正如同先父，是自己过世了的父亲，先师是已故的老师。

勖（xù），是勉励。寡人，是古代国君对自己的谦称。

一个"先君"，再一个"寡人"，让我们推断出歌者的身份。因此说这是一首嫁妹歌，似乎更合乎诗中语意。而这一点之所以长久地被忽略，可能是由于诗中独特的结构：前三段一直以送行人的口吻泣诉，最后一段才倒叙追忆，反过来刻画远行人的形象。

这就给了执念于女子送行诗的辩方一个大胆想象的理由，认为第四段很可能是后人加上的，原诗只有三段，因为前三段的确更加完整流畅，自成一体，而第四段读上去的确有些别扭。但在没有明确论据的前提下，我们先当成是王兄送妹来理解吧。

但是送妹妹出嫁，为什么想起父亲来就得到安慰了呢？对于这个情绪的转变，细想想就有意思了。因为父王对我们的教诲，才教出了这样美好的妹妹，也教出了寡人这位新君。如今连妹妹也离开了我，可是我的领土还在啊，这可是妹妹的娘家，她永远的支撑。我必须要为先君守好这份国力，才能成为妹妹的强大后盾啊。

说到底，一位公主远嫁别国，为的只能是政治目的。她柔弱的肩膀上，承担的是缔结两姓之盟的重担，也就是为了邦国、为了君王牺牲自己的前途，所以作为兄长的哥哥才格外自惭自省。

因此，这里很可能包含了两人临别之际的最后对话，妹妹温柔敦厚地同"我"复述父王的教诲，以此勉励"我"，而"我"也确实得到了安慰。这位妹妹啊，真是诚实宽厚，温柔和顺，谨慎善良，无所不美。如今看着妹妹走远，国君一遍遍回想父王的教诲，更要勉励自己振作精神，发奋图强！

国家强大，外出的子女才会说话响亮，腰杆挺得也格外直。

这真是最好的送别，最好的安慰！

三

说完了著名的"燕燕于飞"，再顺便讲一首同样出自《邶风》的不怎么出名的"雄雉于飞"，刚好和燕燕凑成一对：

> 雄雉于飞，泄泄其羽。我之怀矣，自诒伊阻。
> 雄雉于飞，下上其音。展矣君子，实劳我心。
> 瞻彼日月，悠悠我思。道之云远，曷云能来？
> 百尔君子，不知德行。不忮不求，何用不臧。

雄雉，就是公野鸡，有着长长的尾巴和绚丽的羽毛；泄（yì）泄，扇动翅膀飞翔的样子。

这句和"燕燕于飞，差池其羽"显然是同样的手法。只不过把不舍的对象换成了男子。那个男子飞去了远方，我好想念他啊，这真是自寻烦恼。

诒（yí），通"贻"，遗留。伊，此，这。阻，忧愁，苦恼，亦说阻隔。

自己给自己制造了烦恼，自己造成了这种天各一方的阻隔，为什么？因为是自己渴望丈夫建功立业，劝他离家远行，去为自己挣一份荣光。于是，终年孤衾冷枕，思绪悠悠，连家务活儿都没人帮忙，真是"悔教夫婿觅封侯"啊。

第二段"展矣君子"的"展"是确实，实在，与"实劳我心"的"实"是同一个意思，再三强调。

夫君啊夫君，这实在是我的错啊，如今我追悔莫及，忧心焦虑。

《燕燕》从"瞻望弗及"到"实劳我心"，《雄雉》却是从"实劳我心"转到"瞻彼日月"，因为前者是送别的当下，看着伊人走远而我心伤悲，后者则是在别后的漫长岁月中，一点点啃嚼蚀骨的相思寂寞，然后才遥望不可及的未来。所以，女子瞻望的不仅是空间，更是时间，是一眼望不到头的思念。

"瞻彼日月，悠悠我思"的沉吟之后，女子还是忍不住望向大路，希望丈夫随时会出现在道路的那一头，向着自己走来。曷，就是何。大道是那么长远，夫君啊你什么时候能从那里走来？

到了第四段，女子的情绪加强，从自我反省开始抱怨丈夫，甚至把这种怨念推及所有男人：哪里是我要你争名赢利，分明是你们这些男人眼中只有功名利禄，而不在意美好德行。

百，凡是，所有。尔，你们。君子，做官的男人。百尔君子，就是你们这些当官的。

在女子眼中，男人最好的德行是在意家庭，把家人放在第一位，所以出门做官的男人都是不知德行，不懂珍惜。如果男人们没有那么虚荣，追名求利，又怎么会让女子饱尝孤独寂寞？

忮（zhì），忌恨，嫉妒。求，贪求。不臧（zāng），不善，不好。"不忮不求"，就是没有抱怨，没有贪念，没有奢望与不平。

"世上本无事，庸人自扰之"，世上最大的烦恼之源便在于贪婪与不足。人们的贪欲永无尽头，于是烦恼也就无边无际。女子"瞻彼日月"之际，蓦然醒悟，思绪超越了时间和空间，得出了幸福的至高准则，就是知足常乐。

《庄子·杂篇·天下》中，曾经评价得道高人宋荣子："不累于俗，不饰于物，不苟于人，不忮于众，愿天下之安宁以活民命，人我之养，毕足而止，以此白心。"

这便是赞美宋荣子超脱了世俗的奢欲，全没有"百尔君子"急功近利的做派，不为世俗牵累，不用外物矫饰，不苟求也不迁就别人，更不与众人发生矛盾，只愿天下安宁，人民各安其命，饱满自足。这很好地解释了什么是"不忮不求"。

《论语·子罕》中，孔子夸奖子路，便引用了这句诗。

子曰："衣敝缊袍，与衣狐貉者立，而不耻者，其由也与！'不忮不求，何用不臧？'"

子路为人爽直，不卑不亢，虽然生活困窘，却从不以为意，穿着破旧的棉袍站在身着狐裘貂皮大衣的人旁边，却丝毫不觉得寒酸，因此孔子特别夸奖了他。

不要觉得"衣敝缊袍与，衣狐貉者立，而不耻者"是件很容易的事，攀比是人的天性，别说敝衣狐裘了，就算自己的裘皮毛色比别人的差一点儿，也会有人当成天大耻辱，恨不得找地缝钻进去呢。

莫泊桑小说《项链》的女主人公，因为没有合适的衣饰参加宴会，哭得梨花带雨，于是向朋友借了条珍珠项链撑场面，自觉是舞会上最光辉闪耀的人。谁知宴罢人散，才发现项链丢失了。于是半生都在为了偿还这条项链而辛苦筹钱，终于把钱还上后，却发现那只是一条假珠链。

这是一个讥讽虚荣的故事。虚荣是人性中根深蒂固的恶疾，所以能够脱离嫉妒的劣根性是很高尚的品德。没有嫉恨，不求于人，你高官厚禄我不嫉妒、不艳羡，对人无所求，自然就没有了卑微乞求之态。

简单的道理，珍贵的德行，那"悔教夫婿觅封侯"的女子终于悟了，远去的君子呢？当他归来时，不论是功成名就，还是丢盔弃甲，他能够做到淡然处之吗？而她能做到淡然视之吗？

战国第一辩士苏秦在未成名时，曾游说秦王，"书十上而说不行，黑貂之裘，敝黄金百斤尽"。苏秦两手空空地回到家，妻子正在织布，看到他那衣衫褴褛的样子，头都不回一下，只像没看到一般，仍然坐在织布机前，懒得迎接。苏秦大受刺激，从此头悬梁、锥刺股，后来终于功成名就，得佩六国相印。再回家时，妻子早早地就跪在路边相迎了。

因此李白有诗说："归时倘佩黄金印，莫学苏秦不下机。"

若他衣锦还乡，她自然会分享他的喜悦，只是不要得意忘形，更不要前倨后恭，过度谄媚，加重了他的名利心，也改变了夫妻的相处滋味；而若他"尘暗旧貂裘"，亦望她不以为意，只为了他的安然归来而欢欣喜悦，"莫学苏秦不下机"。

虽然生活不可能真的做到"有情饮水饱"，但只要他的心上只珍重她，而她的眼中也只在意他，那么再艰难的生活，也总能一起度过，不忮不求，岁月静好！

《击鼓》：执子之手，与子偕老

一

爱情的理想状态是怎样的呢？

《诗经》上早有标准答案："死生契阔，与子成说。执子之手，与子偕老。"

看，就是这么简单，十六个字，把一辈子都讲完了，连生死那样大的事都讲完了。——什么是爱？就是遇见这个人，同他订一个盟约，然后彼此牵手，一同慢慢老去。

可惜，这么简单的事情，却很少有人做到。那些牵着的手，有的走着走着就散了，有的旁瞻左顾又牵了别人的手，还有的倒是并肩埋头走了一辈子，可是各自袖着手或背着手，早就不愿相牵了。越是和平年代，越是容易得到，就越不懂得珍惜啊。

如果他们了解这句耳熟能详的诗句的出处，知道那含泪说出这十六字心愿的将士的故事，会不会更加慎重地对待当下呢？

> 击鼓其镗，踊跃用兵。土国城漕，我独南行。
>
> 从孙子仲，平陈与宋。不我以归，忧心有忡。

爰居爰处？爰丧其马？于以求之？于林之下。

死生契阔，与子成说。执子之手，与子偕老。

于嗟阔兮，不我活兮。于嗟洵兮，不我信兮。

以《击鼓》为题，显然这是一首描写战争的诗。

镗，是鼓声。其镗，就是镗镗。

踊跃，鼓舞。兵，武器。

八个字写出大战一触即发的情形，鼓声镗镗地敲响了，鼓舞着将士们纷纷拿起兵器。这是征兵。

征兵做什么呢？"土国城漕，我独南行。"

土国是用土石筑城，城漕就是挖护城河。一部分人留下来修建城防，另一部分人则要随军出发，南征前线。

"独"，在这里不是单独，而是偏偏，含有无奈的意思。当然不是我一个人往南走，而是看到留在城堡的伙伴后难免抱怨：同样是服兵役，别人总算可以留在家乡，为什么偏偏我要远征他乡？

这里要再介绍一下周时的社会背景：

周王分封诸侯，建设国家，保护国土，首先要做的，就是选好风水宝地后，在周边建起高高的城垣，城之内，称为"国"；城周边，称作"郊"；郊之外，叫作"野"。

所以平民也就分了两种：住在国与郊的，多为追随诸侯而来的周人或其随从，叫作"国人"；住在城郊之外的，叫作"野人"，多为当地土著或是外来游民，地位低下。国人属于周族公社平民，拥有较大的政治权利，遇到社族大事时有投票权，但是遇到战事则有服兵役的义务。

周朝时，六师的士卒组成主要是国人，每户一丁，轮流服役。

国民庶人通常三季务农，一季讲武，每隔三年进行一次大蒐礼，遇到战事，要随时听从调派，充任徒卒。野人氓隶没有当兵的资格，却也要随军服杂役。至于军中大小长官，则全部由贵族担任，所有的"士"平时都要接受训练，作战时则充任甲士。

周平王东迁后，诸侯争霸，战事频繁，井田崩坏，每逢大战，都是数百乘、千乘的兵力，仅仅是国人充军已经不够用了。各国为了扩大兵役，开始允许野人从军，变为国野消弭、兵农合一的县邑征兵制。一般是临时征发，打完仗就归家。

由于兵卒以农民为主，不免惦记家中农事收成，时间一长就会人心涣散，士气大跌；同时耕种主要是男人的工作，城乡也受不了大批量的劳动力长期缺失。所以春秋时期的战事虽然频繁，却通常不会太久，一般不会超过三个月。

诗中的男子，应该是一位应征入伍的国人。他看到同伴被留下来修筑城垣，自己却独独要被派到前线打仗，背井离乡，不禁长吁短叹。这是典型的厌战情绪。

这样的厌战，在《小雅》中是不存在的，《小雅》中的战争诗或征夫诗，表达的都是爱国激情与昂扬斗志，比如《采薇》，比如《出车》。因为战争的目的是为了保家卫国，荡平夷狄，有种不可拒绝的正义性："靡室靡家，猃狁之故。不遑启居，猃狁之故。"

猃狁，指北方少数民族。战争不断，居无定所。我怎能不想回家，可是外族侵略，我们必须打跑敌人，才能守卫家园。这是为了抗御外侮而战，是义战，所以战士们虽然饱经风霜之苦，却无怨怼。

齐桓公所以能够成为春秋霸主，就是借助管仲为他提出的"尊王攘夷"口号。当山戎攻打邢国时，齐桓公发兵攻打山戎以救邢国，提出："戎狄豺狼，不可厌也；诸夏亲昵，不可弃也。"一致对外，才是正义之师。

而本诗的战争，却是典型的"春秋无义战"，是内战，在第二段中，诗人道出了这次战争的起因与目的。

二

"从孙子仲，平陈与宋。"原来，诗人南行的任务是跟随公孙文仲远征前线，去调和陈宋关系。

平，不是铲平，而是调和。

春秋各国之间都有牵藤扯蔓的血缘或姻亲关系，打断骨头连着筋。所以一旦有战事，往往就是各国诸侯一股脑儿卷了进来，有起哄架秧子的，也有充当和事佬来劝架的。当然，说是劝架，往往也会跟着打打太平拳，捞些好处。

卫国君参与到陈国和宋国的纷争里来，说是调和，却在出征前就忙着修筑城池，显然不是以和平为目的，而是人做好趁乱打群架的准备。

这是祸起萧墙的几个兄弟诸侯国之间没事找事，卫国的介入更是打着"平陈与宋"的旗号瞎掺和，却偏要"击鼓其镗"地乱兴奋，这就是好事、好战，穷兵黩武的不义之战。

为了这样一场战事背井离乡，怎能让人甘心呢？所以后面两句直抒胸臆说：我回不了家啊，无比忧虑郁闷。

"不我以归"，即不以我归，我回不了家。

"忧心有忡"，就是忧心忡忡，非常担心忧愁。

有战争就会有牺牲，我的担忧仅仅是因为想家吗？不，是因为我有着更大的忧惧：怕我会在战争中死去，永远也回不了家，再也见不到我的爱人。

在诗的第三段里，写到了这场战事的升级，死亡极其惨烈："爰居爰处？爰丧其马？于以求之？于林之下。"

爰（yuán）为疑问词，此处有"在何处"的意思，正与"于以求之"相应。于以，就是于何，在哪里？

我们在何处停留，征战驻扎，在哪里失去了我们的战马。去哪里找那失去的马呢？就在那山间林下。

这是一种含蓄的描写。战马怎么会丢呢？显然战争打得非常激烈，人仰马翻，而且我们是战败方，丢盔弃甲，连马都丢了。

马丢了去哪里找？当然是林中了。

这就又牵扯到春秋战事的习俗了：在一场战斗结束后，双方可以打出歇战牌，限定时间，各自回到战场收尸。所以战士们回到林间去寻找的哪里只是战马，还有刚刚死去的同伴。

调停矛盾弄到要死人的地步，正表现出了这场战争的没来由。

三

接下来，便是本诗的华彩篇章了："死生契阔，与子成说。执子之手，与子偕老。"

歌者从同伴的死想到了自己的死，战争再这样打下去，自己也是早晚要死在战场上的。这时候不禁想起家乡的爱人，想起从前的誓言，彼此的约定，说好了要一起好好走下去，白头偕老的，可是我若死在战场上，又如何坚持我的诺言？

此时再读到"死生契阔，与子成说"八个字，才知道有多么锥心刺骨。

契是紧密、结合。阔是疏远、离别。死生与契阔，这是两组由反义词构成的并列词组，也就是今天常说的生死聚散。

成说（yuè），约定、成议、盟约。这是回忆自己曾对妻子许下的誓言：不管岁月多寂寥，世事变换多少。我只想和你一起慢慢变老。言犹在耳，情难自已。生与死，哪里是如我们所愿的呢？

张爱玲在《倾城之恋》里借着主人公的口说："'死生契阔，与子相悦，执子之手，与子偕老。'那是最悲哀的一首诗，生与死与离别，都是大事，不由我们支配的。比起外界的力量，我们人是多么小，多么小！可是我们偏要说：'我永远和你在一起，我们一生一世都别离开。'好像我们自己做得了主似的！"

战争令得多少家庭星离雨散，多少夫妻阴阳永隔，这一切哪里由得他们做主？亲爱的人啊，倘若我死在了战场，你到哪里去找我呢？也只得"于以求之，于林之下"吗？到那时，你情何以堪，我情何以堪？

诗读到这里，眼泪忍不住要流下来，简直不敢再接着读出最后一段，那含恨问苍天的大声疾呼："于嗟阔兮，不我活兮。于嗟洵兮，不我信兮。"

这已经是在呐喊了：亲人啊，我们分别了，我活不成了，再也见不到面，再也无法信守誓言。我要失约了啊，这是我的错吗？

于嗟，即吁嗟，感叹词。洵，同阔一样，都是远的意思，这里是永别。

不敢想象，这难道是战士在临终前最后的歌声吗？那"执子之手，与子偕老"的回忆竟然是遗言吗？

不愿相信，却还是忍不住想问：那位战士，他后来回家了吗？

倚门驻望的妻子，张着自己空落落的手，还在等他来牵！

那是怎样的一幅画面啊：狼烟残照，尸骸相藉，那满身重创的小兵在兵甲尸堆中撑着身坐起，倚树低歌，歌声穿过越来越浓的暮霭，穿过丛林和山谷，送回到家乡他熟睡妻子的梦中。

"可怜无定河边骨，犹是春闺梦里人。"他的妻子从梦中惊醒，还在念念回想着彼此的新婚誓言。

他与她，一个在残阳如血的战场，一个在孤衾冷枕的雨夜，同声念起那八字许诺：执子之手，与子偕老。

那声音穿越千古，像是一种古老的咒语。寂寂流年，悠悠日月，你与我各自走过了无数生死轮回，却仍隔着天堑冥河久久相望，直到下一次牵手的时刻。

那便是永恒。

《凯风》：母爱犹如一缕南来的风

一

风从四季来。春天的风叫东风；夏天的风叫南风；秋天是西风，又名金风；冬天是北风，又称朔风。

"舜歌《南风》而天下治"，因为南风最温暖。

母爱也像一缕温暖的南风，吹拂着孩子的成长，但是孩子却不一定能够回报同样的温情。《凯风》是国风中难得的一首吟咏母爱的诗歌，却不是赞美母爱的伟大，而是愧疚子女的不孝，所谓"谁言寸草心，报得三春晖"。

> 凯风自南，吹彼棘心。棘心夭夭，母氏劬劳。
>
> 凯风自南，吹彼棘薪。母氏圣善，我无令人。
>
> 爰有寒泉，在浚之下。有子七人，母氏劳苦。
>
> 睍睆黄鸟，载好其音。有子七人，莫慰母心。

棘，酸枣树。第一段"棘心"，是小树刚发芽，第二段"棘薪"，已经长出了粗壮的枝条，能砍来做柴了。

夭夭，娇嫩的样子。劬（qú），辛苦。令，善。

两段句式一致，是说母爱就像南风，吹拂小树成长，如此辛苦操劳。在母亲仁义德行的教导下，我们终于长大成人，却没有任何让人称善的表现。

"母氏圣善"与"我无令人"形成对比，充满了自责与反省。

三、四两段换了种句式和比喻方法，并采用自问自答的方式说：哪里有寒泉啊？就在那浚土之下；母子生了七个儿子，却到今天还在劳苦，没享一点儿福。

黄鸟清脆啼鸣，婉转动听，传送佳音。我们不孝的七兄弟啊，全然不能抚慰母亲的心。

浚（xùn），地名。睍睆（xiànhuǎn），犹"间关"，形容鸟鸣清和婉转；一说美丽、好看。

这是以寒泉比喻母亲，而以黄鸟映射孩子，说母爱有如地下泉水，默默滋养众生；而我们还不如树上的黄雀，它们还知道唱首好听的歌儿让人欢喜呢，我们兄弟七个，没一个能让母亲展颜。

估计这是七兄弟犯了错，惹母亲生气时，唱起哄母亲开心的歌儿。

也有人说，这是悼念亡母的诗，是七兄弟在母亲灵前肩并肩的沉痛哀歌。

苏轼在《为胡完夫母周夫人挽词》中，就引用此典，写下"凯风吹尽棘有薪"的句子。

这首歌明着说七子不孝，实则正是孝子的婉转心曲。故而《毛诗序》说："《凯风》，美孝子也。卫之淫风流行，虽有七子之母，犹不能安其室。故美七子能尽其孝道，以慰母心，而成其志尔。"

自此，"凯风"和"寒泉"就常用来代指母爱。古乐府《长歌行》的命题寓意，便全套此诗："远游使心思，游子恋所生。凯风吹长棘，夭夭枝叶倾。黄鸟鸣相追，咬咬弄好音。伫立望西河，泣下沾罗缨。"

中国人有句老话：天下无不是的父母。这并不是说父母从来不会做错事，而是父母生养了我们，这是永远无法回报的深恩厚义，所以他们的一点点过错，做子女的完全没有立场指责。因为我们不论做什么，都仍然是"我无令人""莫慰母心"，自然就只能学习黄鸟，努力地笑语承欢，"载好其音"了。

二

孔子在《论语·为政》中为天下孝子规定了一系列行为准则：

孟懿子问孝。子曰："无违。"

樊迟御，子告之曰："孟孙问孝于我，我对曰'无违'。"

樊迟曰："何谓也？"

子曰："生，事之以礼；死，葬之以礼，祭之以礼。"

子游问孝。子曰："今之孝者，是谓能养。至于犬马，皆能有养，不敬，何以别乎？"

子夏问孝。子曰："色难。有事，弟子服其劳；有酒食，先生馔，曾是以为孝乎？"

孔子将孝道简单地规定为"无违"二字，进一步解释，就是做到三件事：活着，以礼事奉；死了，以礼安葬；之后，以礼祭祀。

"无违"就是顺，所以人们常将"孝"与"顺"并称，便在于此。只是赡养可不能称之为孝。因为养狗养马也是养，那能叫孝吗？所以，孝的前提是敬。对父母发自内心的敬爱，是子女心甘情愿地赡养侍奉，最重要的，是让他们开心。法律规定了子女对父母的赡养义务，但是法律制定的是底线，道德则是有高度的。法律底线让很多自私凉薄的子女认为只要给父母一点儿钱，让他们有饭吃、有房住、饿不死，就算是尽孝了。但是孔子告诉我们：这只是猪狗的见识。对父母的孝，首先要是敬，"不敬，何以别乎"。

有句话叫作"久病床前无孝子"。父母病得久了，儿女不会置之不理，由着他们去死，这样的人毕竟是少数。但是年深日久，儿女还能和颜悦色地殷勤问候，就很难得了。尽孝，难的不是侍疾喂饭，而是和颜悦色，且是发自内心的欢喜，将侍奉父母当作一件可幸的事，因为"子欲养而亲不待"，才是世间最大的痛啊！

所以二十四孝中有一则"老莱子戏彩娱亲"。相传春秋时楚国人老莱子事亲至孝，已经七十岁了，还常常穿着五色衣裳装小孩子逗父母开心。老莱子七十岁，他的父母该有多大岁数啊。显然因为儿子孝顺，老人才得以舒心长寿。有一次老莱子为父母送水，进门时绊了一跤，水洒了，他怕父母担心，故意坐在地上发出婴儿的哭声，博父母一笑。

这种屈己娱亲的言行，就是"睍睆黄鸟，载好其音"了。

所以，综上所述，孝的基本准则是"以礼事之""以礼祭之"，这是礼法规定的行为与义务；在此之上，则是"敬"，对父母发自内心的敬，并且尽己所能地顺从；而最高境界，则是"色"。和颜悦色的色，察言观色的色，眉飞色舞的色，春色宜人的色。简单地说，就是要多对父母笑，也努力逗父母笑。

笑，就是孝，就是凯风寒泉，棘心以报了。

"式微式微"，我在等你回家

一

邶风·式微

式微式微，胡不归？微君之故，胡为乎中露？

式微式微，胡不归？微君之躬，胡为乎泥中？

这首诗非常短，短到一句叹息还没来得及发出就完了。

仿佛面对着一个欲言又止的女子，她满含忧伤地看着你，低低叹出一口气，你还来不及回应，来不及安慰，她已经转身离去了。你望着她的背影，满心哀怜，惆怅万端。

你知道，她回去了，也并不会回到家中，而是仍然站在屋外翘首遥望，盼着她的良人回家。风寒露重，月冷星稀，她都不会管，就只痴痴地站着、望着，仿佛化作望夫石。那渴盼的身影，岂止是那一个卫国的女子，而是千万年来的思妇共同凝成的一座雕像啊，纤弱而沉重。

式微，天黑了。式是发语词，微指日光衰微，即黄昏或天黑。

第二句话中的"微"，则是"非"的意思。"微君之故"，如果

129

不是为了君子的缘故。

"胡为乎中露？"为什么会久久地站立在露水中呢？

第二段"微君之躬"的"躬"是身体，换一个字，是为了与"泥中"押韵。

这首诗只有两段，而两段话里只有两个字不同，所以其实只好算作一段。便是这一段里，又重复两个"式微"，而且接下来一句"微君之故"；先问"胡不归"，又问"胡为乎中露"，三个微，两个胡。也就是说，抛去重复的字，这首诗统共只用了十四个字，然而它的力量却是巨大的，震慑古今，直指苍穹。

安史之乱中，杜甫流落长安，想念着身在鄜州的妻子，曾写过一首极为优美的《月夜》，深情款款，令人动容："今夜鄜州月，闺中只独看。遥怜小儿女，未解忆长安。香雾云鬟湿，清辉玉臂寒。何时倚虚幌，双照泪痕干。"

遥想妻子独立月下，香鬟微湿，玉臂生寒，痴痴地盼着自己归来。

那情景，可不正是"微君之故，胡为乎中露"？

诗中的女子，一站千年。

二

这是我非常喜欢的一首诗，第一次读到它后就再也忘不了，脑海中不停盘旋着女子的诘问："式微式微，胡不归？"

天黑了，天黑了，你为什么还不回来？这女子的语气焦灼而急促，情绪迫切，百转千回。她站在风清露冷的驿道边翘首遥望，心中隐隐埋怨：如果不是为了你这迟归的良人，我怎么会一直在风露中等待？所谓"似此星辰非昨夜，为谁风露立中宵？"她那单薄的身影，深深镌刻在我脑海中，早成烙印。

但是后来忽然有一天，我多事地翻看到《尔雅》，才发现这首诗有完全不同的另一种解释：它的主人公，其实是男人。

诗里的"君"，不是女子对丈夫的泛称"君子"，而是特指君主。而"露"，则是"路"的假借字。也就是说，这其实是一首征夫诗，他们一边奔波在夜晚的泥途中，一边长吁短叹：天都黑了，我却还是不能回家。要不是为了君主卖命，怎么会一直奔波在征途？

原来，只是一个"君"的解释不同，整首诗就全变了。

一字之差，谬以千里。

我简直要哭了。虽然理智上不得不承认这样的译释也很有道理，可是怎样也无法挥去深刻在脑海中的女子的塑像，把她换成一队徭役途中的糙男人。再后来，学习的典故多了，这诗也就有了更多的衍生含义。

比如《毛诗序》中说，狄国侵黎，黎侯出逃至卫，卫侯并不礼待，黎人便歌之曰："式微式微，胡不归？"

这个解释有点儿勉强。因为黎臣们就算要劝君侯回家，也不会抱怨"微君之故，胡为乎中露"的，这不成了怨恨主上拖累自己吗？难不成要反？但是因此，这首《式微》又成了士大夫之歌，表达身处困境后决意弃世归隐山林的愿望。

比如王维诗："即此羡闲逸，怅然吟式微。"

王维身在朝堂，心在山林，是个不穿袈裟的和尚，每天下朝回到家，便换上布衣芒鞋，粗茶淡饭，过午不食，而且自妻子过世后再未续弦，所有薪俸尽用来供养众僧。但是他几度沉浮，却至死也未真正脱离朝堂，只是一遍遍念叨着归隐的愿望，吟着"式微式微，胡不归"，直至大归。

至近现代，"式微"这个词更加普及，竟成了衰败的代名词。不论国势或是家境败落，就被形容成式微。比如茅盾名言："谁曾从丰裕跌落到贫乏，从高贵跌落到式微，那他对于世态炎凉的感觉，大概要加倍的深切罢。"

这些也都还罢了，最令人瞠目的是还有把这首诗解释成野合之作的，说是一男一女在野外露天地里翻云覆雨，"微君之故，胡为乎中露"便是女子对于男子的撒娇倚媚，甚至说"露水夫妻"就是这么来的。

我对这类弗洛伊德式的性本论向来无语，忍不住想起从前学习编剧课程时，有位导演曾说过：编剧没必要太执着于自己的文本，过分强调遣词造句，因为我哪怕一个字都不动，也能通过导演手法把你的意思全改了。面对这首《式微》，就完全可以理解了。别说主题用意了，连主人公的性别都可以改头换面。自成一说。

算了吧，散了吧，"式微式微，胡不归"？

《静女》：最好的礼物是茅草

邶风·静女

静女其姝，俟我于城隅。爱而不见，搔首踟蹰。

静女其娈，贻我彤管。彤管有炜，说怿女美。

自牧归荑，洵美且异。匪女之为美，美人之贻。

这首小令一般的爱情诗篇深为我所爱，因其活泼俏丽。

诗歌从男方的角度发声，先赞美心上人的美丽温柔："静女其姝。"四字道尽爱人眼里出西施的美好。

静女，就是贞静娴雅的女子。姝（shū），是美好。

这女子又贞静又美好，秀外慧中，样样都可人意。但是下一句有点儿让人忍俊不禁："俟我于城隅。"

俟（sì），等待，等候。隅（yú），城墙上的角楼。

谁家的贞娴女子会约了男人跑到城门楼子见面啊，见不到还要"爱而不见，搔首踟蹰"，这抓耳挠腮的样子，可一点儿也不淑女。

爱（ài），隐蔽，躲藏。踟蹰（chíchú），徘徊不定。

因为没有明确的主语，这里就有了歧义：究竟是谁躲猫猫不出来相见？又是谁在一边挠头一边徘徊？

大多译本说是女子约了男子，男子来到后先不露面，却躲起来偷看女子着急的样子；但我少时背诵这首诗时，没见过注解，脑海中自然泛起一幅画面，男女约会，男子到来后，女子却故意藏起来，躲在城门后偷看；那小伙子见不到女子，急得原地转圈，不住挠头。至今我也不愿放弃这画面，宁可解作"（其）爱而不见，（我）搔首踟蹰"。

第二段描写约会的具体内容：赠礼物。

娈（luán），面目姣好。

这是男子再次赞美心上人的美丽，并且开心地说美女送给自己一支彤管。

贻（yí），赠送。

彤管，红色的管。关于管，自是中空之物，所以有人说是笔，有人说是乐器，还有人说是空心针。彤管，则有说是王室用笔，所以猜测这女子是宫中女官。

我们不必深究礼物是什么，反正美人送的都是好东西，所以男子诚心诚意地说："彤管有炜，说怿女美。"

炜（wěi），光泽鲜明的样子。

说怿（yuèyì），说通"悦"，和怿一样，都是喜欢的意思。

女（rǔ），通"汝"，可以指彤管，也可以指女子。

那美丽的静女啊，送了我一支彤管。如此鲜明艳丽，我真是太喜欢啦。

第三段进一步描写彤管，表白心意。说你从郊外采荑管相赠，真是美得与众不同啊。其实根本无关礼物有多美，重要的是它是美人送给我的，礼轻情意重。

牧，野外。

归（kuì），通"馈"，赠送。

荑，初生的白茅茎芽，又称"茅针"，白而柔嫩。《硕人》中形容庄姜"手如柔荑"，便指此物。人们喜爱白茅的洁净柔顺，象征高贵纯洁的爱情，故而古人常以白茅互赠以示爱。比如《召南·野有死麕》中："野有死麕，白茅包之。有女怀春，吉士诱之。林有朴樕，野有死鹿。白茅纯束，有女如玉。"

若是这样，那么这份礼物就有意思了。我怀疑第二段的"彤管"与第三段的"荑"是同一件事，不然这女子也没理由一次又一次地给男人送礼物。

那女子怀着美好的祝愿，专门跑到大老远的郊外采来初生的茅草，虽然只是不值钱的白茅吧，但她一定是用心挑选了草丛中最美最直的一株；然后削成荑管，再用茜草涂成红色，甚至还可能描刻了图案，把它打扮得漂漂亮亮的，当作礼物珍而重之地送给心上人。其中深意不言而喻：傻小子，快请媒人来提亲啊！

因此，男生才说"洵美且异"。

洵。确实。异，特殊。

这支彤管真是美得不同凡响啊。说到底，不关彤管或荑草的事，重在美人所赠，男子所爱。任何礼物，只有入了收礼人的心，才是美好的馈赠。

说起来古人也真是穷得可以、纯得可爱，情人互赠礼物，不需要钻石与花车，白茅即可；亲邻随份子，也用不着抻着牙筋儿包红包，送捆柴草即可；即使是六礼中最重要的纳徵，也只是自己亲手猎的大雁而非财帛之物。

多么实用而善解人意啊。

读诗吧，聆听远古的声音，让它们激起自己心底最深沉的应和，终与自己的心跳无比熨合，宛如梦回故乡。

就像子女在父母的脸上看到自己的拓本，不必验证 DNA 也知道我是父母亲的孩子一样，当我们吟诵《诗经》，由着那古老而熟悉的字句唤醒血液中沉睡的基因，便会清楚地知道：我是中国的孩子！

《君子偕老》：古装女子的发型课

一

《诗经》中描写贵女之美的，莫过于颂扬庄姜的《硕人》，其次则是《君子偕老》，据说这首诗写的是齐国大美女宣姜，从辈分上来说，她是庄姜的侄女。

古代称呼男子以名，称呼女子以姓。齐国的国姓是姜，为姜尚姜太公之后。本诗的女主人公本是齐国的公主，但是嫁给了卫宣公，所以父姓前又被冠以夫姓，史称"宣姜"。

这个传统在封建时期一直延续，在女方的姓氏前冠以夫姓，比如李家女儿嫁入赵家，就被称为赵李氏。

且说周武灭商后兼制天下，分封诸侯，根据功绩不等封国七十一，其中姬姓的宗室子孙占了五十三个，异姓功臣仅有十八国，其中又以姜尚的齐国为最。

各诸侯国间以联姻的方式加强邦交，作为姬天下的异姓王齐国，自然是最受欢迎的联姻对象，因此齐国的公主，天下倾慕。直到今天，"姜"姓都有"美女姜"的说法。

齐国自姜太公封国建邦以来，便日渐强盛，富甲一方，传至齐桓公时，更是通过"尊王攘夷"等行动，成为春秋霸主，时人称为"海王之国"。宣姜，便是齐桓公的妹妹。

鄘风·君子偕老

君子偕老，副笄六珈。委委佗佗，如山如河，象服是宜。子之不淑，云如之何？

玼兮玼兮，其之翟也。鬒发如云，不屑髢也。玉之瑱也，象之揥也。扬且之皙也。胡然而天也！胡然而帝也！

瑳兮瑳兮，其之展也，蒙彼绉绤，是绁袢也。子之清扬，扬且之颜也，展如之人兮，邦之媛也！

这首诗其实是不符合我的选诗标准的，因为生僻字实在是太多了，然而这样拗口的一首诗，我为什么还要选录呢？

就因为它的难得：这大概是《诗经》中描写女子装饰最细腻的一首诗了，对于西周服饰的研究简直功不可没。只是一句"副笄六珈"，便足以让发饰研究者趋之若鹜了。

副，妇人的一种首饰。笄（jī），簪。

《礼记·内则》曰："女子……十有五年而笄。"古时的小女孩儿多是散发垂髫，或是绾成小髻，称"总角"，如"总角之宴，言笑晏晏"。因为小髻多为双丫髻，所以人们常把小女孩儿叫作"丫头"。

女孩儿到了十五岁，便不是小丫头，而长成大姑娘了，要行"及笄礼"，又称"既笄"，要结发、插簪，意谓已到"及笄之年"，可以议亲嫁人了。

现代影视剧中的小女孩儿动辄满头珠翠以示出身高贵，其实是非常失礼的行为，因为簪子可不好乱插的，女童身份再尊贵，头饰也不宜华丽，两朵珠花就是了。

本诗起首"君子偕老"，可见女主人公是一位结了婚的妇人，故称"副笄六珈"。

珈（jiā），是簪子上的一种玉制饰物，也就是"步摇"。因为玉制垂珠有六颗，故称六珈，显然是非常华贵的一支玉簪。

这是打头顶最高处着眼，只是看到发髻上一枚垂珠轻摇的簪子，已经让人心醉神驰，感受到了这女子无上的美丽与庄仪，于是先得出一个非常华美的总体形象："委委佗佗，如山如河。"

委佗，又作委迤，也就是曲折前行的意思。这当然不是说女子一路绕着走，而是她的每一步都走得很慢，左脚右脚，左一下右一下，仿佛电影中的慢动作，缓步而行，雍容柔美。

象服，就是镶有珠宝、绘有花纹的大礼服。宜，合身，王后的礼服当然是臣工精心定制的，非常符合她的国母范儿。

她穿着锦绣绫罗大镶大滚的翟衣，头上插戴了全副珠钗首饰，随着她的走动发出轻微的脆响，凤头步摇更是跟着她的脚步一点一点，耀花了人的眼睛。她走得很慢，裙裾长长地曳在身后，仿佛有千山万水跟着移压了过来一般，沉稳庄严，仪态万方。

这几句赞美实在太高调、太盛大了，所以紧接着一句"子之不淑"，落差之大简直让人无法接受。

《毛诗序》认为此诗乃"刺卫夫人也。夫人淫乱，失事君子之道，故陈人君之德，服饰之盛，宜与君子偕老也"。

齐姜公主来到卫国，本来是嫁与年貌相当的卫太子伋的，但是卫宣公听说了公主貌若天仙后，却起了坏心思，于是声称为了表示对齐国的尊重，要亲自郊迎，赶在儿子之前先看到了千娇百媚的新娘，于是下令支走太子伋，李代桃僵，声称娶亲的人其实是自己。就这样，齐姜莫名其妙地从太子妃变成了王后。

总之，因为她实际嫁的人是卫宣公，故世称"宣姜"，且云其"不淑"。经学家们认为这首诗是用她的服饰之盛来反讽其德行之失，听上去非常别扭。

淑是善，不淑就是不善，不良，不幸，比如"遇人不淑"，就是遇到了一个不对不好的人。

宣姜的不淑，究竟是说她品行不端呢，还是哀其不幸呢？

我宁愿相信是后者，因为这样解释起来更顺畅一些：你怀抱与君子偕老的美好心愿嫁到了卫国，孰料风云突变，遭遇不幸，让人说些什么好呢？

"云如之何"，是卫国百姓对宣姜的同情，对卫宣公荒淫霸道的无语，他们只能在心底哀叹：可怜了那么美丽的一个人儿，嫁来卫国的时候多么典雅端方啊，谁料想，好好一棵嫩白菜竟被猪拱了，这可叫人怎么说呢？

二

实在宣姜初嫁时的亮相太美丽了，让卫国百姓事隔许久还津津乐道，关于她的礼服、她的发饰，似乎有说不完的话题，每每提起便忍不住叹息：那礼服真漂亮啊，锦绣斑斓，仿佛会发光一样。

玼（cī），花纹绚烂。翟，绣着翟鸟彩羽的象服翟衣。

上段先说头上的步摇再说"象服是宜"，这第二段则先说象服再说头发。

鬒（zhěn）发，就是黑发；髢（dí），则是假发。

古时的女人喜欢用假发装饰头顶，一则使自己的头发显得浓密丰盛，二则是为了梳高髻，身高不够，发冠来凑，仿佛发髻越高气势越强似的。

然而宣姜本身气场强大，"如山如河"，根本不需要借助假发充头面，因为她自己的头发已经非常丰茂了，"鬒发如云"，随时可以给洗发水做广告。

"不屑髢也"，既说明了宣姜发质好，又衬托了她的骄傲与自信。然而这样骄傲的一个女子，偏偏遇人不淑，真真让人慨叹。

重复赞叹了她的象服与发型，终于可以细细打量她的耳饰了。

瑱（tiàn），是帝王冠冕上垂在两耳旁的玉。

古时候的女子并没有耳洞，所以也没有耳坠子，那些瑱也好，珰也好，都是用绳悬系于耳旁，当作耳塞用的，起到警示的作用，表示"非礼勿听"；正如同皇帝冕琉上垂挂的珠帘，挡在眼前，以示"非礼勿视"。

一则帝仪庄严，二则男人没有那么在乎美感，所以帝冕的珠帘几千年也没什么大改变，然而女子耳畔的垂珠却改了又改，后来大约借鉴了少数民族喜欢打洞的习俗，将耳塞子生生变成了耳坠子。

东汉刘熙《释名》说："穿耳施珠曰珰。兴于蛮夷，盛于华夏。"可见打耳洞的习惯从汉代就已经有了。女人为了美，向来是很能忍痛的。就这样，鬓边的瑱渐渐成了耳上的垂珠，称之为"珰"，比如罗敷的"腰若流纨素，耳着明月珰"。

不过，在西周时，女人还没那么喜欢"自残"，瑱是系在发簪上插于鬓边的，垂悬于两耳之侧，谓之"簪珥"或"悬珥"。

那么诗中宣姜悬珥的发簪是用什么做的呢？

乃是象牙磨制的发针。

掮（tì），剃发针，发钗一类的首饰。一说可用于搔头。

当然，这里的"玉之瑱也，象之掮也"也可以看作是不相干的两句，说宣姜头上戴着玉制的耳瑱，象牙的搔头，形容首饰之盛。

在这些首饰的衬托下，宣姜的容貌终于露了出来，却并没有细说什么样的眉什么样的眼，而只提到了她的额头，"扬且之皙也"。

扬，额头。且，语助词。皙，白净。

喜欢大脑门儿，这种审美标准在我小时候好像还非常盛行。记得那时候学校经常有公开课，而我是老师指定的那个要在公开课上做重要发言的优秀生，每次表现出色后，都会有旁听的老师围着我叹息，说这学生真聪明，然后就总有某个女老师撩起我的刘海儿感叹说：看这大脑门儿！这几乎已经成了每次学校公开课的指定动作，因此我从小就记住了一条审美铁律：大脑门儿聪明。可恨的是，随着年龄增长，我好像只长脸蛋子不长脑门儿，硬是渐渐失去了这一令人称道的优势，实在抱憾多年。

通过《硕人》我们已经知道，古人以高大为美，宣姜有大脑门儿，有乌漆漆的头发，自然是个美人儿了，更何况她还长得白。民间素有"一白遮百丑"之说，哪怕五官不咋地，只要人白净，就非常耐看。

不知道宣姜的眉眼能否比得上庄姜的"巧笑倩兮，美目盼兮"，大概没有那么精致妩媚，所以诗中没提。但是她典雅端庄啊，"委委佗佗，如山如河"，还有大脑门儿和一头乌黑亮丽的秀发，这就足够卫人称道的了。因此他们大惊小怪地欢呼了起来："胡然而天也？胡然而帝也？"

胡，就是何，怎么。然，这样。

这些没见识的卫国人，大概从没见过宣姜这样美丽的女子，不禁惊为天人，奔走呼告：天啊，怎么会有这么美的人儿，这莫不是天女下凡了吧？

这番感叹，便如同《西厢记》中张君瑞初见崔莺莺："颠不刺的见了万千，似这般可喜娘的庞儿罕曾见，则著人眼花缭乱口难言，魂灵儿飞在半天。"

可惜，天女下凡处，是最肮脏的卫国王宫。或许，这才是令卫人捶胸顿足的真正原因吧。

三

这首诗分三段，与其他诗不同的是，这三段的内容既不是重章叠唱，也没有内容进展，仍然说的是玉饰衣裳，只是又换了许多华美的字眼。

瑳（cuō），玉色鲜明洁白。

展，古代后妃或命妇的一种礼服，一说夏天穿的纱衣。

于是这层纱就有了两种可能，一是《硕人》中庄姜的"衣锦褧（jiǒng）衣"，也就是翟衣外面罩的那层纱帔；二是单纯的薄纱衣，且是玉般明洁的白纱衣。

我更倾向于第一种解释，一是因为整首诗都在回忆宣姜初归时的华美亮相，可见这层纱正是罩在"象服是宜"外的薄帔；二是连接下文"蒙彼绉絺"，可能正是进一步解释这层纱的作用与质地：蒙在外面的绉纱细葛啊，是夏天的薄纱衣。

绉，质地较薄的一种丝织物，表面呈绉缩现象。

絺（chī），细葛布。

绁袢（xièfán），是指夏天穿的白色亵衣，也就是内衣。

但在这里不能以为人们真的看到了宣姜的白色内衣。此处的"是绁袢也"可当作形容词看，指的是蒙在礼服外的那层白色绉纱，就像是人们夏天穿的那种白纱衣一样轻薄莹细。

《葛覃》中道："葛之覃兮，施于中谷，维叶莫莫。是刈（yì）是濩（huò），为絺为绤（xì），服之无斁（yì）。"古代衣物最主要的材料就是葛藤，要先在大锅里煮，取其纤维，得出织布的丝线，然后再纺织成粗细夏布，最后才是剪裁成衣。民间穿的是粗布衣，贵族穿的是细布衣和丝绸，所以养蚕也是古代女子最重要的劳作内容。

宣姜的衣裳只能是细葛布或者纱衣，所以说"蒙彼绉絺，是绁袢也"。她的外衣，比农家的内衣还要细腻光洁。这层泛着玉色光泽的白纱衣，更加映衬得宣姜额头宽广，神清气爽。

"子之清扬"，清指眼神清秀，扬指眉宇宽广。

而接下来"扬且之颜也"的"扬"与"颜"，则都指额头、面容，有一种舒展和气的容光。

"展如之人兮"，展是诚，的确。如，这个。这个人啊，真是难得一见的国中美人啊。

媛（yuàn），美女。

"邦之媛兮"，全国数一数二的美女啊。

现在我们特别喜爱一个明星的时候，就会说什么国民岳父，国民女婿，国民媳妇，国民闺女。春秋时期的人也一样，看到这么美丽的宣姜公主，就立刻大声赞美：美啊，美啊，邦之媛也！

陈继揆《读风臆补》评："后两章逸艳绝伦，若除去'也'字，都作七字读，即为七言之祖。"

我们不妨来试一下：

瑳兮瑳兮其之展，蒙彼绉绤是绁袢。

子之清扬扬且颜，展如之人邦之媛。

果然朗朗上口，还很押韵呢。

四

《君子偕老》的主人公到底是不是宣姜暂且存疑，但是《新台》所说的却一定是宣姜。因为，新台，正是卫宣公为了骗娶宣姜而建的。他声称郊迎齐国送嫁队伍，带着兵马早早来到了郊外黄河边，命人建筑起高大华美的宫邸，做了自己与宣姜的新房。卫国人民听说了主君如此荒淫的行为后，都瞠目结舌，十分不齿，于是编了这首歌儿来讥讽他。也正因为有这首明显是同情宣姜的《邶风·新台》，我才认为《君子偕老》即使说的是宣姜，那句"子之不淑"也没有谴责的意思，而是怜惜她所嫁非人的不幸命运：

新台有泚，河水弥弥。燕婉之求，蘧篨不鲜。

新台有洒，河水浼浼。燕婉之求，蘧篨不殄。

鱼网之设，鸿则离之。燕婉之求，得此戚施。

新台，在今山东鄄城县黄河北岸。

有泚（cǐ），鲜明华美的样子。

河之弥（mí）弥，河指黄河，弥弥是水盛大的样子。

燕婉，和婉美妙，指夫妇和好。燕，安。婉，顺。

蘧篨（qúchú），古代钟鼓架下兽形的柎，其兽似豕，蹲其后

145

足，以前足据持其身，仰首不能俯视，喻身有残疾不能俯视之人。而闻一多先生认为，蘧篨为蟾、癞蛤蟆一类的东西。

鲜（xiǎn），少，指年少。一说指夭逝，《列子注》："人不以寿死曰鲜。"不鲜，就是老不死的。

新台的建筑华美鲜丽，黄河之水滔滔流去；抱着百年好合的心愿前来结缡，没想到嫁了只老不死的"癞蛤蟆"。

宣姜担负着两姓之好、两国之盟的重望远道而来，却在新台被公公占有，她能怎么样？返回故国还是自求一死？不管哪一种，一则以她的力量根本做不到，二则那样也就会让两国结了死仇。她是来结亲联盟的，不是来制造战事的。除了打落牙齿和血吞，这柔弱无辜的女子竟然别无选择。就这样，在明丽的新台上，在浩浩的黄河边，上演了一幕"扒灰"的历史丑剧。

第二章的格式完全一样。

新台有洒（cuǐ），洒通"漼"，高峻的样子。

浼（měi）浼，水涨满盛大的样子。

殄（tiǎn），灭绝。不殄与不鲜同义，都是老不死、老不羞，骂人的话。

第三章略有变化。"鱼网之设，鸿则离之"是平地波澜，抛开新台黄河另起了一句比兴，说设好了渔网来捕鱼，没想到逮到一只癞蛤蟆。明明是来求美满婚姻的，却遇个这个癞蛤蟆。

如果按照字面解释，那么鸿是大雁，离是离开。意思就是看到预设的渔网，大雁就只好离开了。意即卫宣公已经做了布局，卫公子自然只能回避，放弃了自己的未婚妻。

但亦有认为"离"通"罹"，遭遇的意思。那么大雁就真的落网了。比如《菜根谭》便借用此典引申出了一个名句："鱼网之设，鸿则罹其中；螳螂之贪，雀又乘其后。"如此，这雁就应该指的是宣姜。意思是说卫宣公已经设下了渔网，宣姜这只无辜的雁儿只能落入网中，难以解脱。

但是关于"鸿"也有不同的解释，认为是古人对蛤蟆的别称，而后面的戚施，同样是蟾蜍、蛤蟆的意思。

《国语·晋语》载："蘧篨不可使俯，戚施不可使仰。"

戚施与蘧篨一样，都是古代雕刻物，四足据地，无须，不能仰视，喻貌丑驼背之人。这是再次给卫宣公定义形象，说来说去，都是不同品种的癞蛤蟆。

但是不管怎样，癞蛤蟆到底吃上了天鹅肉。

五

宣姜嫁了卫宣公，生下两个儿子公子，寿与公子朔。

卫宣公自己做了亏心事，却反过来忌惮太子伋，担心他对自己心怀怨恨，将来必不会善待自己，于是密谋杀害太子伋，改立公子朔为太子。这事儿不知怎么被公子寿听到了，寿很同情自己的大哥，觉得父母兄弟已经很对不起哥哥了，怎么还能意图杀害呢？就冒充哥哥去了指定地点，替哥哥死了。

伋随后赶到，抱着弟弟尸身大哭，指责刺客说杀错人了，自己才是太子伋。刺客一听，也不知道这兄弟俩玩的啥，一不做二不休，索性将伋也杀了。

于是，公子朔成功上位，立为太子，便是后来的卫惠公。

在卫惠公执政期间，卫国局势不稳，人心动荡。为了安抚国人情绪，宣姜的哥哥齐襄公竟然让宣姜改嫁给伋的弟弟公子顽，以此来平衡各派的关系。宣姜本来是要嫁太子的，却稀里糊涂嫁了公公；如今过了十几二十年，儿子都生了两个，倒又重新改嫁给太子的弟弟，和自己的儿子做了同辈。这真不知道是拨乱反正还是乱上加乱。

卫国人也彻底被整蒙了，说起这些宫廷八卦来，只觉说都说不清，于是就又有了一首讽刺小调《墙有茨》：

> 墙有茨，不可埽也。中冓之言，不可道也。所可道也，言之丑也。
> 墙有茨，不可襄也。中冓之言，不可详也。所可详也，言之长也。
> 墙有茨，不可束也。中冓之言，不可读也。所可读也，言之辱也。

《毛诗序》对这首诗的解释是："《墙有茨》，卫人刺其上，公子顽通乎君母，国人疾之，而不可道也。"

茨（cí），蒺藜。一年生草本植物，果实有刺。

埽（sǎo），通扫。

中冓（gòu），内室，宫中龌龊之事。

墙上的蒺藜，没办法简单地用扫帚去扫，会把扫帚弄坏的；宫里的龌龊事儿，没办法说给人听，因为实在太肮脏了。公子顽居然跟父亲的后妃通奸，这叫什么事儿呀，做的人不怕丑，说的人还嫌丑呢。

接连三段，都是一样的意思，

襄，也就是攘，除去。详，传扬。

墙上的蒺藜除不去，宫中的丑事不可传，若想从头道来，那可说来话长了。

束，捆。读，诵也。

这都是正话反说，因为故事已经被编成歌儿唱了，岂是"不可读也"？但是歌者偏要说：墙上的蒺藜扎不成捆儿，宫中的丑事儿编不成曲儿，唱起来实在是脏了人的嘴儿。

春秋时期的女人，就是风雨中的浮萍，随着风势吹到哪儿就落到哪儿，完全不能为自己的命运做主。

宣姜嫁与卫昭伯顽后，又生了三子二女，各个都大名鼎鼎，在春秋史上写下煊赫的一页，他们分别是：齐子、卫戴公、卫文公、宋桓公夫人、许穆夫人。

庄姜、宣姜、文姜，这些姜家的女儿连同她们的男人与儿女，左右了整个春秋，他们的故事，我们在下一篇还会提到。

《载驰》：许穆夫人的水袖风云

一

鄘风·载驰

载驰载驱，归唁卫侯。驱马悠悠，言至于漕。大夫跋涉，我心则忧。

既不我嘉，不能旋反。视尔不臧，我思不远。既不我嘉，不能旋济。视尔不臧，我思不閟。

陟彼阿丘，言采其蝱。女子善怀，亦各有行。许人尤之，众稚且狂。

我行其野，芃芃其麦。控于大邦，谁因谁极！大夫君子，无我有尤。百尔所思，不如我所之！

邶、鄘、卫，所属区域皆在今河南黄河以北至河北南部地区，故有"卫地三风"之说。

比如《邶风·泉水》《鄘风·载驰》《卫风·竹竿》，分属三风，却都相传为许穆夫人所作，其背景均与卫国遭受北狄侵害时，以齐桓公为首的诸侯"尊王攘夷"、救助卫国这一重大事件有关。

对于中国古代史，我向来最缠夹不清的是三段时期：第一就是春秋战国，第二是魏晋南北朝，第三是五代十国。所以对于经学家苦心孤诣地非要将每首诗都赋予一个重大历史事件作为背景的做法，我向来是抗拒的，因为根本记不清那些霸主诸侯，那些夫人姻亲，以及那些百家观点和出现的时代。好端端一首诗，本来读着挺流畅明白的，诗家非要说其用意是"美"这个"刺"那个，连《蒹葭》这么美的诗都要说成是"刺襄公也，未能用周礼，将无以固其国焉"。简直不知所谓，硬生生让人看不懂了，喜欢也变不喜欢了。

然而《载驰》这首诗却不同，它虽然也是一首政事诗，却难得地使专家们达成共识。专家们对于诗的作者、创作背景与描述史实罕见地没有太多争议，一致认为是许穆夫人所作。这是我对这首诗最大的兴趣所在。

这首诗的背景和时间都非常明确，作于公元前660年狄人伐卫之际，可以接着《新台》《墙有茨》的故事来讲。

那个杀害哥哥夺了太子位的公子朔，在卫宣公死后即位成为卫惠公。逝后，其子赤即位，是为卫懿公，也就是宣姜的亲孙子。不过，这时候宣姜已经嫁给了义子卫昭伯顽，并且生了三子二女，这些子女，成为懿公的堂兄弟。所以按辈分，卫懿公要管自己的亲奶奶宣姜喊伯母。

对于卫懿公，《史记》给了非常明确的四字评价："淫乐骄奢。"他最著名的事迹或者说最大的爱好是养鹤，还给鹤封了爵位，且按等级不同给鹤配有宅第、俸禄、仆从和车子。

因此当狄人来袭时，卫懿公派兵抵抗，国人们翻着白眼说："让鹤将军去吧，它们高官厚禄，我们哪能比呢？"

《左传·闵公二年》记载："冬十二月，狄人伐卫，卫懿公好鹤，鹤有乘轩者，将战，国人受甲者皆曰：'使鹤，鹤实有禄位，余焉能战!'"

卫懿公也赌气得很，索性亲自率军出征，结果全军覆没，兵败被杀。杀了倒也没什么，但这卫懿公死得实在惨，连尸身都被狄人分吃了，只留下内脏抛于荥泽。

卫大夫弘演赶来给懿公收尸，见此惨状，痛哭呼叫："臣来做你的尸身，为你容裹!"说罢抽刀剖腹，亲手将自己的肝脏掏出，再将懿公的肝脏装进去，流血而死。

真是秦桧也有三兄弟，虽是昏君，不乏忠臣。

懿公死后，卫臣拥立其堂弟公子申继位，是为卫戴公。这位公子申，正是宣姜与昭伯所生。也就是说，继宣姜的亲儿子、孙子做诸侯之后，她的另一个儿子又接力做了诸侯。这宣姜"副笄六珈"地来到卫国，"委委佗佗，如山如河"，真不负国母的范儿。

《载驰》开篇"载驱载驰，归唁卫侯"，说的正是嫁到许国的卫国公主听闻母国罹难、哥哥即位，于是想要回国吊唁的事。

这本是挺正常的事儿，但是却遭到了许国大夫的阻拦。按照当时礼法，夫人回娘家可是大事，无故不得离境；尤其是父母不在的前提下，如果夫人想念娘家兄弟，只能由出嫁国的大臣代为慰问。

卫国公主因而作此歌斥责群臣，表明自己爱国救亡的决心。而这位卫国公主，同样为宣姜所生，正是宣姜与昭伯的小女儿，继承了母亲的美貌，秀外慧中，颇有主见，长大后嫁给了许穆公，故称许穆夫人。卫国属姬姓，卫公主嫁到许国，按例应该称作许姬的，但是"姬"有姬妾的意思，未免让人误会了夫人的位次，故意而世人只称许穆夫人。

虽然许穆夫人已经是许国人了，但是这首诗却流传于卫地，载入《鄘风》，因为正是卫国人感念这位心怀故国、挺身而出的公主，长久歌之、怀之，此诗才得以流传。

而许穆夫人，也因此摘得了"史上第一女诗人"的桂冠。当然，也有说法是本诗为卫国士大夫所为，第一女诗人的名号应当属于齐国大美女庄姜。

这场官司，我们就不去掰扯了，且看原诗。

二

载驰载驱，归唁卫侯。驱马悠悠，言至于漕。大夫跋涉，我心则忧。

载，语助词，"又……又……"，比如载歌载舞。

驰、驱，都是打马奔走。孔颖达疏："走马谓之驰，策马谓之驱。"

唁（yàn），向死者家属表示慰问，此处不仅是吊卫侯，更有怀国之意。

这首诗没有使用惯常的起兴手法，因为事情太紧急，心绪太纷乱了，哪里还有心思顾此说彼，只是忙着打马奔走，想尽快回去凭吊自己危在旦夕的母国。

"载驰载驱"破空而来，充分表现出情感的急切；而"驱马悠悠"则形成强烈反比，进一步表现心情焦虑而道路漫长，归国之心越是迫切，也就越觉得山高水长。

悠悠，路途遥远貌。言，发语词。漕，卫国东邑。

好容易已经远远看到卫国的漕邑了，偏偏又被许国大夫们赶

153

上，还要横生阻挠，跋山涉水地来追赶我，不许我回国，让我更是忧心。

　　　　既不我嘉，不能旋反。视尔不臧，我思不远。既不我
　　　　嘉，不能旋济。视尔不臧，我思不閟。

　　这两组重章叠唱，是许穆夫人激烈的控诉：既然你们不赞同我的选择，那我就不能跟你们回去。比起你们不仁不义，我惦记宗国，岂能放弃。
　　嘉，认为好，赞许。
　　旋反，回归。反，同"返"。
　　视，表示比较。臧，好，善。"视而不臧"，比起你们的不善而言。
　　远，有远见，一说摆脱。"我思不远"，我的心思计划比你们有远见，或说我不可能摆脱思念宗国的想法。
　　"旋反"是回去，"旋济"是渡水，看来许穆夫人的马车已经跑出很远，渡过黄河了。这也正同前段的"大夫跋涉"相照应，许大夫们也是追过了一条河，现在要求夫人同他们渡河归许，夫人岂能同意。因此再三说：比起你们面对盟国遇难而不闻不问的狭隘心胸来，我的心中自有大计，岂能和你们一样壅闭？
　　閟（bì），同"闭"，闭塞不通。

　　　　陟彼阿丘，言采其蝱。女子善怀，亦各有行。许人尤
　　　　之，众稚且狂。

陟（zhì），从低处走向高处。

阿丘，一边偏高的山丘。

蝱（méng），贝母草，据说可以治疗郁积病症。采蝱治病，喻设法救国。

许穆夫人在被许国大夫们追赶阻拦时，起初是暴怒和焦躁的，因此一连串的诘问出口；但是冷静之下，语气便平缓下来，试图同他们讲道理。她一时间不能继续赶路，只得登上山丘遥望故国，一心想着救国之策。都说女人多愁善感，但我也有我的原则和底线。你们不理解我，还要指责我，实在是太骄慢无礼了。

行，道路、准则。尤，责怪。

众，通"终"。"终……且……"为诗的固定用法，比如"终风且暴"。

我行其野，芃芃其麦。控于大邦，谁因谁极！大夫君子，无我有尤。百尔所思，不如我所之！

许穆夫人到底回到卫国了没有呢？似乎未能成功。

"我行其野"，远不如"载驰载驱"来得急切冲动，显然她到底是被许国大夫拦阻了下来，不得不怏怏而返。

缓辔由缰，行走在旷野之上，看到垄上麦苗青青，格外忧伤。

芃（péng），草茂盛貌。

许穆夫人未能回国，但真的放弃救卫了吗？当然没有。她还在一路想着救国之策，许国是没指望了，只能向大国求助。那些大国，哪一个会愿意伸出援手呢？

"控于大邦"，去向大国求告。控，往告，赴告。

"谁因谁极",谁可以依靠援助呢？因，亲也，依靠。极，至，指来援者的到达。

最后，许穆夫人越想越生气，因为她明明已经有了救国良策，却偏偏因为身为女子，不能施展。因此再次控诉总结：你们这些大夫君子啊，不要再指责我了。你们所有的思考和主张加起来，也都是一句废话，还不如我亲自跑一趟。

换言之，你们说那么多大道理，倒是实际做点儿事啊！

这位许穆夫人，的确是个行动派。

三

汉代刘向《列女传》载："初，许求之，齐亦求之。懿公将与许，女因其傅母而言曰：'……今者许小而远，齐大而近。若今之世，强者为雄。如使边境有寇戎之事，惟是四方之故，赴告大国，妾在，不犹愈乎？'……卫侯不听，而嫁之于许。"

原来，在卫姬公主到了摽梅之期时，齐国也是曾来求过亲的，而且卫姬看中的正是齐国公子，可惜不知道具体是哪位公子。

她的理由很正当，非常有大局观："许国是小国，又离卫国这么远，将来有个什么事儿也鞭长莫及，不能回护；齐国是大国，又离我们较近，嫁给大国才能"抱大腿"，彼此守望相助。如今边境多战，敌寇环伺，若是将来国家有难，只要我在，就可以借大国之力相帮。"

但是卫懿公那个鹤脑袋不知是怎么想的，这么显而易见的道理却硬是不听，或许因为贪图财礼丰厚，到底逼她嫁给了许穆公。

不料一语成谶，十年后，卫国果然被狄人所灭，许国也果然袖手旁观，接受许穆夫人求助的，则正是有意结亲的齐国。

她不但猜中了故事的开头，竟也猜中了故事的结尾。

被许穆夫人成功抱到的"大腿"齐桓公，就是著名的公子小白，史上第一个提出"尊王攘夷"口号的春秋霸主，对于一致对外这件事极其坚定，他的夫人也是卫国的一位侯女，史上只称"卫姬"。因此，齐卫亦是姻亲。

在齐桓公的号召下，宋、许等国纷纷派兵参战，各国联合打退了狄兵。卫国也才转危为安，重建都城，恢复了诸侯国的地位。这个重建的过程，也被记入了《定之方中》。

而这一切，与许穆夫人的奔走是分不开的，这位果敢女子"载驰载驱"的飒爽身影，也就这样镌入了历史的铭痕中。

四

卫懿公死后，卫国人拥立其堂弟公子申为国君，史称卫戴公。戴公即位不久便过世了，其弟公子毁继国君之位，是为卫文公。

戴公与文公，同为宣姜的儿子，许穆夫人的亲哥哥。

卫文公是卫国史上难得的一位明君，轻赋减税，慎用刑罚，带领卫人重新走向了强盛。《定之方中》这首诗，描写的就是文公重建国都的情形：

> 定之方中，作于楚宫。揆之以日，作于楚室。树之榛
> 栗，椅桐梓漆，爰伐琴瑟。
> 升彼虚矣，以望楚矣。望楚与堂，景山与京。降观于
> 桑，卜云其吉，终然允臧。

灵雨既零，命彼倌人，星言夙驾，说于桑田。匪直也人，秉心塞渊，騋牝三千。

定，是星宿名，定星，又叫营室星。古人营屋造房是要占卜风水宝地和黄道吉日的，而在这首诗中，重建宫殿的时间则有两种可能性：一是指农历十月十五至十一月初之间，此时定星黄昏时正处于南天当中，是土木建设的最佳时机。如《国语·周语》："营室之中，土工其始。"

第二个时间可能则是在正月，《礼记·月令》开篇云："孟春之月，日在营室，昏参中，旦尾中。"意思是孟春正月，太阳运行的位置在营室星；黄昏时，参星位于南天正中；拂晓时，尾星位于南天正中。如此吉日，宜定方位，造宫室。

"揆之以日"，揆，是测度；日，指日影。古人通过日影来确定方向。所以"定之方中""揆之以日"，都是指看星象，择吉时。

而"作于楚宫""作于楚室"就是在楚丘上营造宗庙宫室。

于就是为，作于就是作为，开始营建。楚是地名，指楚丘，在今河南滑县东、濮阳西。

建宫室的同时，还要种树，包括榛、栗、椅、桐、梓、漆树。椅（yī），指山桐子。其中椅、桐、梓、漆，都是斫琴的好材料，因此顺接"爰伐琴瑟"，同时琴瑟可代指礼乐。所谓"前人种树，后人乘凉"，营建宫室不只是为了当下，更是为了后代千秋，着眼未来，影响深远。

整段翻译过来就是：选好了吉日宝地，在楚丘营造宫室。种上了漆桐榛栗，等它们成材就可以伐作琴瑟，礼乐兴邦。

方玉润《诗经原始》评："总言建国大规。"真是位深谋远虑、有大局观的贤明君主。

在开篇的大开大阖之后，第二段则开始倒叙卫文公卜筑楚丘的过程。

"升彼虚矣，以望楚矣。"登上故城土丘，眺望楚丘的方向。

虚，有两种解释，一说故城，一说大丘。

要说文公和许穆夫人这兄妹俩还真有默契，一个"陟彼阿丘"，一个"升彼虚矣"，简直是遥遥对望；只不过，许穆望的是过去，文公望的是未来。

"望楚与堂，景山与京。"堂，是楚丘旁边的城邑。景山，大山。京，高丘。

这四句说的都是登上高丘，远眺山岗，包括附近高低远近的堂邑和大小山丘，这是在堪舆风水。

接着下了山，继续考察田桑水土，判断耕渔民生。所以是"降观""卜云"。

"卜云其吉，终然允臧。"卜的结果很吉利，相信前程必然是美好有希望的。

卫文公登上了故城的丘墟，眺望楚丘的方向。看到绵延的丘陵与附近堂邑，高低远近尽在眼中；然后下山考察田桑，占卜的结果很吉利，这让他充满信念，相信卫国的前程很美好。

五

《左传·闵公三年》载："卫文公大布之衣，大帛之冠，务材训农，通商惠工，敬教劝学，授方任能。"可见文公之勤俭自勉，事必躬亲。

而《定之方中》这首诗，便是撷取了文公亲政的几个小细节，是对卫文公的歌功颂德，却不是空泛地赞美，而是着重描写他在营建宫室时亲自考察地形、关心民生社稷躬劝农桑几个细节。

第三段，写的就是文公雨后劝农的具体行为。

"灵雨既零"，灵是善，灵雨就是好雨、及时雨。零则是写雨落。

孟子形容君子之教，"有如时雨化之者"，在大地最需要的时候来了阵及时雨，才能滋润万物，唤醒众生。这就是杜甫所写的"好雨知时节"，也就是灵雨。

卫文公是知天时辨地利的人，在感受到这样一阵吉雨之后，立刻意识到这是农桑的好时节了，不可错过。于是连夜命令小倌驾车，大清早地赶往田间，劝农问桑。

倌人，指驾车的家臣。

"星言夙驾"，夙是早上，加上一个星字，更是形容极早，星星犹在。

"说于桑田"，车子停在了村郊桑田。说读 shuì，意谓歇息。

了了四句，绘出了一幅文公劝农图。

《礼记·月令》云："立春之日，天子亲帅三公、九卿、诸侯、大夫以迎春于东郊。还反，赏公卿、诸侯、大夫于朝。命相布德和令，行庆施惠，下及兆民。……是月也，天子乃以元日祈谷于上帝。乃择元辰，天子亲载耒耜，措之参保介之御间，帅三公、九卿、诸侯、大夫，躬耕帝藉。天子三推，三公五推，卿诸侯九推。反，执爵于大寝，三公、九卿、诸侯、大夫皆御，命曰：劳酒。"

中国自古以来都是农业社会，重视农桑。天子要种地，后妃要养蚕。王后要率领嫔妃一起种桑、采葛、育蚕、缫丝、剪裁、缝制，并臼炊煮与制衣御寒两件大事，足以让后妃们从年初忙到年尾；

而周天子则要于每年春耕之始，穿上王后亲手衣缝制的衣裳，率领三公、九卿、诸侯、大夫来到田间，亲执农具下田推犁，天子推三下，三公推五下，卿大夫推九下，于是牛就干活儿了，地就丰收了。

彼时，天子还有自己的责任田，秋收时便将这块御田出产的谷物用来祭祀昊天祖先——只有亲手打下的粮食，才配得上祭天敬祖，不劳而获是可耻的，不事耕作而以他人所得拿来敬天，天是会降惩罚的。

这是劝农的来历，称为"藉田"之礼。

这种传统，到后来越来越简化，最后就变成了官老爷拿鞭子抽几下牛屁股意思意思，叫作"鞭牛春祭"。再后来，连牛也是假的了。立春这日，官员们手执五色丝缠成的彩杖，对着一头泥塑的牛屁股抽上三鞭，有点儿像今天的开张剪彩。

由小见大，通过这个劝桑的细节，卫文公夙兴夜寐劳心国事的形象跃然纸上，这可比无数句"万寿无疆"的颂扬都更有分量。

但是口号也还是要喊的，所以最后还是又来了三句官样文章，没有"万寿"，也有"三千"。

"匪直人也"，是典型之乎者也的虚词套话，其实就是说这位圣主啊。重点在于后面四字考语："秉心塞渊。"

秉心，就是用心、持心。塞渊，踏实深远。这是对卫文公德行的赞美，正直公义，思谋深远，真是个勤勉爱民的好君上。

这四字是为"颂德"，而后四字"騋牝三千"则是"歌功"。騋（lái），七尺以上的马；牝（pìn），母马。三千，泛言其多。

这多半是夸大其功，因为建国之初还远远没有这样的富庶，但是卫人对他们的国君充满信心，相信在这样一位圣明君主的励精图治之下，国势必定很快强盛。

事实上，卫国在卫文公的治理下，果然很快强大了起来，成为河北巨邦。卫文公卒于公元前635年，一百多年后，孔子游历诸国时，一进入卫境就忍不住赞叹："庶矣哉！"可见文公遗泽，惠及子孙。

最后，我要再次强调，本文提及的三位主要角色：卫戴公、卫文公、许穆夫人，都是同父同母的亲兄妹，其父，乃是太子伋的亲弟弟卫昭伯顽，其母，则是大名鼎鼎的妖孽美人宣姜！而齐桓公，则是宣姜的亲哥哥，他的另一个妹妹文姜，嫁给了鲁桓公，女儿齐姜嫁给了公子重耳，也就是后来的晋文公。

春秋五霸的说法虽然有各种版本，但是毫无争议的两大霸主：齐桓公与晋文公，乃是翁婿关系。

所以说，厘清了姜家美女们的感情线，也就差不多厘清了整个春秋历史。

《淇奥》：理想中的美男子

一

卫风·淇奥

瞻彼淇奥，绿竹猗猗。有匪君子，如切如磋，如琢如磨。瑟兮僩兮，赫兮咺兮。有匪君子，终不可谖兮。

瞻彼淇奥，绿竹青青。有匪君子，充耳琇莹，会弁如星。瑟兮僩兮，赫兮咺兮。有匪君子，终不可谖兮。

瞻彼淇奥，绿竹如箦。有匪君子，如金如锡，如圭如璧。宽兮绰兮，猗重较兮。善戏谑兮，不为虐兮。

这是《卫风》的第一首，也是我非常喜爱的一首诗，无他，《诗经》中描写美女的诗篇太多了，赞美君子的却以这一首最为经典，是我理想中的美男子。

比拟淑女之美，通常都用花啊草啊兴起，而比喻君子则选了绿竹。相似的地方在于，淑女也好君子也好，都少不了水的点染，理想中的人儿，永远在水的那一边。

瞻，远看。淇，淇水。奥（yù），水边弯曲的地方，亦有版本作"澳"。

猗猗，长而美貌，形容竹子柔弱美盛的样子。一说读ē，通"阿"。

若飞若扬的淑女，或是在河之洲采摘荇菜，或是在水一方流连蒹葭；而如梦如幻的君子，则行走在淇水畔的绿竹林中，衣袂飘飘，玉树临风，当真翩翩浊世佳公子。

"瞻彼淇奥，绿竹猗猗"是典型的比兴手法，既是用景物引起下文，由此及彼，也是以水畔绿竹塑造形象，烘托氛围，表现君子翩翩风度。这让我忍不住想起魏晋时期的"竹林七贤"，焉知不是因为这首"绿竹猗猗"而起的呢？

这整段诗用了大量的形容词，但翻译过来其实就是一句话：看那淇水边绿竹修长，有位君子温润如玉。

接下来的句子全是形容这位君子如何气质如玉的。

"有匪君子"，匪通"斐"，文采斐然的样子。君子习六艺，自当好文采，有修养。

这修养是怎么得来的，又好到什么程度呢？"如切如磋，如琢如磨。"

切、磋、琢、磨，全是加工打磨的意思，只是加工对象不同：切是雕刻骨器，磋是雕刻象牙，琢是雕刻翠玉，磨是雕刻美石。

后来，"切磋"和"琢磨"便引申为一切的雕琢打磨，精益求精，形容学问道德上的钻研深究。《礼记》有云："玉不琢，不成器；人不学，不知道。"既然是"有匪君子"，这里自然是指君子的德行修养，文采精华，便如精磨细琢之象牙美玉般完美无瑕。

形于内而溢于外，有了这样的德行学问，才会有优雅的态度神情，"瑟兮僩兮，赫兮咺兮"。

"瑟"与"僩（xiàn）"都是牙骨玉石打磨雕琢后的细密花纹，形容君子修身养性、有文采的样子，引申为君子神态威严、仪容矜雅。

"赫"与"咺"都是显赫、鲜明的意思，这里指有威仪。咺（xuān），通"煊"。

至此，这位君子的形象完全地描绘出来了：有才有貌，有德有为，态度庄重，神情威严，光明正大，胸怀坦荡。真是无所不美。

这样的一个人，怎能令人忘记？

谖（xuān），就是忘记。"终不可谖兮"就是永怀不忘。

二

> 瞻彼淇奥，绿竹青青。有匪君子，充耳琇莹，会弁如
> 星。瑟兮僩兮，赫兮咺兮。有匪君子，终不可谖兮。

全诗三章叠唱，第一段赞美君子的文采德行，第二章则重在表现君子仪容之美。

看那淇水之畔，绿竹林间，有位君子，玉冠鹿帽，衣袂翩翩，一睹难忘，思兹念兹，魂萦梦牵。简直有种"一见杨过误终身"的意味。

青青，亦有版本释作"菁菁"，茂盛的样子。

充耳，挂在冠冕两旁的饰物，下垂至耳，一般用玉石制成，也就是宣姜佩戴的"玉之瑱也"。

琇（xiù）莹，似玉的美石，宝石。

会弁（kuàibiàn），鹿皮帽。弁是一种较尊贵的冠，分为爵弁和

皮弁两种。爵弁就是没有旒的冕，皮弁是用白鹿皮做的，尖顶，缝合处缀有一列发光的小玉石，如星星一般。

这两句说的是君子的穿戴，一望而知身份不俗。

还记得《鄘风·君子偕老》里宣姜的亮相吗？可以与此对看。

宣姜的仪态"委委佗佗，如山如河"；君子的仪容"瑟兮僩兮，赫兮咺兮。"

宣姜"副笄六珈"，君子"会弁如星"；宣姜"玉之瑱也"，君子"充耳琇莹"。

宣姜"玼兮玼兮，其之翟也"，"瑳兮瑳兮，其之展也"；君子则"如切如磋，如琢如磨"。

两首诗，一是美女的赞歌，一是君子的颂诗，君子令人"终不可谖"，美女却被人讥刺一声"子之不淑，云如之何"。真令人叹息。

美女是宣姜，至于君子的身份，《毛诗序》以为"美武公之德也"，说这首诗是颂扬卫武公的。

我有些不愿相信，宁可认为这位君子如"蒹葭苍苍，在水一方"的伊人一样，只是任何一个女子求不得、忘不掉的梦中情人。

张爱玲说，每个男人心中都爱过两个女人，一个红玫瑰，一个白玫瑰；而得不到的女子是心上的朱砂痣，床前的白月光。

我想，每个女人心中也自有一位有缘无分、有情难诉的男子吧，每每忆起，便如清风拂过河畔的竹林，那一片浓绿的深处，有琴声依稀，有雾色苍茫，有青青子衿，有君子如玉。

玉真是一个万能的形容词，既能形容美女，又能比喻君子；既能描绘样貌，又能赞美德行；既能佩戴装饰显示身份，还能随时随地拿出来赠送相好。"白茅纯束，有女如玉。""将翱将翔，佩玉将将。""巧笑之瑳，佩玉之傩。""知子之来之，杂佩以赠之。""投我以夭桃，报之以琼瑶。"……

魏晋时期的美男子，各个是美玉少年。

比如"竹林七贤"之首的嵇康，被形容是："嵇叔夜之为人也，岩岩若孤松之独立；其醉也，傀俄若玉山之将崩。"

世称裴令公的裴楷，世称"玉人"，被形容为："如玉山上行，光映照人。"

有人见了王衍、王导兄弟聚会，感叹说："今日太尉府一行，触目所见，无不是琳琅珠玉。"

就连庾亮死了，都要被人哭一声"玉树埋尘"……

可见"言念君子，温其如玉"的形容深入人心，"有匪君子，如切如磋，如琢如磨"也就成了我对男人风仪的终极想象。

可惜，第三段的具象描写，有点儿打破我的幻想。

三

　　瞻彼淇奥，绿竹如箦。有匪君子，如金如锡，如圭如
璧。宽兮绰兮，猗重较兮。善戏谑兮，不为虐兮。

请继续看向那淇水边，看往那竹林中。有一位翩翩君子，文采精华，宽和庄重，笑容可亲，仿佛从画中走入凡尘。

箦（zé），本意是竹编床垫，这里形容竹子长势茂盛，连成一片。

古人雕琢玉器，以之祭祀四方。古书记载："以玉作六器，以礼天地四方：以苍璧礼天，以黄琮礼地，以青圭礼东方，以赤璋礼南方，以白琥礼西方，以玄璜礼北方。"所以，"圭"和"璧"都

是美玉打磨而成的礼器。圭，上尖下方；璧，正圆形，中有小孔。"如圭如璧"，堪称"如琢如磨"的完成品。圭与璧要切磋琢磨方能成形，而金与锡则需要精火淬炼方可成器。

"如金如锡"，形容君子锻炼之精纯；"如圭如璧"，形容君子品质像玉器一样纯洁。

迄今为止，诗中已经用了八样物事形容君子人品：骨、牙、玉、石、金、锡、圭、璧，各个是贵重之物，以此衬托君子的身份高贵、品德优雅。

诗歌唱到这里都属于朦胧派、写意画，那位君子一直在水畔竹间若隐若现，可望不可即。然而接下来的一句，忽地就把君子具象了："宽兮绰兮，猗重较兮。"

宽，气度宽宏；绰，性格和缓。

猗（yǐ），通"倚"。重（chóng）较，较是古时车厢两旁用作扶手的曲木或铜钩。重较是车厢上有两重横木的车子，显示出车子的华丽与乘主的尊贵。

古时常用"冠盖"一词形容贵族，因为只有贵族才能戴冠乘车。所以上面写了"会弁如星"的冠，这里则写了"猗重较兮"的车。

贵人坐在车上，无事时便会倚靠着座旁的横木，显得雍容自如；遇到有人向自己行礼，便俯而凭轼，含笑应答。

所以接下来便说："善戏谑兮，不为虐兮。"

戏谑，开玩笑。虐，粗暴，刻薄伤人。

这位君子还很幽默，擅长开玩笑，关键是这玩笑的尺度又特别好，不至于失了分寸，跌了身份。由此便有了一个成语，叫作"谑而不虐"，意谓开玩笑不使人难堪。

这第三段最特别的地方，在于给了君子一个独特的品质——幽默；并且刻画了一个很具体的形象：君子戴着鹿皮帽，两边垂着悬珥，端庄地坐在车子上，倚着横木温和地同人们开着玩笑，态度和煦而不失庄严，真是平易近人。

这的确像是一位主君在回应他的臣民。

这样清晰具象的一个定格画面，是《诗经》中比较少见的细节。但却让我不爽，因为不愿相信心目中的绿竹君子，不过是位出游时对着民众惺惺作态的主公。

四

抛开本诗的政治意义，只就字面而言，实在是温润君子的最佳写照。

孔子说玉有九德，他有个弟子南容，经常吟诵《大雅·抑》中赞叹美玉的诗句："白圭之玷，尚可磨也。斯言之玷，不可为也。"孔子便认定这个弟子人品高尚，情操美好，就把侄女嫁给了他。"南容三复白圭，孔子以其兄之子妻之。"（《论语·先进》）

这个"圭"，就是"如圭如璧"的圭；这个"磨"，就是"如琢如磨"的磨。这简直就是"书中自有颜如玉"的春秋版。

子贡是孔子学生中最有钱的一个，虽然没成为孔子的女婿或侄女婿，却也因为谈论关于"琢磨"的诗而得到孔子的青睐。

子贡曰："贫而无谄，富而无骄，何如？"

子曰："可也。未若贫而乐，富而好礼者也。"

子贡曰："《诗》云：'如切如磋，如琢如磨'，其斯之谓与？"

子曰："赐也，始可与言《诗》已矣，告诸往而知来者。"（《论语·学而》）

这是孔子师徒棋逢对手的一次酣畅谈话，深入地讨论了贫富与德行的关系。

子贡说："贫穷而不谄媚，富贵而不骄傲，这样做可以算得上完美了吧？"

孔子却说："也算不错了，但不如贫穷而依然安乐，富贵而不忘谦逊。"

子贡若有所思，吟哦道："如切如磋，如琢如磨……"

子贡是卫国人，大约很小就对这首《淇奥》很熟悉了，此时便很自然地想了起来。孔老师也很开心："赐啊，你能从我讲过的话中领会到我还没有说到的意思，举一反三，真是个有悟性的好学生，来来来，我们好好聊聊《诗经》吧。"

孔子与学生对话时经常引用《诗经》，并且对于什么样的学生才可以真正谈论《诗经》的精髓极为挑剔。而这段对话最珍贵的地方在于，描写了孔子和子贡对于贫富的态度。

颜回和子贡，可以说分别代表了孔门弟子中的穷人与富人。

身处贫穷而不谄媚，这是颜回可以做到的；坐拥富贵而不骄慢，这是子贡可以做到的。子贡大概觉得，自己和颜回在德行上是并肩而立的君子吧？

但是老师棋高一着，回答说："未若贫而乐，富而好礼者也。"

身处贫穷，不只是要做到不对金钱折节谄媚，卑微急切，更要做到安乐自如。因为不谄媚只是克制欲望维持礼仪，但是发自内心的坚持信仰、安乐自足，才是更高层次的德行与品格。

同样的，居身富贵不只是做到不骄傲怠慢，那只是表面的自我约束。那么更高层次的德行是什么呢？是骨子里的好礼善道，不断提高自己的学问修养并以此为真正的富有。

　　学无止境，好礼者永葆不足之心，自然无骄，哪里还需要特意去做呢？所以，"无谄"与"无骄"都是基本的道德，表面上的纪律，好礼乐道才是更高层次的修养。

　　不做什么，是下线；要怎样做，才是上德。

　　这个道理是非常深沉的，但是子贡立刻就理解了，而且进一步阐发说：君子之德有如琢玉，首先他得是块玉，其次还要不断打磨才得温润。所以玉是本质，琢磨是行为。

　　换言之，如果本质是石头，表面冲刷得再光滑也就是块鹅卵石，终究不是玉。无论贫穷富贵，都应将德行作为基本底线，而后不断自我提升，这才是真君子。

《硕人》：美丽的开头，悲惨的结局

一

卫风·硕人

硕人其颀，衣锦褧衣。齐侯之子，卫侯之妻。东宫之妹，邢侯之姨，谭公维私。

手如柔荑，肤如凝脂。领如蝤蛴，齿如瓠犀。螓首蛾眉，巧笑倩兮，美目盼兮。

硕人敖敖，说于农郊。四牡有骄，朱幩镳镳。翟茀以朝。大夫夙退，无使君劳。

河水洋洋，北流活活。施罛濊濊，鳣鲔发发。葭菼揭揭，庶姜孽孽，庶士有朅。

姜家女儿的故事讲不完。

这首《硕人》，是关于齐国公主庄姜的故事。她是齐庄公的女儿，齐僖公的妹妹，也就是齐襄公、齐桓公和宣姜、文姜的姑姑。公元前753年，她嫁给了卫庄公，故而世称"庄姜"。那可真是一场盛大的婚礼，盛大到时隔两千七百多年后，人们还会不时谈起。

"庄姜"两个字，不仅是缔结两姓之好，更是订立两国之盟，所以《卫风·硕人》一开篇，便着重介绍庄姜尊贵的身世：

> 硕人其颀，衣锦褧衣。齐侯之子，卫侯之妻。东官之妹，邢侯之姨，谭公维私。

这是新娘踏入卫国境的第一次下车亮相，当真是艳光四射、不可方物。

硕，大；颀（qí），高，修长。"硕人其颀"，这大美人可真高啊。

这表现了当时的审美标准，无论男女，都以身高体壮为美；再配上她华丽的着装和显赫的身世，就更显得巍巍如山了。

"衣锦褧衣"，前一个"衣"为动词，后一个"衣"是名词。衣锦，穿着锦衣、翟衣；褧（jiǒng）衣，锦衣外面的那层纱帔。古代贵族女子穿的衣裳，因为锦缎极为珍贵，又经常镶金绣花，所以通常都要在锦衣外面再穿一层透明纱帔，既不会遮掩锦缎的华美，又可以遮风挡尘。

这位齐国公主锦衣璀璨，体态健硕，一亮相就吸引了所有人的眼球。人们不禁纷纷议论起她高贵的出身：齐国君主的女儿，卫国君主的正妻，东宫太子的亲妹妹，邢国君和谭国公的小姨子。

维，语气词。私，姐夫。

这是说庄姜的姐妹也都嫁给了身份显赫的诸侯国君。所以，这一场婚礼同时缔结了齐、卫、邢、谭四个国家的联盟。三位国君都是连襟，齐国公一个人做了三公的老丈人。

齐姜美女源源不断地输送到诸侯各国，渐渐把各国的关系缠绕得越来越紧。西方人说，最多通过六个人就能认识一个陌生人。而对于西周的古老贵族，最多隔着六个人，就能捋出一段姻亲关系。这就是大一统的天下一家亲啊。

邢、谭都是小国，与卫国远不能相比，所以尽管齐庄公的另外几个女儿也都嫁给了诸侯君王，其婚礼的隆重还是没有办法与庄姜相比的。因为庄姜是"东宫之妹"，《左传》载："卫庄公娶于齐东宫得臣之妹，曰庄姜，美而无子，卫人所为赋《硕人》也。"

这说明庄姜与太子得臣同母，也就是嫡公主，身份尤为尊贵。不过得臣并未做过国君，大约是即位前就过世了。

二

接下来的第二段，是诗中的华彩所在，开始细细勾勒庄姜的美丽，美到一颦一笑，美到指尖发梢：

> 手如柔荑，肤如凝脂。领如蝤蛴，齿如瓠犀。螓首蛾眉，巧笑倩兮，美目盼兮。

荑（tí），白茅的嫩芽，形容女子的手又白又嫩，指尖细长。

看女人先看手，这好像是自古以来的审美习惯。后来有了裹小脚的传统后，便又多了一条看脚的恶趣味。

《红楼梦》中贾母初见尤二姐，特地戴了眼镜，命丫鬟："把那孩子拉过来，我瞧瞧肉皮儿。"上下细瞧了一遍，又命："拿出手来我瞧瞧。"看过手，又让人揭起裙子来看脚，瞧毕，摘下眼镜来，笑说道："是个齐全孩子。""齐全"，自然不是说缺胳膊少腿，而是手脚匀称，皮肤光洁，不能骨节粗大，榆皮老茧的。其最高境界，便是"手如柔荑"了。

想到这看美人先看手的审美习惯，竟然是从春秋时期流传下来的，倒是让人不禁会心一笑。

"肤如凝脂"，很好理解，皮肤像冻住的脂膏般洁净细腻。

"领如蝤蛴"，却和今天的审美习惯隔着一层了。领，就是颈。蝤蛴（qiúqí），天牛的幼虫，色白身长。

我们今天形容美女的脖子喜欢用"天鹅颈"这个比喻，而古人却说美女的脖子长得像肉虫子，这比喻实在有点儿奇特。

相比之下，"齿如瓠犀（hùxī）"倒还不是那么难以接受，这说的是美女牙齿细巧，就像西葫芦籽儿一样白而整齐。

"螓首蛾眉"，这词今天也常用，细想却也有点儿理解困难。螓（qín），一种似蝉而小的昆虫，额头宽广方正。螓首，就是大脑门儿，一说是形容发型的样式。蛾眉，蚕蛾的触角细长而曲，形容眉毛细长弯曲。

感情这女人的脸上长满了各种虫子和瓜子，简直就是一座百草园嘛。

诗法三艺：赋比兴。"比"就是打比方，在这首诗里是体现得最为充分的，单是庄姜的长相，就接连用了六个比喻："手如柔荑，肤如凝脂。领如蝤蛴，齿如瓠犀。螓首蛾眉。"

这些拿来比喻的对象对于今天的审美来说，很多是不可想象的，用肉虫子比喻脖颈，用知了比喻额头，简直难以接受。但这就是古人的联想，因为他们亲近自然，行走山林，会用日常所闻所见的一切来打比方，只有他们最清楚幼虫的白皙柔软与羞涩娇嫩，那对他们来说是可口的美味，而绝非厌恶的对象。

但若是今天的男子对一个女子赞美说：你的脖子真美，美得像只肉虫子在蠕动。很难保证这女子不抡起手臂打他一个"姹紫嫣红"，好好教导他学会说人话。

一连串的比喻过后，重点来了："巧笑倩兮，美目盼兮。"

若没这两句，只靠前面那一大堆比喻，这段形容断不能成为中国古代审美经典的。

美女的灵魂在于眼睛，要顾盼神飞。盼是黑白分明地看，要灵动，白多黑少那是翻白眼，而只有黑眼球没有白眼球那叫瞪。

一个美女，要会看，还要会笑。她看你一眼，就让你脸红心跳，她对你一笑，你便觉春暖花开。这才是巧笑，才是美盼。

《论语·八佾》中，记载了孔子与弟子卜商（字子夏）的一段对话：

> 子夏问曰："'巧笑倩兮，美目盼兮，素以为绚兮。'何谓也？"
> 子曰："绘事后素。"
> 曰："礼后乎？"
> 子曰："起予者商也。始可与言《诗》已矣。"

子夏问老师：《诗经》说：'美丽的笑容倩丽迷人，漂亮的眼睛顾盼生辉，素净的布上颜色绚丽。'这是什么意思呢？"

孔子说："这就好比绘画一样，要先把绢布处理得素白，然后才能在上面涂绘彩色。"

子夏立刻反应过来，并更深一步阐述说："学礼要放在仁义后边，以道德修养为基础，是这样吗？"

孔子大喜，觉得弟子的领悟比自己的引导还更进一步，夸赞说："商的见解对我也很有启发呀，这是一个可以好好谈《诗经》的人啊。"

这句"巧笑倩兮，美目盼兮"自然是从《硕人》来的，但是"素以为绚兮"却未见于《诗经》，不知是不是出自不同的版本。

孔子师徒将美女的巧笑顾盼与礼仪的持守修为并列在一起，说出了一个非常重要的审美至理：美丽要以神韵为点染，礼仪要以仁心为底色。这也就反过来解释了：一个女子的美丽与风仪，也是要用德行来打底的。

川端康成说插花："于众多品种的山茶中挑选小朵、色白者，只限于一枝蓓蕾。无色之白，最为清丽，同时具有最多之色。而且，这枝蓓蕾一定要含露。"

庄姜的美目盼兮，便是那含露的眼吧？

三

诗中第三段生字较多，仿佛荡开一笔，说起朝堂上的事儿了。

这其实相当于民间闹洞房，而君王娶亲是国婚，所以大臣们也就不妨在朝上开开君王的玩笑了。

> 硕人敖敖，说于农郊。四牡有骄，朱幩镳镳，翟茀以朝。大夫夙退，无使君劳。

敖敖，修长高大貌。

说（shuì），停车。农郊，近郊，一说东郊。

四牡，驾车的四匹雄马。骄，强壮的样子。

朱幩（fén），用红绸布缠饰的马嚼子。镳（biāo）镳，盛美的样子。

翟茀（dífú），以雉羽为饰的车围子。翟，山鸡。茀，车篷。

这是在描写朝堂上的对话。当庄姜的车驾扈从进入卫国境的时候，卫庄公还在如往常一样坐朝。大臣们接到报信：齐国的送亲队已经在东郊停车了，新娘子真高啊，美貌惊人。婚车由四匹高头大马拉着，车围和马嚼都装饰华丽。

这里通过信使的回禀再次描写庄姜风光大嫁的宏伟场面，起到了承上启下的作用，接下来是大臣们对主公说的话：齐国对这宗亲事很看重，仪仗盛大，我们也不可轻慢了。今天不如早点儿退朝，可别让我们的君王太操劳了，还得留点儿体力洞房呢。

这亦庄亦谐的戏谑里有一种祝福的意味，充满轻快的喜悦，即使两千七百年后读起来，亦仿佛可以听得见群臣善意的哄笑声。所谓"新婚三天无大小"，婚宴当前，君臣的对话显得轻松随意很多。

但是在这貌似喜悦的对话里，其实还掩藏了一种隐隐的轻慢："说于农郊。"说，通"税"，意谓抽时间小憩，也就是停车换装。

这时候，齐国的车队已经进入卫国的境内，会有一些交接的手续，所以车队要停下来略作休整。如果卫庄公对这宗婚事足够看重的话，这时候就应该在此迎接了，至少也是早早装扮准备出迎了，怎么还会没事人一样坐在朝堂上，等着大臣催促呢？

比如当年管仲归齐，齐桓公便是"郊迎"相问，以示礼遇；子贡使越，越王勾践亦是"除道郊迎，身御至舍"。卫宣公若不是郊迎宣姜，又哪里会有"新台"的出现？

按照礼仪，国君不必亲自到国境迎接新娘，但若是对新娘的家室背景特别看重的话，亲迎也是必要的。比如周文王娶太姒时，就是亲自到渭水边去迎接；而鲁桓公娶文姜时，也是亲往边境迎亲。

算起来，庄姜还是文姜的姑姑呢，怎的这般不受待见？况且，齐卫联姻这么大的事，卫庄公不迎于东郊也就算了，怎么能人家都下车换装了还不当回事呢？

前面讲《关雎》时便举过鲁哀公问孔子大婚亲迎的礼节："冕而亲迎，不已重乎？"孔子正色说：婚姻是大事，对两国结盟的帝王来说尤其如此。因为大婚不仅"合二姓之好"，且为"万世之嗣也"，"上以事宗庙，而下以继后世者，故君子重之"。

所以大婚时，帝王必须盛装亲迎，这是礼。然而卫庄公偏偏不讲这个礼，表现得一点儿也不在意。

这场盛大的婚礼，从一开始，就在华丽的外袍上缀满了碍眼的虱子。

四

君主大婚是国事，不仅朝臣关心，民众也与有荣焉，欢欣鼓舞地迎接国母。所以描写了新嫁娘的出身与美貌后，第四章接着写朝堂上的反应，再写民间的情形：

河水洋洋，北流活活。施罛濊濊，鳣鲔发发。葭菼揭揭，庶姜孽孽，庶士有朅。

河水，特指黄河。洋洋，水流浩荡的样子。活（guō）活，水流声。

施，张设。罛（gū），大渔网。濊（huò）濊，撒网入水声。

鳣鲔（zhānwěi），赤鲤与鲟鱼。发（bō）发，鱼尾击水之声。

葭（jiā），初生的芦苇。菼（tǎn），初生的荻。揭揭，长貌。

庶姜，指随嫁的姜姓众女。孽孽，丰容盛饰。

庶士，从嫁的媵臣。有朅（qiè），朅朅，勇武貌。

这里用了一连串的连词，表现出喜悦欢欣的情感：黄河水哗哗响，北流入海浩浩荡荡。撒开渔网喇喇响，大鱼甩尾水光闪亮。两岸芦苇茂密生长。那齐国的陪嫁女可真漂亮，随从媵臣更是相貌堂堂！

这真是一场山欢水笑、普天同庆的盛宴，连河水的笑声都比往常显得透亮，鱼儿和水草都格外丰茂张扬。人们追着看那送亲的仪仗，指指点点，嬉笑艳羡，只觉得真是好看啊，不仅新娘子高大美丽，就连陪嫁女们也都年轻亮艳，所有仆从也都勇武有力呢。

国婚，可不是一个女子嫁了一个男子那么简单。随着这女子嫁过来的，还有大量的媵妾仆从，也就是前面《鹊巢》一节中讲过的"一聘九女""百两将之"。

这盛大的队伍浩浩荡荡地走进了卫国，连山川河流都跟着表现出了勃勃的生机，染上了一层喜悦的色彩。

同时，鱼事隐有男女之欢的意思，象征多子。比如描写周室王姬出嫁的《何彼秾矣》中就有"其钓维何？维丝伊缗"的句子，再如《衡门》"岂其食鱼，必河之鲂？岂其取妻，必齐之姜"，都是将婚事与钓鱼相联系。

如今卫国娶了齐之姜，当然也要关注一下河之鲂了。

五

朱熹认为，收在《邶风》开篇的五首诗，俱为庄姜所作，但是这个说法向有争议。《左传》说庄姜"美而无子，卫人所为赋《硕人》也"，认为是卫国民众因为同情庄姜而作。

不论怎样，"美而无子"四字，道尽庄姜酸楚。

婚礼不代表婚姻，现实故事从来都不能停留在"王子和公主牵手坐上了金马车"的那一刻，王室的生活纵然不需要为柴米油盐犯愁，但也一样有数不清的鸡零狗碎，左右支绌。

正如烟花过后夜空益发深邃，盛大的婚礼仿佛就是用来对照庄姜婚后生活的冷落凄凉似的，她的美貌与贤德无法赢得丈夫的欢心。婚后无数的长夜漫漫，孤衾冷枕，浸透了美人的清泪。

这样的冷落下，庄姜自是不孕，只能认义子。

卫宫中有一对陈国的姐妹花，厉妫和戴妫。厉妫生过一个儿子，早夭；戴妫也生了儿子名完，庄姜将其记在名下，就是后来的卫桓公。

这使我怀疑陈国二女原为庄姜的媵妾。所谓"诸侯娶一国，则贰国往媵之"，公主出嫁时，不但要带上侄女和妹妹，还要同姓的两个诸侯国各出三位女子陪嫁。戴妫和厉妫就很可能是陈国的陪嫁。所以当主母无所出时，就要在媵妾所生的儿子中选一位认在膝下，承继国嗣。

但是这就出现了一个问题：陈国是妫姓，不符合媵妾习俗，怎么会是齐国的陪嫁呢？或许是因为姜姓诸侯实在太少了，所以齐国只能放宽标准吧。

不然的话，庄姜未废，即使无所出，卫庄公也不能再另娶夫人，毕竟妾侍一大堆，生儿子是不成问题的。而若是别国送来的美人歌姬之流，则又身份太低，似乎庄姜不该如此善待。

因为公子完并不是庄公唯一的儿子，之前深得他宠爱的一个妾侍也生过儿子，叫作州吁，就是出身低而不能立太子，可见陈国姐妹花还是明媒正娶的，考虑到庄姜的国母地位，她们最堂皇的来由只能是媵嫁女，那也算是正经嫁过来的。

州吁出身虽低，却仗着是长子，恃宠生骄，好勇斗狠，为庄姜所恶；但是卫庄公非常宠爱这个嬖妾，连带也特别看重她的儿子，还任命州吁为将军。有大臣劝谏庄公说："庶子好兵，使将，乱自此起。"但庄公完全听不进去，一意孤行，把兵权交给了州吁。

庄姜的遭遇，连卫国人都看不惯。《毛诗序》说："《硕人》，闵庄姜也。庄公惑于嬖妾，使骄上僭，庄姜贤而不答，终以无子，国人闵而忧之。"

"贤而不答"，是说庄公为宠妾迷惑，纵得小妾无法无天，没上没下，竟然敢给当家主母使脸色，然而庄姜以其贤惠大度，却是不予还击。

僭，就是超越本分，顶撞上位者。这卫庄公是典型的脑子不清，宠妾灭妻，因此才会有《柏舟》等怨妇诗俱由庄姜所作的说法。

卫庄公的行为不但有违纲常，简直是有违国体，所以连卫国民众都看不惯，为她的处境忧心，并作《硕人》以悯之。

而州吁果真没"辜负"大臣们的预言，后来起兵作乱，杀了桓公，很快自己又被卫人所杀，卫国也接连乱了许久，国势由此而衰。

卫桓公，成了春秋时期第一位遭到弑杀的国君，开启了"弑君"的先河。

卫国之乱，起自内帷。桓公死后，其弟姬晋即位，便是卫宣公。之前宣公做公子时，便与父亲庄公的小妾夷姜私通，如今坐了主位，便迫不及待地娶了自己这位小妈，扶为夫人，这叫作"烝"。

名为夷姜，可见她也是来自齐国的美女，应当也是庄姜的陪嫁之一。不过夷姜与庄公无所出，倒是嫁给卫宣公后接连生了三个儿子，长子便是曾与宣姜有婚约的太子伋，次子黔牟，三子则是宣姜后来改嫁的昭伯顽。辈分到这里就彻底乱了。

卫宣公先是"烝"了庶母夷姜，后来又"扒灰"儿媳妇宣姜。再后来宣姜又嫁给了继子顽，也就是说，也被"烝"了一回。

于是，卫国的宫廷姻亲彻底说不清了。究其根本，都是卫庄公作的孽。而庄姜的美艳与伤心，也都被定格在了大婚初见的那一刹。

你看着我，千百年都凝作当下一瞬；你转过身，咫尺间已是海角天涯。

《氓》：被刻在历史柱上的渣男

一、一个关于流氓与弃妇的故事

《卫风·氓》这是一首国风中比较少见的婚恋叙事诗，完整记述了一个桑女与商人从恋爱到结合再到被弃的心路历程。

前面说过，武王灭商后，采取商人治商的政策，对于卫地殷商后裔的管理较宽松。比如周人对本国民众实行禁酒，对商人却不禁止；周人重农耕，但对殷商并不强制，也无法强制。因为武王灭商后，举族迁徙的殷商遗民失去了家园和田产，多成为流民或野人。

于是，很多殷商后裔不得已从事起了倒买倒卖的行当，走南闯北，将东换西，以此获利。这便是"商人"的来历。今天的人只知道"商人"便是"经商的人"，岂不知在古时专指"商朝的后人"。

因此种种，商地民众不同于"周南、召南"的"文王之化"，仍保留着比较开放的民风，并不会恪守周礼。这也是"卫地三风"与"周召二南"的最大区别。比如《卫风·氓》的男主人公，堪称"流氓祖师"。这样的民歌，就绝不可能出现在"二南"之中。

卫风·氓

氓之蚩蚩，抱布贸丝。匪来贸丝，来即我谋。送子涉淇，至于顿丘。匪我愆期，子无良媒。将子无怒，秋以为期。

乘彼垝垣，以望复关。不见复关，泣涕涟涟。既见复关，载笑载言。尔卜尔筮，体无咎言。以尔车来，以我贿迁。

桑之未落，其叶沃若。于嗟鸠兮，无食桑葚！于嗟女兮，无与士耽。士之耽兮，犹可说也。女之耽兮，不可说也。

桑之落矣，其黄而陨。自我徂尔，三岁食贫。淇水汤汤，渐车帷裳。女也不爽，士贰其行。士也罔极，二三其德。

三岁为妇，靡室劳矣。夙兴夜寐，靡有朝矣。言既遂矣，至于暴矣。兄弟不知，咥其笑矣。静言思之，躬自悼矣。

及尔偕老，老使我怨。淇则有岸，隰则有泮。总角之宴，言笑晏晏。信誓旦旦，不思其反。反是不思，亦已焉哉！

氓，在古代多读作 méng，在现代多读作 máng。左亡右民，就是丧失了土地或身份的游民，指外来的野人或是本地外流的人口。流氓，就是流民，也就是无业游民。

春秋时期战争频仍，大佬们互相争地盘，制造了很多流民。他

185

们去到外乡，没有田地，只能从事非农业性行业，比如贸易。这些人因为无所事事，特别容易惹是生非、触犯刑律，所以后来"流氓"就成为那些品质恶劣、不务正业、为非作歹的人的代名词。

不过在本诗中，"氓"这个词还并没有明确的褒贬，只是强调这是一个外来的商人男子罢了。

蚩（chī）蚩，通"嗤嗤"，笑嘻嘻的样子，看上去很憨厚老实的样子。

"抱布贸丝"，贸就是贸易、交易、交换。古时的交易常常是以物易物。

这个女子的身份很可能是个巧手缫丝的养蚕女，而这个男子就是抱着更实用的葛布来换取更高级的丝的。所谓"遍身罗绮者，不是养蚕人"，对女子来说，布显然更实惠，而蚕丝则是用来交换温饱生活的商品；对男子来说，用低廉的布匹换来珍贵的丝线，可以到城里去卖个更好的价钱。这是双方互惠的生意。

周朝的等级政策是"工商食官"，手工业者和商贾都是官府管制的奴仆，须按照官府规定从事生产和贸易。管理各种手工业作坊的，叫"司空"；这些手工业作坊的生产者，称为"百工"。

在西周初期，百工与商人是没有人身自由的，直到平王东迁后，礼崩乐坏，王纲不振，工商制度初步瓦解，这才出现了春秋战国时期的诸位名商，如魏国的管仲，郑国的弦高，越国的范蠡，还有孔子的弟子端木赐，以及后来的秦国丞相吕不韦。

因为管仲的出现，商人的地位得以提高，然而秦孝公采用商鞅变法后，兴农抑商，把商人的地位打压得很低，虽然仍有吕不韦这样的人物出现，却终究未能扭转"贱商"的地位。这种情况延续千年，直到唐朝时，商人出身仍然不许参加科考，不能为臣，直到宋朝开放贸易，商人的地位才得以提高。

《诗经》所载内容乃是从西周初期到春秋中叶，商人地位正在日益提高中。所以《氓》中的小商贩，相对于桑村女子来说，是个挺新潮的人物，走南闯北，见多识广，八面玲珑，舌灿莲花，很容易赢得养蚕女的心。

但是女子在怦然情动之余，却仍保持着清醒的理智："匪来贸丝，来即我谋。"他不是真心来买丝的，是来引诱我上钩的。

当然，也许他本来真的只是做生意，但交易过程中看上了养蚕女，其动机就慢慢变了。女子当然也是心动的，却没有立刻答应，原因是男子的诚意不够，没有找到好媒人。

如此，这男女主人公的性格形象就都跃然纸上了：男子笑嘻嘻，能说会道，急功近利；女子羞答答，本分端庄，矜持守礼。

男子遭到拒绝后垂头丧气地离开，女子却又不忍心，送了一程又一程，一直渡过淇水，送到顿丘，委婉真诚地说：不是我拖三阻四不肯嫁给你，是你没找到一个好媒人。请你不要生我的气，赶紧找良媒上门，秋天的时候来娶我吧。

淇水、顿丘，都是河南的地名。然而顿丘距淇水已过百里，因此这里便有了两种解释：一是说女子将男子送了又送，直送出百里之外；一说只是用顿丘代指随意一个小山丘，或是夸张的说法，形容女子依依不忍别之情。

愆（qiān），过失，过错，这里指延误，推拒。

将（qiāng），愿，请。无，通"毋"，不要。

第一次读到这首诗的时候，我头脑中有两个画面久久挥不去，仿佛电影定格：一是男子笑嘻嘻抱着布来敲女子家门的样子，那张笑脸虽然令人心动，可是因为知道故事的结局是悲剧，总觉得衬在他身后的晚霞是一抹凄艳的色彩；二是女子沉默地跟在男子身后，走过淇水、走过山丘的样子，他们的影子长长地拖在地上，画面明明是美的，却撒落一地相思落寞。

她一遍遍地安慰他，许诺他，也叮嘱他：别忘了找媒人来提亲啊，别忘了到秋天来娶我啊。

可是，他没有来！

二、带上我的嫁妆跟你走

诗的第二段是紧接着第一段的祝愿来写的，女子的殷殷叮嘱仿佛石子落进深渊不闻声响，男子迟迟没有遣媒来聘。

女子太忧心、太失望了，一次次登上高墙遥望，用力望向目力所及的最远处，只要那莽苍原野上出现任何一个模糊的身影，她就恨不得扑过去看清楚是不是他。

乘彼垝垣，以望复关。不见复关，泣涕涟涟。

垝垣（guǐyuán），倒塌的墙壁。复关，在往来要道所设的层层关卡；亦有说复关堤，就在顿丘附近。

这个画面同样清晰动人，女子登上断壁矮墙，极力地伸长脖子远望关门的样子，让人想起《我的父亲母亲》里面那个穿着臃肿红棉袄的少女章子怡，纯朴而真挚，热烈而青春。

她看不到那一层层关门，也看不到他的身影，不禁泪湿盈睫，默默哭泣，想着他是不是反悔了，是不是不要她了，是不是再也不会来了。但就在这样患得患失的惶惧牵念中，他的身影升起在地平线上，从小变大，那真的是他啊！

　　　　既见复关，载笑载言。尔卜尔筮，体无咎言。以尔车
　　来，以我贿迁。

　　她心中狂喜，小鸟般扑飞了过去，又说又笑，眼泪未干，欣喜莫名。她说些什么，笑些什么呢？自然是问他怎么这么久不来？是不是变了心？他也含着笑，分辩说怎么会变心呢，我对你是认真的，我还特地找了巫祝为我们卜问了佳期，卜筮的结果很好呢。

　　显然男子在砌词狡辩，他说的卜问佳期和女子要求的请媒下聘差距太大了，但在漫长等待后，女子已经忘了从前的坚持，他说他是认真的，他说卜筮结果是好的，她便信了。

　　人们总是轻易相信他们愿意相信的许诺，或许她也并不完全相信，只是需要给自己一个相信的理由。哪怕他的借口再荒唐，她也是会信的，因为渴望。于是他驾了车子来，她带着嫁妆去，他们便在一起了——到底没有三媒六礼。

　　古人烧灼龟甲的裂纹以判吉凶叫作"卜"，用蓍（shī）草占卦叫作"筮"（shì），而龟兆和卦兆的占卜结果叫作"体"。

　　"尔卜尔筮，体无咎言"，就是你去卜筮吧，结果没有不吉利的言辞，是个吉卦，所以可以合婚了。

　　"以我贿迁"，贿是财物，指嫁妆。迁是搬走，搬走我的嫁妆。看到这里真让人叹气啊。

　　女子在过久的盼望、失望和失而复得的大喜过望中，到底放弃了自己的坚持，不再要求明媒正娶，退而求其次地从"请媒"变成了"求神"，说你卜筮一下吧，看看吉凶，若是吉卦，你就打发

车子来迎娶我，把我的嫁妆搬去吧。——甚至连这求神问卜都可能是假的，但她信了，就这样倒贴嫁妆无名无分地跟了他去。"聘则为妻，奔则为妾"啊，这场欲迎还拒的婚礼拉锯战，女子输得好彻底。而且一输数千年，连带《氓》这首诗也被道德学家们批判为"淫奔之诗"。

其实与桑女同样的心理，也适用于三千年后的今天。许许多多恨嫁的女性，在寻寻觅觅的等待里渐渐磨去了骄傲与梦想，亲手推倒了自己关于婚姻的种种预设，最后只落得一个卑微的心愿：只要他肯娶我就行。

然而曾经怀抱公主梦的女子啊，在被求婚的时候往往忘记了：结婚从来不是童话故事的结尾，而是现实生活的开头。

柴米油盐的真实婚姻，其实从《氓》的第三段才真正开始！

三、中了爱情的毒

> 桑之未落，其叶沃若。于嗟鸠兮，无食桑葚！于嗟女兮，无与士耽！士之耽兮，犹可说也。女之耽兮，不可说也。

从桑树与斑鸠，说到男女感情的区别。这是我们从开卷起就已熟悉的"兴"手法。

之所以用桑树起兴，大概还是因为女子的养蚕女身份，这样的"兴"会更加严丝合缝，自然天成。

桑树还没落叶的时候，桑叶像水浸润过一般饱满盈亮，桑葚更是又大又饱满，颗颗诱惑。这是形容姑娘未嫁时的清秀和水灵，也可以形容男子在未娶时的殷勤和甜蜜，总之，是婚前的诱惑。

这是讲述者在这场悲剧婚姻正式开始前的感慨和悔不当初，所以不由自主地跳出故事本身平铺直叙的讲述，而插入了咏叹与告诫：那斑鸠呀，不要贪吃桑葚，吃多了是要中毒的；年轻的姑娘们呀，不要沉溺在与男子的情爱中。男子多情，尚可脱身；女子错负，遗憾终生！

"于嗟鸠兮"，于（xū）通"吁"，感叹词。传说斑鸠吃桑葚过多会醉。

"无与士耽"，耽（dān）是迷恋，沉溺，贪乐太甚。恋爱当前，女子更须谨慎，要守住分寸，"发乎情，止乎礼"，可不能因为沉溺情感而昏了头脑，不可自拔。

"犹可说也"，说通"脱"，解脱。

这段话告诉我们，早在《诗经》时代，古人已经认为错爱如中毒，男女从不平等。

直到今天都是这样。男人找错了对象只是"失恋"，女子遇人不淑就是"失身"，而且往往"一失足成千古恨"，还要白白搭上嫁妆，这便是"不可说也"。

四、重经淇水回娘家

桑之落矣，其黄而陨。自我徂尔，三岁食贫。

到了第四段，昔日天真热情的美少女，已经俨然成了黄脸婆。

当年，她没名没分地跟了他，经过了多年的家务操劳和贫穷折磨后，她已被糟践得蓬头垢面，身心憔悴。

桑叶落下来了，枯黄飘坠。自从我嫁到你家，多年来忍受贫苦的生活，渐渐变成一个黄脸婆。

诗中用"桑之落矣"表明时间的飞逝，比喻女子年老色衰。

陨（yǔn），坠落，掉下。

徂（cú），往。徂尔，就是嫁到你家。

三岁，三年，或多年。

看来男子其实不是有钱人，之前的花言巧语都只是吹牛罢了。他没有请媒人上门，或是怕媒婆不肯替他吹嘘，或是财力根本不允许他聘请官媒，完成"六礼"的程序。

同时，在诗中第二段里特别强调"以尔车来，以我贿迁"，分明是这男人在觊觎女子的妆奁。女子显然是赔了夫人又折兵啊。

在没有良媒、没有大礼的情况下，女子匆匆收拾嫁妆跟着男子回了家，一进门就要捋起袖子洗手做羹汤，洒扫庭除，忍饥耐劳，数年过去，她渐渐从"其叶沃若"的青春女子变成了"其黄而陨"的黄脸婆。

上当认命也就罢了，最不能忍的是，这男人占了便宜还卖乖，在攫取了女子的青春与嫁妆后，竟然还嫌弃她人老珠黄，将她休弃回家了！这真是不折不扣的渣男！渣男！渣男！

怎么知道女子被弃了呢？因为第一段中的淇水又出现了：

> 淇水汤汤，渐车帷裳。女也不爽，士贰其行。士也罔
> 极，二三其德。

汤（shāng）汤，水势浩大的样子。

渐（jiān），浸湿。帷裳（wéicháng），车旁的布幔。

当初，我曾经送他一程又一程，一直送过淇水；如今，我被休弃回娘家，再次经过这淇水，看着流水汤汤，眼泪和水花一起打湿车帷，这是多么悲惨的对比。

"女也不爽"，爽是差错，比如"报应不爽"，就是报应相当，没有差错。

"士也罔极"，罔是没有，极是标准。男人一旦变心，可就行为无下限了。

"士贰其行"和"二三其德"，都是指男子三心二意，言行前后不一致。

女子悲愤控诉：我婚前一往情深，婚后任劳任怨，明明始终如一，没有什么差错，可是男子却言行前后不一致。始乱而终弃，色衰而爱弛。男人的情爱太没有定准了，人心易变啊，悔我多情！

这让人不禁想起一句纳兰容若的词："人生若只如初见，何事秋风悲画扇。等闲变却故人心，却道故人心易变。"

那些无辜做了秋扇之捐的女人啊，在鸳鸯戏水的扇面上刺进第一针的时候，可曾想过这样的结局？

五、当初是我瞎了眼

这首诗的独特之处在于，它只选取了女子出嫁和被弃回家的两个大场面，却没有铺陈笔墨去描述爱情变冷的过程。

前面用了两整段笔墨刻画男子从谋娶到迎娶的过程，第三段荡开一笔"桑之未落"感慨生发；然后第四段接上一句"桑之落矣"，轻描淡写地就把困顿操劳的数年婚姻一笔带过了，直接把女子休回了娘家，重新走过"淇水汤汤"。

若是比作绘画，这笔法无异于"疏可跑马，密不透风"，疏朗时不吝笔墨渲染勾画，紧凑时却是快马加鞭，多一字赘文亦无。这种手法的凝练老辣，即便在今天的艺术创作中，也是非常高级的。

而当女子完成了从少妇到弃妇的这个转换后，行文再次放缓下来，最后两段都在抒情，让这个女子把怨怼大声说出口，发出对无情渣男的强烈控诉：

> 三岁为妇，靡室劳矣。夙兴夜寐，靡有朝矣。言既遂矣，至于暴矣。兄弟不知，咥其笑矣。静言思之，躬自悼矣。

我嫁入你家做媳妇，多年来操持家务，事必躬亲，起早睡迟，朝朝如此，从无怨言。现在你过了新鲜劲儿，享用完了我的青春，就开始对我施暴，索性休我回家。兄弟们不同情我的遭遇，见面时都讥笑我当初瞎了眼，所嫁非人。静下心来细细回想，我也只能独自伤心，自怨自艾，悔不当初。

"咥其笑矣"，咥（xì），讥笑的样子。

已嫁女被休回娘家，处境尴尬，看哥嫂脸色讨生活，想也想得出有多么为难。

读到这里，我们不能不为诗中的女子担心，她一无资产、二无青春、三无美貌，两手空空一身伤地回了家，往后的日子可怎么过？

果真是"士之耽兮，犹可说也。女之耽兮，不可说也"。

六、最后的决绝

　　及尔偕老，老使我怨。淇则有岸，隰则有泮。总角之宴，言笑晏晏。信誓旦旦，不思其反。反是不思，亦已焉哉！

　　诗的最后一段，充满感喟与悔恨：当初曾相约和你一同到老，然而时光老去徒然使我怨恨。淇水滔滔终究有岸，沼泽虽宽终有尽头。回想少年时多么单纯快乐，笑口常开温柔婉媚，如今那些花儿都谢了，青春一去不回头。海誓山盟，言犹在耳，哪里想到你竟会违反誓言？算了算了，都是我的错，不要再回想那些背信弃义的往事了，你既无情我便休，从此只当不相识吧！

　　"隰则有泮"，隰（xí）指低湿的地方，泮（pàn）通"畔"，水边。一说代指漯河，与淇水相应，为黄河支流，流经卫国境内。

　　淇水也好，漯河也好，只要有水就有边，然而我的愁苦却永无尽头。当真是苦海无边啊。

　　到了这里，只觉苦闷已经到达极致，简直不知道要怎么继续下去才好。然而话锋忽然一转，回忆起青葱的少年时光来了。这是全诗给我们的又一惊喜，手法之巧妙往复出人意表，简直令人拍案。

　　"总角之宴，言笑晏晏"是这首诗的又一警句。古代未成年的孩童，不分男女，发型一致，通通把头发扎成丫髻，称总角，代指少年时代。宴宴，或晏晏，都是指快乐和悦的样子。

　　关于这句"总角之宴"的回忆，有三种说法：

　　一是说女子回到娘家，承受着兄弟的讥笑，不禁想起自己孩童时，一家人和睦相亲、欢乐友爱的样子，抚今思昔，无限感伤。

第二种说法则是女子回忆少年时，与男子青梅竹马，信誓旦旦，相约白头。如今还没老呢，男子就变心了。但是如果这样的话，那么男子就不是因为"抱布贸丝"而认识女子的了，两家人也应该早就相识，女子对男子的家室和为人自当早就清楚了解，又怎会为了他一个欲迎还拒的小把戏，就不要媒人而把自己嫁了呢？因此，在语序上虽然第二种说法似乎更流畅自然，但是联系全文则并不合常理。

于是又有了第三种说法，"总角"在这里指女子婚后改变发型，代指新婚。《毛诗传》说："总角，结发也。"还记得新婚的时候，他牵着她的手，言笑晏晏，许诺要与她白头偕老。结果呢？她真的老了，不漂亮了，他便立刻变了心，将她狠心抛弃。说好的爱情呢？早已消逝在风中。

婚姻是坟墓，爱情是尸骨，休弃回家的怨妇，已成明日黄花。或许她并没有错，只是错在红颜会老，人心会变，所有的誓言和回忆都被淹没在淇水汤汤间，只有她一个人记得，一个人珍藏，一个人念念不忘。然而，爱情是两个人的事，如果一个人仍然爱着而另一个人不爱了，那么再想也是没有用了。

诗的最后，再次用到了顶针手法，这也是这首诗的一大特点。

第一段从开篇男主"氓之蚩蚩，抱布贸丝"到话题一转"匪来贸丝"；第二段从少女"乘彼垝垣，以望复关"承接"不见复关，泣涕涟涟"，再到"既见复关，载笑载言"；第三段劝诫"于嗟女兮，无与士耽"到"士之耽兮，犹可说也"，再顺手牵个对比"女之耽兮，不可说也"。顶针手法的运用驾轻就熟，灵动跳脱，简直是信手拈来。直到这最后一段，起句"及尔偕老，老使我怨"，终句"信誓旦旦，不思其反。反是不思，亦已焉哉"再次加强顶针的使用。

这些联绵词，有的在句首，有的在句中，有的在句末，穿插往复，形成了独有的音乐性，读上去有一种铿锵有力的韵律感，只觉珠玉琳琅，目不暇接。

这是一首完整的叙事诗，从女子的角度出发，描写了一对陌生男女从结识、追慕、结婚到决绝的过程。叙事清晰，感情强烈，一唱三叹，夹叙夹议，这在《诗经》中是比较少见的例子，直接影响了其后数千年叙事诗的发展。

所以，无论从表现内容，还是修辞手法上来说，这首《卫风·氓》都堪称是国风中的一朵奇葩，异彩夺目，不可忽略。

最后，再次呼吁一下女读者们：结婚有风险，恋爱须谨慎！

《伯兮》：女为悦己者容

一、情人眼里出西施

卫风·伯兮

伯兮朅兮，邦之桀兮。伯也执殳，为王前驱。

自伯之东，首如飞蓬。岂无膏沐？谁适为容！

其雨其雨，杲杲出日。愿言思伯，甘心首疾！

焉得谖草？言树之背。愿言思伯，使我心痗！

这是一首典型的思妇诗。

周朝从建立到亡毁，自始至终都离不开战争，一是来自周边戎狄的不断侵扰，二是各诸侯国之间互相兼并。因此战争题材成为《诗经》的重要组成部分，其副产品则是大量的征夫诗与思妇诗。

或明或暗表现妻子思念远役丈夫的歌，几乎在各国土风中都有所呈现，比如《周南》的《卷耳》《汝汶》，《召南》的《殷其雷》，《秦风》的《小戎》等等，最著名的则要数《王风·君子于役》和《卫风·伯兮》，这也是我非常喜欢的两首诗，因为形象突出。

伯兮，就是我的亲亲相公啊。伯，就是老大，大哥。有些女人会称呼自己的丈夫为"哥"，这习惯到现在都有。当然，也有可能这位夫君正好是家中的长子。

朅（qiè），勇武高大。桀，同"杰"，优秀、突出。

殳（shū），古代兵器，杖类，长一丈二，无刃。

我的夫君真威武，他是卫国最出色的男儿，手中握着丈二的长杖，走在王军的最前面，也就是打前锋的意思。

这是典型的"情人眼里出西施"，丈夫是不是整个邦国里最优秀的男儿，可不是由这女子决定的；而他手握武器冲杀在前的样子，女子也不可能看到。

但是那又怎样呢？爱情从来不讲逻辑，总之在这女子的心中，自己的丈夫就是最好的、最勇敢的，是整个国家、整个军队里最出色的兵士。这里饱含了女子的自豪感。

这首诗可以与《邶风·击鼓》对看，"击鼓其镗，踊跃用兵"是两诗共同的前提，而当男子哀怨地叹息着"土国城漕，我独南行"时，女子则含着泪鼓励他"伯兮朅兮，邦之桀兮"。因为妻子打心眼儿里觉得丈夫是勇武的，是国家的英雄，他的"为王前驱"是一种荣耀，而自己与有荣焉。

她不要他为自己担心，不肯说任何不吉利的话，只给她看自己笑得弯弯的眼，好让他无牵无挂，勇往直前。

而在他走后，她却整个地垮下来，"自伯之东，首如飞蓬"，再也无心打理自己。而男子亦是"不我以归，忧心有忡"，这可真是一轮明月，两地伤心。

李清照有首《一剪梅》形容得最好："红藕香残玉簟秋。轻解罗裳，独上兰舟。云中谁寄锦书来，雁字回时，月满西楼。　花自飘零水自流。一种相思，两处闲愁。此情无计可消除，才下眉头，却上心头。"

只是，那远去的伯兮，却是连一封锦书也寄不回来的。

二、女为悦己者容

唐诗中有首描写画眉之欢的经典诗句："妆罢低声问夫婿，画眉深浅入时无？"

比此更灵动的，是李清照新婚燕尔时写的《减字木兰花》："卖花担上。买得一枝春欲放。泪染轻匀。犹带彤霞晓露痕。　　怕郎猜道。奴面不如花面好。云鬓斜簪。徒要教郎比并看。"

爱情就是这样，画好了眉毛，请他看看够不够媚；换好了裙裳，问他觉得够不够艳；哪怕插戴一枝花儿，也定要借情人的眼睛来看了，才觉得这花儿是值得的。

而一旦丈夫离了家，李清照的词风就变了："香冷金猊，被翻红浪，起来慵自梳头。任宝奁尘满，日上帘钩。"

丈夫死后，她更是"如今憔悴，风鬟雾鬓，怕见夜间出去"。

女子的改变，总是从绾青丝开始。

诗中的女子，亦是一样："自伯之东，首如飞蓬。岂无膏沐？谁适为容！"

他已经出门打仗很久了。自从他离家东征，女子就再也没有了打理自己的动力，头发乱糟糟的如杂草一样，也懒得费心洗沐，今儿弄个堕马鬓，明儿整个前刘海儿。并非家中没有好的化妆品，实在是爱人不在，梳妆打扮得再漂亮，又能给谁看呢？

膏沐，妇女润发的油脂。由此可见，这是一位贵族妇女，因为平民人家可是没有膏沐这种奢侈品的。丈夫能"为王前驱"，至少也是位"士"。

谁适，即对谁、为谁的意思。适，当，配得上。亦有说适读（dí），当"悦"讲。

所以第二段用一句大白话总结，就是"女为悦己者容"。

女子易伤春，男子喜悲秋。因为春天的花儿是开得最美的，女子一生最美好的时光就是十七八岁春花初绽的那短短几年，一旦逝去，永不追回。而在这样的春光中，却没有爱人陪在身旁，为自己簪花描眉，欣赏姿容，只是独守空房，看着镜中红颜日渐黯淡，如花美眷，似水流年，空付与断壁残垣，怎不伤心落泪？

所以春残花落之时，绣楼少女、闺中思妇，总是最容易产生伤感情绪。李清照如是，杜丽娘如是，林黛玉亦如是。

而男人要迟钝些，直到"白了少年头"的时候才会觉得惶然。所以宋玉悲秋，李白对着镜子哭诉"白发三千丈"，苏东坡在三十八岁时看到两鬓染霜，写起词来，号叫着要"老夫聊发少年狂"。

关于爱情的誓言，说一千道一万，最珍贵的赠予永远是陪伴！

对诗中的女子来说，夫君去了东边打仗，生活中所有的美好都仿佛跟着他走了，最关键的，不知道他什么时候回来，更可怕的，是她自己都不敢深想的事情，那就是：他还会不会回来？

怀抱着这样的煎熬，她还有什么心情打扮？每天待在家中，整个人都无精打采跟掉了魂儿似的，洗沐梳妆也都变得毫无意义。

同时，这句"谁适为容"还暗暗隐含着一种表白之意，表现女子的忠贞。如果丈夫不在家，女子还要每天打扮得花红柳绿，东走西串，那成了什么样子？

所以这女人不再打扮自己，任由一头青丝乱得跟蓬草般失去了光泽，也就此掩盖了自己的女性美特征。这不就是因为女子心无二志，不愿意让别的男人看到自己而产生绮念吗？

而且她把自己弄成这样，显然也就是不大出门了。想来，如果她的丈夫一直不回来，她的春天也就从这一年开始，永远地逝去了。

三、心病还须心药医

诗的三、四段是一气呵成的，"其雨其雨"是在前文的叙述后停顿一下，重开篇章。"其"是发语词，无实义。杲（gǎo），明亮的样子。出日，就是日出。

亦有诗家说此为祈使句，"祈雨"的意思。然而如果是祈雨，下文的"杲杲出日"就变得莫名其妙了。到底是祈雨还是祈祷天晴呢？

因此我认为"其雨其雨"只是少妇在平淡地叙说着一个自然发生的事实：下雨了，雨停了，太阳出来了。

但是也有一种说法是：我天天祈祷下雨，偏偏太阳又照常升起；正如我每天盼望着丈夫回家，可是他却迟迟无音讯。

这样的解释也很有意思。

下雨也好，日出也好，阴晴圆缺，花开花谢，云卷云舒，对这满心思念的女子来说都没有什么太大的不同，她只管干一件事儿，就是想念丈夫。想得头疼，想得心焦，想得神魂颠倒。

所以下一句明明白白地呐喊了起来："愿言思伯，甘心首疾。"

我想你啊，心甘情愿为你魂牵梦萦，头痛欲裂。

愿言，就是宁愿；同"甘心"一样，都是心甘情愿的意思。

首疾，头痛。不知道是不是长期不洗头的缘故。

第四段的"心痗"，则是心痛。痗（mèi），忧思成病。

真是头也痛，心也痛，丈夫不在家，浑身都是病。

也许少妇觉得只是这样呆坐着不是回事儿，总得起身做点儿什么，要不就去给自己找根忘忧草煎了入药吧。

也许是邻里乡亲同情少妇的心境病情，前来探望劝慰，说你总这么蓬头垢面地病着可不行，要不煎个萱草汤解解头痛吧。

于是便有了这句"焉得谖草，言树之背"。

谖（xuān）草，就是萱草。背，就是北堂，背阴处。

去哪里找萱草呢？就在北面的树荫下。

萱草有几种别名，《博物志》称："萱草，食之令人好欢乐，忘忧思，故曰忘忧草。"《风土记》云："妊妇佩其草则生男。"故而萱草又名"宜男草"。

诗中女子是妇人，所以寻找萱草不论是为了解忧，还是为了祈祷生男，都是合理的。但是联系上文的"甘心首疾"和下文的"使我心痗"，此处还是当忘忧草解更为合适。

所以这两段再寻一句大白话来总结，就是"心病还须心药医"。

然而就算找到萱草又能怎样呢？就不头疼、不心焦了吗？

不可能。

女子悲哀地说：我想念我的丈夫啊，心甘情愿为他忧思卧病。只要他一天不回来，我就一直相思成疾，不饰妆容。

这里有一种隐晦的忧惧，因为丈夫可是去打仗的，上了前线，就难论生死了。她每天想着他，寝不安枕，忧思成疾，所以头痛心痛，无药可医。她怕他死在战场上，而这种怕还不敢宣之于口，因为更怕一旦说出来就成了事实。她病得这样沉重，多少带着点儿用病痛来折磨自己，以此与丈夫分担痛苦的意味，因此病得无怨无悔。

此时再想到《邶风·击鼓》，会格外觉得伤感、浓烈。

当女子徘徊树下，寻找忘忧草时，也许男子也正徘徊于战场的林野中，"爰居爰处，爰丧其马。于以求之？于林之下"。他可能身负重伤，奄奄一息，虚弱地回忆着他们"执子之手，与子偕老"的誓言，缓缓闭上眼睛，犹自心中感怀，想着她还在家里等他，却再也等不到他回来，自己辜负了她的期盼，有多么对不起她，"于嗟阔兮，不我活兮。于嗟洵兮，不我信兮"。

这真是人生最大的悲哀。

这首诗的最独特之处就在于，虽然饱含思念，却无怨怼。女子对丈夫没有抱怨，对战事也没有抱怨，知道他是为国而战，是荣耀的，是英勇的，所以再苦再沉重的相思也仍是心甘情愿的选择，义无反顾的承当，"愿言思伯，甘心首疾""愿言思伯，使我心痗"。

我想你，我心痛，但是，我愿意！

但是，如果她知道他将再也回不来，还能不怨吗？

《诗经》中大量妻子想念远役丈夫的诗篇，开创了后世思妇诗的先河。而后世的思妇诗中最让我难过的一首，就是唐代陈陶的《陇西行》，恰可作为《击鼓》与《伯兮》相联合的注脚："誓扫匈奴不顾身，五千貂锦丧胡尘。可怜无定河边骨，犹是春闺梦里人！"

"投桃报玉"，爱情从来不平等

一

卫风·木瓜

投我以木瓜，报之以琼琚。匪报也，永以为好也。

投我以木桃，报之以琼瑶。匪报也，永以为好也。

投我以木李，报之以琼玖。匪报也，永以为好也。

这首《木瓜》堪称人们最熟悉的《卫风》代表作，扔个水果过去，换只玉佩回来，简直是最佳投资嘛。而且人家还说了：你不要那么俗气，不要用价值来衡量爱情，这可不是以物易物的交换，而是换我心为你心的情义。真是团圆欢悦的轻喜剧，亮丽极了。

木瓜、木桃、木李，都是水果。关于究竟是什么水果，各种译注版本多有争议，我不是植物专家，就不赘述了。

琼琚（jū）、琼瑶、琼玖，都是美玉。匪，就是非。

这首诗的字面非常好理解，三段重叠复沓，也没什么生僻字，所以一分钟就可以讲完了：你投递我瓜李桃梨，我回报你琼瑶美玉。这不是为了答谢，而是见证我们永远交好。

这和《大雅·抑》中的"投我以桃，报之以李"可不一样。《抑》说的是人情相处的大道理，平等原则。因为桃与李的价值是相当的，所以投桃报李才是礼尚往来，长久之道。成语"投桃报李"便是这么来的。而"投之以木瓜，报之以琼琚"的大手笔显然不是这样简单，所以《木瓜》的主旨就被各种版本反复解释，得出了大相径庭的结论。

有人说是"男女相互赠答"之诗，这是最流行的说法，但是清代姚际恒提出："以为朋友相赠答亦奚不可，何必定是男女耶！"甚至有人认为是"臣子思报忠于君主"，故而以琼报李；喜欢附会的汉学者则说是"美齐桓公也"，变成了赞美诗。

其中最为人们所推崇的，自然是轻灵狎昵的爱情诗说，一种饱满喷薄的青春气息，男女间俏皮的对答，明快的情感，唯美的意象，有果子的芬芳，有美玉的琳琅。

然而我却有着最煞风景的一种猜想，而且所查的资料中居然没有人与我意见相同，也不知道是不是我的想法太大胆了——我认为这是古代民女自荐枕席之诗。之所以会有这种大胆设想，是因为我想问一个问题："投我以木桃"和"报之以琼瑶"的男女身份分别是什么？

女子投来投去都是水果，显然只是位民间劳作的女子。前面说过，《诗经》中女子的劳动内容总是与"采"分不开，不是"采采卷耳"，就是"采采苤苢"，成日"采菽采菽，筐之筥之"，"终朝采绿，不盈一匊"，"彼采葛兮""彼采萧兮""彼采艾兮"……简直不胜枚举。

所以整天在郊野上采摘水果药草的女子，身份不可能太高，她们所拥有的最珍贵的东西，也就是刚刚采下来的最好的水果。

而那个随手就可以从身上拿出一块美玉来赠人的男子，却必定是位有身份的君子或公子。

那样的话，这首诗说的可就不是简单的男女自由恋爱了，而是一种在下者的仰慕与在上者的垂怜。

也就是说，一位公子坐着轩车经过村庄时，被路边采果的女子见到了，女子思慕之情顿生，于是投掷水果以表情愫。男子回望时，觉得那女子姿色神态都很可爱，与她投出的水果一般秀色可餐，于是顿生爱恋，随手拿出一块玉来让仆从交给那女子，这就是下订了。

所以说，"非报也，永以为好也"，这可不是回赠你的水果，而是纳你的信物，从此你就是我的人了。

二

投掷水果以表达爱慕的做法，直到魏晋时还非常流行，最著名的故事就是潘安的"掷果盈车"。

潘岳，字安仁，小名檀奴。所以女子们想象自己的爱郎有潘安之貌，就狎昵地称其为潘郎、檀郎。而"潘安之貌"与"子建之才"并称，则成为衡量古代男子才貌的两大标杆。

传说潘安每次出门，妇女们都会为了争看他而堵塞交通，还争着往他的车上扔果子，表达恋慕之情。想来潘家根本不需要买水果，每次馋了就坐着车子招摇过市，随便逛一圈都会满载而归，榨汁都喝不完。

才子左思听说了，想着自己的名气也很大，说不定上街转转也能省点儿水果钱，于是便也驾着车出门游逛。然而魏晋是个看脸的时代，他虽然有才，但长得实在是丑，看到他学着潘岳的样子临车顾影，满街妇女纷纷向他吐口水，扔石子，惊得左思引辔回缰，赶紧跑回了家。

想来，《木瓜》诗中的公子，形象自然也是好的，年轻有为，光彩照人，才会让田间的民女失了矜持，拼命地拿水果练投篮。

和木瓜女同样主动的，还有《越人歌》中摇桨而歌的渔家女，在湖上与公子邂逅，立刻大胆表白："山有木兮木有枝，心悦君兮君不知。"楚公子不觉情动，立即欣而纳之，"掩修袂而拥之，举绣被而覆之"。

所以，春秋时的民女从来没有太多矜持可讲，彼时的道德观与今天不同，溱洧河边的男女一见钟情，拉着手儿就会往小树林里钻，更何况这女子遇见的还是一位高贵的公子呢？

公子对自己封地上的女子是有支配权的，所以看上谁就纳谁。这是种司空见惯的社会习俗，无关道德礼教。而且水果也好，美玉也好，她与他都拿出了自己所有的，这番举动非但不伤礼法，且颇含情义。

当然也有不愿被公子纳采的，比如《七月》里的采桑女，就一边采桑一边忧心忡忡地想着："春日迟迟，采蘩祁祁。女心伤悲，殆及公子同归！"这也从侧面说明了公子看中某个女子就可以随便带回家的风俗。

只不过《木瓜》里的女子是主动的、愿意的，男子也是礼貌的、温柔的，并且愿意为她负责。"永以为好也"，皆大欢喜。

⊙王风

《黍离》：知我者谓我心忧

一

《诗经》中十五国风的排列顺序很有趣，温柔敦厚的《周南》《召南》居首，接着是泼辣鲜活的"卫地三风"，然后是《王风》《郑风》。

板着面孔的《王风》夹在"郑、卫之音"中间，颇有些尴尬的意味；尤其是紧接着《卫风·木瓜》掷果示爱的大胆女子，"匪报也，永以为好也"之音未了，画风突变，忽然接引一片钟磬之声，一位仰首问天的士大夫走来，男低音深沉地唱着"悠悠苍天，此何人哉"，真让人有点儿转不过弯来。

《王风》共十篇，以《黍离》为首。

王，指王城洛邑，也就是今天的河南洛阳。洛邑本为殷商旧都，称朝歌；周王朝自公元前1046年由周武王姬发建国，最初定都镐京，后来周成王迁都洛邑，号成周；再之后周懿王返都犬丘（今陕西咸阳），直到公元前771年镐京陷落，西周灭亡；周平王东迁，再次定都成周，史称东周。

西周时分封天下，将最富饶的关中平原和洛阳盆地留给了周王室，彼时王畿千里，坐拥三军，足以号令天下。但在东迁后，王城面积大大缩小。周天子的地位也越来越低，实力尚不如诸侯，庙堂黯淡，再也没有胆气创作雅颂那样的诗歌，当王畿一带的土风被混入十五国风中，便称"王风"。

因此，《王风》与《周南》及"卫地三风"都是有重叠交叉的，但在时间上成诗较晚，大都带着乱世苍凉的哀怨况味。比如《黍离》一诗，就被认为是"闵宗周也"，说的是平王东迁后，周大夫行役至西都镐京，经过周朝宗庙，只见宫室尽毁，夷为禾黍，"闵周室之颠覆，彷徨不忍去，而作是诗也"。

说到西周的灭亡，就要讲讲那个著名的典故，"烽火戏诸侯"。

故事说的是周幽王昏庸无道，因为厌恶大臣褒珦（xiàng）对自己屡屡劝谏，就将他投入了监狱里，一关三年。褒族人为了救褒珦，在民间遍寻美女，收养了一个叫褒姒的女子对其进行调教，然后献于幽王，替褒珦赎罪。

幽王见了褒姒，果然惊为天人，对其万般宠爱。褒姒却总是悒悒不乐，冷若冰霜，自进宫后就没有笑过。周幽王为了博褒姒一笑，出尽百宝，悬赏求计，下令谁能令褒姒一笑，赏金千两。优伶侏儒纷纷前往献艺，然而褒姒却只是蹙着双眉，对他们的表演十分厌倦。这时有个叫虢（guó）石父的佞臣向周幽王建计，出了个"烽火戏诸侯"的馊主意。

烽火台本是古代的报警器。西周为了防备犬戎侵扰，在镐京附近骊山一带，每隔几里就筑有一座烽火台，共计二十多座。一旦哨兵发现敌军来袭，就要立即点燃烽火，邻近烽火台哨兵看到也会相继点火，一一传递，向附近的诸侯报警。而各国诸侯见了烽火，知道京城告急，天子有难，必须起兵勤王，赶来救驾。

这是关乎生死存亡、国家根本的大事，而虢石父竟然献计以此做戏，实在荒诞至极；更荒诞的是，昏聩的周幽王竟然同意了。真的带着褒姒登上骊山，令哨兵点燃了烽火台，引得周边诸侯纷纷集合了军队拼命赶来。而周幽王却在骊山上看着满脸蒙圈的诸侯王哈哈大笑，得意地说大家上当了，我只是跟你们开个玩笑。

诸侯别提有多气了，悻悻地带着车马甩袖而归。褒姒看到千军万马召之即来，挥之即去，忍不住莞尔一笑。周幽王大喜，立刻赏了虢石父千两黄金。后面的故事就像民间传说"狼来了"那样。后来，真有犬戎进攻时，周幽王再命人点燃烽火台，诸侯们再也不肯理会。于是周幽王被杀，西周由此而亡。

而褒姒的千金一笑，遂与夏朝的妹喜闻裂缯声而笑，商朝的妲己为炮烙之刑而笑，并称"亡国三笑"。

不过，也有专家考证说这个故事纯属虚构，是后人为了讥讽周幽王杜撰的。也许吧，但是周幽王的自取灭亡的确是为了褒姒。他为了宠妃不顾祖宗规矩，废黜王后申氏和太子宜臼，册封褒姒为后，立褒姒生的儿子伯服为太子。于是姬宜臼逃奔母亲的故乡申国，在申侯的帮助下联合犬戎进攻镐京，杀了周幽王。随后，申、鲁、许等诸侯国拥立姬宜臼继位。

话说周幽王虽然无道，但是姬宜臼联同外敌打自家老爹而发动的战争，实在也谈不上什么正义之战，因此他即位后民心涣散，帝位不稳，加之犬戎发难，姬宜臼只得于公元前770年迁都洛邑，史称周平王，自此开启了东周时期。礼崩乐坏，由此而始。

东周，又以"三家分晋"为节点，分为春秋和战国两个时期。

这首《黍离》，便是东周臣子回到西周王畿，看到昔日宫垣已经变成稻田的感慨悲凉。

二

王风·黍离

彼黍离离，彼稷之苗。行迈靡靡，中心摇摇。知我者
谓我心忧，不知我者谓我何求。悠悠苍天，此何人哉？

彼黍离离，彼稷之穗。行迈靡靡，中心如醉。知我者
谓我心忧，不知我者谓我何求。悠悠苍天，此何人哉？

彼黍离离，彼稷之实。行迈靡靡，中心如噎。知我者
谓我心忧，不知我者谓我何求。悠悠苍天，此何人哉？

全诗三段，重章叠唱，中间只换了两个字，从"彼稷之苗"到
"穗"再到"实"，"中心摇摇"到"如醉""如噎"，不断加强情感
的悲怆程度。

通常来说，以景物起兴，除了烘托气氛外，都会有着时间过渡
的作用，比如《采薇》中，从"薇亦作止"到"柔止"到"阳止"，
代表一天天过去。然而此诗中的黍稷从初苗到抽穗再到长成，这是
大半年过去了吗？这位大夫是一直滞留京畿，反复地吟咏感伤吗？

未必。也许这只是形容他徘徊不忍去的心绪，或是在想象中久
久徜徉，又或者只是为了一唱三叹。

黍（shǔ）和稷（jì），都是中国古代最常见的农作物，现在却
少见于餐桌了。黍是黄米，稷为粟子，又说为高粱。

离离，庄稼排列成行的样子；靡（mǐ）靡，行步迟缓貌；摇
摇，心神不定的样子。

"一切景语皆情语"，接连三个联绵词，将士大夫旧地重游的悲

恻低回形容至细，而最难堪的还是心中这番抑郁无人倾诉。

既然禾苗青青，想来田野中还有耕作的农人吧。然而他们只是夷然地生活在兵燹毁尽的旧宫遗址间，浑不管今夕何夕，此地何处。他们哪里会懂得自己心中这番痛楚怆然呢？

他走在田埂间，看着原野上阡陌纵横，排列成行的青青稼苗，远处依稀仿佛还残存着旧宫的断壁颓垣，而沉沉暮色仿佛就从那残垣的断口处涌动、生起、蔓延，渐渐逼近，越来越沉，从前巍峨辉煌的盛世宫殿，便浮起在那蔷薇色的暮霭之上，摇曳生姿，熟悉得令人心痛。

他久久伫望，心旌动摇，几乎站立不住。于是发出了震烁两千年的灵魂拷问："知我者谓我心忧，不知我者谓我何求？悠悠苍天，此何人哉？"

这是诗眼所在，最著名的一句千年之问，大起大落，大开大合，诘问之中包含了太多的情绪：对于故国衰亡的痛楚与怀念，沧海桑田、物是人非的慨叹，知音难觅的孤独，无不在此一问中悠然荡响。这一问在天地间久久回荡，却永远无法回答。

三

《史记·宋微子世家》载："箕子朝周，过故殷墟，感宫室毁坏，生禾黍。箕子伤之，欲哭则不可，欲泣为其近妇人，乃作《麦秀》之诗以歌咏之。其诗曰：'麦秀渐渐兮，禾黍油油。彼狡童兮，不与我好兮。'"

麦子已经吐穗了，田里庄稼苗壮生长。那个顽劣的浑小子啊，不肯好好听我说话，意指殷纣王不纳良言，排斥忠贤。

倘若真有这么一首歌，那么《麦秀》的创作时间无疑要比《黍离》早得多。但是两诗所表达的情感思想如出一辙，故而世人常将其并称"黍离麦秀"。

比如向秀《思旧赋》云："叹黍离之愍周兮，悲麦秀于殷墟。"

王安石《金陵怀古》云："黍离麦秀从来事，且置兴亡近酒缸。"

《麦秀》也罢，《黍离》也罢，都是非常孤独怅寂的诗。

然而那孤独的身影穿越了三千年，一次次重生在诗人的身上，冷清而决绝，也就没有那么寂寞了。

唐朝的陈子昂登上幽州台高呼："前不见古人，后不见来者，念天地之悠悠，独怆然而涕下。"

宋朝的姜夔作《扬州慢》："千岩老人以为有黍离之悲也。"

元朝的马致远在戏台高歌："禾黍高低六代宫，楸梧远近千官冢，一场恶梦。"

孔尚任在《桃花扇》中则接着唱："眼看他起朱楼，眼看他宴宾客，眼看他楼塌了。这青苔碧瓦堆，俺曾睡过风流觉，将五十年兴亡看饱。"

而曹雪芹的《好了歌注》又何尝不是《黍离》余响："陋室空堂，当年笏满床；衰草枯杨，曾为歌舞场。蛛丝儿结满雕梁，绿纱今又糊在蓬窗上……乱烘烘你方唱罢我登场，反认他乡是故乡。甚荒唐，到头来都是为他人作嫁衣裳。"

原来，黍离麦秀，只是一场梦而已。

然而穿越千年，我却仍然不能不为了这一场梦而感伤泣下。正是：一场大梦同今古，三生痴情共死生。

214

《君子于役》：最家常的思念最动人

一

王风·君子于役

君子于役，不知其期。曷至哉？鸡栖于埘。日之夕矣，羊牛下来。君子于役，如之何勿思！

君子于役，不日不月。曷其有佸？鸡栖于桀。日之夕矣，羊牛下括。君子于役，苟无饥渴？

这首诗开创了后世思妇诗与闺怨诗的先河。

这首诗通篇使用的手法是"赋"，白描情状，直叙心怀。开篇点题："君子于役，不知其期。"

于，往。役，服兵役或劳役。

丈夫奉命服役，连个期限都没有，也不知道什么时候能回来。短短八字，不但交代了自家的情况，也暗示了动荡的社会背景。

中国是农耕社会，极重农业，男子是田间主要劳动力，所以通常服役时间都不会太长，免得误了耕种或收成。然而这位君子服役，却是"不知其期"，可见时局有多么混乱失控，难以掌握。

《毛诗序》说："《君子于役》，刺平王也。君子行役无期度，大夫思其危难以风焉。"可见这首诗的背景乃是周平王东迁时期。

周平王姬宜臼，公元前 770 年—前 720 年在位，为东周第一任天子。自从周武王分封天下，整个西周诸侯都是打断胳膊连着筋的姻亲关系，"打虎亲兄弟，上阵父子兵"，所以特别重视伦理教化。弑父弑君是大逆不道的恶行，天下人得而诛之。

周幽王废后另立，这是君不君，父不父；而太子宜臼联合外敌来打自家老爹，典型的子不子，臣不臣。这出逼宫弑父的大戏，导致周室自此而衰，再也控制不了诸侯势力。于是群雄争霸，恃强凌弱之事屡屡发生，齐、楚、秦、晋渐渐坐大，周天子失去了一统天下的绝对君权，周室衰微，政由方伯。

礼崩乐坏的春秋时期开始了。

在此背景下，产生了大量与战争相关的诗篇，通常正面描写战争的诗多收录于《雅》，比如《小雅·采薇》《小雅·江汉》《大雅·常武》等等，《国风》中则多的是大夫感怀，比如《黍离》，以及征夫诗、思妇诗等等。

这首《君子于役》中的君子，就是一位奉王命远征戍防的征夫。其妻子独守家中，怀念着远行服役的丈夫，忧心忡忡。因此发出诘问："曷至哉？"

曷（hé），何时。至，归家。什么时候回家？一说不知道夫君现在到了哪里？

接下来笔锋一转，写到了家中现状，非常生活化的细节："鸡栖于埘。日之夕矣，羊牛下来。"

埘（shí），鸡舍。在墙壁上挖的窝。

"羊牛下来"，指羊和牛吃完了草，从山上下来。不说"牛羊"

而说"羊牛",是因为羊不吃带露水的草,所以回圈的时间要略早;牛则往往稍晚一步,踏月而归也是常事。

鸡回窝,牛归圈,这是山村黄昏最常见的情景。

夕暮的天空霞光还未褪尽,邻家屋顶的炊烟已起,牛羊咩咩哞哞着从草坡上下来,平添了一些生气,这情形是热闹的,可就因为那远役的君子久久不归,所有的情事落在眼中就都成了寂寞。

于是妻子忍不住再次含泪发问:"君子于役,如之何勿思?"

夫君你远行服役,不知归期,亦不知如今身在何方。每当夕阳西下,暮色四合,看着牛羊鸡犬都知道日落归家,各回各窝,夫君你却杳无音讯。让我对此情景,如何能够不想你?

这首诗与《式微》连读,那女子的形象会格外清晰。她盼望丈夫归来,看着牛羊入圈,暮色四合,却仍然痴痴地望着大路,不忍归去,就这样一直从夕阳西下等到了夜露生寒。依然一遍遍一声声在心底念着:"式微式微,胡不归?"

山村的黎明与黄昏是最迷人的。绚丽的晚霞一点点收尽了它的薄光,乌鸦归巢,蛩声四起,月亮偷偷地探出头来,星星从稀疏到渐密,萤火虫在草丛间飞舞,风过树梢的每一声叹息都似乎在告诉她:别等了,他今天不会回来。

第二段重复叠唱。

"不日不月":没法用日月来计算时间,与"不知其期"类同。

"何其有佸":什么时候能够重逢。佸(huó),是相会、来到。

"鸡栖于桀",桀是木桩,为鸡所栖。一说用木头搭成的鸡窝。

"羊牛下括",括是会集。与"羊牛下来"相类。

虽然用字不同,意思与上段完全一样。不同的在于最后一句:"君子于役,苟无饥渴?"

苟，或许、但愿，表示猜测。夫君你远行在外，可有没有挨饥忍渴？

这句探问，简直让人掉下泪来。妻子苦苦思念丈夫，满心都是对他的担忧与怜惜，不知他如今到了哪里，不知他什么时候能够归来，更不知他是否受苦挨饿，没有自己在身边照顾，那亲爱的夫君，如今一切可好？这才是最真挚的夫妻情义啊。

越家常的风景越动人，越朴素的情感越持久，这首诗最动人的地方就在于这种家常和朴素。

我小时候曾跟随父母"下放"，有过四年的乡村生活经历，即便隔了数十年，对于黄昏时分"鸡栖于埘"的情景仍然历历在目。我曾经怨恨，命运巨轮将我从清华园抛甩到了农村，不能做个北京人；然而中年后，反而有些庆幸，在我最单纯的童年时期亲近过最朴素的土地。在今天想起遥远童年时，竟有种乡愁般的温柔。这种乡愁，无关哪一片具体的土地，而是那种古老敦厚的生活气息：是双脚稳稳地踏在黄土地上，在暮春的微雨中寻觅杜鹃的叫声；是踩过一路咯吱咯吱响的积雪，在冰冻的河面上印一个圆圆的脚印。无论岁月如何流转，那声音清丽在耳，那脚印也依然清晰。

就像这首诗，作者以"赋"的手法描写生活的细节，或者说，表现烟火的颜色，这是古老《诗经》历久弥新、与我们肌肤相亲的缘故。那用烟火气描绘的底色，是比任何矿物的粉尘、植物的汁液都更浓厚持久的颜色，纵使斑驳，依然妍丽。

中国历代诗人一直都很好地掌握着这门调色的技巧，比如陶渊明的"暖暖远人村，依依墟里烟"，王绩的"牧人驱犊返，猎马带禽归"，孟浩然的"开轩面场圃，把酒话桑麻"。那铁画银钩的文字，每一笔都描进生活的芯子里，永不褪色。

李商隐的诗向来被认为是最难解的，然而有首《夜雨寄北》却直白温厚，全诗意境便是来自这首古老国风："君问归期未有期，巴山夜雨涨秋池。何当共剪西窗烛，却话巴山夜雨时。"

"君问归期未有期"，不就是"君子于役，不知其期"吗？只是《王风》中的女子看着鸡牛归圈而思念疯长，唐诗里的女子却是在深秋夜雨时倍觉思念，然而那一个"共剪西窗烛"的情影，终也只是生活的平常罢了。

二

《君子于役》是思妇诗，而同属《王风》的《扬之水》则为征夫诗，两诗仿佛男女对唱，连读时有一种格外的悲怆。

> 扬之水，不流束薪。彼其之子，不与我戍申。怀哉怀哉，曷月予还归哉？
> 扬之水，不流束楚。彼其之子，不与我戍甫。怀哉怀哉，曷月予还归哉？
> 扬之水，不流束蒲。彼其之子，不与我戍许。怀哉怀哉，曷月予还归哉？

戍申、戍甫、戍许，分别指在申、甫、许等地防守，而这类复沓手法的应用，重点其实只在第一段，也就是在申国戍守。

申国是周平王母亲的国家，经常受到楚国的侵扰。而周平王这时候已经没有能力调动诸侯，就只能从自己的王军中抽调部队去申国屯垦驻守。彼时已然战争频仍而兵力不足，如今还要抽调征夫守卫别国，而且这些周朝士兵还常常一去数年，没有换防，远离故土，不知其期，心中焉得不怨？

《扬之水》以远戍战士的口吻，表达了对家乡亲人的思念。全诗复沓三章，每段只换两个字，除了所"戍"不同，还有所"束"的区别：束薪、束楚、束蒲，都是指成捆的柴草。

"扬之水，不流束薪"，那流动的河水啊，却漂不起一捆柴来，表现出战士深深的无奈。

开篇破题，构织了一幅苍凉的画面，仿佛隔着岁月望见那男子身立河畔，将一捆柴草扔进水中，看着它慢慢沉底，满面悲怆。

"扬之水"，就是清浅舒缓的水流。《诗经》中有多首以"扬之水"开篇的诗，散见于《郑风》《唐风》，因此有人猜测将柴捆扔进流水是一种祈福仪式，又或是占卜，想测试河水能否漂起柴草，又或是将柴草献祭于河神，寄托愁思。

然而河水滔滔远去，毫不容情地吞食了岁月、沙石、草木，却无法将战士的思念送回他的故乡。于是自然引出下句"彼其之子，不与我戍申"。

"彼其之子"，就是那个人，指妻子。不与我，不能和我一起。

我要远离故土，驻守申国，妻子则留在家乡，自然不能跟我一起。于是"怀哉怀哉"，思念不已，唯有眼望河水，无奈发问："曷月予还归哉？"什么时候我才能回家啊？这不正是"君子于役，不日不月。曷其有佸"？

两诗对看，真好比双峰对峙，夫妻各立山头，遥望唱和。那歌声，刻入春秋，直达今宵！

⊙郑风

《将仲子》：那个爬墙头的臭小子

一、爬墙哥

孔子说："郑声淫。"又说："恶紫之夺朱也，恶郑声之乱雅乐也，恶利口之覆邦家者。"（《论语·阳货》）

朱就是红色，但是红得发紫就令孔夫子厌恶，觉得是乱色；郑声淫靡悠扬，不是恶乐，但却会扰乱雅乐；正如同伶牙俐齿之人，口才便给本不是错，但若是心怀奸邪，就会颠覆国家。

竟然将郑声乱乐与佞人覆邦相提并论，罪名何其重也！但是，既然孔子觉得"郑声淫"，又为什么要将其编入《诗经》中呢？

郑，在今天河南郑州市及以东、以南地区。周宣王二十二年（前806）封其弟姬友于郑，是为郑桓公，所以郑与周王室同为姬姓后裔。郑风所收录民歌多表现男欢女爱的民间风俗，激越活泼，抒情细腻，与王室"雅乐"颇不同，相当于我们今天所说的流行歌曲。

魏文侯就曾说过："吾端冕而听古乐，则唯恐卧；听郑卫之音，则不知倦。"

这就好比我们读书会累，看电视打游戏却动辄几小时不知疲倦一样。因此孔子主张"放郑声，远佞人"。

郑声可以听，但不能浸淫。久听靡靡之音会让人慵懒无节制，便如亲近巧言令色之人会让自己松弛自负一样。

春秋晚期时，有一天卫灵公命人演奏一支来自濮水的曲子，悠扬婉转，催人泪下。有乐师骇然说：这是靡靡之乐啊，商纣之音。不久，卫国就亡了。

所以，普通人听听小调、说说笑话还无所谓，但作为治国者就要节制了，应当远离淫乐与佞人，多听雅乐，亲近君子。这里的佞，当巧言讲，并不是坏人；淫，也只是柔媚，并不是淫荡。

孔子儒学的核心是中庸之道，从不走偏激路线。他珍视的是人们纯朴张扬的天性，也非常欣赏男女情欲的正当表达，只是告诫君子在执政之时当有所节制。

但是，正如同不能为了净化学习环境，就把电视小说全都禁了；也不能为了劝诫国君远郑声，就把郑卫之音全删了。

所以《诗经·国风》中，《郑风》存诗二十一首，多表现男欢女爱之意，时有桑间濮上之事，孔子虽定性为"淫"，却也没有删去，便是因为其出自本性，一派天真。

比如下面这首《将仲子》，描写一个毛头小子爬姑娘家墙头求爱的故事，堪称"郑声淫"的重要证据了。这样的行为肯定不符合孔老夫子心目中的君子行为标准，但是夫子仍然把它选进了《诗经》。这首诗表达的情感虽然奔放勇敢，甚至有违礼教，却非常真挚纯朴，将男子的鲁莽热情和女子的羞涩激动形容得一丝缝儿也不留，那种欲拒还迎、欲诉还羞的情愫，谁又能说不是最纯洁、最无邪的呢？

将仲子兮！无逾我里，无折我树杞。岂敢爱之？畏我父母。仲可怀也，父母之言，亦可畏也！

将仲子兮！无逾我墙，无折我树桑。岂敢爱之？畏我诸兄。仲可怀也，诸兄之言，亦可畏也！

将仲子兮！无逾我园，无折我树檀。岂敢爱之？畏人之多言。仲可怀也，人之多言，亦可畏也！

将仲子，将（qiāng），在这里是发语词，愿、请的意思。比如李白的《将进酒》，便是一样的用法。如果说《将进酒》是祝酒歌，请你再进一杯酒的意思；那么《将仲子》就是一首情歌，请求我亲爱的仲子。

仲，是兄弟排行中的老二。

"无逾我里"，别翻我家的墙头。逾，翻越。里，古时五家为邻，五邻为里，里外有墙。

树杞、树桑、树檀，就是杞树、桑树、檀树。通常里墙下都会种着树木，所以通过爬树的方式来翻墙才是最方便的。不过这仲子实在有点儿毛手毛脚，翻墙的时候还把人家的树枝给撅断了，这不是留下"犯罪"证据吗？所以女子警告他：你小心点儿啊，上次折了我家杞树，我爹和我哥已经有所怀疑了，你千万别再弄坏树枝、留下脚印了。显然仲子爬树不是一次两次了。不过，这里墙下种的树，种类还真多呢！

"岂敢爱之？"关于爱的对象有两种说法：一是树枝，二是仲子。在古语中，"爱"可不是爱情，没有这么直白，而是怜惜、舍不得的意思。

比如孔子的弟子端木赐负责祭祀时，觉得鲁国君都不好好参加

223

告朔之礼，还要每月初一杀头羊，有点儿形式主义，便提议废除。孔子叹息说："赐也，尔爱其羊，我爱其礼。"意思就是说，你舍不得活羊，我却更舍不得周礼啊。

那么在诗中，女子是说，我哪里是舍不得树枝，而是怕我父兄发火呢；还是说，我哪里是不在意你，只是怕我父兄生气？似乎两样都解释得通，那我们也就不必胶柱鼓瑟，非要确定一个标准答案了。

因为重点，在于下面这句大胆表白："仲可怀也。"仲子啊，我是真的想你啊！我对你是真心的！

这是多么勇敢且直白的爱情宣言啊！想到这是来自一个三四千年前的河南女子的表白，真让人不禁怦然心动。

所以，这首诗的字面翻译是很简单明快的：仲子哥啊，别再翻我们家墙头了，也别折损我们里墙的杞树、桑树、檀树。我不是不在意你，实在是害怕父母兄长，还有邻里的闲言碎语啊。仲子哥，我对你是真心的，我也好想你，可是家教森严、人言可畏啊！

二、人言可畏

如果板起面孔说教的话，爬墙私会被抓住了，肯定要盖上一顶"伤风败俗"的帽子，朱熹《诗集传》就认为这是"淫奔之辞"。

但是古今中外，这样的故事什么时候少过？罗密欧与朱丽叶幽会的阳台，还成了建筑史上最美的童话呢。

至于童话中，《长发姑娘》里的小伙子爬的岂止是墙，还是高不可攀的城堡，而且是扯着姑娘的长发爬上去的。长发姑娘为了私会也是够勇敢的，他们最害怕的就是被看守的巫婆发现。

而《诗经》里的郑国姑娘要怕的就多了，怕爹爹，怕兄长，还要怕邻居；怕他们说自己不端庄，不自爱，不贞静，怕舌头底下压死人。"人言可畏"这个词，就是从这首诗里来的。

显然，这时候的郑国民风虽然开放，却也是讲究礼仪的。

同溱洧河边的年轻男女邂逅相逢，只要看对了眼就可以畅意交欢不同，诗里的两位主人公明明两情相悦，却还是瞻前顾后小心翼翼，害怕家长的阻挠和反对——为什么会反对呢？是门第不相当，抑或两家有矛盾？又或者是女家早有打算？我们不得而知。

但这无疑是最古老的一首表现年轻男女自由恋爱的诗歌之一，所以在"五四"之后，这首诗作为进步青年反抗礼教束缚、追求个性解放的口号歌被重新翻出来，还被编进了中学课本。

关于这首诗，历史上还有一种引申解释，说它是为讽刺郑庄公而作。然而十五国风采集的是民歌，反映的是民风，百姓虽然喜欢八卦宫廷秘史，但有没有必要绕这么大圈子去影射一段历史呢？

隔着数千年的风尘，我们已经无法确认每首诗的创作起源，就索性就诗论诗，只以字面意思来感受一段无邪情怀吧。哪怕，就只是聆听那个郑国女子在夜墙下轻轻呼唤一声"仲子啊"。

三、狡童

大约郑国民风开放，像仲子这样年轻火热的愣小子特别多，所以《郑风》中多有"狂童""狂且""狡童"的说法。比如下面这首《山有扶苏》：

山有扶苏，隰有荷华。不见子都，乃见狂且。

山有乔松，隰有游龙，不见子充，乃见狡童。

狂且（jū），狡童，都是都鲁莽滑头的臭小子，跟仲子一样毛手毛脚，愣头愣脑。

子都、子充，都是传说中的美男子，比喻心仪之人。

隰（xí），洼地。荷华，就是荷花。

游龙，水草名。即荭草、水荭、红蓼。

整首诗翻译过来就是：山上有茂盛的扶苏，池塘有艳丽的荷花。我看不到子都那样的美男子，却偏遇见你这个小狂徒。山上有挺拔的青松，池塘有丛生的水荭。我没见到子充那样的好男儿，却偏遇上你这个小滑头。

这首诗如果用一种忧怨惆怅的歌声唱来，意思就是：山中有扶苏啊，池塘有荷花，我见不到心爱的男人啊，却遇上一个小流氓。

真是人间惨剧。

但若是用轻快脆辣的声调来唱，再带上眼波流转，巧笑嫣然，那就完全变了意思，乃是形容女子约了情郎在山间相会，见到了情郎，女子却故作嫌弃地说：这是哪里来的小流氓，我还一心等着贵公子呢，谁知是个臭小子。

每段四句，前两句是"山有，隰有"的标准起兴句式，后两句"不见，乃见"则是轻巧的反转手法。整首诗有比有兴又有赋，轻俏活泼，灵动如云，便也有了一种异样的温柔。

大约是因为约会的地点比较隐秘，这首诗里的女子显然比《将仲子》中那位大胆得多了，笑眯眯看着情郎，貌似瞧不上的谴笑，实为喜上眉梢的亲昵，娇嗲嗲地向对方胸前一推：你这臭不要脸的，谁稀罕你……

其实，这是正话反说，姑娘的心里乐着呢。如果见不到这狂徒、狡童，她才真要食不下咽，寝不安枕呢。

下面这首直抒胸臆的《狡童》，便是怒骂一个失约的臭小子：

> 彼狡童兮，不与我言兮。维子之故，使我不能餐兮！
> 彼狡童兮，不与我食兮。维子之故，使我不能息兮！

那个油嘴滑舌的臭小子啊，为什么不给我一句明白话？都是你的缘故，使我饭也吃不下。

那个心眼灵活的臭小子啊，为何不来与我一起共餐？都是你的缘故，让我觉也睡不安。

接连三首关于臭小子的诗，郑国女子对狡童的狎昵谐谑，让我们充分见识到了她们的大胆奔放，当真是活色生香，亮烈爽利。

这和我们印象中三从四德的古代淑女是不是大为不同呢？

然而这才是生活的底色，是民间最真实生动的女子形象。简单的句式，放浪的性情，朴素而热烈的情感，没有禁忌，毫无约制，亦不理睬礼仪与规矩，只由着真实的欲望从生命的根底里生长出来，生出一朵艳丽的花。

明明只是最原始的男欢女爱，但是铺陈了那样绮丽的环境，苍山、青松、荷花、水泊，还有摇曳的红蓼，那些明丽的色彩浓墨重彩地泼洒过来，混合着原始的力量，直照进灵魂深处。

人性本能中的热情与跃动就这样被撩拨了起来，少年男女的调笑再恣意也不会令人生厌，而是显得如此自然明澈、理所应当。

因为，这才是青春啊，这就是生命本来该有的模样，就同山上有松树、池塘开荷花一样理所应当，那么我遇到你，一切的发生，也都是必然。

欣赏他们，不带任何立场，就只是淡然微笑，宛如欣赏水流花开。孔夫子尚且可以做到，缘何后代经学家们反而忍不得？

"思无邪"不只是说童真无邪，更是指本真之心，正直之志，温柔之情，敦厚之风，不虚假，不造作，不放荡，不堕落，正如王国维所说，"不失其赤子之心"，更简单地说，就是佛家所言之"说真实语"！

这就是"风"的特色。

"郑风淫"，溱洧水边最多情

一

中国自上古时代便流传下来一种习俗，每年初春上巳节，人们多聚于水边，用香草蘸水洒身上，感受春意，祈求消除病灾与不祥，叫作"祓禊（fúxì）"。

《续齐谐记》载："昔周公卜城洛邑，因流水以泛酒，故逸诗云：羽觞随流波。"可见西周时已颇盛行。

魏晋时期，王谢子弟将此风俗发扬光大，邀集于上巳之日，绍兴兰亭，大家坐在河渠两岸，将酒杯置于上流，任其顺流而下，停在谁的面前，谁就取杯饮酒，称为"曲水流觞"。一代书圣王羲之因此写下了"天下第一行书"《兰亭序》。

上巳，本来指每年三月的第一个巳日，因在上旬，故称上巳，后来改为固定的三月初三。

杜甫有诗云，"三月三日天气新，长安水边多丽人"，吟咏的便是唐朝的上巳节风俗。

只不过，兰亭雅集在绍兴，杜甫的丽人在长安，而《郑风》里的溱洧（zhēnwěi）在河南，那里有溱、洧二水合流经过，所以风中每多吟咏溱洧之歌。

每年桃花开放河水漫涨的时候，就是歌声最响亮的时候了。且听听《郑风·溱洧》这首青年男女河边相会的歌吧：

溱与洧，方涣涣兮。士与女，方秉蕑兮。女曰观乎？士曰既且。

且往观乎？洧之外，洵订且乐。维士与女，伊其相谑，赠之以勺药。

溱与洧，浏其清矣。士与女，殷其盈矣。女曰观乎？士曰既且。

且往观乎？洧之外，洵订且乐。维士与女，伊其将谑，赠之以勺药。

涣涣，流水盛大的样子。

初春时节，冰河化冻，正是水流欢快的时候，所以"涣涣"不仅是水丰貌，还有一种活泼的意味。

秉，手持。蕑（jiān），一种兰草，也有版本直接写作"兰"。

男男女女走在溱水边，为什么都要手持兰花草呢？

就是为了蘸水洒身，修禊祈福。古人相信这样可以除病祛灾，一年顺遂。

同时，这一天也是年轻男女自由相看的日子，平日矜持含蓄的女子在这一天显得很开放，主动撩男人说："河边有好风景，我们一起过去走走吧？"男人说："我刚刚去过了。"

且，是"徂"（cú）的简写，意思是去往。既且，已经去过了。

上巳是大节日，河边往往筑高台歌舞，举行一些相关的仪式。

女子邀请男人同自己一起去观赏歌舞，男人却说刚看完了过来。

女子不放弃，继续劝诱说："再去看看吧，洧水那边，又宽敞又欢乐。"于是男人拗不过女子的邀请，还是同她一起去了，走着走着两个人就看对眼了，互相调笑着，互赠了手中的芍药。看来这女子的口才不错，到底凭着自己的巧笑嫣然赢得了男人的心悦。

洵（xún），确实，诚然。訏（xū），大，广阔。相谑，互相调笑。

这诗中出现了两种很重要的植物道具，一是兰，二是芍药。

对于袚禊之礼，兰花草自然是必不可少的；而男女邂逅，芍药也是非常重要的"道具"，相当于今天的玫瑰。

芍，通媒妁之言的"妁"；药，通婚恋盟约的"约"，所以芍药花，代表定情的意思。

这真是一个大团圆的完美邂逅，女人主动，男人顺从，两人说说笑笑中定了情。

第二段也是完全一样的意思。

浏，水深而清。殷，众多。盈，满，意谓人多。

溱水洧水碧波清澈，溶溶浩浩，男男女女手执兰草，青春年少，拥挤喧嚣。

女子说："一起去那边看看可好？"

男子说："刚才我已经看过热闹。"

女子说："去吧去吧，洧水宽敞，良辰美妙。"

男子与女子，说说笑笑，互赠芍药。

二

《论语·先进》中，孔子令众弟子各言其志，并不聪明的学生曾点，说出了他这辈子最经典的一段话：

> 暮春者，春服既成，冠者五六人，童子六七人，浴乎
> 沂，风乎舞雩，咏而归。

之前，众弟子说的都是修身齐家治国之事，到了曾点，却画风一偏，描绘了一幅春游图："暮春季节，春装新成，风和日丽，莺飞草长，我们呼朋唤友，大约五六个青年，带着六七个小童，在沂水河里游泳，在舞雩祭坛下乘凉聊天，然后一起唱着歌儿回家。"

"舞雩"指为祈雨而建的临水高坛，是一种祭祀仪式，与祓禊礼建的歌垣是一样的性质。

这其实有点儿所答非所问，然而孔子却鼓掌赞同："吾与点也。"意思是说得太好了，我也想和你一起。一起干什么呢？自然是参与到那群河边游泳、挥洒欢乐的青少年中去，唱着歌一起回家。

但是，这真的就是孔子的理想吗？

当然不是，这只是孔子向往的一个场景，一个片段，甚至回忆中的一个镜头。老夫子分明是被曾点描绘的画风带偏了，这说的根本不是理想，而是孔子难忘的青年回忆。他想去往的也不是沂水河边，而是已经远去的青春时代。

不过，曾点的这段话充分说明了被祓风俗为什么那样受人喜

爱。第一个重点是"春服既成"。窘缩了一冬，如今终于可以脱下厚重的冬衣，换上轻薄艳丽的春装，这本身就够让人开心的了，正如李清照词中所写："风柔日薄春犹早，夹衫乍著心情好。"

虽说我小时候没过过上巳节，但是每年春天脱下棉袄那一刻，都特别喜悦，整个人轻盈了起来，仿佛困蝉脱壳，恨不得飞起，所以总是在换上单衣的第一时间就迫不及待地冲出门去跑一跑、跳一跳，找上小伙伴们玩个昏天暗地。

在古代，上巳日还有着更为重大的意义，不仅是法定的"单衣节"，可以脱换春衫了，更是盛大的"单身节"，允许年轻男女在这天放下体统，尽情约会。这种全身心的解放，简直太有仪式感了。

《周礼·地官·媒氏》载："以仲春之月，令合男女。于是时也，奔者不禁；若无故而不用令者，罚之，司男女之无夫家者而会之。"

也就是说，周代的礼法确立了一个法定的情人节，适龄男女的法定约会日，私奔野合什么的，通通都可以随心所欲，不受礼法约束，没有婆家却又不肯参加聚会的反而要受处罚——这也太惊悚了吧？而且，这场盛大的相亲会由国君亲自主持，以示正大，称之为"郊禖"，又叫"高禖"。

《大雅·生民》中有"克禋克祀，以弗无子"之句，《毛传》云："弗，去也，去无子，求有子，古者必立郊禖焉。玄鸟至之日，以太牢祠于郊禖，天子亲往，后妃率九嫔御。乃礼天子所御，带以弓韣，授以弓矢，于郊禖之前。"

周人重子嗣，偏偏彼时生活条件差，幼儿存活率低，所以特别重视繁衍生养。这条律令，就是为了人口增殖而设。

《史记·孔子世家》说，孔子的父亲叔梁纥"与颜氏女野合而生孔子"。"野合"这个词生生地刺痛了很多人的眼睛，也引起了很多争论。且当时叔梁纥已经七十岁了，颜徵在才只有十五岁，刚刚及笄。但是想想周礼的仲春聚会，便觉得那根本不算一回事了。

到这里还有一个问题：《周礼》云"仲春之月"，《论语》说"暮春者"，与上巳节的三月初三，这三者说的是同一件事吗？

我认为，即使本来是不同的庆典，后来也很可能随着时间发展，将情人节与上巳节合并了，又或者是礼法观念加强后，有伤风化的相亲节渐渐发展成了上巳之礼，唯一保留的传统就是手执兰花，行走水泽，迎接那"无可奈何花落去，似曾相识燕归来"。

三

不知道是古代的女子在追求爱情上比今天更大胆放任，还是河南的女子特别热情主动，《郑风》中经常看到泼辣生动强势表白的女子，比如另一首《褰裳》，同样响起在溱洧河边的呼唤：

> 子惠思我，褰裳涉溱。子不我思，岂无他人？
> 狂童之狂也且！
> 子惠思我，褰裳涉洧。子不我思，岂无他士？
> 狂童之狂也且！

这首诗翻译起来极简单：臭小子，你要是真心爱我，麻溜儿地提衣裳过河来；你要再磨磨叽叽，我可就去找别人了！你个有贼心没贼胆的傻子！

实在太干脆、太泼辣了有没有？

"子惠思我"，惠是爱的意思，比如"惠赠"。

褰（qiān），提起。裳（cháng），下裙。提起裙摆走过溱水。

在这里有个歧义：要褰裳涉溱的，究竟是男子还是女子呢？是说你要喜欢我就过来，还是说你要表明心意，我就过去？

"诗无达诂"，我们只管读出自己所亲近的那一种美就是了。

反正谁来迁就谁都不重要，重要的是我们在一起。

"子不我思"，是倒装句，意即子不思我。也且（jū），语气助词。

朱熹说，"狂童之狂也且！亦谑之之辞"，意思是开玩笑，男女打情骂俏呢，当不得真。

明朝戴君恩《读风臆评》说，"多情之语，翻似无情"，倒是令人怔忡。

这女子真是被男人模棱含糊的态度给伤到了吗？他对她若有情若无情，不给一句明确的答复，于是她忍不住撂狠话，给他最后通牒：你再不来找我，我就去找别人了！

狂童之狂，很难明确地解释，各版本大多作傻小子，但是考虑女子的心境，也可以当作狂妄、狠心讲，你这没良心的臭男人，不尴不尬地拖着我做什么，太目中无人了吧？

清代第一词人纳兰容若说，"人到情多情转薄，而今真个悔多情"，或许最能体现这女子的心情吧！

四

下面，我们就来介绍一首特别痴情的诗吧，《出其东门》：

出其东门，有女如云。虽则如云，匪我思存。缟衣綦巾，聊乐我员。

出其闉阇，有女如荼。虽则如荼，匪我思且。缟衣茹藘，聊可与娱。

这首诗描绘的仍是仲春之会的情景，然而表达的却不是邂逅新欢的兴高采烈，而是对既定目标的专一。

诗人既非君子，亦非狂童，却是一位意志坚定的痴心男。"弱水三千，只取一瓢饮。"心中的女子没有来，那么姹紫嫣红在他的眼里也都零落成泥。

为什么走出东门，会看到有女如云？

就是因为这是一个年轻人欢聚的盛会，"如云"二字极美，既可形容人多，又写出年轻女子们衣衫靓丽、体态轻盈的美感。

尤其这是她们在一冬的重锦厚袍之后，第一次换下冬装，穿上轻薄艳丽的春服，那种冲击就更加令人惊艳，难描难画。这样的情形，谁看了都会怦然心动。诗人大约也是心惊了一下，但他立刻就冷静下来，因为女子再多，皆非所爱。

"有女如云"后紧接了一句"虽则如云"，这是由顶针的手法连承带转，手法极为灵活巧妙。

思存，就是心中思念挂怀。虽然有那么多云中仙子，却都不是我心中挂念的那个人儿。

那么诗人惦记的女子是谁呢？诗中没有道其名姓，而只写了她的穿着："缟衣綦巾。"

这可真是"千呼万唤始出来，犹抱琵琶半遮面"。

缟（gǎo），白色，缟衣就是未经染色的素白绢布；綦（qí），青黑色，綦巾就是黑头巾。

"聊乐我员"的"员"为语气词，读"云"，无实意。

只有那白衣素巾的女子，才可以取悦我心。

白布衣，黑头巾，大约这打扮太像服丧了，因此大多版本都认为綦巾应是绿色佩巾。然而孝服又有什么不可以？

"女要俏，一身孝。"或许是这女子偏爱素净打扮，又或许真的正值家中有丧事，所以她才未能出现在这东门外如云的女子之中。

但是这样的话，下文的"缟衣茹藘"就有点儿奇怪了。茹藘（rúlú），就是茜草，其根可作绛红色染料。这里指茜草染的红衣裳。

说好的孝服呢，怎么忽然戴上红巾了？或许，这写的是两个时间段的事情，男子终于等到女子出孝期了吧。毕竟，两段诗的发生地点也不同了嘛。

闉闍（yīndū），城门外的护门小城，即瓮城门。

如荼，仍是形容女子众多。

思且（jū），思念，向往。且，语助词，一说慰藉。

走出瓮城，看到乌泱泱的人群，美女众多啊，却没有我思念的那个人儿。那人穿戴白衣红巾，只有她才能让我欢笑。

要注意的是，"缟衣""綦巾""茹藘"，都显示出此女身份贫贱。但她却能让诗人在众多美女中心无旁骛，目不斜视，只一心一意惦记着。"曾经沧海难为水，除却巫山不是云。"

这样的深爱，令人心动，真想问诗人一句：她后来出现了吗？

接连数首被孔夫子判定"郑声淫"的民歌，却让我们只见真纯，不觉邪荡，仿佛一路上山，只见漫山遍野的各色小花，那些花朵从无知的洁净中生长出来，细碎鲜艳，充满生机，连风中也带着些微的馨香，搅动得空气浮荡。

人们喜爱《诗经》，便是因为喜爱《诗经》时代的空气吧。人们随遇而安，享受着生命本身，小寒而后大寒，大寒而后立春，雨水，惊蛰……人们与天地相应和，踏实地度过每一天，过一日便收获这一日的快乐与生动。

行走在都市中的人，大都只是上班、下班、打拼、赚钱，如果这一天没有认真勤奋地"做"些什么，就会觉得时光虚度了，仿佛生命在默默腐烂。于是人人都不放过自己，不停地攫取、累积，精疲力竭，身心交瘁，甚至没有时间抬头看一眼雨后的天空；就这样沉沦着、奔跑着、咒骂着、惊惧着、焦虑着、渴望着，一边高喊要"诗意地栖居"，一边又将理想与金钱互相捆绑，于是那诗意便也散发着铜臭。

或许，就是因为没有了真正的诗意，才让我们格外怀念《诗经》里的空气吧？

人生的泥泞之途中，读诗，也是一种修行。

《子衿》：那件多情的绿衣裳

一

郑风·子衿

青青子衿，悠悠我心。纵我不往，子宁不嗣音！

青青子佩，悠悠我思。纵我不往，子宁不来！

挑兮达兮，在城阙兮。一日不见，如三月兮！

这是一首描写女子相思的诗歌，她的思绪如一条绵长的线，穿越了两千五百年的时光，将那份婉约幽怨的情怀，在今天的我们面前展露无遗。

今天的人写情歌，会说："我想念你的笑，想念你的外套，想念你白色袜子，和你身上的味道。"

而这古诗中的女子，想念的不是意中人的白色袜子，而是他的青色衣领——究竟能有多大不同呢？

衿，就是衣领。青衿，就是青色的衣领。

青在古代，有时指黑色，比如青丝，青眉；有时也指深绿色，比如青出于蓝而胜于蓝，青山，青草。

这里的青衿，应该是黑色的衣领，是文士的袍色。《毛诗解》中说："衿，青领也。学子之所服。"所以后世亦常称学子、生员为子衿。

但也有人说，衿就是襟，衣服的胸前部分。

总之，衣领也好，衣襟也好，所说的都是那男子的飘飘青衣，牵动了女子的无限相思。女子忍不住暗暗嗔怪：虽然我不去看你，你为什么不给我写信呢？

"宁不嗣音"，宁（nìng），岂，难道。嗣（sì），接续，继续。音，音信。嗣音，就是保持音信。

显然这是一对已经私下定情的男女，而且一直保持书信往来。忽然这天男子既没有出现，也没有来信，女子便沉不住气了。女子千头万绪，从他青衫玉佩的风姿，想到他温言煦语的笑容，想着他今天为什么没有来，怎么这么久不写信给她？她是这样想他，他感觉得到吗？

宋代词人贺铸有首《绿罗裙》，其中名句："记得绿罗裙，处处怜芳草。"为了意中人曾经穿过的一条绿色的裙子，就连脚下的青草都要爱惜起来，不忍践踏。这真是只有恋爱中的人才会懂得的不忍之情。

法国童话《小王子》中，狐狸对小王子说："我不吃面包，麦田对我毫无意义。而你的头发是金黄色的，一旦你驯服了我，面对那金黄的麦田，我就会想起你，爱上倾听麦浪翻滚的声音。"

世间所有的色彩，都是因为你才有意义：因为你的绿罗裙，才让我爱上青草的颜色；因为你的金头发，看到金黄的麦浪便让我思绪起伏；因为你的青青衣衫，青色便成了世上最美的颜色。

爱一个人便是如此天真，满心满眼就只有他，满世界全都是他，于是各事各物莫不带着他的影子：他看过的一本书，他提到的一件事，他经过的风景，他身后的桃花，以及遇见他那天的清风明月——即使天气恶劣，冰天雪地，也会看成玉树琼花，琉璃世界。

一颦一笑都铭刻在心，一草一木都与他相关，蜘蛛、草梗、花瓣、鞋子的摆放、蝴蝶的飞翔……一切都可以拿来卜卦，卜出他们爱的前程。以他的喜悦为快乐，因他的哀愁而忧郁，将他衣裳的颜色当作相思的颜色，从而使自己成为一个爱的奴隶。

这样地深爱一个人，是不是错？是不是病？她的绿罗裙是病因吗？满园的芳草是病征？当他对着草色青青、麦田金黄思念着她的时候，他的心里，是幸福更多，还是伤痛更多？

狐狸的相思是金黄色，而诗人的相思是绿色的，你的呢？

二

曹操在其著名的《短歌行》里，直接引用了《子衿》的原文片段："青青子衿，悠悠我心。但为君故，沉吟至今。"

女子心中的"子"是那个穿着青衫的心上人，到了曹操这里的"君"，则变成了身穿儒袍的才子能士。他振臂疾呼，希望天下英才都能穿江渡海，前往依附，拥戴我，辅佐我。人生所有的遇见都是久别重逢，让我们把酒言欢，畅饮高谈吧。

实在是"青青子衿，悠悠我心"这八个字太美了，一代枭雄曹操想表达求贤若渴之心时，竟然找不到比这更能突显热诚的形容来，只好原文借用，再加了句后缀："但为君故，沉吟至今。"因为曹操的《短歌行》，很长一段时间我背《子衿》时，一到"悠悠我心"就顺出了"但为君故"……实在太顺溜了。

诗中第二段"青青子佩"和第一段的句式是重复的，从青衿说到了玉佩，这就很具体了，而且给我们透露了更多的信息。这男子身穿青衫，腰佩青玉，显然是个有身份的人，是位君子。

古代君子都有佩玉的习惯，"君子无故，玉不去身"。而且佩玉在爱情故事中扮演着极为重要的角色，从"投我以木桃，报之以琼瑶"，到"知子之来之，杂佩以赠之"，佩玉随时随地都会成为爱情的馈赠。这女子如此沉吟地想着男子的佩玉，不知是不是暗暗希望，他有一天会将它赠送给自己呢？当然，也说不定这块玉佩早就到手了，此时女子正是一边手里不停摩挲着情人的赠玉，一边想着他为什么没有来。

狐狸告别小王子时，哭泣着说："从此金黄的麦田会使我伤心。"因为麦田会使他想起小王子金黄的头发，会因此而让他感受到相思与求不得的痛楚。真是自讨苦吃啊。是他主动要求小王子驯服它的，因为他说："只有驯服才真正值得花时间去了解。人类根本没有多余的时间去了解那些无价的事情。他们在商店里购买所有现成的商品，可是没有一家商店会出售情绪，从此人们也就没有了真正的快乐和悲伤。如果你想拥有情绪，就来驯服我吧。"

那么小王子又是怎样驯服狐狸的呢？

开始，他就这样坐在草丛中，离小狐狸有一点儿距离，然后一点点靠近，每天靠近多一些。他会每天在固定的时间——下午四点钟来。那么从三点起，小狐狸就会感到期待的幸福，时间越临近，幸福感就越强。而到了四点钟的时候，假若他还没有来，小狐狸就会坐立不安，因为它已经习惯了他的来到，接受了他的驯养。于是，作为一只本来无忧无虑的小狐狸，它终于了解到什么叫情绪，什么叫别离，什么叫伤感，什么叫相思。

诗中的男子，也是这样驯服爱情的吗？他此前对她一定非常温柔，非常亲密，经常来，甚至天天来，还时时给她写信，写那甜蜜柔情的句子。她渐渐接受了他的驯服，满心满眼都只是他。他却突然不来了，这可让她怎么好呢？简直天都塌下来了一样，看不到他的影子，收不到他的信息，她一天都过不下去。

千百年来，痴情女子的多愁善感、在爱情中患得患失的犹疑无助，从来如此。

三

女子相思得这样缠绵，这样炽烈，这样幽怨，她到底和情人分别了多久呢？很可能，根本就没有离开几天。

因为爱得太深，已经无法用空间承载，所以"挑兮达兮，在城阙"；也无法用时间计量，所以"一日不见，如三月"。

挑（tāo）兮，亦作"佻兮"，眺望。达（tà）兮，便是"踏兮"，形容女子在城头走来走去的样子。城阙，城门两边的观楼。

女子登上城门楼远望，或许是因为这里是两人经常约会的地方，比如《静女》一诗中，两人相约的地方就是城墙根儿，"静女其姝，俟我于城隅"；又或许就只是为了登高望远，希望看到伊人的踪影，便如《氓》中的女子："乘彼垝垣，以望复关。不见复关，泣涕涟涟。"

女子在城头徘徊往复，望穿秋水，越是看不到他，就越是心焦，只觉得一分一秒都那么难挨。

这个具象的细节描写，将三千年前那个沉浸在爱河中的女子毫无阻隔地推到了我们面前，真个是栩栩如生。

爱是痛苦的。如果你没有付出过，伤心过，你就不会懂得爱的可贵。小王子说，当你给一朵玫瑰花浇过水，它就不一样了。爱也是这样的，你得为它做点儿什么，它才是属于你的。

遥远的星球对我有特殊的意义，因为那上面有我爱的玫瑰花；这个世界对我有意义，是因为这世上有我关爱的人与事；今天的我和三千年前的人，唱起同一首诗的时候，中国上下五千年的文化就都与我产生了联系，情感无缝衔接，这就是《诗经》的意义。

《诗经》中的很多诗都是这样，乍读之下只觉平淡，稍一回味，心中的某个角落便不期然地被触动了，种种情绪摇曳而生，让人心神恍惚，难以自持。

谁的心底，又不曾珍藏着一件彼时青衫呢？

四

"一日不见，如三秋兮"，这是古人表达相思的常见夸张手法，来自《王风·采葛》：

> 彼采葛兮，一日不见，如三月兮。
> 彼采萧兮，一日不见，如三秋兮。
> 彼采艾兮，一日不见，如三岁兮。

采葛是为了织布采葛，采萧是为了祭祀，采艾是为了治病或者熏蚊子。这说的是女子在劳作，也可以代指时间。

"夏日葛衣"，所以葛是夏天穿的，那么采葛就应该在春天进行；"萧"和"艾"经常并用，采萧应该是在秋天，采艾则是重阳节的礼仪，是秋末行为。

这女子采葛的时候想着那个人，一天不见，就像三个月过去了那么难过；从春夏想到秋初，因为不见他，一天就像三秋那么长。

"三秋"的解释是有歧义的，有人说指的是孟秋、仲秋、季秋，合称"三秋"；也有人说秋指季节，三秋就是三个季节，也就是九个月；还有人说三秋就是三个秋天，也就是三年。

然而第一段已经有了"三月"的说法，第三段的"三岁"肯定是"三年"的意思，那么"三秋"的解释，就不该与下文重复，所以只能是比三个月长，比三年短了；又或是"三"只是指多数，很多年月，很长时间的意思。

但这不是我们纠结的重点。重点在于，诗人用"采葛""采萧""采艾"的一字之差，来表现生活状态似乎是日复一日没有变化，但是显然不同时候的工作重点又是不一样的，这就是时间；而"三月""三秋""三岁"这明确的时间名词，却偏偏不是真的在说时间，而是在说心理，说情感，说思念的强度一直在增加，并且说得如此热烈，而又如此婉约。因为并不是真的一下子三年就过去了，而是相思的刻度太长，导致了时间的容量太短。

相思刻骨，无时或忘。诗人用了回环往复的手法，把这种情绪推向了极致。不说爱，不说想，只用了"一日"与"三秋"的反差，写出了最浓烈的情感，写出了时光漫长与思念深沉，手法何等巧妙！难怪流传千古而难以超越，直到现在，"一日三秋"仍是恋人间最真挚的情感表达。

如果说重复是生命的本质，那么时间就是人生最大的敌人。因为我们总是要老去的，日子一天天过去，生活的状态是悠闲还是焦虑，是满意还是缺憾，这是人们永恒思考的问题。所以《诗经》中大量的作品都会表达时间，有时是直接说明的，比如"七月流火"；有时是婉转代称的，比如"彼黍离离"；有时是特定时间，比如"日之夕矣"；有时是年年岁岁，比如"采薇采薇"。

　　时间在日复一日中流逝着，于是重复与变化就成了写作最重要的手法，这种交替往复中无疑包含了生命最根本的要义。三千年前的蒙童们，在初学时便已经通过读诗来了解生命的本质，想来他们的成长也会因此而更加理性豁达吧？

　　也许，这就是《诗经》成为"六经"之首的根本原因。当我们触摸《诗经》的时候，我们也就触到了历史的心跳。爱上《诗经》，爱上历史，爱上古老中国！

《有女同车》：孟姜与宋子

一

古时兄弟排行，论的是伯、仲、叔、季，也就是老大称伯，老二称仲，老三称叔，老四称季。比如孔子字仲尼，就因为排行老二。有个成语叫作"不相伯仲"，意思是水平相近。

但是"伯"，指的是嫡长子，如果这家的长子不是正室嫡出，而由妾所生，则不能称"伯"，而要称"孟"，所以亦有孟仲叔季的说法。

春秋时期的鲁桓公有四个儿子：子同、庆父、叔牙、季友。

子同是嫡长子，后来名正言顺地即位国君，成为鲁庄公；而其余三子则各自封地为卿，并按照"伯仲叔季"的排序，其后代应分别为仲孙氏，叔孙氏，季孙氏。

那为什么子同不叫伯同呢？因为子同只是嫡出之长，并不是鲁桓公的第一个儿子，庆父才是真正的长子，只因为是庶出，不能抢了嫡子的风头，硬被派了老二。这是不大合理的，所以老大不好意思称"伯"，老二也不甘心称"仲"。那怎么办呢？于是老二庆父的后代，就被称作"孟孙氏"了，这个"孟"，便是庶长子的意思。

孟，后来便渐渐成了族姓。孟孙氏的后代中出现了一个名烁古今的大人物，就是孟轲，世称"孟子"。

铺垫了这么多，我们再来说孟姜。

孟并不是女子的姓，而指她是家中的庶长女；姜，才是她的姓氏。孟姜，也就是姜家庶出的大女儿，并无特指。姜是齐国的国姓，所以很多齐国公室的贵族女子都可以称之为"孟姜"。只不过，这姜姓的女子多半都是美女，于是后来孟姜便成了美女的代称。我们熟知的"孟姜女哭长城"的故事，主人公的名字便是作者顺手取的。

前面说过，由于"同姓不婚"的规矩，姬天下的异姓封侯齐姜就成了香饽饽，姜姓女儿是诸侯公子求娶排行榜上的第一位，因此春秋史上关于齐国美女的故事特别多，庄姜、文姜、宣姜，简直不胜枚举。就是因为齐国姜姓美女的婚事大多都很轰动，所以每一起桃色新闻的流传度也都很广，几百年来出几段"美女与野兽"的花边新闻简直是种必然。

今天我们要聊的《郑风·有女同车》，是姜家的庶长女孟姜的故事：

> 有女同车，颜如舜华。将翱将翔，佩玉琼琚。彼美孟姜，洵美且都！
> 有女同行，颜如舜英。将翱将翔，佩玉将将。彼美孟姜，德音不忘！

这是一首典型的恋歌，是男子献给女子的情诗。时间应该是清凉舒适的初秋，因为正值木槿花盛开。舜华，就是木槿花，又叫芙蓉花，极其娇艳柔美，仿佛女子的笑颜。

男子得到允许，与心仪的淑女来了一次同车郊游，这可真是赏心悦目的得意之事啊。

春秋时男女大防并没有宋明时代那样重，什么"男女七岁不同席""授受不亲"之类的套话也还没有发明，因此，彼此倾慕的男女相约出游还是件十分正常的事情。换言之，隔着两千年的漫长时光，春秋时期的男女情感倒是与今天的情形更为相似，有爱慕、有追求、有约会。

对于约会男女来说，没有车的男人是不行的，自古皆然。好在诗中这位显然是有身份的贵族男子，物质后盾是强大的，所以才能邀请淑女同行。

"将翱将翔"，车子遨游徘徊，一说形容女子下车时的步履轻盈，仪态优雅，表现出极高的教养。

琼琚，指珍美的佩玉。女子碎步轻行，只听得她所佩美玉叮叮的撞击声，清脆入耳。

情人的眼里出西施，更何况这孟姜本来就是一位美女呢。因此，男人痴痴地看着她，眼睛都在发光，只觉得她怎么看怎么美，样样都好，秀外慧中，又漂亮又优雅，简直太满意了，忍不住放声歌唱：

与我同车的姑娘，容貌就像芙蓉花一样。行动轻盈如鸟飞翔，腰间的美玉泛着柔光。她是姜家美丽的庶长女啊，形容娴雅，举止大方。

洵（xún），确实。都，娴雅，美。

"洵美且都"，就是又美丽又大方。《静女》一诗中有"洵美且异"，则是说美得与众不同。

两诗相比，显然孟姜的美是大众化的，中国好儿媳的那种；而静女的美则极有特色，说不定带着点儿异域风情。

所以，孟姜是贵族的美女，约会需要君子驾着车子来接；而静女则是民间的女子，约会时不但没车接，还要自己先在城墙上眼巴巴地等着，估计她腰间也不会佩着锵锵的美玉吧。

将（qiāng）将，同"锵锵"，玉石相互撞击所发出的声音。

德音，美好的品德。

这第二段中，除了再次赞颂孟姜体态美、形容美之外，又加了一条：德行美。

孟姜姑娘啊，你才貌双全、美德无双，所以我自从见了你，就一直不能忘记。

估计这位君子也是经过了"悠哉悠哉，辗转反侧"和"窈窕淑女，琴瑟友之"的过程，才终于换来这次"有美同车"的得偿所愿。

所以，这是一首标准的恋爱诗。

二

按照"惯例"，经学家们是不会认为爱情诗只是爱情诗的，因此认为本诗乃是"刺忽也"，孟姜便是被郑公子姬忽退婚的文姜，并说这首诗是郑国百姓为了欢迎他们未来的国母而作。

这显然太牵强了，如果连百姓都在高歌"有女同车"了，那么姬忽与孟姜的交往显然已经很密切，又怎么会发生退婚事件呢？

何况，文姜为宣姜之妹，并非长女，又怎能被称为"孟姜"？

所以，我们还是就诗说诗，只将此女当作任意一个美丽的姜家庶长女来看待吧。

这首诗制造了多个成语和典故，比如"颜如舜华"，比如"洵美且都"，比如"德音不忘"。

要注意的是，舜华，亦有解释为鲜花朝开暮谢的瞬息之美，因此有人认为诗中描写的情感中暗伏着一种隐秘的危机，蕴含着好景不长的隐忧。如果依照这个方向去理解，那么这整首诗的意味就都发生了翻天覆地的改变。

"颜如舜英"之"英"，应当解释为"落英"，更添凄艳。

"将翱将翔"的，不仅是身姿的轻盈优美，更是一种似近还远、若即若离的不可捉摸。因此才启发了曹植的灵感，在《洛神赋》中塑造了那个"翩若惊鸿""若将飞而未翔"的梦中女神。

"佩玉将将"的声响，也因此有了一种清淡的忧伤，细碎地敲击在情人的心上。

如此，"德音不忘"便不再是珍惜当下的快乐，而成了回忆曾经的美好。那个姜家的姑娘啊，她的美好德行，我将永志不忘。

莫非这是一首悼亡诗？

很希望有位音乐家或歌唱家，可以将这首诗用两种完全不同的方式演绎出来。

我想象着那种绝美的演唱，忍不住与评弹大家周红老师讨论起来，说了些心中的想法。周老师也很感兴趣，没过几天当真把这首诗用两种方式演绎出来，果然一则以喜，欢快明亮，表现出当下的欢乐，歌声里只觉山明水秀，青春飞扬；一则以悲，忧伤缠绵，苍凉无奈，充满了回忆的味道。如果你愿意，可以上网搜索周红老师唱的这同一首歌，那不只是当下，那是两千年前的过往。

三

如果说齐姜美女是诸侯公子求娶排行榜上的第一位，那么第二位该是谁呢？

宋国的子氏，也就是殷商的后代。

有诗《陈风·衡门》为证：

> 衡门之下，可以栖迟。泌之洋洋，可以乐饥。
>
> 岂其食鱼，必河之鲂？岂其取妻，必齐之姜？
>
> 岂其食鱼，必河之鲤？岂其取妻，必宋之子？

这又是一首将食鱼与婚姻联同来讲的诗歌。

衡门，即横门，形容居所简陋。《毛传》："衡门，横木为木，言浅陋也。"

泌（bì），指陈国泌邱的泉水名。鲂（fáng），鱼中美味者。

简陋的横门，只要能遮风雨，便可为屋以栖居；汤汤的泌水，只要能钓鱼，便可果腹充饥。谁说吃鱼一定要吃鲂鱼和鲤鱼，谁说娶妻一定要娶齐姜宋子？简单来说，就是知足常乐，何必奢求？

那么，为什么宋国的女儿可以与齐姜媲美呢？

因为古代贵族迷信血统。周武虽然灭掉了商纣，却仍然尊其为前朝贵胄，因而各国君子对"子"姓商裔也就高看一等。

孔夫子晚年时做了一个梦，絮絮叨叨地对端木赐说：我昨天晚上梦见自己坐在两根廊柱间。赐啊，夏朝的人死了葬于东阶下，周朝的人死了葬在西阶下，殷商的人死了才会葬在两柱中间，我的祖宗是殷人啊，可见我是要死了。

作为殷人的后代，如果沦落成了《氓》里的商人，自然没有什么可得意的；但若是仍在商都旧地宋国拥有封地和名分，那还是件挺清贵的事情，是凡夫俗子不能仰望的前朝贵胄。正因为这种传统思维，也许才有了阿 Q 的名言：我祖上也是阔过的。

《鸡鸣》：黎明前的悄悄话

一

天微微亮，星星还在熠熠闪烁，远处传来一两声鸡鸣。

殷勤的妻子先醒来了，温柔地推推身边的丈夫，悄悄说："鸡叫了，该起了。"

男子睁开睡眼向外张望了一下，又翻了个身，重新将妻子捞回怀里，睡眼惺忪地呢喃："还早呢，天都没亮，满天星星。"

妻子宠溺地笑了，却还是推开丈夫的手臂，柔声劝慰："早起的鸟儿有虫吃。起晚了，大雁都飞走了。"

这是一对小夫妻在黎明时分的再家常不过的枕边对话，温柔、琐碎，充满了柴米油盐的烟火人间既视感，就这样真实而细腻地被记录在了三千多年前的古老民歌《郑风·女曰鸡鸣》中：

> 女曰鸡鸣，士曰昧旦。子兴视夜，明星有烂。将翱将
> 翔，弋凫与雁。
> 弋言加之，与子宜之。宜言饮酒，与子偕老。琴瑟在
> 御，莫不静好。

知子之来之，杂佩以赠之。知子之顺之，杂佩以问之。知子之好之，杂佩以报之。

　　古人以鸡鸣为天亮的标志，遂有祖逖"闻鸡起舞"之典。

　　昧，暗、不明。昧旦，就是曙光未露。

　　女人听到鸡叫，便认定天亮了，该起床了。男人却不愿意，只说天还没亮，并且为了佐证自己所说，还起身向外望了一望，说星星都还没下班呢。

　　钱锺书说："'子兴视夜'二句皆士答女之言；女谓鸡已叫旦，士谓尚未曙，命女观明星在天便知。"（《管锥编》第一册）

　　兴，起身。视夜，察看夜色。明星，金星，又称启明星、早晨在东方出现。烂，灿烂。

　　这男子虽然敷衍赖床，到底还是配合地做出了动作和语言的反应，又是"兴"又是"视"，然后才回应妻子，说不信你看那天上的星星在眨眼，金星灿灿，离天亮还早着呢。由此可见小夫妻的情感是好的。然而妻子却将话题一转，不说星星，说大雁。

　　弋（yì），用生丝做绳，系在箭上射鸟。凫，野鸭。

　　这莫名地让我想起了罗密欧与朱丽叶的对话，只不过剧中台词与诗里的对白刚好调了一个过儿。

　　两人在黎明来临前告别，朱丽叶心碎地挽留："你现在就要走了吗？离天亮还有一会儿呢。那刺进你惊恐的耳膜的，不是云雀，是夜莺的声音。它每晚都在那边的石榴树上歌唱。相信我，爱人，那是夜莺的歌声。"

　　然而罗密欧坚持："那是报晓的云雀，不是夜莺。瞧，我的爱人，不作美的晨曦已经在东天的云朵上镶起了金线，夜晚的星光已经燃烧殆尽，白昼正蹑手蹑脚地踏上山岗。我必须走了，不能留在这儿束手等死。"

于是，罗密欧与朱丽叶关于那光亮是晨曦还是灯火，那鸟鸣是云雀还是夜莺的话题，好一阵子啰唆缠绵，最终才道了再会。

与莎士比亚相比，我们老祖宗的态度可是要爽利现实得多了。女人干脆利落地晓之以实惠：再不起床，鸟都飞走了，看你还射什么回来？你射中了野鸭大雁回来，我给你煮雁、烫酒、做好吃的，今晚你可就有口福了。

"弋言加之"，弋是射，加是射中，言是无实意的语气助词。

"与子宜之"，与是为，宜是合适，整体意思就是用适当的方法烹调菜肴。

古人吃饭的讲究颇多，吃什么肉用什么作料，配什么主食，都是有明文规定的。比如《周礼》就说："牛宜稌，羊宜黍，豕宜稷，犬宜粱，雁宜麦，鱼宜菰。"所以，吃大雁是要配面饼或馒头的。配得好了，就叫"宜之"。

丈夫负责猎雁，妻子负责烹煮，分工明确，合作默契；而且食雁时还要配上美酒，妻子陪着夫君一块儿喝。与子共饮，与子偕老，做丈夫的再辛苦也值得了，搂着心爱的妻子，吃着自己亲手猎的雁，品酒弹琴，夫唱妇随，这可真是一对恩爱夫妻日常生活的最美画面。

诗中第三段用了接连三个相同的句式：

知道你对我是真心关怀，送你这块玉佩表达我的爱；

感谢你对我的温柔，送你玉佩表我问候；

知你对我情深意重，送你玉佩报你痴情。

"知子之来之"的"来"读 lài，意为"赉"，慰劳、关怀的意思。

"好"读 hào，爱恋。顺是和顺体贴，问是问候致意，报是回报。

你侬我侬，一时酒上了头，便赠起礼物来。这以物还情的传统，竟是男人从古至今的癖好，没有半点儿改变。

二

这首诗为我们创造了一个相当美好的成语，就是"琴瑟在御，莫不静好"。

御，就是用，这里是弹奏的意思。

古人讲究"君子无故不撤琴瑟"，这传统至宋代发展到了最高峰：文人的书房内必然设有一张琴，不管会不会弹，也至少要有这样一件摆设，叫"左琴右书"。

琴是古代乐器之首，在古时就叫琴，琴棋书画的"琴"，直到后来西洋乐器如钢琴、风琴、小提琴传入中土后，为了区别于这些现代弦乐器，方名为"古琴"。

关于古琴的发明，有伏羲造琴、神农造琴、尧舜造琴等几种版本，总之都是上古帝王所制。琴在最初被发明时只有五根弦，称为"五弦琴"。后来，周文王加了一根弦，周武王时又加了一根弦，遂定形，故而又称为"文武七弦琴"。

所以说，琴从西周时就已定制，与今天所见的一般无二，这也是我迷恋古琴的最主要原因。因为古琴弹奏的乃是上古之声。

东晋画家顾恺之的画作《斫琴图》表明，古时斫琴选择木材、挖刨琴板、上弦听音的过程与构造形制，与今天一般无二。古琴的两块板，琴面与琴底，琴底的两个槽，龙池与凤沼，在画中都有清晰的表现。让我们与古人无缝衔接，异度同音。

《尚书》云："戛击鸣球，搏拊琴瑟以咏。"

《礼记》说："不学操缦，不能安弦；不学博依，不能安诗；不学杂服，不能安礼；不兴其艺，不能乐学。"

孔子说："兴于诗，立于礼，成于乐。"

琴是这样重要，在婚姻生活中当然也不可缺席。所以《关雎》说"窈窕淑女，琴瑟友之"，本诗说"琴瑟在御，莫不静好"，可见娶了个满意的妻子，是最让人有心情弹琴的；若这妻子还懂音律，能知己，陪着自己一起琴瑟和鸣，那简直就是神仙眷侣啊。素手抚琴，醉眼观花，再看这世上万物，只觉没有一处不顺眼的，人间诸事，没有一件不遂心的，这就叫"莫不静好"。

因此，琴瑟和谐便代表了夫妻恩爱的最高境界。而一旦妻子过世，再也没人同自己合奏，男人的幸福就消失了，直到再找到下一个陪伴自己弹奏之人，所以后娶的继室便叫作"续弦"。

那么，古人心目中理想的妻子是怎样的呢？

她要勤快，比丈夫起得早，还要督促丈夫也早早起床，这叫"妻贤夫祸少"；

她要灵巧，擅烹饪，可以为辛劳一日的夫君奉上一桌好菜；

她还要柔媚、顺从，能陪着丈夫一起喝酒，获取他的欢心；

最关键的，她还要有情调，会弹琴，不然终究是美中不足的。

唯有如此，才能时不时得到丈夫的馈赠，充实自己的小金库。

古代的贤妻，可比今天的职业女性难做得多。世上没有无缘无故的爱，也没有不劳而获的幸福。男人要辛苦工作，打回雁来才可以享受妻子的美酒佳肴；女人要巧手柔情，温顺体贴才能换取丈夫的馈赠。这是中国古代最和睦温馨的家庭相处模式。

老祖宗的逻辑多么爽利，那时候的男人和女人，阴阳相宜，琴瑟和鸣。

张爱玲顶着世俗压力与胡兰成私订终身，没有举行仪式，只写婚书为定，文曰："胡兰成张爱玲签订终身，结为夫妇，愿使岁月静好，现世安稳。"上两句是张爱玲写的，后两句是胡兰成写的，旁边写着"炎樱为媒证"。

后来他逃亡去温州，她千里迢迢去寻他，却发现他身边已有了别人——纵使兵荒马乱，他也误不了拈花惹草。她含泪问他："你与我结婚时，婚帖上写现世安稳，你给不给我安稳？"

他无言以对。她撑了伞坐船离开。来时一个人，但满含着希望和决心；去时一个人，心已经碎了。

她一生最渴望而不得的，便是如这对三千年前的郑国男女一般，享受片刻"琴瑟在御，莫不静好"的日子，或是理直气壮地在枕边喁喁说着"将翱将翔，弋凫与雁"的傻话吧？

三

关于"鸡鸣"的话题，《齐风·鸡鸣》与之类似：

> 鸡既鸣矣，朝既盈矣。匪鸡则鸣，苍蝇之声。
> 东方明矣，朝既昌矣。匪东方则明，月出之光。
> 虫飞薨薨，甘与子同梦。会且归矣，无庶予子憎。

这对夫妻的对白比前文更"莎士比亚"——

女的说:"鸡叫了,天亮了。"

男的说:"这不是鸡叫,是苍蝇之声。"

女的说:"天亮了,该上朝了。"

男的说:"那不是天明,是月出之光。"

读着这样的狡辩,我真有些怀疑莎士比亚是学过《诗经》的,不然简直无法解释"那不是云雀,是夜莺""那不是天光,是火把"的神相似。

只不过,论起浪漫来,苍蝇比起夜莺似乎少了那么点儿美感,而且和鸡鸣声也实在相差甚大。

这也怪不得诗中的小官吏,毕竟,一个正做着美梦的人,忽然被人肉闹钟推醒,满心都是不乐意,又哪里来的浪漫美感呢?当然是顺手扯出个最讨人厌的苍蝇来垫背了。不知道苍蝇会不会在这时候飞过,嗡嗡叫一声:这锅,我不背。

"朝既盈矣"与"朝既昌矣",都是一个意思,是说上朝的官员都站满了,你要迟到了。

看来此诗中的男子同上文的猎人不同,是个按点打卡的公务员。似乎有了点儿身份,态度也就更加倨傲敷衍,连往外望一眼都不肯,拎只苍蝇就敢来搪塞。可见是男人就都会有两个共同爱好,一是找借口,二是睡懒觉。

所以女人叫男人起床总是要用尽十八般武艺的,前文中的郑国女子是用美酒佳肴来诱惑夫君,本诗中的齐女则许下空头支票零存整取:好的好的,那喔喔的啼鸣的确是苍蝇嗡嗡,我也想陪你再睡一会儿,要不你先去上朝,等下朝回来再补个回笼觉好不好?不要厌烦我啦,别生气啦,起床啦!

"匪鸡则鸣",匪就是非,则是语助词。

薨（hōng）薨，象声词，指飞虫的振翅声。

"会且归矣"，会是上朝，归是下朝。

"无庶予子憎"，就是庶无子憎予，希望不要使你憎恶我。

女人大概是被男人这不负责任的随口推诿给气乐了，也许是真心不忍，于是只管柔声哄劝，一边催丈夫起床，还一边担心使他生气，当真为难。这就好比母亲在管教孩子的时候，最心碎的就是听到孩子大叫"我恨妈妈！"

女人生了孩子后，就从女孩儿晋升为女人了；但男人不会生孩子，所以一辈子都拒绝长大。这古代女人哄男人上朝的手法，同现代母亲叫孩子起床上学，竟然没有半点儿不同。

四

除了这首《鸡鸣》,《齐风》中还有一首《东方未明》说的也是鸡鸣前的故事：

> 东方未明，颠倒衣裳。颠之倒之，自公召之。
> 东方未晞，颠倒裳衣。倒之颠之，自公令之。
> 折柳樊圃，狂夫瞿瞿。不能辰夜，不夙则莫。

这说的是天不亮，就要蒙召做事，以至于手忙脚乱中，连衣裳都穿颠倒了。

前两段颠来倒去，说的是一个意思。第三段却令人费解，"折柳樊圃"是个什么典故呢？从字面来讲，就是说折下柳条围成篱笆，这实在是蛮横的行为啊，也不问柳条愿不愿意。

樊，即"藩"，篱笆。圃，菜园。

狂夫，就是蛮横的人。瞿瞿，瞪视的样子。

辰，就是晨；莫，就是暮。

"不能辰夜"，即不管早晚，不分白天黑夜。

在狂夫的瞪视下折柳修篱笆，不分日夜地劳作。这似乎是民夫被监工霸凌的场面，但也可以将"折柳樊圃"当作一种借代，指小官吏们被贵族大佬剥削欺压，劳务奔忙，故而抱怨。

公，可以是公家，也可以指公爵。所以这可以是劳动者对繁重劳役的怨愤之歌，也可以是小公务员对公务繁忙的牢骚之歌。

诗中并没有直接描写劳动场面，虽然说了"折柳樊圃"，但可能只是形容，而非真实工作；重要的细节是抓住了早起穿错衣裳这个动作，形象地写出了极度疲惫下的不堪其苦。衣裳错乱，日夜颠倒，讽刺上位者的颠三倒四，乱下诏命，讽刺极为辛辣。

有趣的是，战国时期，有人将这首诗做出了极为独特的解释，还因此一步登天。

战国时期魏国开国君主魏文侯，有长子名击，封于中山。击来到中山后，三年都没能蒙父亲召见，便派了一位幕僚去见父亲，带去许多礼物和殷殷问候。魏文侯大喜，赐给儿子一套衣裳，让使者天明前送到。

中山君打开包裹一看，只见下身的裳放在上面，上身的衣放在下面，立刻就说："备马备车，我要进城去见父亲。"

众人皆惊，说君侯未曾见召，公子为什么要进城啊？要知道，无诏进都可是要获罪的呀。

中山君道："父亲赐我衣裳，却上下颠倒放置，又特地叮嘱使者鸡鸣前给我。这就是《诗经》里的句子：'东方未明，颠倒衣裳。

颠之倒之，自公召之。'所以，我要立刻蒙召前往啊。"

后来，中山君果然被魏文侯立为太子，成为新一代魏武侯。

读熟《诗经》有多么重要啊，难怪孔子将《诗经》定为从政的基本功课，"迩之事父，远之事君"——岂止如此，读得好，还可以得到君位呢！

五

孔子本人是位音乐家，《史记》中说："诗三百五篇，孔子皆弦歌之。"《墨子》中也说："诵诗三百，弦诗三百，歌诗三百。"

杏林之中，孔子置琴膝上，抚弦吟唱，就在这悠扬的音乐声中教会了弟子们诗三百，何异于神仙雅会？

孔子曾说："兴于诗，立于礼，成于乐。"（《论语·泰伯》）

孔子将学诗和礼乐并立，视为文明治世的根本。

"兴于诗"，意即修身必先学诗。《诗经》不但是文化启蒙的教材，还兼备着道德教育的功能。

朱熹在《四书章句集注》中称："兴于诗，兴，起也。诗本性情，有邪有正，其为言既易知，而吟咏之间，抑扬反复，其感人又易入。故学者之初，所以兴起其好善恶恶之心，而不能自已者，必于此而得之。"

学了诗，还要学礼，一个懂得礼仪的人才可以成为君子，称得上一个成熟的人。这个"立"，与"三十而立""安身立命"的"立"有着同样的寓意，有诗有礼，方能立于天地，不愧为人。"不学礼，无以立。"无礼之人，走出去只能丢人现眼，哪有资格立于朝堂？

然而说到真正学有所成，能诗懂礼还不够，还要学习乐。如此才可陶冶情操，养成美好的德行。古时的君子都是雅擅乐器，琴瑟咸通的，所以才会有"诗礼传家""礼乐兴邦"的说法。

只有诗、礼、乐俱有所成，君子的功课才算及格。孔子教学的宗旨是"君子之道"，就是要将弟子培养成合格的君子，不但熟读风雅，还要应用自如，然后才可以委以重任，出使各国。

孔子还说："诵诗三百，授之以政，不达；使于四方，不能专对，虽多，亦奚以为?"(《论语·子路》)

孔子不但将《诗经》视为治学之本，同时也视为从政之本，只有在学生熟读诗三百之后，才可以授以从政的学问。但是如果学生做不到融会贯通，活学活用，出使四方时不能引经据典，谈对自如，那么背的诗再多，又有什么用呢? 所以孔子诗教的根本还是要"用"，而最好的出路就是做官。读熟了诗，却不会办事，出使外交而不知所谓，那么书读得再多也是没有用的。

《汉书·艺文志》："古者诸侯卿大夫交接邻国，以微言相感，当揖让之时，必称诗，以喻其志，盖以别贤不肖而观盛衰焉。"

春秋时期的赋诗言志，指的是外交时借助诗句来表达自己的想法，所引之诗常常断章取义，不一定代表诗的原意，而所言之志指的是意图、愿望，并非现今所说的志向。如果不能熟读《诗经》，在外交场合就会张口结舌，无辞以对，故而孔子说："不学诗，无以言。"

今天的人虽然不再需要出口成诗，然而《诗经》作为中华韵文的起源，仍然流淌在我们血液中，不可疏离，更不可忽视。诚如明人方孝孺说："能探风雅无穷意，始是乾坤绝妙辞。"身为华夏子孙，又怎么能够不学诗呢?

《南山》《敝笱》：亦正亦邪的大女人文姜

一、桓公是只破鱼篓

齐国多美女，公主不愁嫁。大概是这份得天独厚的自信，让她们特别骄傲肆意，风流放纵。

前面讲过宣姜与卫宣公父子两代的淫乱事迹，而她的妹妹文姜也不遑多让，搅风搅雨，在齐鲁大地上掀起滔天风波。史书称："宣姜淫于舅，文姜淫于兄；人伦天理，至此灭绝矣！"

文姜（前720—前673），齐僖公之女，齐襄公异母妹，公元前709年嫁与鲁桓公为妻。

这个时间有点儿让人愕然，文姜出嫁的时候才十二岁，尚未及笄。这尚且可以理解，为了政治联姻顾不得年龄，先嫁过去占了位子再说，反正文姜带着媵妾，可以先安排陪嫁女侍奉国君，且在鲁国慢慢成长，学习主管中馈才是正经事。

但有个问题，史载在文姜待字闺中时，便与哥哥姜诸儿也就是齐襄公有了私情。她出嫁时才十二岁，那与哥哥私通时该几岁？感情这齐襄公不仅是恋妹狂，还是个恋童癖，简直令人发指。

或许，也正是因为齐襄公从未将伦理道德放在心中，才会在宣姜明明嫁与太子却被卫宣公强占时不加理会吧，因为他觉得姜家女儿这样漂亮，卫宣公犯了个"天下男人都会犯的错误"根本不叫事儿。而卫宣公死后，姜诸儿更是出主意让宣姜改嫁卫宣公之子，能以如此荒谬的方式来解决政务的人，难怪后人讥其为"鸟兽之行"。

不过，这里又有了一个小问题：姜家女嫁与鲁桓公，按惯例不是应该唤作桓姜吗？为什么叫文姜呢？这个故事说起来就长了，我们等下再讲。

且说文姜出嫁后，在十五岁那年为桓公生下了长子，因与鲁桓公同月生日，所以取名为同；之后又生下次子季友。

同长大后，顺理成章地被立为太子，可见桓公与文姜的夫妻感情还算和睦，文姜的后位坐得稳如泰山。

然而，公元前694年春，齐襄公大婚，各国诸侯来贺，鲁桓公自然也要前往，文姜坚持随行，大臣们以不合礼法提出反对："女有夫家，男有妻室，不可混淆。否则必然遭致灾殃。"女人出嫁后，就该好好待在婆家，不得轻易归宁。

这般郑重，或许也是因为文姜少时荒唐，多少传了些风声到鲁国吧。人们当然觉得既然有风，还是不要轻易掀动旧尘的好。

但是一则文姜强势，威逼利诱地闹得鲁桓公无法；二则桓公大约觉得十八年过去了，文姜已是两子之母，应该不复少年轻狂，过去的事也就算是永远过去了吧？就带上了文姜同行。

对于鲁桓公不能约束夫人的行为，齐国人有些看不上，亦贬亦谏地唱诗讥讽，这便是《敝笱》的来历：

> 敝笱在梁，其鱼鲂鳏。齐子归止，其从如云。
> 敝笱在梁，其鱼鲂鲼。齐子归止，其从如雨。

敝笱在梁，其鱼唯唯。齐子归止，其从如水。

文姜大概是要炫耀自己的排场，所以衣锦还乡，从者如云，外交队伍非常庞大；但是越张扬，就越让人诟病，觉得桓公内亏，简直就是个兜不住鱼的破鱼篓子。

敝，破。笱（gǒu），竹制的鱼篓。敝笱就是破鱼篓子。

梁，捕鱼水坝。河中筑堤，中留缺口，嵌入笱，使鱼能进不能出。

鲂（fáng），鳊鱼；鳏（guān），鲲鱼；鱮（xù），则是鲢鱼。

捕鱼之具，无论渔网也好，鱼篓也好，都须得疏而不漏。但是这只破鱼篓子摆在鱼梁上，网眼大得像狗洞，什么鳊鱼、鲲鱼、鲢鱼，大大小小都能轻松游过，还要鱼篓何用？简直是形同虚设。

这两句是以比兴手法形容鲁桓公，说他帷薄不修；接下来则以赋与比的手法描写文姜，说她不守妇道。

"齐子归止"之归，有人说是嫁人，意思是文姜已经嫁人了；也有人说指归宁，也就是回娘家。

我们不妨把两种说法结合到一起，意思是文姜嫁人后，完全没有后宅妇人的自觉，招摇过市，随从众多，这是妇德有失，不守礼法的。

清代方玉润《诗经原始》说："其从如云、其从如雨、其从如水，非叹仆从之盛，正以笑公从妇归宁，故仆从加盛如此其极也。"

既曰"从妇归宁"，是因为周时风俗，嫁与诸侯的夫人在婚后是不能回娘家的，如果想念家人了，可以派遣夫国的大臣代往问候；而文姜不但回了娘家，还由鲁桓公陪着。这就使仪仗不伦不类，不像诸侯出访，更像是夫人嫁从，鲁桓公倒成了从属的一般，所以这"齐子归止"便有了极强的讽刺意味。

后两段一唱三叹，也都是同样的意思。

唯唯，形容鱼儿穿梭自如。

如雨、如水，都是形容车队之盛，宛如鱼贯而入，水流浩荡。

中国古代强调生殖崇拜，鱼在《诗经》中常用来隐射两性关系，"敝笱"不能阻止鱼儿往来，暗示了鲁桓公制约文姜的无力，简直就是个破鱼篓子。

都说妻贤夫祸少，那么妻不贤呢？这个"夫"可就要惨了。

二、文姜是只花孔雀

文姜与哥哥姜诸儿十八年未见，正是思念得紧，如今一旦重逢，立即天雷勾地火，熊熊燃烧起来。

这是典型的后院起火，火势凶猛，并且造成了极大的火灾——当鲁桓公察觉异样而怒斥文姜时，齐襄公居然一不做二不休，假意邀请妹夫喝酒，然后令人直接杀了他。之后又为了平息鲁国人的不满，推出公子彭生来顶罪。

鲁桓公死后，太子同继位，是为鲁庄公。文姜成了太后，但她怕回到鲁国后遭人诟病，又不舍得离开姜诸儿，便不肯回鲁，只在齐鲁边境禚地修了座宫殿长住。齐襄公听说了，便也在离禚地很近的鲁国境也修建了一座宫殿，兄妹二人毗邻而居，从此你来我往，肆无忌惮。这便有了《载驱》这首诗：

载驱薄薄，簟茀朱鞹。鲁道有荡，齐子发夕。

四骊济济，垂辔沵沵。鲁道有荡，齐子岂弟。

汶水汤汤，行人彭彭。鲁道有荡，齐子翱翔。

汶水滔滔，行人儦儦。鲁道有荡，齐子游敖。

载，发语词。驱，车马疾走。薄薄，象声词，形容马蹄声及车轮转动声。

簟（diàn），方纹竹席，一说席作车门。茀（fú），车帘，一说雉羽作的蔽覆，放在车后。鞹（kuò），光滑的皮革。朱鞹，就是漆成红色的兽皮，可蒙在车厢上作为装饰。此为周代诸侯乘车习惯，这样的车子称之为"路车"。

有荡，即"荡荡"，平坦的样子。这条鲁国大道可真平坦。

齐子，齐国的女子，指文姜。发夕，就是"发于夕"，傍晚出发。

可见这辆装饰着兽皮雉羽的华美车子为文姜所乘，不是齐襄公来见妹妹，而是文姜主动送上门去。或许是因为国君出动的阵仗更大，而文姜再高调，也毕竟已经是位单身寡妇，可以不避人言了吧。

整段翻译过来就是：马车疾走轰隆隆，竹帘雉羽路车通。鲁国大道真宽敞，齐女夜奔行色匆。

第二段的句式相同。

骊（lí），黑色马。一车四马，故谓"四骊"。

济济，整齐美好的样子。一说即"齐齐"，马行步调一致。

辔（pèi），马缰绳。濔（nǐ）濔，众多。

岂弟（kǎitì），即"恺悌"，和乐平易。

四马大车纷垂缰绳，随风轻荡。鲁国大道宽阔平坦，供其驰骋，文姜的心里充满喜乐，奔驰在鲁国大道上，赶着去赴一场跨国的乱伦约会。

第三、四段的视线从车子本身移开，转向汶水滔滔。两段的意思几乎完全一样。

汶水在今山东中部，流经齐鲁两国的水名。

汤汤、滔滔，都是水势浩大的样子。

彭彭、儦（biāo）儦，则都是形容人来人往的样子。

翱翔、游敖，其实就是遨游，自由自在的样子。

汶水奔流，行人如织。文姜奔驰在齐鲁大道上，心情轻快得要飞起。

全诗用了大量的联绵词来表现文姜的张扬与傲慢：薄薄、济济、泲泲、汤汤、彭彭、滔滔、儦儦，有一种轻盈快意的感觉。文姜简直如同一只开屏的花孔雀。虽说只有雄孔雀才能开屏，但是这样比喻她也不算错了。

那文姜驾乘着欲望的马车，奔驰在齐鲁大道上，如此高调，如此张扬，而又如此喜悦，如此纵情，不顾一切地奔向齐国。

邪恶的诱惑，莫过于此。

三、襄公是只骚狐狸

且说齐襄公的这次婚礼，就是《何彼秾矣》里"平王之孙"与"齐侯之子"的盛大联姻。齐襄公娶了周室的王姬，却全然不将其放在眼里，一心与亲妹妹乱伦，由此也可以看出周室的衰微。

理想中的"维丝伊缗"未能实现，"华如桃李"的小王姬，在了解故事的真相后郁郁寡欢，不到一年就过世了。"王姬之车"，到底输给了"鲁道有荡"。

对于齐国兄妹联手给鲁桓公戴绿帽，事发后行凶杀人还若无其事地继续私通的行为，百姓真是没眼看了。可是人家儿子鲁庄公都不管，齐国百姓们又能做些什么呢？就只有私下里写几首讽歌来泄泄愤罢了。所以一首《载驱》远远不够，还有《南山》。

关于《载驱》主旨，《毛诗序》说，齐襄公"无礼义，故盛其车服，疾驱于通道大都，与文姜淫，播其恶于万民焉"，是民间之歌。而《南山》，则认为是"大夫遇是恶，作诗而去之"，是大夫之歌。

至于为何受了欺侮的鲁国臣民不出声，反而由"占了便宜"的齐人来打抱不平，或许是因为齐鲁毗邻，互相传唱，而《诗经》中未收鲁风而只有齐风，故而录于《齐风》之故；又或是因为文姜毕竟是鲁国太后，而且又有德政惠于民众，所以鲁国人口下留情，反而不忍严苛吧。

> 南山崔崔，雄狐绥绥。鲁道有荡，齐子由归。既曰归止，曷又怀止？
> 葛屦五两，冠緌双止。鲁道有荡，齐子庸止。既曰庸止，曷又从止？
> 蓺麻如之何？衡从其亩。取妻如之何？必告父母。既曰告止，曷又鞠止？
> 析薪如之何？匪斧不克。取妻如之何？匪媒不得。既曰得止，曷又极止？

这首诗同样以联绵词开始，但较之《载驱》使用了更多的比兴手法。第一个比喻是南山之狐，也不知道狐狸精的说法是不是打这儿来的。

不过，这可是一只雄狐，所谓"狗走狐淫"，正适用于刺襄公

"鸟兽之行，淫乎其妹"。

南山，齐国山名，又名牛山，一说即泰山。

崔崔，山势高峻貌。

绥（suí）绥，独来独往，急于求偶的样子。

有个成语叫"鹑合狐绥"，便是比喻男女之间发生不正当关系。

另外，《淮南子·说林训》有语："日月不并出，狐不二雄，神友不匹，猛兽不群，鸷鸟不双。"狐不二雄，就是两只雄狐是不能并立的，也就是一山不容二虎的意思。似乎也颇可形容齐襄公与鲁桓公你死我活的关系。

所以，"南山崔崔，雄狐绥绥"显然是比兴，表现齐襄公对文姜的觊觎之心。

南山高峻深茂，雄狐四处奔找，这是得有多急色呀。这是文姜出嫁前的情形，兄妹俩发生了不伦之恋，但是文姜还是风风光光地出嫁了，当时送嫁队伍走的也是这条齐鲁大道。

"齐子由归"说的就是文姜从这里出嫁，视野由此从男方转向女方，并引出当头棒喝般的一问："既曰归止，曷又怀止？"既然已经嫁人了，为什么还不忘前情，同哥哥牵扯不清。这句诗，最适用于那些喜新不厌旧的多情男女，别拿往事难忘当借口，时刻为旧梦重温做准备。

第二个比喻是鞋子和帽带。

真心怀疑后世形容女子败行为"破鞋"就是由此而始。

屦（jù），麻、葛等制成的单底鞋。五两，指麻鞋必成双成对地摆放。五，通"伍"，并列之意；两，通"緉"，两两成双。

绥（ruí），帽带打结后下垂到胸前的两条丝带，也是成双的。

鞋子也好，帽带也好，都必定成双成对。所以男大当婚，女大当嫁，当初文姜就是从这宽敞大道走过，嫁去了鲁国。既然已经嫁人，为何不就此跟他一起好好过日子？

如果这首诗真是士大夫所写，那么这位大夫真是够大胆的，在劈头盖脸对着襄公和文姜一番斥骂后，他也没放过软弱无能的鲁桓公，并对其口诛笔伐：

葛麻怎么种？要挖沟修垄耕田；娶妻怎么办？必须有父母神明做主；既然已禀告父母光明正大，为什么还对她不加约束？

蓺（yì），通"艺"，种植。

衡从（zòng），就是"横纵"，东西曰横，南北曰纵。亩，田垄。这里指耕地，在土地上耕出纵横的田垄。

鞠（jū），穷极，放任无束。

照着纵横规矩种田，遵从父母之命成婚。这都是天经地义的事情，鲁桓公在这场婚姻中并不失礼，如何却失了胆气？

耕田，是第三个比喻。今天的人也常俏皮地将夫妻房事调侃为耕地播种，不知是不是和这首诗有关。

砍柴，则是第四个比喻。这段内容与《豳风·伐柯》相类："伐柯如何？匪斧不克。取妻如何？匪媒不得。"

析薪，就是劈柴。

匪，同"非"。克，能、成功。

砍柴怎么办？没有斧子不行。娶妻怎么办？没有媒人不可。既已明媒正娶，为何任其放纵？

媒人要主持六礼，是正式婚姻中不可或缺的一环。

《齐风·南山》相比于《载驱》，更深刻也更冷静，并且将王室私情推之于百姓婚恋，提出"取妻如之何？必告父母""匪媒不得"等公则。

儿女婚事，若父母在，须经父母同意；若不在，也要行告庙之礼，向父母的在天之灵通报；同时，砍柴要用斧子，娶亲要请媒人。"聘则为妻奔则妾"，没有媒人的婚礼，是不被承认的。

这也就是我们今天常说的，"父母之命，媒妁之言"。

齐鲁两国通婚，两姓建盟，是多么庄重盛大的一件事，上告天地，下告父母，六礼齐备，明媒正道，自该一世相从，终身守礼。如何鲁桓公挺不起丈夫的腰杆子，不能理直气壮地管束夫人，竟将她带去了齐国，酿成大患？而文姜不尊妇道，如此纵意张扬地败德坏行，天理何存？

这真是让守礼的士大夫们实在没眼看了，因此捶胸顿足地连连诘问。而这首诗最有力的地方，也就在于这一连串的"既曰，曷……止？"真真是灵魂拷问啊。

同一件事，《诗经》中竟然收入了三首讽刺诗，还不算那些疑似讥讽此事的诗篇，可见孔老夫子有多气。这也难怪，夫子可是鲁国人，看着文姜给鲁国君戴绿帽还害死丈夫，怎么能忍得住呢？

"是可忍，孰不可忍？"虽然事情已经过去一百多年了，老夫子还是任性地一改惜字如金的修撰原则，在《齐风》中收录这类记录此事的作品，以张伐挞。统共十一首《齐风》，孔夫子竟拿出四分之一的版面收录相关作品，让我们仿佛隔着被岁月滋养成深褐色的竹简，看到夫子的吹胡子瞪眼，不由一笑。

四、文姜无德却有才

文姜的故事，听上去简直就是西周版的潘金莲。可怜的鲁桓公自然就是窝囊的武大郎了，而齐襄公则扮了西门庆。

那么，谁是武松呢？

历史上，替"大郎"复仇刺杀"西门庆"的，乃是公孙无知。

或许是天理循环，报应不爽。齐襄公用阴诡手段暗杀了鲁桓公，而他自己也在公元前686年被公孙无知刺杀。做内应的，则是襄公的妃子，而此妃愿意谋叛，正是因为与公孙无知有染，希望成事后可以成为公孙夫人。

齐襄公被杀前，公孙无知历数他的诸条罪孽，其中便包括乱伦淫妹这条。

之后，公孙无知自立为君；但是次年，又为大夫雍廪所杀。这时，一直避难在外的公子小白回到了齐国，夺取君位，便是历史上威名赫赫的齐桓公。

桓公即位后，拜管仲为相，励精图治，大兴改革，打出"尊王攘夷"的旗号，九合诸侯，成为第一个中原霸主。他与他的好搭档管仲，是连孔子也赞不绝口的明君贤臣。

而文姜呢，她在姜诸儿被杀后伤心地回到了鲁地，一心一意辅佐儿子鲁庄公处理政务。让后世惊诧的是，文姜虽然在私生活上荒淫放荡，在处理政务上却天赋异禀，思维明敏。在她的出谋划策之下，鲁国迅速强大起来。也因此，鲁国人提到文姜，才会褒多于贬。

"文"指有才华，文姜就是最有才华的姜家女。

毕竟，生活作风只是宫廷秘事，管理政务才是天下民生。

《园有桃》：举世浑浊我独清

一

魏风·园有桃

园有桃，其实之肴。心之忧矣，我歌且谣。不我知者，谓我士也骄。彼人是哉，子曰何其？心之忧矣，其谁知之？其谁知之，盖亦勿思！

园有棘，其实之食。心之忧矣，聊以行国。不我知者，谓我士也罔极。彼人是哉，子曰何其？心之忧矣，其谁知之？其谁知之，盖亦勿思！

这不是一首流传度很广的诗，却是甫一念起便令人心有戚戚焉的诗。因此，总觉得这首诗就和诗中的主人公一样，是被社会和历史低估了的存在。

开篇"园有桃，其实之肴"是起，"心之忧矣，我歌且谣"是兴。园中桃树结果可以食用，我的心中忧闷，唯有放歌。不了解我的人啊，不是我的知音，会说我太骄傲，不合于时。

接下来直抒胸臆：那人说得对吗？那你说我该怎么做呢？我的

心是如此忧闷，谁能了解？无人了解，何必多思？

这段抒情也可以看作是双方对话，加上标点是这样的：

不知我者谓我："士也骄。彼人是哉，子曰何其？"

"心之忧矣，其谁知之？"

"其谁知之，盖亦勿思！"

如此，就是对方劝我不要太骄傲，别人说的都是对的，你为什么要与众不同？

我感慨：我的忧愁无人能懂。

对方不以为意：你的作为那么反常，当然没人理解，还是不要胡思乱想好了。

盖，就是盍，也就是何。何必想那么多呢？

总之，这就是《王风·黍离》中所说的："知我者谓我心忧，不知我者谓我何求。"

或许正是因为有了《黍离》，这首《园有桃》才被清高的士大夫们弃用了。不然的话，"心之忧矣，其谁知之？"明明是一句可以流传千古的经典语。

而两首诗最大的不同还在于：《黍离》写于亡国后，而《园桃有》写于亡国前。

诗人的身份绝非普通平民，他悲悯又沉郁的气息，充满了"举世混浊我独清，众人皆醉我独醒"的悲伤。所以我想，这应该是一首士大夫之歌。

封建社会的阶级划分依次是天子、诸侯、大夫、士、平民。

有国主，便有国臣；有家君，亦有家臣。最初，各诸侯都是兄弟子侄的关系，自然天下宗周；但是"君子之泽，五世而斩"，随着血缘关系的疏远，诸侯对天子的敬意也就越来越淡薄。

到了东周时，周天子的地位已经形同虚设，诸侯势力强弱不均；而在各诸侯国中，随着家君的地位越来越高，亦常有大夫比诸侯更强势的，家臣的地位也跟着水涨船高，甚至家君自己也可以任命大夫。

比如魏氏，同样出于姬姓，据《史记·魏世家》载，其先君为周文王第十五子毕公高，是毫不掺水的王室贵胄，原受封于毕，因此史称毕公。

后来毕国被西戎所灭，其孙毕万投奔晋国，成为大夫。毕万所以会投奔晋，是因为晋国的第一任国君唐叔虞乃周武王姬发之子，也就是毕高的侄子。

这里要插一句，唐叔虞建国时的国号为唐，其子燮即位后改为晋。因此"唐"和"晋"是一回事，是"晋"的古称，都指山西一带。唐高祖李渊的祖上封地在山西，便被封为唐国公，一直传给了李渊。李渊称帝后，便以"唐"为国号。

且说晋国日益强大，到了晋献公时期，"并国十七，服国三十八"，把很多小诸侯国都蚕食了，包括魏国，并且把魏国封给毕万作为采邑，于是毕万就改氏为魏。此为公元前661年。

到晋文公时，晋国仍然稳居霸权，位列"春秋五霸"之一。但是国势愈强，内部矛盾也愈激烈，嫡系与支系、大宗与小宗钩心斗角，众位卿大夫势同水火，斗得你死我活。自从公元前633年晋文公作三军设六卿起，六卿就一直把持着国家军政大权，相互倾轧，各不相让，渐渐只剩下三卿——韩、赵、魏。

公元前445年，毕万的后代魏文侯魏斯建立魏国，开始推行变法。魏国地处中央四战之地，魏文侯是战国时期最早推行变法图强的君主，魏国也是"战国七雄"中最先强盛而称雄的国家。

公元前403年，周天子插手晋国的内讧，其实也只是做做样子的调停，总之三家达成协议，各立山头，俱被周威烈王册封为诸侯，史称"三家分晋"。

这么着，晋国没有了，多了三个诸侯国，韩、赵、魏。

公元前334年，魏惠文王与齐威王在徐州会盟，互相承认对方为王，史称"徐州相王"，这已经是不把周天子放在眼里了。但在之后的战争中，魏国"东败于齐，西丧秦地七百余里，南辱于楚"，渐渐式微，直到公元前225年为秦国所灭。所以，魏国历史并不久，从公元前403年创国到为秦所灭，不足二百年。

而孔子逝于公元前479年，所以《魏风》说的不可能是三家分晋的魏国，而只能是之前六卿相轧、经年战乱的魏地。

因此古代诗家多以为这首《园有桃》产生于魏国亡国前夕，表达了贤士忧时伤世的情怀，乃是大夫忧其国而作。而我则认为其创作背景应是有感于六卿相争、同室操戈的混乱局面。

越清醒，越痛苦；越疾呼，越绝望。

身为士族阶层，他对魏国政治不满，可是无论怎么敲锣提醒，就是叫不醒那些装睡的人。没有人了解他，还要反过来说他不合于时，傲慢不群。于是他长歌当哭，甚至考虑"聊以行国"，这便有了第二段。

二

"园有棘"，棘可不是棘草，而是指酸枣树，其果实也就是枣子，当然是可以食用的，这仍是起兴，与上段格式一样。

但是"心之忧矣，聊以行国"的意思却大大地往前走了一步。

不只是原地歌吟，而打算去国远行了。

这也正是春秋时期士大夫不得志时的常态。比如孔子在鲁国卸去了大司寇的职位后，便带着诸弟子周游列国，这就叫作"行国"。

亦有人说，这个"国"与"野"相对，指城邑，也就只是在周边走走，没敢出去魏国。

我倒觉得不必这么拘谨，因为在春秋时，出国游历不算什么了不起的难事，无论是经商还是游学，只要盘缠带足，想出去走走就出去呗。这位"士"对现状又绝望又无奈，又觉得没人理解自己，不出去还等什么？世界这么大，不妨去看看。更何况六卿所居，本来就都在山西，同属古晋国，走走也并不远。

当然，他的行为又是无人理解，被指责为不合规矩，妄为无常。

罔极，就是无常，没有准则的意思。

诗人很无奈，于是再次反问：那你说我该怎么办？做什么都是错，说什么都无人理解，何不放空心思，啥也别想了。

也正因为有了这种想法，才会有孔子周游列国推行仁道，苏秦游说六国而挂相印，各国辩士蜂拥而至稷下学宫，一时掀起"百家争鸣"的思想浪潮。

不过，诗中的"士"如此深沉执着，纵然走出去，也是放不下他的国家的吧？

便如屈原，纵然被流放，依然心怀故国，怀沙殉主。与其说他的沉江是因为蒙冤不平，不如说他的离去是不向世俗低头。

《史记·屈原贾生列传》中说："屈原者，名平，楚之同姓也。为楚怀王左徒。博闻强志，明于治乱，娴于辞令。入则与王图议国事，以出号令；出则接遇宾客，应对诸侯。王甚任之。"

屈原才德兼备，却因为政见不同，遭人陷害，见疑于楚王。流放沅湘之后，屈原仍然心念故国，徘徊不忍去，遂又归至汨罗。在此，他听到了郢都已破、楚国已亡的噩耗，不禁万念俱灰，行吟泽畔。在此，他遇到了一位渔夫，渔夫得知他的身份后，便好心苦劝："圣人不凝滞于物，而能与世推移。世人皆浊，何不淈其泥而扬其波？众人皆醉，何不哺其糟而啜其醨？何故深思高举，自令放为？"并且还唱了一首著名的《沧浪歌》："沧浪之水清兮，可以濯我缨；沧浪之水浊兮，可以濯我足。"

渔夫的这曲《沧浪》被当作"不凝滞于物"的大道理，一直为后世所称扬，而屈原的"深思高举"则在相比之下成了不合时宜、不懂变通的悲剧行为。然而，屈原的境界与思想，又岂是渔夫可以理解、可以企及的呢？

任何时代都不缺少渔夫那样"与世推移"的达人，淡定安逸、能屈能伸未尝不是一种境界。但是，世上可以有无数聪明的渔夫，却只有一个杰出的屈原！

渔夫的生活只是日出而作，日落而息，对他来说最好的选择就是随波逐流，随遇而安，无论清水洗缨还是浊水洗脚，都是一种天赐的恩遇，自有快活之处；如果能与达官贵人结交，得以拾人牙慧，哺糟啜醨，那简直就是天堂了。他怎么可能懂得屈原的追求？怎么会了解对于心怀天下的士大夫屈原来说，世上有比生命和过日子更重要的事？这便是"心之忧矣，其谁知之"。

当其时，面对亡国困境，屈原以其内外兼修的才能，门阀辉煌的根基，本可以有三种选择：一是如渔夫所说的那样随波逐流，屈节苟活；二是像苏秦那样远走高飞，另投明君；三是如自己诗中所写的那样归隐山林，寄情烟霞。

但他却偏偏选择了第四种——怀抱一腔幽愤，自沉于汨罗，投水殉国。也许你会觉得不值，是"士也骄""士也罔极"。

但这便是他的选择，屈原的选择！中国第一诗人的选择！

且不论这选择是否明智，但他作为中国历史上第一个有名有姓的诗人，无疑是充分展示了诗人的气节与风骨。从此，诗人与气节就紧密捆绑在一起，成为中国诗文化的优良传统。

楚人能歌善舞，各楚墓中出土的春秋战国乐器更是种类繁多，证明楚歌的婉转优美自成一格，但楚地的诗歌为什么却不见收录于国风呢？

专家们多以为与时政有关：早在西周初年，熊绎已经接受了周王室的分封，"封以子男之田，姓芈氏，居丹阳"，但是楚国毕竟是南蛮之地，相对于周王室来说只算是臣服小国。

然而到了东周时，楚国君僭礼称王，楚国渐渐成为诸侯中一等大国，楚庄王甚至成为天下盟主，意欲问鼎中原，并且不停发动战争，"并国二十六，开地三千里"，其中包括许多与周王朝同宗的姬姓小国。这便是孟子说过的"春秋无义战"。

在这种时期，不管是周王室的宫廷乐师编纂《国风》也好，还是孔子修订《诗经》也好，都不会采录楚国的歌谣。倒是《论语·微子》录有一首"楚狂接舆"迎着孔子唱过的歌："凤兮！凤兮！何德之衰？往者不可谏，来者犹可追。已而，已而！今之从政者殆而！"

想来，孔子其实是喜欢楚歌的吧？但他主张"子不语怪力乱神""敬鬼神而远之"，并认定"未能事人，焉能事鬼"，因此，对于民间祭祀的巫风极少收录，也就让楚风缺典了。下一章，我们会继续讨论。

《硕鼠》与《相鼠》，再说赋比兴

一

有些诗家认为，学习《诗经》，其中《风》的部分必须全读，《雅》可以选读，《颂》可以不读。这是因为《诗经》的生活背景、写作方式与今天已经距离甚远，但是《风》《雅》中的主题风格与修辞方法却开辟诗歌写作之先河，一脉相传，流行至今，不可不学。

而其最主要的艺术手法，就是赋、比、兴。

虽然前面已经不断提及，但是《诗经》讲到这里，我们不妨复习一下赋比兴，并完成"六义"的讲析。

赋，就是铺陈其事，直抒胸臆。比如"死生契阔，与子成说。执子之手，与子偕老""投我以木桃，报之以琼瑶。匪报也，永以为好也"这种直白的抒情，就是赋。要特别注意的是，"赋"在《诗经》中只是作为一种写作手法，但是到了楚汉时期，却渐渐发展成为一种文体，之后盛于两汉。

春秋时期诸子散文的赋被称为"短赋"，以屈原《离骚》为代表的"骚体"叫作"骚赋"；汉代正式确立了赋的体例，状物叙事，各体并备，称之为"辞赋"；魏晋以后，赋日益向骈文发展，叫作"骈赋"；唐代由骈体转为律体，叫作"律赋"；宋代的赋更偏向散文形式，称为"文赋"。

著名的赋体文章有汉代司马相如的《子虚赋》，唐朝杜牧的《阿房宫赋》，宋朝欧阳修的《秋声赋》，苏轼的《赤壁赋》等。作为韵文的一种，赋同时具有诗歌和散文的特质，状物写景，赞颂讽喻，讲究铺陈叙事，文气流丽。

比，就是打比方。在修辞中，比喻分为明喻和暗喻。

关于明喻，最经典的就是《卫风·硕人》中描写卫庄姜的段落："手如柔荑，肤如凝脂。领如蝤蛴，齿如瓠犀。螓首蛾眉，巧笑倩兮，美目盼兮。"比赋并用，从美人的手到皮肤、脖颈、牙齿，一一形容俱到，若非采用比而只用赋，还真是失色呢。

而暗喻的典型，则如《周南·螽斯》《豳风·鸱鸮》《魏风·硕鼠》《齐风·敝笱》等，通篇比喻，借物言志，感情强烈，我们等下再以《硕鼠》为例细讲。

在《诗经》中，兴的运用是最灵活的，手法多样，婉转自如，比如：

"关关雎鸠，在河之洲。窈窕淑女，君子好逑。"

"桃之夭夭，灼灼其华。之子于归，宜其室家。"

"蒹葭苍苍，白露为霜。所谓伊人，在水一方。"

"采薇采薇，薇亦作止。曰归曰归，岁亦莫止。"

从关雎到淑女，从夭桃到新娘，从蒹葭到伊人，从采薇到回家，都是以彼及此，说东指西。这种手法比之平铺直叙、开门见山，好处在于婉转含蓄有美感。这是来自民间的说话技巧，但经过搜剔整理之后，已经上升为一种写作上的美学手法。

齐梁之后，"兴"又被引申到"兴寄""兴象""兴趣"等，重在形似写物、属词比事，也就是今天人们常说的托物言志，借景言情，不但六朝山水诗多属此类，后世的情性说也直接被影响了，如风骨说，兴趣说，神韵说，意境说等。

赋比兴的使用并无明显界线，常常是交叉运用、回环往复的，有种自然天成、随手拈来的巧劲儿。

《大雅》与《颂》中的很多诗被奉为史诗，所以它们很少用到比兴手法，是明明白白的赋；而《国风》采自民间，要活泼灵动得多。百姓们自有一种独特的说法技巧，诙谐而婉转，喜欢借草木禽虫来言事抒情。

尤其是用到"比"的时候，相当随意自如，毫无雕琢痕迹；而今人使用比喻句，却非得生硬刻意地加一个"像"字不可。比如"荷叶上的水珠就像珍珠一样闪闪发亮"，就远远不如"荷叶托举着颗颗闪亮的珍珠"来得自然。

这种自然，就是"无邪"的一种。

二

魏风·硕鼠

硕鼠硕鼠，无食我黍！三岁贯女，莫我肯顾。逝将去女，适彼乐土。乐土乐土，爰得我所。

硕鼠硕鼠，无食我麦！三岁贯女，莫我肯德。逝将去女，适彼乐国。乐国乐国，爰得我直？

硕鼠硕鼠，无食我苗！三岁贯女，莫我肯劳。逝将去女，适彼乐郊。乐郊乐郊，谁之永号！

现在我们来详解《硕鼠》这首诗。这是一首抗议重税赋敛的讽喻诗，典型的劳动人民反对统治压迫的"革命诗篇"。

　　硕，就是大。硕鼠，就是大老鼠。这种鼠不但吃黍食麦，连庄稼苗都不放过，所以应该是田鼠。

　　三岁，三年或多年。贯，借作"宦"，事奉。女，同"汝"。

　　"莫我肯顾"，是倒装句，即"莫肯顾我"。供养你这么多年，田地收成全都归了你，你却一点儿不肯怜惜我，不在意我的死活。

　　逝，通"誓"。去，离开。

　　适，去到。乐土，快乐的地方。爰，于是，在那里。所，处所。

　　翻译过来就是：大田鼠呀大田鼠，不许再吃我的黍子！我这么多年辛勤伺候你，你却毫不顾惜我的死活。我发誓定要离开你，去到快乐自由的地方。那片快乐土地啊，才是我要生活的地方。

　　古代地方管理的一个重要衡量标准就是人口数字。每三年统计一次人口，此时居民可以申请迁户。诗中的农民不堪压迫，可在三年期满时要求搬家，迁到一个更适合居住的地方，所以这里的"三岁"，既可以指多年，也可以特指三年。

　　这首诗通篇都将统治者比作大田鼠，表达了辛苦劳作者反抗重赋、追求自由的愿望，比喻精当。第二段只略换了几个字。

　　"莫我肯德"，德是恩惠。这是怨恨封地统治者不肯对自己稍施恩惠，简单说就是缺德。

　　乐国，国可虚指区域、地方；也可以实指国家，比如紧邻晋国。有专家认为，这首诗写的是魏国将亡前，国民纷纷出逃，背井离乡的情形。

　　"爰得我直"，直就是价值，在那才能得到我生存的价值，有耕种有收获，那才是人住的地方。

显然，民众所要求的就是提高工资，等值交换。这是最纯朴的平等自由观念，是百姓最真诚、最紧迫的呼声。

全诗采用复沓手法，第三段仍是略换几字：

"莫我肯劳"，劳是慰劳。我给了你这么多，你却不肯慰劳我一下。只让马儿跑，不让马吃草，这样的一味压榨怎么行呢？

于是民众不甘在沉默中灭亡，而在沉默中爆发，决定集体出走。

乐郊，与"乐土"同义。

"谁之永号"的"号"是长歌当哭的意思。

到了那个自由的快乐郊野，我就可以放声悲歌了。

但在饱受攫取的高压下，劳作者是连放声高歌的自由都没有的。如果这首《硕鼠》被统治者听见，那是要受到严惩的吧？被活活打死也说不定。所以，民众们一心向往着心中的乐土，在那里，众生平等，有种有收，自由歌唱，黄发垂髫，怡然自乐。

自由与平等，到什么时候都是底层民众最热烈的渴望！

三

人们痛恨不劳而获的田鼠，更恨连老鼠都不如的无良之人。

《诗经》中骂人最露骨的一首，莫过于《相鼠》，连汉儒们都"嫌于虐且俚也"，认为此诗又狠厉又粗俗，为"三百篇之仅有"。但也就是因为够俚俗、够粗暴吧，这首诗的流传度反而很广，甚至成了蒙童的骂人歌。

相鼠有皮，人而无仪。人而无仪，不死何为？

相鼠有齿，人而无止。人而无止，不死何俟？

相鼠有体，人而无礼。人而无礼，胡不遄死？

古时重农耕，生活条件差，收成已经那么少了，老鼠还要来偷吃，因此为人所深恶痛绝，当真是"老鼠过街，人人喊打"。然而诗中被讽刺的对象，却连万恶的老鼠都不如。老鼠还有一张皮呢，坏事干得再多也有个限度，那些作恶的人却是卑鄙无下线，简直不配做人。

相，看那，发语词。仪，威仪、礼仪。

何为，为何，有什么可做的。

看那丑陋的老鼠还有一张皮，做人怎能不知礼仪！人而无仪，不如去死。

"人而无止"的"止"，是容止、分寸、限度，亦可假借为"耻"。

"不死何俟"的"俟"，是等的意思。不死还等什么呢？

"胡不遄死"的"遄"（chuán），是快、速速。还不快死？

接连三段，一句紧似一句，声声诅咒：你怎么还不去死？

这样的文字，的确和"温柔敦厚"半点儿不沾边。

关于诗中所刺之人，古来多认为是卫宣公。宣公先是与自己的庶母夷姜乱伦生下公子伋，后来又强娶太子伋的未婚妻宣姜，并且设计谋杀自己亲生儿子，堪称坏事做尽，无耻至极，这样的人，受到诅咒也太应该了。

《硕鼠》也罢，《相鼠》也罢，鼠辈会成为人类最痛恨厌恶的对象，是因为它们盗取粮食，罪恶之极。这表现了《诗经》中强烈的人文关怀，除了《雅》《颂》中的祭祀之歌外，《风》歌中大量的内容都是反映百姓生活与情感的。而且，人们可以对着山水歌唱，对着花草歌唱，却很少对着鬼神歌唱，这是中国诗歌与国外古老诗歌最大的不同。

《风》诗的精神是浪漫的，也是现实的，眼光始终关注着真实的人生，歌颂爱情，讥刺君王，抵抗不公，反对战争，且充满了同情弱者的人道精神。

这也使我猜测，孔夫子之所以未在国风中选录楚国民歌，就是因为楚地多巫风，屈原的《九歌》即可见一斑。

《山有枢》：最古老的守财奴

一

唐风·山有枢

山有枢，隰有榆。子有衣裳，弗曳弗娄。子有车马，弗驰弗驱。宛其死矣，他人是愉。

山有栲，隰有杻。子有廷内，弗洒弗扫。子有钟鼓，弗鼓弗考。宛其死矣，他人是保。

山有漆，隰有栗。子有酒食，何不日鼓瑟？且以喜乐，且以永日。宛其死矣，他人入室。

这首诗最好的翻译，该是《红楼梦》里跛足道士所作的《好了歌》，可谓道尽内涵：

世人都晓神仙好，惟有功名忘不了！古今将相在何方？荒冢一堆草没了。

世人都晓神仙好，只有金银忘不了！终朝只恨聚无多，及到多时眼闭了。

世人都晓神仙好，只有姣妻忘不了！君生日日说恩情，君死又随人去了。

世人都晓神仙好，只有儿孙忘不了！痴心父母古来多，孝顺儿孙谁见了？

两首诗歌说的都是生命无常，积聚无益。不过倾向又有些不同，《红楼梦》说的是"好便是了，了便是好"，劝诫世人看空看破，不要执迷；《山有枢》说的却是及时行乐，免得落空，是对守财奴的讥讽与劝说。

《山有枢》大概是世界上最古老的守财奴画像了，比葛朗台早了几千年。

"山有……，隰有……"是固定起兴语，比如"山有扶苏，隰有荷华""山有乔松，隰有游龙"，与文中所咏对象似乎没有多少联系，但同时又有一种隐秘的联系，仿佛"天地玄黄，宇宙洪荒"，说的乃是世界的秩序。

什么样的树长在山坡上，什么样的花开在湿地中，都有一定之规。怎样算是奢侈，怎样算是节俭，也都有一定之度。

枢（shū）、榆（yú），与第二段的栲（kǎo）、杻（niǔ），第三段的漆、栗，皆为树木名。

曳（yè），拖，指衣服后摆拖在地上；娄，即"搂"，用手把衣服拢着提起来。"曳"与"娄"说的都是穿衣的方式，"弗曳弗娄"就是不穿。

当然不是说守财奴不穿衣裳，而是说你有那么多好衣裳，却放在箱柜里不舍得拿出来穿。

下句是说有车有马，不舍得使用，从不乘上马车尽情驰驱。

有衣不穿，有车不乘，永远收在箱子里、马厩里，每天只是俭省吝啬。可是有一天你死了，这些东西不都便宜别人、取悦别人去了吗？

宛，通"菀"，萎死貌。愉，愉快。

不禁想起子路，孔子有一次与众弟子一起谈论人生理想，让大家各言其志。子路说："愿车马、衣轻裘，与朋友共，敝之而无憾。"（《论语·公冶长》）

意思是说：我想做个有钱人，然后将我的车马皮裘都拿出来与朋友共享，用坏了也不觉得可惜。

这和诗中的守财奴恰形成鲜明对比：诗中人"子有衣裳，弗曳弗娄。子有车马，弗驰弗驱"；子路却是有衣裳要穿，有车马要用，而且与朋友一起用，将财富发挥到最大作用，绝不浪费，了无遗憾。

子路是穷过的，初见孔子时只是个没身份的野人，但是他即使穿着旧袍子，与穿着高贵狐裘貂皮大衣的人站在一起，也丝毫不觉得寒酸，淡定从容，不会自卑。

因此孔子用《诗经·邶风》里的话来赞扬他："不忮不求，何用不臧？"意思是没有忌恨，不求于人，你高官厚禄我不嫉妒、不艳羡，对人无所求，自然就没有了卑微乞求之态，行为怎么会不从容优雅呢？

儒家推崇的财富态度是"贫而不谄，富而不骄"。虽主张节俭，但对于过度吝啬也是不赞成的。

子路贫困之时不拿穿旧衣袍当回事，一旦有了狐裘肥马，也不会特别在意；有好东西就要用，而且和朋友一起用，无须担心德不配位。

这才是财富的正确打开方式。

二

这首诗是典型重章复唱，第二段的意思也差不多：山上有栲树，湿地有杻树，你有那么大的院子，却不舍得住，有美好的钟鼓，却从来不演奏。等到你死了，岂不都被他人占有？

廷，指宫室。扫，亦有版本写作"埽"。

宫廷不洒扫，不是因为懒，而是空在那里压根儿不住人。

考，敲。"子有钟鼓"的"鼓"为名词，"弗鼓弗考"的"鼓"为动词，指击鼓敲钟。

保，占有。

显然这首诗的主人公有财有势，因为家中居然有宫院，有钟鼓，可见是钟鸣鼎食之家，不是诸侯，也是大夫。

可惜那些雕梁画栋都落满了灰尘，钟鼓俱暗，简直暗无天日。

人们日复一日地累积财富，但是若不懂得合理消费，财富就只是锁链，累积再多也并不真正属于自己。因为你只是拥有，却没有使用，省来省去，最终都是为他人做嫁衣裳啊。所以，病人临终前，医生总是劝慰说：想吃点儿啥就吃点儿啥吧。言外之意，再不吃就吃不着了。

第三段略有一点点变化：山中有漆树，湿地有栗树。你家酒肉充足，何不尽情享乐，每天鼓瑟欢愉？且来作乐吧，度过漫长的日子。免得等你死了，别人占了你的家。

"且以喜乐，且以永日"从这段中跳出，与全文不同，亦是诗眼所在。喜乐是短暂的，永日是漫长的，但若是漫长岁月不能以短暂喜乐来点缀，那不是太无望了吗？

所以，真正的多金不是拥有一个庞大的数字，而是可以适当随意地消费，想吃啥就吃啥，不奢侈浪费，也不苛待自己；真正的长寿也不只是年龄的虚长，而是体验人间的美好，为生命赋予更深沉的意义。

这种及时行乐的论调在《诗经》中颇为新鲜，却并没有虚无之感，对后世的影响更是极大。

李白有两句诗很是恰切："人生得意须尽欢，莫使金樽空对月。"

罗隐的《自遣》也颇通透："得即高歌失即休，多愁多恨亦悠悠。今朝有酒今朝醉，明日愁来明日愁。"

三

《国风》的语言有种来自朴素生活透出的张力与热情，仿佛用一把最粗砺的磨石不断抛光，打磨出最清润的玉雕。

那些发语词用得恣意张扬，漫不经心，"维""其""有""且""以"……他们对于文字的使用仿佛是出乎本能，随时随地拾取一个让自己合意、让歌声舒服的字眼就用了，性情的表达毫不留情地碾压过写作的技巧，即便造成理解歧义也毫不在意。这使得几乎每首诗的译注都有多个版本，尤其隔了漫长的岁月和迥异的思维习惯，就更难拨开云雾寻花香了。

关于《山有枢》的创作宗旨，有人说是友人劝勉朋友，看到他拥有财富而不知享用，于是心中不忍，赤诚警诫，苦口婆心。虽然言辞犀利，出发点却是"我是为你好"。

我个人特别反感别人对我说出不中听的话还加上这句帽子，所以对于"我是为你好"的论调本能不接受。

经学家们惯常要附丽史实，认为此诗乃讽刺晋昭侯治国不善。听上去十分扭曲牵强，所以亦为我不取。

读诗需要理解译释，但是若无法确定何种解释才最贴近原作本意时，每个人对诗的理解和接受程度，所反映出来的性情其实已经不是诗文的内涵，而是自己内心的映照。读诗，终究只是读心，且是读自己的心，是自我成长的过程。

我对这首诗的理解，因为不能分辨背景，便只是单纯地当作史上第一幅惟妙惟肖的吝啬鬼画像。读到这首诗时，不能不想起中国古代最著名的吝啬鬼——"竹林七贤"中最小的王戎。

王戎身为魏晋名士，惊才绝艳，其名言乃是："圣人忘情，最下不及情。然则情之所钟，正在我辈。"（亦有版本说此语为王衍所说）

这样真性情的一个人，却是悭吝异常。《世说新语》载，王戎夫妻感情很好，但是最喜欢的闺中游戏不是描眉簪花，而是数钱，挑灯夜战，手执牙筹，数了一遍又一遍，仿佛钱能越数越多似的。

他有个侄子结婚，王戎不舍得给礼金，就送了他一件自己不穿的单衣作为礼物。可是后来想想，送衣裳也还是怪肉疼的，便又特地上门说：你婚已经结完了，衣服是不是该还给我了。硬将旧单衣给讨了回来！这就是典型的"子有衣裳，弗曳弗娄"啊。

对侄子抠门儿也就罢了，要命的是他对自己亲闺女也吝啬异常。女儿结婚时，女婿曾向王戎借了几万块钱筹备婚宴。后来女儿女婿每每回娘家，王戎都鼻子不是鼻子、眼睛不是眼睛地沉着张脸。女婿很委屈，以为自己不入老泰山的眼。还是王戎女儿了解父亲的心意，赶紧催促丈夫说："你借我爹的钱还没还呢，既然手头方便，就赶紧还了吧。"果然，银钱两讫，翁婿相欢。

而王戎最让人无语的行径还在于，家里那么有钱，却从来不舍得花钱。王家院中有棵大李树，品种极好，每年李子成熟，颗颗饱满香甜，但是王戎从不舍得自己吃，也不让家人吃，只命下人收集起来拿出去卖钱。但是又怕别人得了他家的好种子，也种出这么好的李树来，便想了个奇葩的主意：他居然不厌其烦地一颗颗给李子钻洞，钻透果核，让别人无法获得果仁。

　　一位才思敏捷、文武双全的将军名士，点灯熬油地竟然不是为了读兵书、作文章，却是在钻果核，难道他不知道"时间就是金钱，时间就是生命"吗？

　　王戎生于乱世，正赶上了西晋末年最动荡的"八王之乱"，苦心积攒的财富并不能给他带来安逸的生活。他虽然拥有惊世才名，泼天富贵，却一直困顿于颠沛流离与无所作为中，小心翼翼又惊心动魄地过完一生，七十一岁高龄时犹陪伴晋惠帝四处流亡，并在晋惠帝被劫持后独自逃奔郏县，次年于郏县去世。

　　"宛其死矣，他人是愉。"

《绸缪》《风雨》，让我终于遇见你

一

唐风·绸缪

绸缪束薪，三星在天。今夕何夕，见此良人。子兮子
兮，如此良人何？

绸缪束刍，三星在隅。今夕何夕，见此邂逅。子兮子
兮，如此邂逅何？

绸缪束楚，三星在户。今夕何夕，见此粲者。子兮子
兮，如此粲者何？

这是一首民间婚礼闹洞房的歌。

我特别喜欢那句"今夕何夕，见此良人"，有种得偿所愿的惊
喜快意。这是一个多么美好的晚上呀，让我终于见到了你。

在合适的时候遇上合适的人，"执子之手，与子偕老"，人生还
有什么比这更加快意的呢？

"绸缪束薪"，是一个古老的传统，古代婚礼中的重要仪式，和
后来的点龙凤烛、揭红盖头是一样的。

绸缪（chóumóu），紧紧缠绕。束薪（shùxīn），把柴草捆扎成捆儿。连在一起就是把柴草紧紧地扎成捆儿，比喻婚姻的结合。

后面两段的束刍、束楚，也是一样的意思。刍（chú），喂牲口的青草。楚，荆条。

所以开篇四句，便点明了这是一首婚礼歌。

"三星在天"，则说明了时间是在晚上，最早值班的三颗星星也就是参星已经升起来，新郎新娘可以进洞房了。

宋代段成式的《酉阳杂俎》说："礼，婚礼必用昏，以其阳往阴来也。今行礼于晓。"

这说的是古代婚礼称"昏礼"，是在黄昏行礼，而且贵族娶亲，要穿黑衣，乘黑车，执烛引马，与夜色相配。唐宋以后，才开始将婚礼改在白天的。

良人，指丈夫，这里是新郎。

也许这女子是第一次见到自己的新郎，看到如此俏郎君，大松一口气，满心窃喜；也许她早已与他相识、相爱、相约，抱着怀春的心事等待多年，今夜终于达成心愿。

总之，这一刻她是真心欢喜，好一个英俊的良人，好一双温柔的眼睛！看着眼前的如意郎君，她只觉大脑一片空白，浑忘今夕何夕，简直不知道手脚该放到哪里才好。于是闹亲的人哄笑起来，逗弄新娘说："子兮子兮，如此良人何？"

子兮，就是你呀，这里指女子。新娘子呀，现在该怎样服侍你的好郎君呢？

所以这不仅是婚礼歌，还是一首闹洞房的歌。

大约新婚之夜，新娘是要服侍新郎宽衣解带的吧？又或是为丈夫梳头什么的，完成结发之礼。

我们现在从电视剧里看到的古代婚礼，多是新郎用根秤杆挑起新娘的红盖头，然后从媒婆手中拿过杯子来喝交杯酒。

实际上，古时的礼节要比这复杂得多，婚礼整个过程要分为六个步骤，称为"六礼"：一纳采、二问名、三纳吉、四纳征、五请期、六迎亲。

这是大周建立后，周公旦制定礼乐，统一规范，所以结婚又被称为"行周公之礼"。

但是《诗经》记录的是西周初年到春秋中叶大约五百年间的诗歌，早期诗歌中，周礼的推行尚未普及，婚礼的程序尚未完备，还残留着夏商时期的传统或是地方特色。

这个"束薪"的风俗，就显然不在"六礼"之中。所以这首诗中闹洞房的具体情形究竟是怎么样的，我们也只能大胆猜测、合理想象了，但是即便隔着三千年风尘，也不难感受到这场婚宴的欢乐。

第二、三段的"三星在隅""三星在户"，说的是时间的推移。

隅（yú），指东南角。户，门。

星光越来越亮，照进房门，夜渐深，夜未央，婚礼上的男女犹然沉浸在一片欢乐当中。

邂逅（xièhòu），原意是男女和合爱悦，现在指相遇。

粲（càn），漂亮的人，指新娘。

三段诗翻译过来其实就是一句话：今天是个好日子，让我终于遇见你！

我正年少，你正俊俏。我们相遇相爱，相伴到老。

如果时光永远停留在这一刻，该有多好！

二

"绸缪"这个词，在今天我们常见的用法是"未雨绸缪"，见于《诗经》中另一首诗《豳风·鸱鸮》："迨天之未阴雨，彻彼桑土，绸缪牖户。"趁着天没下雨，赶紧修缮房屋门窗吧。比喻事先做好准备工作，预防意外。所以，需要绑紧的不是柴草，而是门窗。

中国古代建筑以土木为主，屋顶上盖的都是瓦片茅草，房顶需要不时修缮，不然就可能漏雨。所以下雨真是件让人烦恼的事情，会让人的心情也跟着抑郁起来，忧虑频生。但在这时候迎来了盼望中的人儿，那个瞬间仿佛烟花照亮夜空，七彩绚烂。

《郑风·风雨》这首诗，就是描写这种风雨夜归人的欢喜的：

> 风雨凄凄，鸡鸣喈喈。既见君子，云胡不夷。
> 风雨潇潇，鸡鸣胶胶。既见君子，云胡不瘳。
> 风雨如晦，鸡鸣不已。既见君子，云胡不喜。

风雨凄凄、风雨潇潇、风雨如晦，这几个词我们今天也是常用的，形容风雨交加、昏天暗地的情形。

然而"鸡鸣喈喈"又提醒了我们，时间是在天亮之前。

喈（jiē）喈，胶胶，亦作嘐嘐，都是指鸡鸣声。而当"鸡鸣不已"时，则已经是早晨了，鸡鸣声响成一片，可是天却未能亮起来。

所以从"风雨凄凄"到"风雨如晦"，是雨越来越大；而从"鸡鸣喈喈"到"鸡鸣不已"，是天本该越来越亮，只是因为风雨阴沉，才导致仍像黑夜一般。

但是那又怎样呢？我的夫君回来了。只要见到他，整个世界就都亮了起来，还有什么事不顺心，什么病不消除的呢？

君子，原指有德行、有身份的人，这里特指女子心中深爱的那位郎君。

夷，是平安、舒坦。"云胡不夷"，还有什么不安可说的呢？

《周南·草虫》描写一位女子思念行役在外的丈夫，末段云："未见君子，我心伤悲。亦既见止，亦既觏止，我心则夷。"

两个"夷"，是一样的用法，所写的也是一样的情境，都是思妇终于与丈夫相见，心上所有的沟沟坎坎都瞬间被熨平了。

《周南·汝坟》则说："未见君子，惄如调饥。""既见君子，不我遐弃。"同样是使用对比的手法，表现女子对于思念丈夫患得患失的情绪。

第二段"云胡不瘳"，瘳（chōu），病愈，这里指相思成疾。

还记得《卫风·伯兮》里的女子吗，自从丈夫出征，她连头也不洗，每天只是沉浸在思念中，弄得头痛心也痛，只好跑到树下寻找忘忧草，还要咬牙逞强说："愿言思伯，甘心首疾。"

本诗的主人公要幸运得多，终于等回了她的夫君，于是，既见君子，百病全消，万事如意。

第三段"云胡不喜"就更加大白话了。整首诗三段复沓，翻译过来就是一句话：风大雨大都不怕，见到你就乐开花。

"风雨如晦"这个词很有一种浓墨重彩的质感。晦，是黑夜的意思。凄风苦雨，遮天蔽地，世界黑得跟永夜一般，风声雨声也格外沉重绵密，但是鸡啼声一声接一声响成一片。

"鸡鸣不已"，代表着天马上就要亮了。便在这个时候，夫君回来了!

这首诗的出色之处在于环境的抑郁和心情的雀跃形成了鲜明对比，先抑后扬的写法令人拍案。那男子在风雨中敲响柴门的声音，那女子在草屋中惊喜的笑脸，毫无阻隔地穿过千年风雨扑出纸面，让我也忍不住为她欢喜。彼时彼刻，不管怎样的风雨如晦，在她的心中也都换作了"今夕何夕，见此良人"的良辰美景吧?

诚如诗玉润《诗经原始》赞:"此诗人善于言情，又善于即景以抒怀，故为千秋绝调。"

但也有人说，这首诗说的只是一场梦，诗中的女子自始至终都没有等到她的君子。风雨凄凄，鸡鸣喈喈，她只是在满天的风雨里睡了醒，醒了念，魂牵梦系着那一去无踪的君子，却最终也未能将他盼回。

"既见君子，云胡不瘳?"倘若见了他，什么病好不得? 可偏偏是见不到，于是她抑郁成疾，缠绵病榻，千回百转，沉浮在一个叠一个的重复梦境里，始终寻不见他。整个世界都化为荒芜，漫天遍野，就只有永无尽头的风声雨声。真是刻骨的寂寞，只怕她便是柔肠寸断，缠绵到死，也只是一寸相思一寸灰，这真是最悲哀的一种说法。

还有第三种理解，"风雨如晦"这个词，在后世被引申为乱世暗政的代指，而"既见君子"便也有了更积极的含义，意谓身处乱世而不改气节的真君子。

比如南朝梁简文帝萧纲被幽禁时，便在囚室壁上题写自序:"有梁正士，兰陵萧世缵，立身行道，始终如一。风雨如晦，鸡鸣不已。弗欺暗室，岂况三光? 数至于此，命也如何!"表达了一种身处鬼域而持心如一的气节。

中国历史上有许多段"风雨如晦"的黑暗时代，但是只要有怀抱光明的君子持守，黑暗总会过去，鸡鸣总会到来！

三

说来惭愧，小时候背诗囫囵吞枣，"既见君子，云胡不喜"这句诗，我是在金庸小说《神雕侠侣》中第一次真正记住意思的。

程英对杨过一片痴心，深爱多年，在终于见到他后，却仍把爱意埋藏心底，不敢吐露。她照顾着伤重的他，默默坐在轩窗下，背对着他在纸上写字，一遍又一遍，背影写满孤单。

杨过醒来时，只见自己置身于一间茅屋的斗室之中，板床木凳，四壁萧然，一个青衫少女背面向榻，正自写字，虽看不到她的相貌，但见她纤腰楚楚，不盈一握，背影甚是动人。

他好奇她写的是什么，便谎称要吃粽子，然后趁她不在，用线抛出粽子粘住那张纸再收回来，却见上面反反复复，纵横交错，都是同样的八个字："既见君子，云胡不喜。"细想其中深意，不由得痴了。

这样的一段描写，也看得读者痴了过去，更加体味到"既见君子"的欢喜与"风雨如晦"的深沉。前后对照，格外缠绵，竟觉得比丽日晴天里爱人牵手走过绿堤岸更见深情。

这两首诗，"见此良人"也好，"既见君子"也好，都是对着自己的夫君所唱，两情相悦，光明正大的欢喜。

而在差不多同时期，有一首《越人歌》，则表达了暗恋的欢喜，亦传唱千年："今夕何夕兮，搴洲中流。今日何日兮，得与王子同舟。蒙羞被好兮，不訾诟耻，心几烦而不绝兮，得知王子。山有木兮木有枝，心悦君兮君不知。"

　　刘向《说苑·善说》载，这首歌创作于春秋时代，楚公子鄂君子皙泛舟中流，只见一叶扁舟驶来，有越女摇桨而歌。鄂君子皙听不懂，叫人翻译成楚语，就是上面的歌谣。一时情动心喜，于是"掩修袂而拥之，举绣被而覆之"，成其好事。

　　从这首译歌中，不难看到《楚辞》的影子，多少弥补了《诗经》中没有"楚风"的遗憾。这句"今夕何夕""今日何日"的翻译，显然来自《绸缪》的影响；而"山有木兮木有枝，心悦君兮君不知"的双语用法，亦在《诗经》中十分常见。

　　我把这几首诗放在一处讲，实在是因为小时候背诗背得乱七八糟，以至于有首"串烧"古风长久地萦于脑中，忍不住要与大家分享，博君一笑："今夕何夕，见此良人。未见君子，我心伤悲。既见君子，云胡不喜？山有木兮木有枝，心悦君兮，君知不知？"

《葛生》：我的心里有座坟

一、说说史上的悼亡诗

悼亡诗是中国诗坛上一类极其独特的存在。

悼亡诗之先河由魏晋第一美男子潘岳所开，并由元稹、苏东坡、吴梅村等历代诗人发扬光大，直至纳兰容若推至顶峰。

潘岳（247—300），字安仁，世人更习惯称他为潘安。"潘安之貌"与"子建之才"，是衡量古代男子才貌的两大标杆。

潘岳除了才貌双全外，最让古今女子为之颠倒的是专情。他与妻子十二岁订婚，二十四岁结婚，结缡二十余载，情意甚笃。五十岁那年，妻子过世，潘安悲痛至极，不但为她服丧一年，而且终生不复娶。他还接连写下三首《悼亡诗》，将自己对于妻子无比伤悼的感情宣之于众，这也是史上第一次有人为了亡妻写诗，从此开创了中国文学史上悼亡题材之先河。

"荏苒冬春谢，寒暑忽流易。之子归穷泉，重壤永幽隔。……"真个字字血泪。

一个帅得全天下女人都争着给他做老婆的男人，竟然心甘情愿为了一个女人而孤独余生，而且为她首开悼亡诗先河，写下流传千古的凄婉诗篇，这是多么让人感动的事情！所以，潘岳就成了数千年来多情女子的春闺梦里人首选，因为潘安小字檀奴，女子们想象自己的爱郎有潘安之貌，就狎昵地称其为潘郎、檀郎，聊以自慰。

而潘岳的代表作另有《闲居赋》《藉田赋》《秋兴赋》等，因《秋兴赋》中提到他三十二岁而生白发，遂起伤秋之念，感慨"四时忽其代序兮，万物纷以回薄"，从此，就有了"潘鬓"一词，代指男人生了白头发。如南唐后主李煜的"沈腰潘鬓消磨"。当然，帅男人才担得起这头潇洒又伤感的白发。

唐朝诗人元稹因为《莺莺传》而名誉不佳，一生结了三次婚，还和唐朝四大才女中的两位——薛涛、刘采春都传过绯闻，留下了薄幸滥情之名。可是这样一个人，偏偏写下了著名的悼亡组诗《遣悲怀三首》和《离思五首》。且看其中最感人的一首："曾经沧海难为水，除却巫山不是云。取次花丛懒回顾，半缘修道半缘君。"

实在太缠绵伤情了，这样一首感人肺腑的绝唱，竟然出自浪子之手，真有点儿让人凌乱。

到了宋朝，苏东坡一首《江城子》，又开启了悼亡词的新篇："十年生死两茫茫。不思量，自难忘。千里孤坟，无处话凄凉。纵使相逢应不识，尘满面，鬓如霜。　　夜来幽梦忽还乡。小轩窗，正梳妆。相顾无言，惟有泪千行。料得年年肠断处，明月夜，短松冈。"

这是苏轼在妻子亡故后十年，忽于梦中与之相见，她还是少年夫妻时对镜梳妆的模样，亲切、细腻、温柔、沉默。久别重逢，词人却清楚地知道这是在梦中，因此万语千言，无从说起，生怕惊扰了她，惊醒了梦。只有四目交投，默默无语。午夜醒来，想着梦中的情景，想着从前的恩爱，想着她的坟茔在千里之外，凄凉无伴，而今生今世，泉台永隔，怎不伤心？这样的伤心，无休无止，有生之年，什么时候想起什么时候疼。那月下松冈，孤魂寂寞，何以慰藉？

最后一句"明月夜，短松冈"蓦然宕开一笔写景，正与上阕"千里孤坟，无处话凄凉"相应和，将伤痛拉得更加深长辽远，正是："天长地久有时尽，此恨绵绵无绝期。"

悼亡词的写作，在"清代第一词人"纳兰容若笔下，点染挥洒到了极致，甚至成了他诗文创作中最重的一抹底色。

"辛苦最怜天上月，一夕如环，夕夕都成玦。若似月轮终皎洁，不辞冰雪为卿热。"

"待结个他生知己，还怕两人都命薄，再缘悭、剩月残风里。清泪尽，纸灰起。"

"心灰尽，有发未全僧。风雨消磨生死别，似曾相识只孤檠。情在不能醒。"

"天上人间俱怅望，经声佛火两凄迷。未梦已先疑。"

"夜寒惊被薄，泪与灯花落。无处不伤心，轻尘在玉琴。"

"近来无限伤心事，谁与话长更？从教分付，绿窗红泪，早雁初莺。"

"被酒莫惊春睡重，赌书消得泼茶香。当时只道是寻常。"

"重泉若有双鱼寄，好知他、年来苦乐，与谁相倚。"

"愿指魂兮识路，教寻梦也回廊。"

……

念着这样的词句，会不由得痴了过去，仿佛穿过时空的长廊，看到千里孤坟，纸灰飞旋，宛如片片纸蝴蝶，在光影中一直飞向天际，飞向那再也追不回的恩爱时光。

而那光的源头，便是古老《诗经》中的这首《葛生》。

二、生同衾，死同穴

唐风·葛生

葛生蒙楚，蔹蔓于野。予美亡此，谁与独处？

葛生蒙棘，蔹蔓于域。予美亡此，谁与独息？

角枕粲兮，锦衾烂兮。予美亡此，谁与独旦？

夏之日，冬之夜。百岁之后，归于其居。

冬之夜，夏之日。百岁之后，归于其室。

葛藤青苍，已经覆盖了整座坟墓，他对她的思念却仍未停止，日复一日的思念，年复一年的祭扫，忧伤与岁月共长，直到他也睡进坟墓，与她相会的那天。

真是最忧伤的表白，无愧史上第一悼亡诗。

孔老夫子说过，小孩子学诗，最差也能多识得几种"鸟兽草木之名"。比如这首诗里，我们就至少认识了"葛""楚""棘""蔹"等几种植物。

葛，藤本植物，茎皮纤维可织葛布，块根可食，花可解酒毒。

楚，灌木名，即牡荆。

蔹（liǎn），攀缘性多年生草本植物，根可入药，多生长在田野岩石的边缘，有白蔹、赤蔹、乌蔹等。

葛和蔹都有长长的藤蔓，蔓延开来，覆盖着荆棘，生长在郊野之间。这个郊野不是泛指，而是"予美亡此"之地。

予美，美好的人，也就是爱人。这里指亡妻。

我的亡妻就埋在此处啊，从此谁再能陪伴我的孤独？

谁与，一说"唯与"，只有的意思。只有我和这坟冢独处。

总之，无论"谁与独处"也好，"唯与独处"也好，都是表达无人相伴、独咽凄凉的苦楚。那葛藤覆盖的哪里是荆棘，分明是我伤痕累累的心；那蔹蔓缠绕的哪里是坟冢，分明是寂寞如灰的我。

用一句话说明，就是"我的心里有座坟"。

伊人魂归离恨天，只留下孤雁哀鸣，年年岁岁，相思刻骨，将日月熬煎。因此第二段重复吟唱，表达着同样的意思：葛藤覆盖了丛生的酸枣枝，蔹蔓缠绕着荒凉的坟地。我的爱人埋葬在这里，无人相伴，独自安息。

棘，酸枣，有棘刺的灌木。

域，兆域，这是个很古老的词，意思就是坟茔。这是进一步明确"于此"正是亡妻的坟冢了。

显然这男子正坐在妻子的坟头，一边浇奠一边泣诉。

因此下一段，便是他关于美好过往的回忆："角枕粲兮，锦衾烂兮。"

古时的枕头很硬，多为长方形，有八只角，故称"角枕"。

粲，同"灿"，和"烂"的意思一样，就是灿烂。

角枕和锦衾光鲜华美，有两种可能：一是回忆新婚时的情形，二是殓葬之物。两种解释都说得通，前者是自伤：还记得我们洞房花烛夜的温馨美好，从此以后谁陪我共度漫漫时光？后者是悼亡：那些衾枕虽然陪你下葬，可是谁人伴你挨过长夜，等待天明？

抑或歌者是富庶之家，这句是说家中角枕那样光鲜，身上锦被温暖华丽，可是我亲爱的妻子亡故于此，谁人陪我共枕同衾？

后面两段换了一种格式。可以想象，鳏者长歌当哭，到这里则换了一种旋律曲调，毕竟《风》的产生是因为歌唱，这一点我们不要忘记。

歌者说到"独旦"，忍不住更加伤心了。

时光对于幸福的人来说只是岁月流转，而在伤心人看来，则是无比煎熬的分分秒秒，每一天都那么难耐。

"夏之日，冬之夜""冬之夜，夏之日"两段回环往复，仿佛数着指头过日子，当真是了无生趣。所期待的唯有百年之后，与你同归罢了。

"归于其居""归于其室"，这个居室可不是一般的房子，而指墓冢。这是要合葬的意思。

"生同衾，死同穴"是中国古代最长情的告白，爱之绝唱，莫过于此。

三、绿衣的忧伤

邶风·绿衣

绿兮衣兮，绿衣黄里。心之忧矣，曷维其已？
绿兮衣兮，绿衣黄裳。心之忧矣，曷维其亡？
绿兮丝兮，女所治兮。我思古人，俾无訧兮。
缔兮绤兮，凄其以风。我思古人，实获我心。

这首诗前两段重章叠唱，只改了两个字。

绿色的上衣，黄色的衬里，再配着黄色的下裳。这个配色很娇艳，可能是件女人的衣裳，是亡妻的旧衣；但也可能是男装，妻子一针一线为丈夫缝制的礼服，所以才让男子睹物思人，悲伤不已。

曷，通何。维，语助词。已，停止、止息的意思。"曷维其已"，就是怎样才能停止啊。

亡，通"忘"。"曷维其亡"，何时能够忘记？

这一份忧伤思念，无时可忘，无法可止。真个"天长地久有时尽，此恨绵绵无绝期"。

第三、四段推进一步，从衣裳的源头想起，从缫丝到织染，再到裁制成衣，都是妻子一针一线缝制的啊。

这里的女，不是女子，而是"汝"。男子以第一和第二人称吟诵这首诗，仿佛在对妻子说话，哀伤的意味尤其深重。

古人，不是说古代的人，而是作古之人，也就是亡妻。

俾（bǐ），使。訧（yóu）同"尤"，过失，罪过。

我想念那故去的人啊，所有的回忆里都是她的美好，没有半点儿过错。

绤（chī），细葛布；绤（xì），粗葛布。

这说的是衣裳的质地，手里捧着葛布制成的绿衣黄裳，心中凄然，忽感秋风乍起，想起亡故的妻子，心里都是她的身影。

如果依上文解释，这无疑是一首非常深情的悼亡诗。但是为什么我却要将其缀在《葛生》之后，而不声称《绿衣》才是史上第一悼亡诗呢？

这是因为关于这首诗的解释历来有很多分歧，《毛诗序》认为："卫庄姜伤己也，妾上僭，夫人失位而作是诗也。"

持此说法，理由是绿为间色，黄为正色，间色在外做衣，黄色做里，这是颠倒黑白，是妾僭上位。于是好好一件绿衣就这样被染上了"小三色"。而《绿衣》的主题也就因为"妾身未明"，地位被打了大大的折扣啦。

四、苏轼的故事

最后，我想再说说苏轼与三位妻妾的故事。

前面的《江城子》是苏东坡在原配夫人王弗过世十年后写下的，这时候他已经续娶了王弗的堂妹王闰之。

王弗是聪慧的，却多情不寿，十六岁嫁与苏轼，二十六岁早亡。王闰之是贤惠的，曾陪着苏东坡一同挨过乌台诗案，陪他贬放黄州，共陪伴了他二十五年，简直相当于堂姐的一生了，却在苏东坡第二次流放时，死于定州。

苏轼哀伤至极，写下了凄伤断肠的《祭亡妻同安郡君文》，末句说："惟有同穴，尚蹈此言。"后来，苏轼死于诏还途中，苏辙果然将其与王闰之合葬，实现了苏轼"同穴"的诺言。

只是，我替王弗难过，她的孤魂一缕，又该向何处依托呢？

千里孤坟，明月松岗，依然夜夜无人话凄凉。

而最令人怅然的还是他的爱妾王朝云，同样把一辈子献给了苏轼，陪伴了他二十三年，却因为出身卑微，终究没有名分。她曾为他生下幼子苏遁，苏轼还为此作过一首自嘲诗："人皆养子望聪明，我被聪明误一生。唯愿孩儿愚且鲁，无灾无难到公卿。"

然而事与愿违，孩子未满周岁便因为苏轼调离而不禁奔波劳顿，中暑不治，夭亡在朝云的怀里。这是王朝云生平唯一的孩子，其椎心泣血可想而知，直到临死前，还对此念念不已。

朝云是死在惠州的。在唐朝，岭南之地，瘴疠遍行，北人闻之色变。因此苏轼在流放前，将身边侍儿姬妾尽行遣散，唯有朝云坚持陪伴，追随着苏东坡长途跋涉，翻山越岭到了惠州。

惠州很苦，所谓"门薪馈无米，厨灶炊无烟"，王朝云一双弹琴拨弦的小手却满是皲裂，开园耕种，缝补浆洗，样样全能。舞袖歌衫不再，琴棋书画暂废，但她只要能陪在他的身边，便是无怨。但她到底染上瘴疫，不幸身亡，年仅三十四岁。

朝云一生向佛，颇有悟性，临终前，她因为不愿苏轼为自己伤心，含泪握着他的手，反反复复念着《金刚经》的"六如偈"来开解他："一切有为法，如梦幻泡影，如露亦如电，应作如是观。"

朝云不是正妻，所以也没资格归葬眉州祖坟，不过苏轼因为对她的深爱，还是非常用心地为她选择埋骨之地，就在惠州西湖孤山南麓栖禅寺大圣塔下的松林之中。相传，栖禅寺僧在墓上筑六如亭，亭柱上镌有苏轼为朝云所作楹联："不合时宜，惟有朝云能识我；独弹古调，每逢暮雨倍思卿。"

这之后，苏轼追忆朝云，写下多篇诗词文章来悼念这位红颜知己。可是那又怎样呢？她最终还是要孤独地留在西湖孤山，虽然也叫西湖，也叫孤山，可惠州毕竟不是她的家乡杭州，她终究是客死异乡了，永远也回不了家。

想来，当苏东坡为发妻王弗清明扫墓时，又或是坐在六如亭前为朝云洒泪时，也是想起过那些"角枕粲兮，锦衾之烂兮"的往事，也曾经叹息过"予美亡此，谁与独旦"的吧？可他终究只能选择一个人合葬，"百岁之后，归于其居"。那个"其"，是王闰之。

《蒹葭》：最美的暗恋情歌

一

关于表现暗恋的诗，没有美过《蒹葭》这首诗的，简直从三千年前就为我们树立了一个标杆，而且永无超越：

> 蒹葭苍苍，白露为霜。所谓伊人，在水一方。溯洄从之，道阻且长。溯游从之，宛在水中央。
>
> 蒹葭萋萋，白露未晞。所谓伊人，在水之湄。溯洄从之，道阻且跻。溯游从之，宛在水中坻。
>
> 蒹葭采采，白露未已。所谓伊人，在水之涘。溯洄从之，道阻且右。溯游从之，宛在水中沚。

这首诗描写的是男子苦恋佳人却可望而不可即的心境，直抒胸臆，反复表达了自己渴望靠近、不畏曲折的心愿，但是全篇无一语涉于邪昵，而只有爱慕、思念、敬重之情。

秦人骁猛，其军队素被称为虎狼之师。《无衣》那样的诗歌才是秦人的基调，谁能想到，他们高吼秦腔的喉咙，同时还能唱出

《蒹葭》这样凄婉缠绵的风致呢?

蒹葭(jiānjiā),就是芦苇。蒹,没长穗的芦苇;葭,初生的芦苇。芦苇生长于沼泽、河岸多水地区,随风而荡,恍惚飘摇,望之有迷离苍茫之感,更何况还是在一个落露的深秋早晨呢。

白露,在这里可以有两种解释:一是简单地理解成夜间的露水在苇尖上凝成一层轻薄的白霜;二是节令,二十四节气中的九月白露,逢此时令,阴寒之气上升,寒生露凝。

开篇赋中有兴,既是由景及人,又是烘托环境。这和"关关雎鸠,在河之洲"的手法既相同又不同,虽然也是环境语,却很难说是由此及彼,还是直陈其事。因为这八个字,是在明确地交代时间和地点,接下来,则是人物与事件。

诗人为什么要在这样一个白露为霜的清秋早晨来到河边呢?

是为了追求他苦苦思慕的那个人儿。

伊人,就是那个人,可以是男人,也可以是女人。所以这首诗往浅说,是一首典型的爱情诗;往深说,则是追随君主的政治理想诗,是屈原大夫的"路漫漫其修远兮,吾将上下而求索"。

诗人所追求的人或事,在河的那一边,似近还远,可望而不可即。于是他只能设法寻游,逆流而上,然而道路充满险阻,曲折难行,任凭他辗转追寻,那个人,依然遥遥站在水中央,似乎从来都没有接近过。

溯洄(sùhuí),逆着水流的方向走。洄,弯曲的水道。从,追寻。溯洄,就是逆流而上,后来渐引申为追求根源或回想,比喻回首往事、探寻渊源。

而溯游,则是顺流而下。游,直流的水道。

成片的苇丛,青白的晨霜,弯曲的河道,整个画面苍茫、清冷、旷远、空灵，丛生的蒹葭与江天一色，几乎融为一体，寥落空蒙，带着丝丝寒气与淡淡波痕，一下子就抓住了读者的心。让我们忍不住要去探求，那位伊人到底是谁，诗人最终找到了没有？

可惜，二、三段的重复叠唱让我们知道，所有的寻找最终都是失落。

第二段"白露未晞（xī）"，晞是干的意思，这还是在说清晨，昨晚凝结的霜露还没有干，我心中的那个人仍在水草的那一边。

湄，水和草交接的地方，也就是岸边。

跻（jī），升高，形容道路又陡又高。

坻（chí），水中的沙滩。

凭他再三溯洄，不管是逆流而上还是顺流而下，那个人始终遥遥地立在水中，在那雎鸠鸣叫低回的河之洲。

第三段又换了几个含义类似的词语。

"蒹葭采采，白露未已。"其实苍苍、萋萋、采采，都是形容蒹葭茂盛明丽的样子。苍苍，于繁盛外又有一种苍茫之感；萋萋，带有凄迷之色；而采采，则有着随风摇荡的意味。

未已，与未晞相类，露水还没有收尽。不过，从"为霜"到"未晞"再到"未已"，仍然有着时间上的延续，天在一点点变亮，稀薄的雾渐渐消散，露水凝成的白霜也在悄悄蒸发，而诗人仍在绝望地溯游往复，伊人也仍然似近还远地立在江心沙洲，烟云弥漫，水光迷离。

涘（sì），水边。右，迂回曲折。沚（zhǐ），水中的沙，这里指水中沙洲。

这是一首关于追求的诗，也是关于寻找的诗，而且是"上穷碧落下黄泉，两处茫茫皆不见"式的寻找。所谓理想，就是只要不懈追寻并为之奋斗就会觉得幸福的事情。这首诗表达的也是一样的情愫，即使怅惘，却从未后悔。

"伊人"就如同曹植笔下的洛神，依稀仿佛，若飞若翔，可见而不可求，可望而不可即。整首诗隐约迷离，带着缥缈恍惚的风致，幽微曲折的心绪，在悲伤之余又有种隐隐的欢喜，可意会而不可言传。

这样的诗向来是不适合逐字逐句去解释的，更不能条分缕析地分辨出个道理来，比如有人非要问那个"伊人"到底在水的哪一边，诗人会不会游泳之类，如此缘木求鱼的方式是不适合读诗的。

《毛诗序》惯常地将这首诗理解为讽刺诗："刺襄公也。未能用周礼，将无以固其国焉。"亦有人认为是招隐士诗，一如刘备三顾茅庐访求诸葛亮，可惜"只在此山中，云深不知处"。

李山教授则提出一种猜测，认为牛郎星是周朝的上升星座，故而这首诗写的是牛郎织女的故事，并直接影响了后世《古诗十九首》中"迢迢牵牛星，皎皎河汉女"的诞生。

这真是一件吃力的工作，正如同无数画家试图握管挥毫去表现这首诗的意境，然而浓淡水墨涂遍满纸，不论怎样描绘都还是会让人觉得"太实"，一味留白又不足以表现那满目江天的苍茫。

青绿山水肯定是不适合的，浓墨洇晕自然也不够清灵，芦青霜白是孤寒的，然而诗人心底的情愫却不只是怅然与寂寥，更有满满的温柔。所以，孤清不可以，冷艳不可以，壅塞抑郁不可以，轻浮热烈更不可以。

于是画家临窗挥毫，最终只是将水润湿了纸面，再带过丝丝皴染，让人联想晨露的清冷，伊人的缥缈，如此而已。

二

王国维在《人间词话》中评价："《诗·蒹葭》一篇，最得风人深致。"这首诗意象空灵，高飞远举，堪称朦胧诗鼻祖。

这样的诗不适合翻译，但琼瑶在电影《在水一方》中创作了首同名主题曲，其歌词便是对诗的简单译注：

> 绿草苍苍，白雾茫茫。有位佳人，在水一方。
> 绿草萋萋，白雾迷离。有位佳人，靠水而居。
> 我愿逆流而上，依偎在她身旁。无奈前有险滩，道路又远又长。
> 我愿顺流而下，找寻她的方向。却见依稀仿佛，她在水的中央。

这首歌堪称最佳译本，最早由邓丽君演唱，婉转缠绵，盘旋回荡，一时传为经典。

首先，《蒹葭》本身的情调非常婉转，适宜抒情；其次，"风"的本来面目就是民歌，最适合传唱。虽然时代变迁，唱词的风格变化了，但是人们的情感不变，爱的真谛不变，当诗还原到歌的本来面目时，只要运用得当，仍然是可以直击人心的。

佛说，人生八苦：生、老、病、死、爱别离、怨长久、求不得、放不下。

《蒹葭》所说的，正是"求不得、放不下"。然而这里没有呼天抢地，没有怨恨愤怼，没有哀悔过度，有的只是刻骨相思，依依不舍。

这便是孔子赞美的"乐而不淫，哀而不伤"。

因为"关关雎鸠"，我们知道了爱情的呼唤是这样的婉转清切；因为"蒹葭苍苍"，让我们意会相思的彼岸是那样扑朔迷离。关雎之声，蒹葭之思，这些象征渐渐成为古老文明的一个定格，将我们与三千年前的古人完美联结，灵犀相照。

孔子说："温柔敦厚，诗教也。"温柔敦厚便是《诗经》的调子。宛如盘了几千年的美玉，仿佛还带着人的体温，莹润亲切得让人落泪，绝不是机器抛光所能效仿。

白居易有诗："花非花，雾非雾。夜半来，天明去。来如春梦不多时，去似朝云无觅处。"模棱幽怨，莫知所指，显然是得了《蒹葭》的真传。

另一位在笔下完美诠释了蒹葭风致的小说，是德国作家施托姆的《茵梦湖》。小说主人公莱因哈德曾经深爱着一个邻家姑娘，因为求学而远离家乡。当他多年后再次见到她时，她已经成了别人的妻子。他心绪凄迷，夜不能寐，在深夜来到湖岸行走，看到了一朵水中的白色睡莲，极美、极娇，带着种伤感的柔美。

那朵梦幻般绽放在莱恩哈德记忆中的睡莲，隔着不远不近却永远无法逾越的距离，在水一方，可望而不可即，孤独、美丽、纤弱而忧伤，一如他消逝不再的青春与初恋。

那朵睡莲，一定是蒹葭彼岸的伊人所化吧？

《黄鸟》：不想和你一起死

一

秦风·黄鸟

交交黄鸟，止于棘。谁从穆公？子车奄息。维此奄息，百夫之特。临其穴，惴惴其栗。彼苍者天，歼我良人！如可赎兮，人百其身！

交交黄鸟，止于桑。谁从穆公？子车仲行。维此仲行，百夫之防。临其穴，惴惴其栗。彼苍者天，歼我良人！如可赎兮，人百其身！

交交黄鸟，止于楚。谁从穆公？子车针虎。维此针虎，百夫之御。临其穴，惴惴其栗。彼苍者天，歼我良人！如可赎兮，人百其身！

《左传·文公六年》载："秦伯任好卒，以子车氏之三子奄息、仲行、针虎为殉，皆秦之良也。国人哀之，为之赋《黄鸟》。"

任好，就是秦穆公，在位期间协助晋文公重耳称霸，缔结姻缘，实现了秦晋联盟，这也就是"秦晋之好"典故的由来。但是重耳死后，秦穆公也想称霸诸侯，自己当老大，于是联盟破裂，秦晋从亲家变成了对家，所谓"不是冤家不聚头"。

穆公在崤之战一败涂地，于是只能谋求向西发展。后来因为替周襄王攻打蜀国立了功，被任命为西方诸侯之伯，称霸西戎，终于列入"秦秋五霸"。

秦穆公有好几个女儿，但是最有名的并不是嫁给重耳的怀嬴，而是嫁给萧史的弄玉。据说萧史擅吹箫，可引凤鸟，穆公特地为小夫妻俩盖了座凤楼。一夜月明星稀，清风送爽，夫妻二人凭栏吹箫，感凤来集，于是分别跨上鸾凤，径自凌风飞仙去了。唐朝时，肃宗便把此处改名凤翔。

秦穆公卒于公元前621年，殉葬者不仅有百余名奴隶，还有车氏三良臣——大概要作为秦伯在幽冥世界的护卫，继续效忠吧。

《史记·秦本纪》记载了这场庞大的殉葬队伍："缪（穆）公卒，从死者百七十七人。秦之良臣子舆氏三人名曰奄息、仲行、针虎，亦在从死之中。秦人哀之，为作歌《黄鸟》之诗。"

据说，三良殉葬是因为他们此前与秦穆公有个约定。某日秦穆公与众臣饮酒，酣畅之际叹道："生共此乐，死共此哀。"当时三良在座，一时酒精上头，慷慨许诺，愿与穆公同生共死。因此，秦穆公薨时，三良守诺相从，生死相随。

照此说法，三良殉葬就是他们主动选择的义举，没什么不公道的。真正被迫赴死的，反而是另外那一百七十四个奴隶。而这首诗的最伟大之处，就在于开创性地描绘了殉葬者被拉到墓穴旁等待活埋的恐怖惊悚，令人战栗。

诗中呼唤苍天，控诉不平，哀怨强烈，痛彻心扉，深刻揭露了殉葬制度的惨无人道。

"交交黄鸟，止于棘。"交交，是鸟的叫声。黄鸟，即黄雀。止，站立。棘，酸枣树。

鸟儿交交地啼鸣，站在酸枣树上。这是兴，烘托氛围，引起下文。

这个比兴的巧妙之处在于，鸟儿站在什么树上不好，却偏偏站在长满利刺的酸枣树上，让人不禁想起长篇小说《荆棘鸟》，有一种凄厉的感觉。

同时，后文的"谁从穆公？子车奄息"顺势而出，似乎是鸟语的内容，又似乎是黄鸟居高处俯视，清楚地看到了墓葬的全过程，冷冽残酷。

是谁跟从穆公一起赴死啊？是子车奄息。这位奄息大将啊，乃是百里挑一的俊杰。

"临其穴，惴惴其栗"这句话无主语，可能是奄息本人，他再英勇无畏，那也是在临阵杀敌面对刀剑时，血气方刚，悍不畏死；然而如今站在墓穴前等着被活埋，任谁都是会害怕的吧。

但是从后文"如可赎兮，人百其身"来看，又似乎是指其他殉葬者，他们在替奄息抱不平，呼喊着：苍天啊，开开眼吧，怎么能坑杀一个难得的将才呢？如果可以替他去死，我们愿意以百人换一人。于是，又有一百多个人死去了，但是终究也没换回子车三俊。

全诗采用复沓手法，连续三段，重章叠唱，分别哀悼了子车、仲行、针虎三人。而那只不住哀啼的黄鸟，便不停地飞止于枣树、桑树、牡荆之间，以全知视角看到了良人三将，也看到了奴隶百人。

楚，灌木名，即牡荆。棘、桑、楚，是为了与子车氏三子的名字押韵，也写出了小鸟跳来跳去的样子，有种皇的动感。

"百夫之特""百夫之防""百夫之御"同样是为了韵脚，意思一致，言此一人抵得上一百个人。

"人百其身"，则是说愿用一百人赎其一命。但是这样一来，似乎那一百多个殉葬的奴隶是自愿赴死了，就为了换回子车三良。

如果是真的，那我觉得最勇敢的应该是那一百多人！

二

陕西凤翔迄今仍保存着大量秦人的宗庙和先祖陵园，我不知道秦穆公的墓在哪里，却实地参观了拥有中国考古史上五个之最的秦景公大墓：它是迄今为止中国发掘的最大古墓；内有一百八十六具殉人，比穆公还多了十二具，是中国自西周以来发现殉人最多的墓葬；其"黄肠题凑"的棺椁，乃是中国迄今发掘周、秦时代最高等级的葬具；椁室出土的墓碑是中国墓葬史上最早的墓碑实物；出土石磬更是中国发现的最早刻有铭文的石磬，也正是根据磬上铭文，才让考古学家们推断出墓主乃为秦景公。

看着地下巨大的墓道，想到殉葬队伍"临其穴，惴惴其栗"的情境，我忍不住发抖，使劲儿晃晃脑袋，不敢细想那情形。

秦景公葬于公元前537年，勉强可算是孔夫子的同代人。孔夫子曾说过："始作俑者，其无后乎？"即便以俑代人都是反对的，认为这种心态本身就代表了残暴无道。

活人殉葬在商朝十分盛行，但是早在周公时就已经予以禁止。很多人难以接受，便改用"刍灵"即草人来代替活人，称为"俑"。孔夫子仍激烈反对，认为尊重生命就压根儿不该动人殉的念头，哪怕只是草人，其念亦恶。但是与孔子同时代的秦景公，竟然还在使用人殉，而且一次殉葬近两百人，这是何等的残暴狠辣啊！

难怪人们将秦军称之为"虎狼之师"，也难怪秦国可以在战国时崛起，建立大一统的秦天下，却不过二世而亡。蔚为奇观的秦始皇兵马俑，可不正应了夫子所云："始作俑者，其无后乎？"

墓坑展馆旁不远，是墓道复制品和出土文物陈列馆，用一比一的比例重现了景公棺椁的布局。我扶着栏杆往下看了看，只觉一阵阴风打着旋儿涌上来，几乎不敢动足。

导游劝说："只是复制品，又不是真的。"

既来之，则安之。我到底抑不住好奇，还是决定下去走一遭，可是一路向下，感觉自己简直是深入黄泉，又忍不住哆嗦起来。走过三级旋梯，地下豁然开朗，简直称得上轩堂开阔了，竟是一座巨大的地下墓室。复制的棺木外漆绘着各种富丽的图腾，前面还特设了一个景公休息室，案几俨然，连他的爱犬都有专门的棺位。

最特别的，是我之前一直以为贵族丧葬的内棺外椁只是紧挨着的两层棺木，也就是一个大木箱子里面套着小木箱子。今天才知道，棺和椁之间居然可以间隔着巨大的空隙，可供两人并排走过。

换言之，如果把"棺"比作卧室的话，那么"椁"就是整座公寓，而公寓内除了卧室还有客厅、走廊，公寓外则是无数嫔妃侍从的人殉和大量宝葬，也就是整座别墅——这齐景公的墓葬说是别墅都太小了，而是整座庭院式园林。

秦国诸侯的穷奢极欲与残暴无道简直令人发指！

这是我第一次见识"黄肠题凑"的椁具：黄，指棺材的材料黄柏木；肠，指柏木心的形状像肠子；题，指的是棺壁和底盖的所有南北向柏木两端均有榫头伸出，排列在主棺南北两侧，凑成长方形的如同柜子一般的形制。

这本来是特属于周天子的丧葬规范，如今却应用于秦景公的墓葬中，显然是僭越之举。若是孔老夫子见了，定会说一句"是可忍孰不可忍"的吧？

　　想着自己此时正走在"黄肠题凑"的肠子中，我越发缩紧了肩，也没心思细看那些陈列在玻璃展柜中的殉葬品了，匆匆沿着楼梯从地下回到地面，走出展馆，重见天日，忍不住想起有点儿搞笑的八个大字：光天化日，朗朗乾坤。

　　一时间，竟有种难以言喻的恍惚感，仿佛穿越了生死。

《无衣》：你是我真正的兄弟

一、史上最感人的战歌

秦风·无衣

岂曰无衣？与子同袍。王于兴师，修我戈矛。与子同仇！

岂曰无衣？与子同泽。王于兴师，修我矛戟。与子偕作！

岂曰无衣？与子同裳。王于兴师，修我甲兵。与子偕行！

秦人善战，怎么可以没有一首出色的战歌呢？

同样是表现战争的歌，《邶风·击鼓》充满了厌战情绪；《小雅·采薇》虽然凄苦却仍一片忠心爱国，富有敦厚之美；而《秦风·无衣》则慷慨激昂，表现的乃是军人上战场前摩拳擦掌的昂扬斗志。难怪秦人最终能够统一六国。

秦本来是周的附庸，周平王东迁时，秦襄公护送有功，方得封侯，拥有西都八百里，后迁至雍，即今陕西凤翔。早在周文王时，就有"凤凰集于岐山，飞鸣过雍"的记载；其后更成为嬴秦创霸之区，先秦十九位王公在此建都294年，秦始皇亦在此加冕。

春秋时期，吴公子季札访鲁，鲁君命乐工为他演奏十五国风。听到《秦风》时，季札赞叹："此之谓夏声。夫能夏则大，大之至也，其周之旧乎！"

夏，就是大的意思，这里当作正大、宏大讲。季札的意思是说，秦风能做正声，乃是秦地兴起于西周旧址之故。

秦国辖地，包括今天的陕西中部和甘肃东南。《秦风》十篇，虽也有《蒹葭》那样的婉约诗篇，但大多为车马田猎之事，充满尚武精神，尤以《无衣》为最。

"岂曰无衣？与子同袍。"何必说没有衣服呢？我的就是你的，我们是一样的军服。

从西安出土的兵马俑来看，秦国将士很早就有了统一的战袍甲衣，而且这肯定不只是秦国的情况，估计春秋时期大多国家的军队都是有制服的。所以这很可能是老兵鼓励新兵的话：别说没衣服，把我的拿去穿就是了！当然也可能是将士之间的互相鼓励：你的衣服破了，穿我的就是，反正都是一样的甲衣。

袍，是长袍，相当于今天的斗篷，披风。泽，通"襗"，内衣，就是贴身汗衫。裳，下衣，这里指战裙。

兄弟关系好，从里到外的衣裳都随你挑，有我的就有你的，所以战友又被称为"袍泽兄弟"。

在日常生活中，你我的财物可能分得很清楚，生怕吃亏；但是到了战场上，别说一件袍子汗衫了，就连我的命也可以为你舍去。战友并肩作战，同仇敌忾，随时都准备着要为对方挡箭挡刀的，那时候，哪里还顾得上分什么彼此，谁还会在意一件衣裳呢？战场上的友情，是过命的交情，真正的两肋插刀、歃血之盟，是比血亲兄弟更亲近、更彻底的肝胆相照。

开篇八个字，既豪放又温情，充满了人道主义关怀，而接下来的"王于兴师，修我戈矛"，则回归理性，进一步明确彼此的关系与任务。

王，指主君。于，语气助词。兴师，就是起兵。主君发出了军令，准备出师，我们要赶紧修复自己的兵器了，时刻准备着一同对敌作战。

"与子同仇"就是我和你一起共同对敌。"同仇敌忾"这个词，我们今天也是常用的。

后文的"修我矛戟"与"修我甲兵"，"与子偕作"与"与子偕行"也都是一样的意思。刀枪剑戟，铠甲兵器，通通都要仔细打理，随时听从主公一声令下，我们就要一同上战场，并肩作战，共同进退！

正是这种"与子同袍"的血性与豪情，让秦人结束了春秋战国的分裂局面，天下再次回到共主的中央格局。

"能夏则大，大之至也。"这样的天命天意，或许早已藏在秦人的歌声中了吧？

这首诗充满了鼓舞人心的力量，无论什么时候唱起，都令人热血澎湃，难怪直到今天仍被经常翻唱。

我们热爱和平，然而战争是什么时候都不会彻底停歇的，这时候，我们就需要这种"岂曰无衣，与子同袍"的精神。

在战场上，我们穿着同样的军服，一同对敌，扬我国威；在时间的长廊里，我们流淌着同样的血液，传承着同样的基因，永继文明，那就是诗！

二、《唐风·无衣》的四种解法

《诗经》里的《无衣》有两首，表达的是全然不同的意思。秦人的《无衣》是一首战歌，表达同袍之情，诗里充满了风沙与兵甲的味道；而晋人的《无衣》则是一首挺无赖的歌儿，有点儿油嘴滑舌，又有点儿玩世不恭：

> 岂曰无衣七兮？不如子之衣，安且吉兮。
> 岂曰无衣六兮？不如子之衣，安且燠兮。

唐是晋的古称，晋国也被称为唐国，所以十五国风中的《唐风》其实是晋风，现存十二篇。

这首诗就字面解释非常简单：难道说我没有衣服穿吗？不如你给的衣裳，舒适又美观，可心又温暖。

七与六都是虚数，代指衣服之多，为后面的话起个韵脚。

吉，舒适。

燠（yù），暖热，这里指温暖。

乍一看这首诗的语气挺和煦的，是在赞美对方赠衣。让我们不禁想象对方是一位温柔巧慧的女子，亲手为情郎裁剪缝制了一件新衣。男人意醉神迷地说：其实我衣服挺多的，不止六七套，但都不如你做的衣裳，这么熨帖、这么合意。

又或者，只是小伙伴之间互相拍马，一位纨绔对另一个来头比自己大的公子谄媚道：我们家绣娘也挺多，衣服也挺美，但怎么看都不如公子您的衣裳这么漂亮、这么暖和，看着就有一种贵气。

还有一种伤感的解释，说这是一首悼亡之作，是男人死了妻子，在收拾衣物时看到妻子从前为自己缝制的旧衣，不禁悲从中来，感慨道：我的衣裳从来都不少，新衣又添了六七件，可是都不如你亲手缝制的衣裳那样合身。这颇有《红楼梦》中贾宝玉睹物思人，在晴雯死后再也不肯重穿雀金裘的意味。

如果只是看字面翻译，似乎上述三种理解都不算错。然而《毛诗序》上说："《无衣》，美晋武公也。武公始并晋国，其大夫为之请命乎天子之使，而作是诗也。"也就是说，这是一首政治诗，说的可不是男欢女爱的那些事儿，而是晋武公争霸天下的大事儿。

朱熹《诗集传》云："曲沃桓叔之孙武公伐晋，灭之，尽以其宝器赂周釐王。王以武公为晋君，列于诸侯。此诗盖述其请命之意。"这说得就更邪乎了，是说曲沃灭晋之后，贿赂周天子立自己为晋君的造反有理了。难怪程俊英《诗经译注》认为"恐皆附会"。但是这种说法在历史上流传的时间最广，所以我们还是要花点儿时间来讨论下。

如果按照政治诗的理解，"七"与"六"也就都有了新的寓意，不只是六七件衣服那么简单，而指的是礼服，七命之服。朱熹认为："侯伯七命，其车旗衣服，皆以七为节。子，天子也。"不但"衣七"成了诸侯的礼服规制，"子"也不再是随便哪个普通的你，而成了"天子"的代称。而第二段变"七"为"六"，朱熹则认为："谦也，不敢以当侯伯之命，得受六命之服，比于天子之卿亦幸矣。"意思是退一步，如果不给我七衣之礼，那么赐我六衣之位也行啊。

这就要说到晋武公向周釐王求封之事了。

晋昭侯时期，把自己的叔叔成师封建到了曲沃（今山西省闻喜县），史称曲沃桓叔。这位叔叔很强大，在曲沃雄踞一方，养精蓄锐，势力越来越强，就开始考虑夺嫡的事情了。曲沃桓叔及其后辈为这个夺嫡大业展开了漫长的厮杀，一次次杀死新立的晋侯，到了公元前 679 年，曲沃武公终于灭了晋国，带着大量珠宝玉器来到周天子面前，请求他将晋国正式封给自己。

所以这就是一首讨封的诗，如果放在清朝可能更容易理解：我哪里是没袍子，只是想跟你要件黄马褂；我哪里是没帽子，只想跟你要领红顶戴。

同时，因为这时候周王室早已没落，无论财力还是兵力都远不如诸侯强大，根本就没有调停纷争主持正义的能力，所以武公前来贿赂，已经是给了他台阶和面子，同时不无炫耀的意思：我哪是没有七衣之命，这不是从你这要来的更名正言顺吗？但是如果你不肯给的话，我自己也一样能弄到。反正我也把晋国灭了，你同不同意我都是国君！

周釐王还能说什么呢？自然麻溜地封曲沃武公为晋君了。

要不，怎么说周王朝"礼崩乐坏"，"君不君，臣不臣"呢？

晋国人确实能折腾，更擅于自相残杀，从武公篡晋，到六卿执政，再到三家分晋，到底把晋国折腾没了。

又想起《红楼梦》了，探春说得好："可知这样大族人家，若从外头杀来，一时是杀不死的，这是古人曾说的'百足之虫，死而不僵'，必须先从家里自杀自灭起来，才能一败涂地！"

⊙陈风

《宛丘》《月出》：有个美人在跳舞

一

陈风·宛丘

子之汤兮，宛丘之上兮。洵有情兮，而无望兮。

坎其击鼓，宛丘之下。无冬无夏，值其鹭羽。

坎其击缶，宛丘之道。无冬无夏，值其鹭翿。

宛丘，古名陈州，位于河南省周口市淮阳区。如今只算是个小地方，在古时却是大名鼎鼎，被称为"天下第一皇朝祖圣地"。

六千五百年前，"人祖"伏羲氏太昊于此建都，定姓氏、制嫁娶、结网罟、养牺牲、兴庖厨、画八卦，统一四海，肇始了华夏文明，创造了龙的图腾。自此，中华民族始称"龙的传人"。

后来，炎帝神农氏继都于太昊之旧墟，易名为陈。于此尝百草，种五谷，率领先民步入农耕社会。所以，淮阳既是姓氏文化和农耕文化的发源地，又是八卦与龙图腾的诞生地。

夏朝时，禹受命将尧姓封于陈；到商朝，则为虞遂封地；西周时，武王封舜后裔妫满于陈，并将女儿大姬嫁与他。妫满建陈国，筑陈城，乃为周十二大诸侯国之一。陈胡公妫满以国为姓，为陈姓的得姓始祖，同时也是胡、田、姚、孙、袁等大姓的共同先祖，所谓"陈姓遍天下，淮阳是老家"。

公元前481年，陈为楚国所灭。战国末，楚顷襄王迁都于陈，遂为楚都。故而淮阳，又称"陈楚故城"。孔子曾三次来陈，并留下了"陈蔡绝粮"的典故。

且说《陈风》共十首，多次提到了歌舞，表现出巫风盛行的国情，这也是陈与楚最相近的民风本质。作为《陈风》之首的《宛丘》，描写的便是一位巫女的形象。

"子之汤兮，宛丘之上兮。"子就是你，以舞降神为职业的女子，她在宛丘跳舞，无日无夜，无冬无夏。

汤，通"荡"，尽情舞蹈的样子。这舞蹈是有配乐的，"坎其击鼓"，"坎其击缶"。坎其，就是坎坎，形容鼓声连绵，缶声清越。这舞蹈还是有道具的，"值其鹭羽"，就是手持白鹭羽毛做成的道具。值，持或戴。"鹭翿（dào）"，则是用鹭羽制作的伞形道具。

全诗翻译过来就是：那美丽的巫女啊，在宛丘尽情地跳舞，我对你倾心恋慕啊，却不敢存有奢望。那舞姿优美，那鼓声响亮，你手持鹭羽翩跹徜徉，从酷暑到冬霜，不停歇地歌舞在宛丘之上。

这首诗的独特之处在于对巫女舞蹈家形象的刻画，接连三段"宛丘之上兮""宛丘之下""宛丘之道"，再加上"无冬无夏"的两次重复，为我们鲜明地描绘了一个舞神般的形象。

《说文》释义："巫，祝也，女能事无形，以舞降神者也。"

巫就是舞，舞就是巫。在遥远的古代，在原始的林野，人们穿着兽皮与树叶缠裹而成的衣裙，围着火堆手舞足蹈，庆祝狩猎的成功。他们相信，这是对上天最直接的感恩。

最初舞蹈的内涵总是围绕着赞美和祈祷：大旱不雨时，用跳舞来求雨；谷米满仓时，用跳舞来庆收；喜结良缘时，用跳舞表达爱与快乐；痛失爱侣时，用舞蹈来安慰亡灵，或者招魂。

古人相信，巫者具有某种非凡的力量，可以通过歌声与舞姿和天地沟通。而最初的巫者，或者说舞者，多半由女子扮演。男子从巫事者，则被称为"觋"。

《宛丘》中的男子爱上了一位巫女，只觉得她浪漫而神秘，有如"在水一方"的伊人，终朝舞蹈而不可接近。

"洵有情兮，而无望兮"，真是最绝望的告白。

二

《陈风》中最浪漫出色的女子形象，除了《宛丘》的巫女，还有《月出》的美人。

> 月出皎兮，佼人僚兮。舒窈纠兮，劳心悄兮。
> 月出皓兮，佼人懰兮。舒忧受兮，劳心慅兮。
> 月出照兮，佼人燎兮。舒夭绍兮，劳心惨兮。

这首诗开创了中国诗歌月下怀人的传统。

佼（jiǎo），同"姣"，美好；僚，同"嫽"，娇美。

"月出皎兮，佼人僚兮。"诗歌一开篇，即用八个字为我们描绘了一幅极其清雅秀丽的画面，展示了一份极为浪漫温柔的情怀：在那皎洁的月光下，美人姿容卓绝，令我难忘。

哪怕这首诗只有八个字，已然足够。后世李白的"卷帷望月空长叹，美人如花隔云端"，苏东坡的"桂棹兮兰桨，击空明兮溯流光。渺渺兮予怀，望美人兮天一方"，全出于此。

"渺渺兮予怀"，也就是诗中的"舒窈纠兮，劳心悄兮"。

舒，舒徐，舒缓，指从容娴雅。

窈纠，形容女子行走时体态的曲线美。下文的"忧受""夭绍"也都是一样的意思。

劳心，忧心。悄，忧愁状。

你那窈窕娴雅的模样，让我柔肠百转。正如佛偈所云："由爱故生忧，由爱故生怖。若离于爱者，无忧亦无怖。"

三段复沓，表达同样的意思，只是换了几个同义字。

懰（liǔ），体态轻盈的样子。慅（cǎo），忧愁，心神不安。

燎，明丽，姣美。惨，通"懆（cǎo）"，焦躁貌。

男人有了心事，故而睡不着，大半夜地月下徘徊，思念美人，故而一咏三叹，烦躁不安。

有一个问题：这个月下美人是真实的吗？真的是男子在夜晚邂逅了一个姿容清绝的美女从而引发相思，还是因为相思而在月下看到了美女的幻象？

《宛丘》与《月出》都是表现男子"望美人兮天一方"的诗，若是把两首诗联系在一起，倒是格外有趣：男子在白天看了巫女的舞蹈，衷心爱慕，求而不得，于是到了晚上还是思念不已，望月沉吟，满脑子都是那舞姿翩跹，迷离如梦。

月光下，迷雾中，那女子仿佛踏月而来，凌波而歌，如梦如幻，如痴如醉，恰正是："若非群玉山头见，会向瑶台月下逢。"

《株林》：美色杀人的夏姬

一、夏姬在陈国

周史上与破国灭家相关联的女子不少，随随便便就可以举出三五人名，比如灭夏的妹喜、灭商的妲己、烽火戏诸侯的褒姒、吴越春秋的西施，无不被赞一声"红颜祸水"。

今天我们要说的这位夏姬，更是了不得，史称"杀三夫一君一子，亡一国两卿"，其淫乱事迹，竟然被写进了《陈风·株林》，众口相传，不容置辩。这首诗流传度不广，艺术性不高，所以会拎出来讲解，不过是因为它记录了一段史实，代表了《诗经》中确实有"讽"之一派。

> 胡为乎株林？从夏南！匪适株林，从夏南！
> 驾我乘马，说于株野。乘我乘驹，朝食于株！

株，是陈国邑名，在今河南柘城县。林，郊野。
为什么要去株林呢？是去林中游玩野餐吗？
不，是为了去找夏南。

这句自问自答的开篇颇为调侃，这还不算，接着又来了一句先否定后肯定，加以强调。

"匪适株林，从夏南。"这些奔腾的车马，可不是为了去株林的，而是为了去找夏南。

夏南，就是夏姬的儿子夏徵舒，字子南。

夏姬本是郑国公主，约出生于公元前640年，为郑穆公妃少妃姚子所生，美貌非常，因嫁与陈国大夫夏御叔为妻，故称夏姬。

按说一国公主，又美艳无比，许配的应为强国诸侯才对，为什么却只是下嫁给一个小国的邑大夫呢？

原来，这夏姬风流无下线，竟与同父异母的哥哥公子蛮私通，名声很坏。后来公子蛮年纪轻轻地过世，世人都说是纵欲过度、私德有亏而亡，并说夏姬有秘法，擅长采阳补阴，公子蛮就是被她采补而死。

郑国无法与齐国相比，夏姬也无法与文姜相比，一旦名声坏了，亲事也就没那么容易了，于是夏姬被郑穆公远远地打发到了陈国，嫁与邑大夫为妻。

夏姬过门后，不到九个月便生了儿子，这自然让人怀疑子南真正的父亲到底是谁。不过夏御叔虽然怀疑，却因为迷恋夏姬的美貌，也就没有深究。

想想也明白，若非是白璧有瑕，这块美得耀目的美玉又怎么会落在他手上呢？而且夏姬过门后倒也安分守己，陪着夏御叔消消停停地过了十几年踏实日子。谁知夏南十二岁时，正值壮年的夏御叔因病而亡，自然再次被传是死于夏姬的采补之术。

夏姬成了寡妇，带着儿子独居于株邑，漫天风雨也就从此而起了。所谓"寡妇门前是非多"，陈国的狂蜂浪蝶觊觎夏姬的美貌，欺她孤儿寡母，无所依恃，便毫无遮掩地驾着车子往株邑来了。

这便是诗中第一段所言："胡为乎株林？从夏南。"

尽管诗中直露地揭穿他们并非来株林野游，而是冲着夏家去的，却也还是留了最后一层遮羞布，没有直说是找夏姬，而是说找夏南。

来找夏姬的人是谁呢？

乃是陈国大夫孔宁和仪行父。他们各自与夏姬交好，出尽百宝，各不相让。孔宁因为体格不如仪行父魁梧，渐渐失了夏姬欢心，为了争风吃醋，干脆一不做二不休，特地在陈灵公面前盛赞夏姬美貌，夸耀她媚术无双。

陈灵公怀疑夏姬已经年逾三十，徐娘半老，能漂亮到哪里去呢？但是禁不住孔宁撺掇，便跟着他微服出游，来到株邑一探究竟。这下子真如同天雷勾地火，霎时便与夏姬打得火热，隔三岔五便要驾车前往，颠鸾倒凤。甚至，一君二臣，还与夏姬公然搞起了四人车轮大战。这便是第二段所描写的群蝇逐臭之"盛况"了。

"驾我乘马"，就是驾着我的四马大车。

乘（shèng）马，就是四匹马拉的车子。古代以一车四马为一乘。有句话说"君子一言，驷马难追"，驷马也就是一乘，所以又有个词叫作"高车驷马"。

另外，古代君臣所乘之马的规格也是有要求的，国君所乘之马，须高六尺以上；而大夫所乘，则高五尺以上、六尺以下，称为"驹"。

下文说"乘我乘驹"，以"乘我"代替前文"驾我乘马"，也就是陈灵公，而"乘驹"之人，自然就是孔宁与仪行父了。这三人联袂并驾，一大早晨便匆匆地赶往株邑而来，在郊外卸鞍停留。

"说于株野"，说通"税"，意即停车解马。野，就是郊外。

君臣三人来到株野，也就到了目的地，自然要停车下马了。并且，他们不是短暂的休息，而是要来吃早餐的。

竟然是饿着肚子飞奔而来，这株邑的美味该是多么令人垂涎啊。当真是秀色可餐！

二、夏姬的流亡

《株林》与《新台》一样，因为一段佚闻而打上了荒淫的烙印。宣姜的故事流传于卫地，而这首《株林》则属于《陈风》，是陈国的民歌，故而只提了夏姬在陈国的故事。然而，这远远不是夏姬人生的最高峰，只是无边祸事的开端而已。

刘向《列女传》称："夏姬好美，灭国破陈，走二大夫，杀子之身。殆误楚庄，败乱巫臣。子反悔惧，申公族分。"

"灭国破陈"，才是陈国真正的灾难，而除了其肇事者夏姬这个诱因外，真正动手的正是诗中的夏南——夏徵舒。

因为傍上了陈灵公，夏徵舒顺利承袭了父亲夏御叔的司马，执掌兵权。多年来，夏徵舒对于母亲的淫行早已深厌，只是碍于羽翼未丰才不得不强自隐忍。如今自觉兵权在握，实力已足，便设下埋伏，在家设宴款待陈灵公。

酒酣之后，君臣互相调侃，丑态百出，陈灵公甚至拿夏徵舒玩笑，说他究竟更像是谁的儿子。夏徵舒再忍不住，便将母亲夏姬锁于内室，自己从便门溜出，吩咐众军士将府邸团团围住，然后亲自带着心腹家丁从大门杀了进来。陈灵公等人连忙向夏姬求救，这才发现门已上锁，只得奔向后园。夏徵舒紧追不舍，一箭射中陈灵公胸口，成功弑君。孔宁和仪行父却狡猾得多，并不乱奔大路，而是从狗洞里钻出，没敢回家，直接逃往邻近的楚国去了。

夏徵舒次日上朝，声称"陈灵公酒后猝逝"，提议立太子午为新君。由于灵公无道，陈国人对他本来就没什么好感，加之夏徵舒手握兵权，因而弑君易主这件事竟然顺利过渡，并没遇到什么麻烦。但是邻国楚庄王却不干了，自觉应当替天行道，讨伐夏南。

这也不算错，天下一家，大路不平众人踩，春秋诸王没人觉得别国的事不关自己的事。比如陈成子弑简公，孔子便曾沐浴而朝，向哀公乞求："陈恒弑其君，请讨之。"只是鲁哀公没那实力和底气，不加理会，孔子只好徒呼奈何了。楚庄王却不同，他是有大实力的春秋霸主，收拾个陈国大夫还算事吗？当即发兵陈国，捕获夏徵舒并施以"车裂"之刑。

车裂，就是把人的头和四肢分别绑在五辆车上，套上马匹，分别向不同的方向拉，紧一下松一下，活活把人的身体拉扯得四分五裂，又称为"五马分尸"，死状那是相当惨烈。

按说夏徵舒是夏姬唯一的儿子，眼见独子受此酷刑，做母亲的必觉生不如死才是。然而夏姬被带到楚庄王面前时，却依然婉转妖媚，对答自如。

楚庄王一见倾心，当即便要纳夏姬为妃。楚国大夫巫臣忙上前力谏，说夏姬不祥，凡是亲近她的人都会受诅咒而亡。陈国已经因她而亡，难道楚国也要步此后尘吗？

巫臣为楚国贵族，姓芈，屈氏，字子灵，是屈原的老祖宗。楚国巫风盛行，巫臣犹擅此道，因而深得楚庄王信任。他利用占卜预言术来劝谏庄王，表面是忠心，其实是私心——他自己也看上了夏姬的美色，当然不愿让庄王占有，于是苦苦劝说："您召令军将去讨伐陈国之罪，本是替天行道。如今若纳夏姬，正义之行就变成了贪图美色的私欲，以后您的话还有谁会听从？如何称霸？"

楚庄王在美人和霸主之间徘徊了一下，后果断放弃了美色，但也不甘心让别人享用，便将夏姬赐给了老得几乎不能动的楚国贵族连尹襄老。果然美人恩难以消受，第二年连尹襄老就过世了。而夏姬，则落到了继子黑要的掌中，来了个"父死子继"。

巫臣无奈，遂再生一计，向楚王提议送夏姬回郑国。待拆散了夏姬与黑要后，自己便趁着出使齐国的机会，绕道郑国，竟然把带给齐国的国礼当成聘礼，求娶夏姬。他知道楚国不会放过自己，小小的郑国也不敢收留自己，便带着夏姬私奔，径自去了堪与楚国争胜的晋国。晋国得到了名动天下的能士巫臣，大喜过望，遂将他封为邢大夫，赏赐采邑。

这可把楚王气坏了，终于看清了当年巫臣劝阻自己纳夏姬的真意，一怒之下，派兵抄没了巫臣的家族，株连者众。

而夏姬从郑国嫁到陈国，再从楚国来到晋国，直接间接害死的人已经数都数不清了，单是卿大夫以上的贵族已经包括：庶兄公子蛮、首任丈夫夏御叔、陈灵公、儿子夏南、第二任丈夫连尹襄老，以及那些可能连见都没见过她的巫臣家族。

这还不算完，因为夏姬，巫臣与楚王结下了死仇，当真是不共戴天，于是使尽浑身解数，建议晋国"联吴疲楚"，并亲自到吴国去教吴国人驾驶战车，这成为楚国衰落、吴国崛起的序幕。

夏姬轰轰烈烈地美了四十多年，后半生倒是无声无息，一直与巫臣过着一夫一妻的生活，还生了个女儿。这个女儿也是天然殊色，虽然因为母亲的名声而婚事受阻，但最终嫁给了著名的晋国贤臣羊舌肸（xī），姬姓，字叔向，因为人正直而被孔子称赞为"古之遗直"。

据说叔向的母亲坚决不同意这门亲事，只是因为晋平公插手才被迫妥协。叔向的第一个儿子伯石出生时，叔向的母亲去探望，远远听到婴儿哭声，便叹息说："哭得这么难听，简直是豺狼之声啊！将来毁掉我们羊舌氏的必是此子。"语毕，掉头便走。后来伯石长大，果然获罪，不但自己被杀，还连累了羊舌氏被灭族。"娶夏姬者不祥"这句诅咒，便就此流传了下来。

夏姬的故事，波谲云诡，大起大落，远比希腊神话中美女海伦的故事来得惊心。只是，在希腊史诗中，尽管因为海伦而起的特洛伊战争旷日持久，不知多少将士浴血奋战，多少家庭支离破碎，但当海伦被斯巴达士兵抢回去，面对着因为自己而制造的巨大战争废墟，既无恐惧也无愧疚，就只是淡然一笑，已令千军倾倒。筋疲力尽的士兵们举矛高呼：就算为了她再打十年，也值得！

相比之下，我国的美女就太悲催了，没有妹喜、妲己，夏桀、商纣也会多行不义必自毙；没有杨贵妃，安禄山也注定会造反；没有陈圆圆，吴三桂照样不忠，可是人们却偏偏把罪名强加在女子身上，让她们承受了千古骂名。而且，比之于《株林》的讥谑，后世儒家对于红颜们的仇恨越来越烈，口诛笔伐，深恶痛疾，再不留半分情面。

如此说来，国风还真是相当厚道，确称得上"温柔敦厚"。

《隰有苌楚》：该哭还是该笑

春秋时期，吴国公子季札访鲁，鲁国君命乐工为他演奏十五国风。听到《周南》《召南》，吴公子赞曰："美哉！始基之矣！"意思是美好啊，国家的教化由此而始。之后每演奏一种曲风，季札便评价一番，听到《邶风》时便不再讨论了，只叹了一句："自邶以下无讥焉。"意思是《邶风》之后，各国的乐曲已经不足挂齿。从此就有了一个成语叫作"自邶以下"，或是"自邶无讥"，比喻越来越差，不值一谈。

这说法并不绝对，因为《邶风》有《隰有苌楚》，《曹风》中有《蜉蝣》绝唱，十五国风居末的《豳风》里还有《七月》这样的鸿篇巨制，在诗坛上是绝对亮眼的存在，又怎能说不值一提呢。当然，季公子评价的不是文字而是音乐，我们今天已经无法听到，难以做出准确评价。

因为音乐对于文字的修饰作用实在是太强大了。

导演界有一句很牛的宣言：我哪怕一个字不改，也能把一部作品的意义诠释得截然不同。这便是艺术形式对于文本的制约功能，翻手为云，覆手为雨，随时都可以黑白颠倒，指鹿为马。

《诗经》中这样的情况实在很多，"鹊巢鸠占"是一个例子，

"式微式微，胡不归"是一个例子，而读了《隰有苌楚》，就更能理解这种天差地远的神操作了。

> 隰有苌楚，猗傩其枝。夭之沃沃，乐子之无知。
> 隰有苌楚，猗傩其华。夭之沃沃。乐子之无家。
> 隰有苌楚，猗傩其实。夭之沃沃。乐子之无室。

隰（xí），低湿的地方。

苌（cháng）楚，一种蔓生植物，今称阳桃，又叫猕猴桃。

猗傩（ēnuó），就是"婀娜"，《小雅·隰桑》中又作"阿难"，如"隰桑有阿，其叶有难"，形容枝叶茂盛柔美的样子。

沃沃，形容叶子润泽的样子。

这段话翻译过来就是：阳桃长在湿地上，枝叶沃若，繁茂招摇，真让人羡慕啊，你是那样的无知无欲、无忧无虑。

"夭之沃沃"的"夭"，同"桃之夭夭"的"夭"是一样的，都是形容植物的花叶繁茂，招摇炫目的样子。

并且苌楚的二、三段，也和《桃夭》三唱一样，从枝叶讲到了开花结果，并落实在"家室"的概念上。《左传·桓公十八年》云："女有家，男有室。"家室，就是家庭，婚配。

所以二、三段是说，阳桃开花啊，阳桃结果啊，都是这么繁美丰润，夭夭沃沃，真羡慕它们啊，没有家室的拖累。

那这到底是在什么情况下唱的一首歌呢？说法大相径庭。

第一种理解是和《桃夭》一样，属于民间小调。既然邶地后来被郑国所灭，成了郑国的一部分，那么习染了郑国风俗就很正常了。而郑国男女在情感上是很开放的，在特定节日里，甚至可以公然私奔野合，且为法律所保护。

所以这首诗描写的也是这样的一个"撩汉"场景：河边柳下，女子看到了心仪的男人，大胆走过去抛个媚眼，然后便娇滴滴缠着人家问结婚了没，有未婚妻了没，没有呀，那可太好了。

如此，这歌的大意就是：看那美丽的阳桃树啊，长在湿水洼，听说你是单身啊，我心里乐开了花。

所以，这歌咏的乃是《诗经》常见主题：邂逅！

但是还有另一种截然不同的译注，认为这是邻地亡国前的哀歌。那意思可就全变了，讲述的完全是另一个主题，另一个故事。

邻，在今河南郑州、新郑、荥阳、密县一带。武王灭商后，封祝融后代于邻，建立邻国，周平王二年（前769年）被郑武公所灭，其地为郑国所有。

由此可见，《邻风》的产生时期，只能是西周或春秋初期。而这首《隰有长楚》，就很可能产生于邻国亡国之前，表现的乃是国破家亡之际，邻地人民流离失所之苦。

阳桃好端端地生长在湿地上，每一根枝子、每一片叶子都是那么舒展自在，婀娜柔美，无比张扬地舞动于春风之中，真是让人羡慕啊。羡慕你无家无室，有片湿地就可以生存，无知无欲，不会有亡国的苦楚和失家的忧虑。

正是"国破山河在，城春草木深"，然而人非草木，岂能无伤？草木越是丰茂，桃花越是招摇，人心就越是悲凉，歌声也越发凄婉。

诗里的字一个都不用改，只是换了曲调，便是全然不同的心境了。天若有情天亦老，字如无主字难传。

⊙曹风

《蜉蝣》：用生命去跳舞

一、朝生暮死的灵魂拷问

蜉蝣，大概是世界上最渺小的昆虫了。可是它偏偏会飞，这就又有着凌人的优越感，难怪特别容易引发诗人的感慨。

蜉蝣和蚊子一样，幼虫生活在水里，成虫在水面飞行。身体纤细，尾端薄长，但它的生命却极其坚忍而强悍，理想更是远大。尽管沉浮在死寂的污水里，渺小到几乎肉眼不可见，它却渴望天空。

蜉游经过完整的卵生、稚虫、蜕皮和成虫四个阶段，它的幼虫有些可以活到两三年，一直等待蜕皮飞起的那一天。

当蜉蝣终于飞起来时它，展开薄而透明的翅膀，翩翩起舞于水面，居高临下，指点丹青，仿佛整个世界都任它遨游。

可是它的寿命极短，只有几个小时，最多几天。坠落之际，那曾经的飞舞，仿佛只是一场梦，仿佛它仍然淹塞在水中，蜷缩着幼小的身子等待破茧，却再也没有飞起的一天——它真的飞起来过吗？

有的人说，烟花只开一瞬，却已照亮天空，生命的绚丽莫过于此；也有人说，生死只是刹那，终究化为泡影，又何必执着真假有无？但我们来了这世上一遭，总要留下脚印，发出声音，无论蜉蝣还是鸿雁，鲲鹏抑或大椿，都有过属于自己的印迹。

春秋时期的曹国，便也是这样的一种印迹。

西周初年，周文王嫡六子曹叔振铎封于曹，建都陶丘（今山东省菏泽市定陶区），位于春秋战国时期的"天下之中"，公元前487年灭于宋，其后裔以国名为姓氏，曹叔振铎即为曹姓始祖。

《曹风》的产生时代较晚，因为身处这样风雨飘摇的一个时代与国度中，曲风自是悲凉，充满虚幻之感。

《曹风》现存四首，其中《蜉蝣》是一首非常特别的存在，它借物抒怀，通过朝生暮死的蜉蝣感慨生命的脆弱，愈美丽愈感伤：

> 蜉蝣之羽，衣裳楚楚。心之忧矣，于我归处。
> 蜉蝣之翼，采采衣服。心之忧矣，于我归息。
> 蜉蝣掘阅，麻衣如雪。心之忧矣，于我归说。

这里并没有从蜉蝣的幼虫说起，而直接写到了已经展翅飞舞的成虫。蜉蝣之羽，薄而有光泽，故曰"衣裳楚楚"。

楚楚，鲜明整洁的样子。下段"采采"也是一样的意思。一说这是用蜉蝣之羽形容自身，衣冠楚楚、明采照人的乃是诗人自己。

我们只当人与虫都一般楚楚动人好了。总之下一句肯定是写人的，而且是人的心境：我的心如此忧伤，不知该归向何处？

于，亦常写作"於"，当"乌"讲。"我"亦写作"何"，哪里。归处，死后的归依之处。古代谓死人亦作归人。后文"于我归息""于我归说"也是同样意思。

说，这里读 shuì，与"息"同意，都作止息、居住讲。

生命虚弱如蛛丝，可能风一吹就断了。我眼望蜉蝣，满怀忧伤，到哪里寻找我人生的归宿？

蜉蝣掘阅（xué），阅通"穴"，掘阅，就是挖穴而出。

这诗中的蜉蝣正处于幼虫刚刚蜕变脱壳，慢慢振翅飞起的成虫初期，是蜉蝣一生中最振奋、最喜悦的高光时刻，它们喜欢在日落时分成群结队地飞舞，那细小的翅膀连成一片，居然也颇有气势，纷纷点点，如雪如霰，直至洒落。

若你也曾在暮色中静静观察蜉蝣飞舞，必然会感受到那种幽凉凄艳的美。无论蜉蝣舞动得有多么用力，也不会发出半点儿声音。最关键的是，蜉蝣飞舞的几日里，是不饮不食的。

《淮南子》说："蚕食而不饮，二十二日而化；蝉饮而不食，三十日而蜕；蜉蝣不食不饮，三日而死。"

生命是那么难得，时间是那么有限，蜉蝣将所有积蓄的生命力量拼作一舞的一刻，也就在面临死亡的威胁了。在死亡阴影的迫临下，短暂生命的华美表演，种种作态宛如一个黑色幽默，喧笑中掩藏的是最沉重的无奈与哀伤。这楚楚衣冠，不过是皇帝的新装，这无比珍爱的躯体终将灰飞烟灭，到那时，我在哪里，你又在哪里？

这是一个哲学问题，最著名的生命三诘问：我是谁？我从哪里来？又将往哪里去？

从来没有答案。

二、麻衣如雪与电火花

这首诗一唱三叹，重复表达茫然无所依的状态。面对瞬息万变的人事沧桑，无所适从，不知所之，只觉人在天地之间，亦如蜉蝣般飘忽不定，瞬息生死。惊喜的是，在第三段中，它为我们献上了一个非常漂亮的成语"麻衣如雪"，这是一种樱花般伤感的美。

关于麻衣，有一种解释是中国古代贵族的日常服装，用白麻皮缝制。这让我想起了"布衣""褐衣""白衣"——中国真是一个喜欢用衣裳来定义身份的国度。

科举制兴于隋，盛于唐。唐时考生在中举及第后并不能马上选官，还要经过吏部铨选，叫作"关试"。关试及格之前，考生们要穿褐色粗布衣服，铨选得官后才能脱去褐衣换上官服，所以吏部铨选又叫"释褐试"。

中唐欧阳詹，朝中无人，又运气不好，总也过不了关试，及第后足等了六年才得以分配工作，遂发出"犹著褐衣何足羡"的感叹。

而唐末诗人罗隐因为落第，连释褐的机会都没有，青楼买醉又遇到了十年前的旧相好云英，那妓子也不会说话，一见面便拍手大笑起来："罗秀才犹未脱白矣。"意思是还没脱下白衣，仍是一介白丁，真是哪儿疼往哪儿戳。罗隐又愧又怒，半是反击，半是自嘲，当下题了一首《赠妓云英》："钟陵醉别十余春，重见云英掌上身。我未成名君未嫁，可能俱是不如人。"

但在《曹风·蜉蝣》里，如雪的不只是某一只蜉蝣的薄翅，而是它们的集体。它们成群结队地飞舞在空中，身体柔软而透明，舞动着两条长长的尾须，像是飘浮在空气里，纤巧而动人。它们不饮不食，成虫后的唯一使命就是在空中完成交配，极尽楚楚地献完那一支生命之舞后便耗尽气息坠落地面，有时甚至能积成厚厚的一层，犹如下雪。

这一切，是值得的吗？

夕阳西下前的最后一抹余晖、深秋清霜中的枫叶如火、烟花绽放时的夜空、一生一次的盛大演出后人去楼空的剧场，还有那在月光下努力伸展了枝枝叶叶美得如梦如幻的昙花，都是这样凄艳的存在，拼尽生命博得刹那芳华，却终将面临消亡。

困惑吗？迷茫吗？不甘吗？

生命深处最根本的呐喊，最原始的罪孽，最无奈的忧伤，从来都没有答案。

便如日本作家芥川龙之介遗作《傻子的一生》中那段关于蓝火花的描写："他已被雨水打湿了，在柏油路面上向前走去。雨更加猛烈了……在他眼前出现了一根电线杆，上面正闪动着紫色的火花。他突然被感动了……他在雨中行走着，却再一次回头望向身后的电线杆。电火花还在绽放。此时的他已看破人生，毫无所求。但是，正是这紫色的火花，这在空中无根而又凄美的火花却令他感到：即使以他的生命来换取一次触摸它的机会，他也在所不惜。"

"傻子"最终选择了自杀。

芥川龙之介也死于自杀。也许他终于握住了那空中的电火花。

他且留下遗书说："我何时断然自杀呢？大自然在我眼里，比寻常更加美丽。既热爱自然之美，又一心想着自杀，你一定会嘲笑我的矛盾吧？不过，自然之美只会映照在我的临终的眼里。"

芥川死于 1927 年，终年三十五岁。他用生命为世间制造了一个词："临终的眼。"

日本人似乎特别迷恋死亡的美，他们之所以为樱花疯狂，也是因为它美得热烈而短暂。

在日式审美中，死亡是一种艺术，尤其在正当年的时候选择自杀死亡，更是樱花般的绝美。

樱花也是如雪的，一如蜉蝣成群当空舞。而在蜉蝣那"临终的眼"中，舞伴的瞬间芳华，何尝不是刹那间照亮夜空的电火花？

三、假如还有三天

关于生命短促、世事无常的主题，在《诗经》中并不多见，但在后世却成为诗坛中非常突出的一支，尤其在魏晋诗咏中，感怀成了最重要的组成篇章。

比如阮籍《咏怀·其七十一》所写："木槿荣丘墓，煌煌有光色。白日颓林中，翩翩零路侧。蟋蟀吟户牖，蟪蛄鸣荆棘。蜉蝣玩三朝，采采修羽翼。衣裳为谁施，俯仰自收拭。生命几何时，慷慨各努力。"

这诗里不仅有蜉蝣，还有木槿、蟋蟀、蟪蛄，都是非常短暂的生命。然而阮籍倒不是在感慨生死无常，而是说生命苦短，更须珍惜，我辈更应当努力过好每一天，真是满满的正能量。

还有一位傅咸，则更加干脆，直接写了篇《蜉蝣赋》，高调赞美："有生之薄，是曰蜉蝣。育微微之陋质，羌采采而自修。不识晦朔，无意春秋。取足一日，尚又何求？戏渟淹而委徐，何必江湖之是求？"

大意是说，蜉蝣这种生物虽然卑微鄙贱，却懂得自爱，打扮得楚楚采采的。它来不及见识春秋晦朔，就只能活在属于自己的那一天，别无所求。

这可真是知足常乐啊。我也可以学习这种精神啊，在自己的小水坑里自由戏耍就足够快活了，何必寻那大江大海泛舟遨游呢？

这显然是同时化用了庄子的名句"朝菌不知晦朔，蟪蛄不知春秋"，并同时吸收了庄子的精神，"宁游戏污渎之中自快，无为有国者所羁"。

生命虽短暂，精神求自由，诚如苏轼所云："寄蜉蝣于天地，渺沧海之一粟。哀吾生之须臾，羡长江之无穷。"

沧海桑田，不过泡影，如露如电。也许生命的终极追求从来都不拘于长短，而在于燃烧。

有段时间人们经常讨论一个话题：倘若生命只剩下最后三天，你想做什么？

答案千差万别，不过是及时行乐；而蜉蝣却会用整个生命来回答你：跳舞！

《七月》：一部简约的陕西农民历

一

豳风·七月

七月流火，九月授衣。一之日觱发，二之日栗烈。无衣无褐，何以卒岁。三之日于耜，四之日举趾。同我妇子，馌彼南亩，田畯至喜。

七月流火，九月授衣。春日载阳，有鸣仓庚。女执懿筐，遵彼微行，爰求柔桑。春日迟迟，采蘩祁祁。女心伤悲，殆及公子同归。

七月流火，八月萑苇。蚕月条桑，取彼斧斨，以伐远扬，猗彼女桑。七月鸣鵙，八月载绩。载玄载黄，我朱孔阳，为公子裳。

四月秀葽，五月鸣蜩。八月其获，十月陨萚。一之日于貉，取彼狐狸，为公子裘。二之日其同，载缵武功，言私其豵，献豣于公。

五月斯螽动股，六月莎鸡振羽，七月在野，八月在宇，九月在户，十月蟋蟀入我床下。穹窒熏鼠，塞向墐户。嗟我妇子，日为改岁，入此室处。

六月食郁及薁，七月亨葵及菽，八月剥枣，十月获稻，为此春酒，以介眉寿。七月食瓜，八月断壶，九月叔苴，采茶薪樗，食我农夫。

九月筑场圃，十月纳禾稼。黍稷重穋，禾麻菽麦。嗟我农夫，我稼既同，上入执宫功。昼尔于茅，宵尔索绹。亟其乘屋，其始播百谷。

二之日凿冰冲冲，三之日纳于凌阴。四之日其蚤，献羔祭韭。九月肃霜，十月涤场。朋酒斯飨，曰杀羔羊。跻彼公堂，称彼兕觥，万寿无疆。

《豳风·七月》是《国风》中最长的一首诗，也是最出色的农事诗，是一部诗歌形式的陕西农民历。

全诗讲述了周代先民一年四季的耕种作息，让人想起从前每年新春之前，满街叫卖的小红本农历，而这首最长的风诗，则是最简短的历书。整首诗说的都是人与天地的相依相容，如何观察天时，又如何勤耕地力。所以，这是一首"人与自然"之诗。

同时，这些人不是远古的自然人，而是西周初期的"国人"，生活在城邑内外，接受诸侯、公子、田官的层层管理或盘剥，要交税，还要服各种劳役，但也会参加族中的聚会，冬闲时要一起组团进山打猎。所以，这又是一首"人与社会"之诗。

这个"社会"在豳，位于今天陕西旬邑、彬县一带，是我先生的老家，所以我对这块土地的感觉非常亲切。每次开车回乡，我们会经过一个小广场，广场上竖立着一座巨大的雕像，正是豳地始祖公刘的塑像。

《汉书·地理志》云:"昔后稷封斄(tái),公刘处豳,太王徙岐,文王作酆,武王治镐,其民有先王遗风,好稼穑,务本业,故豳诗言农桑衣食之本甚备。"

这说的是西周初期的发展简史。周人以后稷为祖先,相传其母姜嫄因为踩到巨人的脚印,而于稷山生下一子,本打算弃于山中,后起名曰"弃"。

后稷天赋异禀,有相地之宜,擅稼穑,不但养活了自己,还教会别人耕种。商汤之时,天下大旱七年,民不聊生,后稷"始降百谷,烝民乃粒,万邦作乂"(《竹书纪年》),于是尧帝提拔他主管农业,舜帝将他封于邰地,也就是"斄",在今天陕西武功县南,成为司农之神。也就是说,中国发展成为一个农业大国,后稷起了决定性作用。

后稷的子孙也都承续着农业之职,但因为夏朝太康不重农事,废弃农官,遂逃奔到戎狄部族地区,但仍致力于耕种。公刘这一代,在到处察看土地性能后,看到长武县三水相拥,风水极好,便在此落脚创建豳国部落,渐渐带领民众过上了好日子,而大周朝的兴起也在此发芽。

《大雅·公刘》,对于周族历史上最重要的这次民族大迁徙做出了较为详细的记录,为历史考证提供了有力的论据。

之后,公刘一代又历经九世传位古公亶父,因为受到戎、狄等西北地区游牧部落的侵扰,亶父再次率领族人迁徙至陕西周原,于岐山下渭河流域定居下来,并被商王册封为西伯,始称周族,以姬为姓,国力迅速壮大。

也就是说,周文化真正的起源地应该是岐山,而更古老的"豳"邑文化,也就相当于"史前文化"了,因此我常开玩笑说我先生就是史前文明的活化石。

因为中国有文字记载的典籍多自西周开始，《诗经》收录的也是从西周初年到春秋中叶五百年间的诗，而豳文明早在商朝时便已没落，亶父弃而迁周原。这样算下来，"豳"可不就成了"史前文明"了吗？但同时，这文明的保存也就显得格外重要！

比如迄今留存的陕西特殊建筑窑洞，就是出于公刘的创造，《诗经》中称之为"陶复陶穴"，冬暖夏凉，风格独具。

从前，陕西的窑洞遍布山谷原野，而且依势就利，各具形态，宛如一座窑洞建筑博物馆。如果保留下来，会是很好的展区。早些年我下乡时，还曾经住过窑洞，睡在洞穴中，听着风吹土墙的声音，仿佛听到来自远古的祖先呼吸，每每感叹于这种独特的居住方式和文化内涵。现在却是再也看不到了，真是很可惜的。

由于公刘时代的周朝先民还是典型的农业部落，所以有诗家认为这首《七月》应成诗于"太王徙岐"以前，"公刘处豳"时期的豳之旧诗；也有人认为是周公所作，述祖以诫成王，起到忆苦思甜的作用。

但清人方玉润在《诗经原始》中说："《豳》仅《七月》一篇所言皆农桑稼穑之事，非躬亲陇亩久于其道者，不能言之亲切有味也如是。周公生长世胄，位居冢宰，岂暇为此？且公刘世远，亦难代言。"

综合不同时代的专家意见，今天的学者则多认为这首《七月》为集腋成裘之作，有上古歌谣的成分，也有流传加工的过程，具体成诗年代不详。

《七月》主要反映的是豳人部落一年四季的劳作，涉及衣食住行各个方面，堪称农耕时代的民间风俗画，凡春耕、秋收、冬藏、采桑、染绩、缝衣、狩猎、建房、酿酒、劳役、宴飨，无所不写，无体不备。

诚如姚际恒《诗经通论》所说："鸟语虫鸣，革荣木实，似《月令》；妇子入室，茅绹升屋，似《风俗书》；流火寒风，似《五行志》；养老慈幼，跻堂称觥，似庠序礼；田官染职，狩猎藏冰，祭献执宫，似国家典制书。其中又有似采桑图、田家乐图、食谱、谷谱、酒经：一诗之中，无不具备，洵天下之至文也！"姚氏还指出："晋唐后陶、谢、王、孟、韦、柳田家诸诗，从未臻此境界。"

如此高的评价，却并不会让人觉得溢美。下面，我们来逐段分析一下原诗。

二

　　　　七月流火，九月授衣。一之日觱发，二之日栗烈。无
　　衣无褐，何以卒岁。三之日于耜，四之日举趾。同我妇
　　子，馌彼南亩，田畯至喜。

所谓秋收冬藏，这首描写农民四季农耕生活的诗，不从春耕播种说起，却从由夏入秋、天气转凉、准备冬衣说起，正有一种积谷防饥、居安思危的古老智慧和温厚德行。

还有一种可能，就是"七月流火，九月授衣"这两句是本诗中最早的句子，甚至可能上溯公刘时期，所以不管怎样补充修改，也要把这两句放在最前面，而且多次重复，因为这就是核心。

"七月流火"是说，七月时说大火星不再居于正南方，而开始偏西移动，这意味着暑夏即将过去，天气就要转凉了。"流"是逐

渐下沉的意思，更有种时不我待的催促感、逼迫感。

大火星，可不是太阳系八大行星的火星，而是中国古代二十八星宿的心宿二。相传殷人的祖先阏伯担任火正的官职，发现了大火星运行的道理，由此制定"殷历"，通过观测大火星的天象变化，预卜吉凶祸福，定农时、分季节，告诉人们什么时候播种，什么时候收割。

《左传·襄公九年》载："陶唐氏之火正阏伯居商丘，祀大火，而火纪时焉……商人阅其祸败之衅，必始于火，是以日知其有天道也。"

由于阏伯居于商丘（今河南商丘），所以人们又称这颗为阏伯发现的大火星为"商星"，而阏伯被后人奉为火神。

不过，诗中的"七月流火"，说的却不是殷历（商历），而是夏历，相当于今天的农历，又称阴历。

中国旧历分一年为春夏秋冬四时，每一时又分孟仲季三个月，依周天十二辰的次序制定历法。这是为了合乎春种秋收的自然规律，不违农时。迄今为止，我国民间仍是公历与夏历同时使用，年轻人习惯使用公历，也就是公元某年某月某日；而老人则喜欢用农历，也就是夏历。想到远隔四千年历史，我们今天还在沿用着祖宗的历制，这很让人感动。

夏历七月，约等于阳历的八九月份，正是炎夏时分，但已经开始转凉了。人们常将这句话理解成七月炎热，仿佛天上流动大火球，这是大相径庭的误解。只不过，七月虽然由热转凉，却也往往正是热的极致罢了。

但是到了九月，也就是公历的十或十一月，进入深秋，就再也不能袖手乘凉了，必须为过冬做准备了。这时节妇女"桑麻之事已毕"，正是制衣的时候。不然到了冬天，农民没有衣服穿，可怎么过冬呢？

"授衣"是个很古老的词，单纯理解成妇女缝制寒衣实在有点儿简薄。授是给，颁发。

为什么不是女人给丈夫缝制寒衣，而是发衣裳呢？

因为古老部落是一种朴素的集体主义生活，以宗族为单位，大家要互帮互助，分工合作。不管农具也好、耕牛也好、织布机也好，并不是每家都具备的，而是公用或合伙使用的，这就要族长把族人组织起来，男人集体耕耘渔猎，女人一起织布裁衣，到了节令时由族长统一发放粮食和衣服。当然，不会是绝对的平均分配，吃大锅饭，而是根据各自身份出力，分别献衣或赐衣，但是鳏寡孤独、老弱病残之家，也不能让人饿死冻死不是？即使没有了生产力，族人也会发予衣食，这就叫作"授衣"。

"一之日"，指的是十月以后第一个月的日子，也就是十一月。夏历的十一月，也就是周历的一月，故称"一之日"。

中国的纪历法相传早自颛顼始，叫作颛顼历，如今早已消失了，之后历时千年，华夏大地上又依次出现夏历、商历和周历。这首诗显然是夏历和周历混用的，这也侧面证明了这首诗是经过了漫长时期的修改丰富而定稿的。

《论语·卫灵公》中，颜渊问治国之道，孔子说："行夏之时，乘殷之辂，服周之冕，乐则韶舞。"

意思就是在历法上要采用夏时，乘车依照殷商标准，冕旒推行周人服制，音乐则以韶乐、武乐为正统。

或许正是因为孔子的推广，夏历才在西周创建后依然成为民间使用的主要历法，而周历也传承了下来。就在二三十年前，有些旬邑县的老辈还会使用周历,现在我已经找不到这样的人了。真不知道,再过几十年,会不会连夏历也消失了。

希望不要。

"一之日觱发,二之日栗烈"说的是冬日的严寒,有声有色,质感极强。

觱发(bìbō),即"觱篥",刮风时触及物体的声音,相当于噼里啪啦。狂风呼啸中,门窗草木都会一齐作响,让人越听越冷。

"栗烈",即"凛冽"。十二月最是寒冷的极致。

这两句连写下来,非常有画面感、真实感,让人简直要抱起胳膊,遍体生寒。于是组成了一个成语,叫作"栗烈觱发",比喻天气非常寒冷。

于是问题来了:"无衣无褐,何以卒岁?"简直是灵魂发问啊。

褐,粗布衣裳。卒岁,终岁。

十一月大风刮起来了,十二月正是凛寒彻骨,农夫们连粗布衣衫也没一件,怎么能度过年关?

这很像一场大活动前的动员报告,是大家长对着成员们的殷殷训话,苦口婆心,从不事耕作的可怕后果和悲惨境遇说起,警诫人们一年之计在于春,若不想冬天无衣无食,就要在春夏早做准备。今年已经过去,明年更须努力。

于是接下来,进入新春伊始了:"三之日于耜,四之日举趾。"

三之日,是十月后的第三个月,也就是正月。

于,相当于"为"。耜(sì),是耕田起土的农具。"于耜"就是擦拭修理耒耜,准备下田。举趾,举起脚趾,就是下田。

正月开始准备农具,二月正式下田播种,新的一年开始了。接下来便是干农活儿的情形了。

"同我妇子"，和我的妻子和小孩一起。

馌（yè），馈送食物。南亩，南北向的田地，这是耕种之初，南面向阳的田地日照充裕，所以会率先耕种。

"馌彼南亩"，就是到田里送饭。也可以是一家人在春耕时搬到田间临时棚屋，在地头生火造饭，天冷时才搬回自己家居住。所以下文第五章中说："嗟我妇子，曰为改岁，入此室处。"

田畯（jùn），农官名，又称农正或田大夫。

春耕忙时，家中男劳力会带上老婆孩子一起搬到田间暂住，自己下田，孩子做些零活儿，老婆则在田头生火造饭。田官看了也很高兴，面露喜色，连连夸赞。

田官来到地头，不只是为了监督农耕，也是为了开春总动员，行"藉田"之礼，有时候还要亲自扶犁下田，鞭牛挂红，表示与民同耕。这是件大事，也是喜事，故曰"田畯至喜"。

《礼记·月令》云："王命布农事，命田舍东郊，皆修封疆，审端经术。善相丘陵阪险原隰土地所宜，五谷所殖，以教道民，必躬亲之。田事既饬，先定准直，农乃不惑。"

意思是天子命令田官住在东郊，监督农夫整治阡陌田垄，认真地考察丘陵、坡地、湿地等各种土质所适宜种植的作物，什么谷物应种植在什么地方，怎样耕种才会有最好的收成，田官要亲自示范，将这些教导给农民。只有田官整饬妥当，指示明确，农民才没有疑惑。

古代从天子、诸侯、卿大夫乃至地方官员，层层官员都非常重视春耕的劝农之礼，比如陶渊明任太守时就曾写过《劝农》诗："悠悠上古，厥初生民，傲然自足，抱朴含真。智巧既萌，资待靡因。谁其赡之，实赖哲人。哲人伊何，时为后稷。赡之伊何，实曰播殖。舜既躬耕，禹亦稼穑。远若周典，八政始食。"

陶渊明身为县令，也要行劝农之礼，所以写下了这首口号歌，从"哲人伊何，时为后稷"讲起，一路说到"舜既躬耕，禹亦稼穑"，鼓励人们"傲然自足，抱朴含真"。虽是老调重弹，却是古往今来最好的劝农诗。

到了宋朝，苏东坡流放海南时，将这种中原雅文化也带给了黎族同胞。《减字木兰花》："春牛春杖，无限风光来海上。便丐春工，染得桃红似肉红。　春幡春胜，一阵春风吹酒醒。不似天涯，卷起杨花似雪花。"

苏东坡对海南风俗的改进实在称得上是功垂千古。"东坡处处筑苏堤"，苏东坡之前在杭州、颍州、惠州，都曾疏浚湖水，修筑堤坝。来到海南之后，他仍然号召兴修水利，修桥铺路，在岛上到处留下工程足迹。

他曾苦口婆心地劝说黎族同胞改变单纯靠狩猎来取食的生活习惯，让他们重视农耕，并亲自教导民众开荒种植，发展水稻生产。由于这是中原之礼移风易俗，故称"无限风光来海上"。可以说，没有苏东坡，就没有海南的今天。

这也是《诗经》或者说中国古典文化最让我感动的地方，阅读之时，可以纵横五千年，从后稷、尧、舜、禹一直讲到陶渊明、苏东坡，直到今天，我们的文化，从来没有断过。

轻轻吟起一首《七月》，便可以任意穿越，直溯上古，每至此时，我都不能不为自己生于华夏而庆幸、而自豪！

炎黄子孙，何莫学夫诗？

三

> 七月流火，九月授衣。春日载阳，有鸣仓庚。女执懿
> 筐，遵彼微行，爰求柔桑。春日迟迟，采蘩祁祁。女心伤
> 悲，殆及公子同归。

《七月》第一段，从夏末写到深秋，再从岁寒写到春耕，衣食为经，月令为纬，寥寥数笔已经以粗线条勾勒了一个框架，奠定了全诗的基调，将古时农耕社会的生活风貌大略呈现，之后各章再从各个侧面进行细致描画。单是这个结构，已经让人不能不感慨古代诗人的朴实与智慧，吸引着你忍不住要看下去，深入了解。

接下来二、三两章，开始着重说养蚕织衣这件事。

载阳，是天气开始变暖。仓庚，就是黄莺，又叫黄鹂，鸣声婉转，被诗人们所喜爱，并被视为鸣声最动听的鸟儿歌唱家。

《诗经》还是惯常通过草木禽虫来表现时令，有种清灵之美。

春天来的时候，黄鹂鸟叫了。或者反过来说也行：当黄莺啼谷的时候，春天就来了。

于是林间出现了最动人的一幕：在明媚的春光里，年轻女子挽着深竹筐，沿着小道走着，一路采摘最柔嫩的桑叶。那身段，那动作，配着柳绿莺啼，真是美极了。

懿（yì），深。微行，小径，小路。爰（yuán），语助词。柔桑：初生的桑叶。

"采蘩祁祁"，蘩（fán），菊科植物，即白蒿，据说枝叶泡水可以软化蚕茧，帮助蚕茧子孵化。祁祁，众多、齐刷刷的意思。

女子不仅采桑，还要采蘩，这两样都是为了养蚕，而养蚕是为了缫丝。

这是一幅非常美的春日采桑图，是当时征夫心中最美的思念。

在《小雅·出车》的最后一段，描写战士归乡情切的思绪，便化用了这一段："春日迟迟，卉木萋萋。仓庚喈喈，采蘩祁祁。"战争中的兵士们终于可以回家了，他们心中最温柔的画面，莫过于"春日迟迟，采蘩祁祁"的陌上春色了。

可是女子采着采着，却伤心起来，因为担心与公子一同离去。

"殆及公子同归"，殆是害怕。公子则有三种说法：一是女公子，指养蚕女身份低微，可能要为女公子做陪嫁，远离家乡；二是男公子，说这女子怕被某公子强行带回家；三是特指的公子，即豳公之子。

豳公是这块土地的主人，他的儿子们对于农家女子自然享有特权，行走田间时若是看上了哪位美貌女子，随时可以强行带走。

女子采桑地，正是公子采花时。其情形，可以参照《陌上桑》里的罗敷，只是将公子换成了使君。"使君从南来，五马立踟蹰。"看到采桑女的美貌，先是问叫什么，几岁了，然后便问："宁可共载不？"若不是女子声称"罗敷自有夫"，而且还是个有身份的官员，只怕便要"殆及公子同归"了。

这首诗从莺啼说到采桑，又说到终身误，难怪钱锺书先生说这是伤春词之祖。

四

七月流火，八月萑苇。蚕月条桑，取彼斧斨，以伐远

扬，猗彼女桑。七月鸣鵙，八月载绩。载玄载黄，我朱孔
阳，为公子裳。

这里终于有了一点儿变化，不再重复"九月授衣"，而说到
"八月萑苇"了，这为下文进一步变化句式做了一个铺垫，不得不
让人再次感慨这首诗的结构严谨。

萑（huán）苇就是芦苇。八月萑苇长成，收割下来，可以编成
帘子蚕箔，铺在下面托蚕。所以这段写的仍是蚕事。

蚕月，指夏历三月，不称三月而称蚕月，正是对采桑女们的特
别写照。

条桑，修剪桑树。斨（qiāng），方孔的斧头。远扬，长而高扬
的枝条。

猗（yǐ），又作"掎"，牵引的意思。"掎桑"就是用手拉着桑
枝来采叶。女桑，小桑。

这说的是三月采桑的具体情形，用锋利的斧头砍下那些长得过
长而高的枝条来采摘桑叶，而那些较低的小桑枝则直接用手拉低来
采桑就可以啦。

砍伐桑枝可不只是为了采桑，那就成"涸泽而渔"了。砍掉老
枝，是为了修剪，让更多的新枝生长。所以老枝要砍掉，柔枝则只
能手拉，这正是人与自然和谐相处的法则，自有一种韵律在其中。

从萑苇说到采桑，再从伯劳说回染布，这种有间色、有点染的
手法，宛如绘画，浓淡皆宜，一会儿桑农风俗，一会儿草虫文化，
横来竖去，无不如意，款款娓娓，信手拈来，平淡中自然充溢着一
种温厚和悦之意，真正大俗即大雅。

鵙（jú），鸟名，即伯劳，是一种候鸟，七月就来了。

载绩，就是纺织。

玄，黑而赤的颜色。玄、黄，指丝麻织品的染色。

朱，红色。孔，很。阳，鲜亮。

七月流火，伯劳鸟儿声声鸣叫，八月就要开始织麻了。我们染的丝布有黑有黄，尤其我染的红色啊，是那么鲜亮，正适合献给贵公子做衣裳。

这让人不由想起宋代诗人张俞的《蚕妇》："昨日入城市，归来泪满巾。遍身罗绮者，不是养蚕人。"

五

四月秀葽，五月鸣蜩。八月其获，十月陨萚。一之日
于貉，取彼狐狸，为公子裘。二之日其同，载缵武功，言
私其豵，献豜于公。

有了第三段的铺垫，这段开篇不再从"七月流火"开始，而直接说四月、五月。四月远志结籽，五月树上鸣蝉。八月田间收割，十月枝上叶落。

葽（yāo），植物名，今名远志。秀葽，就是远志结实，亦说是苦菜开花。

蜩（tiáo），蝉，俗名知了。

陨，坠落。萚（tuò），竹笋外层一片一片的壳。陨萚，剥落笋壳，泛指落叶。

一个"获"字，结束了田间农活；而一个"萚"字，写出了冬之将至。所谓一叶知秋，当树叶落尽的时候，便是秋霜渐冷之际。

八月和十月中间夹着一个"九月授衣"，这就让我们自然想到了开篇所说的"无衣无褐，何以卒岁"。于是接下来，便写到了冬衣。

这件冬衣不只是女子采桑养蚕、织布裁衣之事，而是男人通过打猎炮制兽皮做的裘皮大衣，也就是东北人最爱的"貂儿"。

"一之日于貉"，十一月去山里猎貉。亦说是举行貉祭。

春秋时的狩猎可不是简单的猎人挖坑抓兔子，而是有组织有规模的团队作战，有首领、有前锋、有边卫，有防御、有进攻、有伏击，甚至还可能有一辆戎车，自然也会有驾车的人。

作战讲究阵法，围猎也是一样。打猎的过程，也就是练兵的过程，训练弓马戎驾的过程，所以称打猎为武功，也就是军事演习。这是为了预防随时可能发生的战斗，包括各国争地盘或是异族侵扰。所以狩猎是件非常严肃的事，在开猎前还要举行祭祀，叫作祃祭或貉祭。当然狩猎不是真的打仗，所以气氛相对宽松活泼，每有收获都会引发一次小高潮，打到小猪归自己，猎到大猪献王公。如果猎到了比较好的狐狸，便将毛皮送给贵人做狐裘。

"二之日其同"，十二月聚合众人进山打猎。"同"是聚合。缵（zuǎn），继续。武功，武事，指田猎。

有过山村生活经验的人都知道，十二月天气冷了，山里的动物没有吃的会格外凶悍，活动的范围也增大，有时甚至会串到村里觅食。祥林嫂就整天絮叨的："我真傻，真的。单知道下雪的时候野兽在山坳里没有食吃，会到村里来……"

打猎不是一个人的事，尤其遇到虎、豹、野猪这种凶兽，是需要部落众人分工围猎的。所以族众要全民总动员，守好门户，轮流站岗，并随时组队进山。

"言私其豵"，言是发语词，私是个人、私有。豵（zòng）是一岁小猪，代指比较小的兽；豜（jiān），三岁的猪，代表大兽。

漂亮的女子随时会被王公贵族带走，最好的狐狸皮要献给王公做裘氅，猎到的大猪也是王公的，这显然是一种阶级差异与压迫。

但是诗中有没有怨怼呢？就像《硕鼠》里那样疾声控诉："硕鼠硕鼠，无食我黍！""誓将去女，适彼乐土！"或是像《伐檀》那样连珠质问："不稼不穑，胡取禾三百廛兮？不狩不猎，胡瞻尔庭有县貆兮？彼君子兮，不素餐兮？"

似乎并没有。

虽然采桑女很担心自己被公子占有；农民带着老婆孩子在田头一年四季辛苦，到了冬天却无衣无褐；猎人脑袋别在腰上进山猎貉，最好的猎物却都要献给王公，但是他们夷然地接受下来，随和安然地过着自己的日子，听着鸟啼虫鸣，数着花开叶落，星月霜露轮转，草木禽虫变化，男耕女织，春种秋收，不知不觉又一年。

仿佛，这就是生活本来应该有的样子。

六

五月斯螽动股，六月莎鸡振羽。七月在野，八月在宇，九月在户，十月蟋蟀入我床下。穹窒熏鼠，塞向墐户。嗟我妇子，曰为改岁，入此室处。

从开篇接连三段用"七月流火"起始，到了第四段却是"四月秀葽"，仿佛回归秩序，所以第五段自然就是五月，六段便是六月，这个起兴的手法很耐人寻味。同时，第五段也是全诗最著名的一段，因为接连写了一系列的草虫，超过古往今来任何一首诗。

斯螽（zhōng），蝗类昆虫，即蚱蜢、蚂蚱；莎鸡，俗称纺织娘、蝈蝈，雅称络纬；蟋蟀，俗称蛐蛐儿。此类昆虫都是靠摩擦前翅发出鸣声的，故曰动股、振羽。其中蚂蚱出现得最早，蟋蟀坚持的时间最长。

五月蚂蚱弹腿叫，六月知了林间噪，七月蛐蛐儿田中跳，八月来到屋檐下，九月进门蹭暖灶，十月钻入床底下，小儿趴地满屋找。

这段吟咏草虫，摹物之细令人惊叹，简直像一幅农家草虫画。让人看了，莫名就想起刘姥姥进大观园，板儿指着探春屋里葱绿双绣花卉草虫的帐子，说："这是蝈蝈，这是蚂蚱。"挨了姥姥一巴掌，打得哭起来。那种活泼泼的生气，便是民间最真实的日子。

要注意的是，《七月》里的"床"可不是探春屋里的拔步床，也不是我们今天的睡床，而是一种坐具。前面说过，豳人住的是窑洞，没有床，只有土炕。蛐蛐畏寒，所以夏天在田野，渐渐离人居处越来越近，先是挨着屋檐做邻居，到了天冷时就干脆顺着墙根儿溜进房来了。

天寒溜进屋的不只有蛐蛐儿，还有老鼠。农人们可以放蛐蛐儿一马，权当哄孩子玩儿，枕着鸣声入睡也挺踏实的；但是老鼠可不能忍，所以要熏屋子，赶老鼠，也就是"穹窒熏鼠"。

穹，穷尽，清除，一说空隙。窒，堵塞。穹窒，就是将屋内的角角落落全部搬空掏尽，然后才方便点上艾蒿类植物熏鼠。

"塞向墐户"，向是朝北的窗户，墐（jìn）指用泥涂抹。贫家门扇用柴竹编成，涂泥使它不通风。

"曰为改岁"，曰是语助词。改岁，旧年将尽，新年快到。

这已经是冬月大扫除准备过年的情形了：在田头劳作了一春一

夏的农民拖儿挈女地回来了，开始着手修茸空闲了整个农忙季的住房。先要搬清屋里的东西，打扫每个角落，堵塞鼠洞，点艾熏屋，还要封好北窗，涂抹门墙，防止腊月漏风。

农民一边忙碌，一边叹息，想想老婆孩子也是很可怜啊，跟着我在田头忙活了一季，住在四面漏风的临时草棚里，生火做饭，拾穗打麦，直到岁末将过、新年将至，才能回到家中安稳住下。

这段"嗟我妇子"显然是与首章"同我妇子，馌彼南亩，田畯至喜"遥遥相对，呼应前文，引起下文。

如此，在结束"授衣"的所有细事之后，下文便可重点写"耒耜"之事了。

七

六月食郁及薁，七月亨葵及菽，八月剥枣，十月获稻，为此春酒，以介眉寿。七月食瓜，八月断壶，九月叔苴，采荼薪樗，食我农夫。

第一段总起概述，农家生活无非衣食二字；接下来二、三、四段说穿；第五段承上启下，写了时间过渡并顺便介绍住的情形；然后六、七两段说吃，结构非常紧密。

百姓们主要吃些什么呢？

郁、薁、葵、菽、枣、稻、瓜、荼。

郁及薁（yù），水果名。前者如同李子，后者类同野葡萄。

葵及菽（shū），菜豆一类的食物，葵泛指蔬菜，菽为豆的总称。

剥枣，剥读（pū），通"扑"，意思是打枣。

春酒，冬天酿酒经春始成，叫作"春酒"。

早在三皇五帝时期，中国就已经有了仪狄造酒的传说，陕西半坡村遗址出土的陶器上有"酉"字刻记，证明七千多年前我们已经有了贮酒的酒瓮。而粮食或果品都是酒曲发酵的重要原料，所以有了李子、葡萄、枣，又收了稻，就可以准备酿酒了，并且贮存到明年开春再喝。

这个传统发展到后来，便是成了正月初一的岁酒，汉以后称为屠苏酒。宋代诗人王安石有诗《元日》："爆竹声中一岁除，春风送暖入屠苏。千门万户曈曈日，总把新桃换旧符。"

放爆竹，喝屠苏酒，贴桃符，正是过年三件大事，缺一不可。这个风俗，直到今天也保存得挺好，真让我们不禁再一次感慨中国古老文明的一脉相传。

过年要拜年，拜年要有顺序，先给家中老人拜年，有祠堂的还要先拜祠堂、拜祖先，再拜老人、长辈。对已故的人表示不忘前情，对活着的人尤其是老人则是祝寿，祈愿这一年平平安安，健康顺遂，年年有今日，岁岁有今朝。

"以介眉寿"，介就是祈求，眉寿就是长寿。人老了，眉毛间就会有很长的毫毛，所以长寿又称眉寿。白茶里有个种类叫作"寿眉"，就是因为茶叶细长有白毫。

那么明春的酒，为什么现在就这么着急呢？

因为西周重礼仪，稻谷收获后做熟的第一份食物要敬献上天，祭祀祖先。而春酒也是用于献礼的，所以也要在自己享用劳动成果前先选出稻果材料，做出第一批酒，以备明春献祭。

对于农耕社会来说，"十月获稻"是大事件、大节令，要郑重对待，合族共庆，所以末段还有"十月涤场"的庆功描写。

诗写到这里，有了一丝亮色，不管怎样，这一年总之是有收成的，可以安心地回家过个年，喝酒祈福了。

六月采李子和葡萄，七月煮蔬菜和豆子，八月打枣，十月收稻，每个月都有收获，所以天冷后就开始拿这些谷物果料酿酒了，留着祈寿时畅饮，取个吉利。

这前半段的工作大体是男劳力的工作，而后半段则是女人的事体：七月摘瓜，八月摘葫芦，九月拾秋麻，而后采摘苦菜，砍柴生火，养活我们家那位当家的。

壶，通"瓠"，葫芦。断壶，就是摘葫芦。

叔，拾取。苴，秋麻籽，可食。

荼，一种苦菜。后世常有以"荼"为"茶"者，实为大误。

《诗经》中多次出现"荼"字，皆为不同的野菜，漫山遍野，极其繁多，比如"出其闉阇，有女如荼。虽则如荼，匪我思且"。如云如荼，形容女子人数众多而体态轻盈。后世茶博士们为了抬高茶的地位，强行将《诗经》与《礼记》中的"荼"认作茶，认为早在春秋时代，茶饮已成君侯日常饮品，这已经不是闭门造车，而是"闭目造车"了。

薪，柴。樗（chū），树名，即臭椿，木质差，只能当柴烧。

《庄子·逍遥游》中有棵大而无用的巨树，不中绳墨，不合规矩，匠者不顾，故能不夭斤斧，树之于无何有之乡，广莫之野，逍遥自在，就是樗树。所以有个词叫作"樗材"，常用来比喻无用之材，有时也用于自谦。

"食我农夫"的"食"读 sì，拿东西给人吃。摘菜砍柴，生火做饭，喂饱我的农夫，显然是女子的工作。

接下来的一段，采用的是同样的手法，继续以女子的视角与口吻，来描写男人的工作。

<h1 style="text-align:center">八</h1>

九月筑场圃，十月纳禾稼。黍稷重穋，禾麻菽麦。嗟我农夫，我稼既同，上入执宫功。昼尔于茅，宵尔索绹。亟其乘屋，其始播百谷。

四月完了是五月，五月完了是六月，这都是顺序排列的，但是接下来不能是七月，因为"七月流火"已经讲过了，所以直接跳到了九月。

九月是收获的季节，所以要修筑打谷场，十月庄稼就要收进仓了。都收了些什么呢：黍稷重穋，禾麻菽麦，乃至百谷。

场是打谷的场地，圃是菜园。通常春夏做菜园的地方，到了秋冬就改建成场地，所以场圃连成一词，指堆放收获物的场院。

孟浩然《过故人庄》一诗中"开轩面场圃，把酒话桑麻"说的就是这个时候与这番情形了。

黍是小米，稷是高粱。重即种，先种后熟的谷；穋（lù）即稑（lù），后种先熟的谷，类如早稻和晚稻。

丰收的稻稷都堆放在场圃上，这既是为了展示劳动成果，也是让新谷得到充分晾晒，到现在很多农村还保留着这个传统。可以想象，上古时候的场圃丰收应该是更热闹的，农人会围着谷堆欢歌起舞，在庆祝和晾晒完成后才会把谷物收入谷仓，这叫"纳禾稼"。

之后，从"嗟我农夫"又转入了女子的视角和口吻，饱含了农妇对丈夫的叹惋怜惜：唉，我们当家的真是辛苦啊，庄稼刚收完，又要去为公卿家修筑宫室了。

"我稼既同"的"同"，是集中的意思，承接上文"十月纳禾稼"，也就是农作物都收进仓了。

"上入执宫功"，上通"尚"，还要。执，从事。宫功，修理建筑房屋的工作。

同样是修房，但这回修的不是自家的住房了，不是"穹窒熏鼠，塞向墐户"；而是大事修葺，称之为"入执""宫功"，那就是给贵族公卿修房子了。

农民要过冬，贵族也要过冬，农民过冬把屋子门窗堵一堵不要透风漏雪就好了，贵族过冬却要把厅堂瓦墙打理得光鲜堂皇，是大工程。所以农民和农妇全家总动员，白天晚上地忙活，女人取茅草搓麻绳，好让男人拿了去登上房顶修补房屋。

索绹（táo），就是打绳子。索，动词，指制绳。绹，绳子。茅草和绳索都是修房所必需的物料，同时我还有个想象，也许是女人担心丈夫，给他搓几条保险索，好系在腰上爬上爬下。

"亟其乘屋"，亟通"急"，乘是登上。乘屋就是上房修顶。

农民真的太辛苦了，刚收拾完庄稼，又要忙着为官家修理宫室。白天割茅草，夜里搓绳索，等登高跳下地修好了宫室，就得准备着开春播种了。

合着一年到头，完全没休息过。

九

二之日凿冰冲冲，三之日纳于凌阴。四之日其蚤，献

羔祭韭。九月肃霜，十月涤场。朋酒斯飨，曰杀羔羊。跻
彼公堂，称彼兕觥，万寿无疆。

第八段是全诗最后一章，既是承接上段"上入执宫功"，也是
再次回顾这一年所忙：十二月最寒冷的时候，正是农夫取冰之时，
为期只有一个月，因为到了一月就要开始藏冰了。

为什么要藏冰呢？自然是为了留到夏天消暑。

冲冲，凿冰之声。凌阴，冰窖。

这是多么奢侈的享受啊。早在两三千年前，祖先已经琢磨着如
何人力胜天，冬暖夏凉了。然而这奢侈是不属于百姓的，贵族们的
每一次享乐，都要劳力们付出极重的代价。不论上房修屋也好，入
河凿冰也好，都是有风险的。贵族们会在意吗？

也许在意，也许感恩，不过他们真正感恩的不是这些农民，而
是自己的祖先。是谁让他们生为贵胄呢？他们可以享受这种特权，
全赖祖荫，所以贵族通常把祭祖看得极重。

"四之其蚤"，蚤通"早"，便是古代的一种祭祖仪式。

二月初，公卿之家要举行祭祖，祭献羔羊和韭菜。这也是他们
的一个大节庆。

另一个重要庆典，则在秋收之后。所以这段在二月之后紧接
着十月，因为十月获稻才是彼时最大的庆典。而庆典，就少不了杀
羊，这是古时祭祀的标准仪式。孔子的弟子端木赐执政时，曾经想
废掉杀羊的仪式，孔子便曾叹道："赐也，尔爱其羊，我爱其礼。"
（《论语·八佾》）

九月秋气肃爽，十月草木摇落，族人欢聚一堂，宰杀羔羊，分
队排列，共举酒杯，齐声高呼，万寿无疆！

涤场，即"涤荡"，草木摇落无余。亦说农事已毕，打谷场清扫干净。

朋酒，两樽酒。这里指人们两排站立举酒。

跻（jī），登。公堂，公卿的厅堂，泛指较高级的公共场所。

称，举起。兕觥（sìgōng），古代用兽角做的酒器。

全诗已经到了最后一章，笔调较为轻快，描写了整个村落宴饮祝觥的盛况。这时候还是部落家族制，所以祭祖也是全族的大事。丰收了，当年收获谷物做熟的第一餐饭，一定要用铜鼎蒸熟了献给昊天上帝和祖先，然后才轮到宗族君民享用。

春秋时很多诸侯国还保留着原始的民主制度，遇到大事件，平民也是有投票权的。祭祀之类的大节日，全体国人都会来到邑中社庙庆贺。这一天，无贵贱，无老少，无论士人与平民，但凡族人，都可以"跻彼公堂，称彼兕觥"。毕竟，这些谷物的真正生产者，是国民！

前面说过，周代的国民等级分为天子、诸侯、卿大夫、士、平民。要注意的是，西周时期的平民也分为"国人"和"野人"两个等级。

"国人"居住在城郭之内，拥有较大政治权，遇到社族大事时有投票权，遇到战事则有服兵役的义务。比如周厉王昏庸，国人便可以一人一票将其废黜，在周宣王被拥立之前，朝政暂由周公和召公共同主持，遂出现了古代史上难得的"周召共和"的局面。

"野人"，顾名思义，指的是居处郊野边鄙之人，是被征服的商族等公社的成员，与封地主没有任何血缘亲属关系，因此地位低下，也以种田为生，可以随土地赏赐给贵族，但不会被任意杀戮。比如孔子的大弟子仲由（字子路）就是野人出身，然而师从孔子学习，终究也成为一名合格的君子。

孔子兴办私学，教授礼乐射御书数，为的就是将平民培养成君子，让他们拥有鲤鱼跃龙门的机会，在等级森严的封建社会里博得一席之地，实在是太伟大了！

国人和野人统称为"庶民"，都是主要劳动力，在贵族们的井田上进行耕种，部分国人可能会拥有私田。他们长年在田间劳作，农忙时歇息在田间草庐中，连饭食也由妻儿送到田间，直到秋收完毕，才能回到自家和妻儿一起过个年。

但是即使这短暂的农闲时节，甚至腊九寒天他们也不得休息，要替封主修房屋，还要进山打猎训练武功，更要替贵族取冰藏冰，一年辛苦到头，就只换得十月祭礼上跻身公堂的一个瞬间。

农民们真是朴实可爱啊！一年三百六十五天里，只不过有了这一天的宾主尽欢，就觉得心满意足，他们便将所有的劳作都视为理所当然，将主公视为最和蔼亲睦的人，喝下朋酒，高喊几声"万寿无疆"，就仿佛充电一般，任劳任怨，无悔无愆。

这个传统也被保留了下来，如今各公司都有年终晚会，老板和员工互相敬酒，表面上非常平等和谐、上下同心的样子，彼此说着祝酒词，然后老板就觉得自己对员工是真的好，真的体贤下士、和蔼可亲了。这种心理基调，似乎就是从上古的燕飨传统来的。

只不过，古时候主公说几句话敬一杯酒，农民就都喜笑颜开、心满意足了；如今的人们则精明得多，老板说得再天花乱坠，也比不过一个厚厚的红包实在。

最后，关于"万寿无疆"这个词，现在的人也还在用，是标准的祝福语，不但见于这首诗，《小雅·天保》中亦有"君曰卜尔，万寿无疆"。

十

　　这首诗在结构上有它极大的优势，却也有着不容回避的劣势，就是时间上反反复复，有点儿混乱。专家认为，这是全诗并非成诗于某一特定时期，而是在流传中不断丰富的缘故。

　　如果我们重新捋一条完整的时间线，应该是这样的：

　　正月，"三之日于耜""三之日纳于凌阴""亟其乘屋，其始播百谷"。

　　也就是正月一边忙着帮主公贮冰入冰窖，一边着手修理农具准备下田。

　　二月，"四之日举趾。同我妇子，馌彼南亩，田畯至喜""四之日其蚤，献羔祭韭"。

　　二月正式下田干活儿了，一家老小都离开家搬到了田头去，住进临时茅屋里，并住上大半年。

　　三月，"蚕月条桑，取彼斧斨，以伐远扬，猗彼女桑"。

　　三月就是蚕月，诗中着重说的是女子采桑缫丝的事，至于农夫，自然是在田里忙活了。少女采桑是最美丽的画面，可是美丽下潜藏危险，她们最担心的就是自己抛头露面，随时会被哪位贵公子看上，然后被劫掳。

　　四月，"四月秀葽"。

　　五月，"五月鸣蜩""五月斯螽动股"。

　　六月，"六月莎鸡振羽""六月食郁及薁"。

　　七月，"七月流火""七月鸣鵙""七月亨葵及菽""七月食瓜"。

　　八月，"八月萑苇""八月载绩，载玄载黄，我朱孔阳，为公子裳""八月其获""八月剥枣""八月断壶"。

四、五、六、七月都没什么好说的，男耕女织，各自忙碌，所以只用禽虫草木一笔带过；但是八月开始收获，内容就丰富起来了，尤其女人最忙。八月萑苇长成，女子们忙着采桑、织布、染帛、裁衣，一日不停地劳作，而最鲜亮的布匹都是用来给贵族做衣裳的；同时还要帮手一些田间零活儿，打枣、摘葫芦，更要准备着九月授衣。

九月，"九月授衣""九月叔苴，采荼薪樗，食我农夫""九月筑场圃""九月肃霜"。

九月也真是忙呀，女人不仅要给公子献衣，还要给自家男人及全村的老少准备衣裳，还要砍柴摘野菜，喂饱秋收的丈夫；男人更忙，要打场平地，准备收稻，更要和老天爷赛跑抢收成。有过农收经验的人都知道，这是多么紧张焦虑的时刻，怕刮风，怕下雨，怕旱怕涝怕山洪，还怕交不上租子受惩罚。

十月，"十月陨萚""十月蟋蟀入我床下。穹窒熏鼠，塞向墐户。嗟我妇子，曰为改岁，入此室处""十月获稻，为此春酒，以介眉寿""十月纳禾稼。嗟我农夫，我稼既同，上入执宫功。昼尔于茅，宵尔索绹""十月涤场。朋酒斯飨，曰杀羔羊。跻彼公堂，称彼兕觥，万寿无疆"。

没有最忙，只有更忙。十月叶落，终于忙完了农活儿，开始进入秋收冬藏的季节。农夫带上自己的妻子孩儿回家了，那阔别了整整八个月的家。前面说过，旬邑的房子都是窑洞，样子就像在土壁侧面挖个洞然后装上门窗，洞里延伸进去，就是住屋了。主人八个月没回家，想也能想得到，很可能有老鼠在这里打洞筑屋，所以要熏鼠堵洞，门窗也都要重新修葺；收拾好了，才能带上妻儿住进家中，入屋安居。但也闲不下来啊，收了庄稼，便是酿酒的时候了；同时还要为公卿修房，昼夜割茅搓绳，登上主公的房顶加班工作；等到公卿住得安稳了，才能杀羊庆贺。所以，西周时最大的公众庆典不在春节，而在十月麦收之后。因为之后就进入寒冬了，人们冻得哆哆嗦嗦的，喝酒也没那么痛快。十月刚刚获得大丰收，上上下下都是一片笑脸，这庆典自然来得名目堂皇。

十一月，"一之日觱发""一之日于貉，取彼狐狸，为公子裘"。

十一月冷起来了，可是百姓还是不能躲在屋里取暖，还要进山猎狐，给公卿们做皮裘。

十二月，"二之日栗烈。无衣无褐，何以卒岁""二之日其同，载缵武功，言私其豵，献豜于公""二之日凿冰冲冲"。

到了十二月天寒地冻，农民无衣无食，不知道该怎样挨过严寒，进山围猎的次数也更频繁，猎到大兽献王公，献到小兽归自己，总算分上一口肉吃了，没有肉，有口暖汤也行。而贵族在干什么呢？他们躲在农人修茸严谨的暖屋里，一边披着貂儿喝着酒，一边催促民夫去河里取冰，早早为明年的避暑做准备。

而那些辛苦劳作的族人，一年到头在自己的窑洞里住过几日？

《七月》是典型的农业社会的文学产物，但却不是狭义的农事诗。全年十二月，诗中娓娓道来，赋、比、兴三种手法穿插轮换，在叙事中写景抒情，真实再现了西周豳地的劳动场面与生活图景，构成了西周早期男耕女织、阶级有别的风俗画，将朴实清新与典雅华美结合得严丝合缝。

《七月》有一种巨大的张力，将草木禽虫与祭祀礼仪纵横交错，宛如一支宏大的交响乐，挟着风云的呼啸与稻稷的香味，横亘过千古的时空，一直逼近到我们眼前，震撼着我们的心灵。

生活是辛苦的，日子一天天地过，春种秋收，朝乾夕惕，历史便这样一针一线地经纬纵横了起来，穿越了时空。

崔述云："读《七月》，如入桃源之中，衣冠朴古，天真烂漫，熙熙乎太古也。"真乃恰评！

《伐柯》：媒人比嫁妆更重要

一、媒人比天大

《关雎》和《桃夭》是周南的婚礼歌，而《伐柯》是豳地的婚礼歌。不过，豳地婚歌更侧重于媒妁的重要性，还由此发明了一个媒人的代名词：伐柯。

> 伐柯如何？匪斧不克。取妻如何？匪媒不得。
>
> 伐柯伐柯，其则不远。我觏之子，笾豆有践。

伐，就是砍击。柯，是斧子柄，这里指制作斧柄的木头。

匪，同"非"。取，通"娶"。

拿什么砍木头呢？没有斧头是不行的；靠什么娶老婆呢？没有媒人是不行的。

为什么没有媒人不行啊？

因为周礼规定：聘则为媒，奔则为妾。婚姻六礼，是必须要有媒人来从中操办协调的，婚礼可以寒酸，媒人不能慢怠。

这是第一原则。所以第二段便强调"其则不远"。

则就是原则、方法。不管是砍木头还是娶老婆，都要讲究方法准则。覯（gòu），通"遘"，遇见。

若是没有媒人，君子如何遇见淑女，吉士如何牵手静女？两姓之家，如何会举办这一场盛大的婚筵？

笾（biān）豆，盛器。笾指竹编礼器，盛果脯用；豆是木制、金属制或陶制的器皿，盛放腌制的食物或酱类。

古时举办盛大活动时，用笾豆等器皿盛满食物，排列于活动场所，叫作"笾豆有践"，这里指迎亲礼仪有条不紊。而婚礼能够这样合法合礼地进行着，全要依仗媒人。所以，一个有经验的媒人是多么重要啊。

因为媒人这等重要，而这首诗这等著名，所以后世便以"伐柯"称呼媒人，而替人做媒便为"作伐"或"执柯"。

宋吴自牧《梦粱录·嫁娶》中说："其伐柯人两家通报，择日过帖。"其所说的便是这一典故了。

二、斧柄与笾豆

由于"柯"的本义是斧头的把，所以大多数译本将"伐柯伐柯，匪斧不克"翻译为：砍伐斧头柄，没有好斧头是不行的。但是这解释太绕口了，因此只一般地理解为可以用来做斧柄的木头就好了，伐柯就是伐木头。

为什么这样说呢？因为类似的语句还有《齐风·南山》："析薪如之何？匪斧不克。取妻如之何？匪媒不得。"

析薪，就是砍柴。孔颖达疏："言析薪之法如之何乎？非用斧不能斫之，以兴娶妻之法如之何乎，非使媒不能得之。"

由此可见，"伐柯"与"析薪"意思一致，都是砍木头。

不过，能做斧柄的木头，与一般的木柴还是不同的。

砍伐一截适合的硬木来做斧柄，比喻寻找一位适合的女子来做妻子，其间自有一定之规。只是细想想，将木头做柄制成了一把斧头，转过身来又用它继续砍伐木头，听上去实在有点儿悲哀。然而相爱相杀，也许就是婚姻的真谛，"其则不远"。

另外，关于"笾豆有践"也向来有另一种解释，说是男子赞美新妇，认为娶到了一个出得厅堂入得厨房的贤妻，可以主持中馈，操办笾豆之事。

但我认为在婚礼上就说这些未免为时过早，而且在《小雅·伐木》中亦有过"笾豆有践，兄弟无远"之句，似乎不适合用来形容女子井臼庖厨之事。后世更是将这个词一直用于祭祀这等大事上，比如汉乐府郊庙祭词中说"笾豆有践，管籥斯登"；隋朝祀劝农礼上称颂"陟降惟寅，笾豆有践"；宋真宗更是在皇后庙亲致"笾豆有践，黍稷非声"。

可见世代君子都将"笾豆有践"用于盛典祭礼上，说这句诗是赞美新妇贤德能干，实在有点儿站不住脚。

三、斧头与斧柄

伐柯之则，延伸到更广阔的意义来说，亦是天地之则，万事万物的协调配合都是要遵循一定之规，像斧与柄、夫与妻、鱼与水那样的和谐如意。

阴阳谐调是上苍的事，男女相遇却是媒人的事，一段好的姻缘，需要媒人来帮忙说和，还要遵从特定的程序，在媒人的指导帮助下完成问字、迎亲等一系列礼仪。

一场法定婚姻，没有父母之命、媒妁之言是不行的。

鲁迅小说《伤逝》，写的便是"五四"那段特定历史时期下的一段私奔婚史。

子君在接受了新思想后，开始追求个性解放，并发出激昂的誓言：我是我自己的，谁也没有干涉我的权利。于是，她抗拒父母之命追求自由的爱情去了，可是爱情需要物质基础来支撑，这场放在古时会被称为无媒苟合的婚姻，在窘困的现实面前没有了出路。繁重的家务、高筑的债务、琐碎的争吵，一点点碾碎了子君的热情、自信，甚至尊严，爱情得不到新鲜血液的滋养而日渐枯萎，两个人都开始怨恨对方，觉得曾经让他们甘之如饴的牺牲是那样的无力、脆弱、不值得。玫瑰萎谢，爱情凋零，子君带着满心伤痛回了家，不久便郁郁而终，离开了这无爱的人间。

这简直就是《氓》的现代版小说。斗士鲁迅为什么会写这样一部小说？是要与个性解放、恋爱自由唱反调吗？是想赞同旧式婚姻的父母之命媒妁之言吗？

也许，他只是想说当整个社会的经济制度不曾改革的时候，盲目地追求个性解放是有害的。

从周公之礼开始就已经成熟了的古老婚姻制度，经过三千年的沉淀反复，总是有它的道理的。灵犀相照的只是刹那的恋爱，门当户对的才是长久的婚姻。

⊙**小雅**

《鹿鸣》：一支让人欢乐又有压力的歌

一、大雅之堂

宋代学者郑樵在《六经奥论》中指出："风土之音曰风，朝廷之音曰雅，宗庙之音曰颂。"虽不够确切，但可见一斑。

"雅"有正的意思，分为"大雅""小雅"。《乐记》曰："广大而静，疏达而信者，宜歌大雅；恭俭而好礼者，宜歌小雅。"

也就是说，雅乐是官方的音乐，奏于朝廷或贵族盛筵上。非常正式的场合演奏大雅，相对日常的聚会演奏小雅。能有机会听到大雅音乐的绝非平民，要有非常高贵的身份才可以去到那个场合列席聆听，这就叫"登上大雅之堂"。

雅乐作为朝廷之音，其创作自然不再是纯粹的原生态音乐，而是朝廷文官或军中书记有意识的创作编辑。这些官员，就是真正意义上的中国最早的职业诗人。

李白说"大雅久不作"，既指最近散逸山水，没有追求雅文化，也指在赐金还山后远离朝堂，再没机会写作那些官方文章。

《史记》载："《关雎》之乱以为风始，《鹿鸣》为小雅始，《文王》为大雅始，《清庙》为颂始。"

《关雎》作为《诗经》的第一篇，我们已经详细讲解过了，孔子还曾记录一场其亲自参与的国宴，"关雎之乱，洋洋乎盈耳哉"。

"乱"，指乐曲结尾时的多种乐器合奏。可见"风"并不只是民间小调，很多国风的音乐也会出现在宴会上，而十五国风中最抢眼的便是《关雎》，正如同小雅音乐中最炫目的乃是《鹿鸣》。

所以又有"风始《关雎》，雅始《鹿鸣》"之说。《小雅》现存七十四篇，而以《鹿鸣》为首，让我们来看看原诗：

> 呦呦鹿鸣，食野之苹。我有嘉宾，鼓瑟吹笙。吹笙鼓
> 簧，承筐是将。人之好我，示我周行。
> 呦呦鹿鸣，食野之蒿。我有嘉宾，德音孔昭。视民不
> 恌，君子是则是效。我有旨酒，嘉宾式燕以敖。
> 呦呦鹿鸣，食野之芩。我有嘉宾，鼓瑟鼓琴。鼓瑟鼓
> 琴，和乐且湛。我有旨酒，以燕乐嘉宾之心。

据《毛诗序》云："燕群臣嘉宾也。既饮食之，又实币帛筐篚（fěi），以将其厚意，然后忠臣嘉宾，得尽其心矣。"这是周王宴会群臣宾客时所作的一首歌，表现宾主尽欢的和乐场面。

古代的宾，指本国之臣或诸侯使节，客则泛指外人。所以"宾"更有尊贵的意思。此为国宴，座上的自然是大臣或使节，是宾，而不只是客。

以"鹿鸣"开篇，是"诗经"的起兴手法，同时营造了一种和乐清雅的氛围。

呦（yōu）呦，象声词，形容鹿的叫声。

鹿儿呦呦地叫着，为什么呢？原来是在原野上发现了一片青葱

蒿草，招呼同伴一起来享用美味呢。

苹、蒿、芩，都是不同的蒿类植物。

这真是一只大方好客不藏私的善良鹿，可不就像是这场宴会的主人一样吗？

独乐乐不如众乐乐，主人很懂得分享之道，所以不但为宾客鼓瑟吹笙，演奏乐器，还命属从用筐子盛着礼物送上来，真是太周到了。

瑟、笙、琴，都是古代乐器；但是簧却不是乐器，而是笙的舌头，叫簧片。

"承筐是将"，承是双手捧着，将是送上、持献。这里指奉上礼品，而且是双手捧着、用筐盛着奉上，可见礼物还挺多。

一边送礼，一边还客套，说小小礼物不成敬意，指望您能不吝赐教，予以指点。

周行，大道，引申为大道理。

当然这只是一种送礼的由头，一种委婉的说辞，送了礼，还好像占了人家多大便宜似的，不会让宾客拿人家手软，古人真是太贴心、太会聊天了。

今天我们去别人家串门时，往往会带上伴手礼，这成了一种人情世故；但是回礼的却不多，只有婚宴上收了红包的主家，才想得起要发些喜糖喜饼什么的。

然而古人要讲究得多，东道主不但请吃、请喝、请唱歌，还要准备礼物，让客人满耳、满腹、满手、满车地满载而归。现代人受到这样的礼遇会觉得不好意思，又吃又拿的；但在古时，这就是礼节，是君子之行。

二、祝酒歌

古时宫宴上是要一直伴有音乐的，而且中间几度献歌，所以歌吟至少要有三段，表达的是差不多的意思。

不过这首《鹿鸣》的第二段却有着更重要的意思，不仅要表现主家的热情，更重要的是恭维嘉宾的德行："德音孔昭，视民不恌，君子是则是效。"

德音，指美好的品德声誉。孔，非常的。昭，明，彰显。

视，通"示"，展示，表现。恌（tiāo），同"佻"，轻薄，轻浮。

则，是标准，榜样。效，就是效仿的榜样。

旨酒，就是美酒。

"式燕以敖"，式是语助词。燕通"宴"。敖同"遨"，嬉游。

这段诗的意思是：那鹿儿呦呦地叫着，呼朋引伴吃着原野上的青蒿。我有幸迎来您这样高贵的宾客，品德高尚，名声显耀。您展示人前的姿仪庄重优雅，简直就是君子的典范，人人争相仿效。且容我献上美酒，请您与我一同畅饮逍遥。

根本就是一段祝酒词。

现在去往少数民族地区，当地祝酒词不论用哪种方言曲调，意思也都差不多，除了要表达我有多么欢迎你之外，更重要的是赞扬来宾的尊贵，献歌、祝酒、送礼物，全套的仪式。而这种习俗，是打《诗经》时代就已经定下的。

相对来说，第三段新意不多，再次强调我见到你有多高兴，招待你的心有多真诚，希望这场宴会能使您高兴。

"和乐且湛"，所有的注释中都说"湛"读 dān，深厚的意思，《毛传》解释："湛，乐之久。"

"以燕乐嘉宾之心"是"嘉宾式燕以敖"的倒装，形成一种参差的韵律感。反复说我精心操办了这场宴会，只愿让你开心。

这样好客的主人，谁还能不满意呢？

三、朝聘与雅言

《鹿鸣》之乐会被频频奏起，有赖于春秋时期的"朝聘之礼"。

此时数十邦国并存，各国姻亲关系牵扯不清，自然促成很多交流。君主亲自去别国拜访曰"朝"，派使前往则曰"聘"。

通常来说，诸侯之于天子，比年一小聘，三年一大聘，五年一朝。诸侯之间，亦是如此，每年都要有些走动，外交大使从年初忙到年尾，去往四方诸国，官道之上，聘问之人络绎不绝。

专门负责外交朝聘的部门，称为"行人署"，长吏官衔"大行人"，身份为上大夫，主要掌管接待顶级贵宾也就是各国诸侯的礼仪；部门官员为"小行人"，"掌邦国宾客之礼籍，以待四方之使者"（《周礼》）。不论接待各国来使，还是自己去往别国，都免不了要举行宴会，应酬答问，而且问答的语言要经常引用诗句。

这些宴会通常分为多种规格，最高的叫"飨礼"，主要是宴请诸侯、尊贵的"大行人"；次一级的叫"食礼"，可以是天子与诸侯，诸侯与诸侯，也可以是诸侯与本国大臣，气氛相对宽松；更为随意的宴会叫"燕礼"，主要是吃饭，宾主尽欢，通常就不用送礼物了。但是不论哪一种，都需要奏乐礼待。《小雅》中的《鹿鸣》《伐木》都属于宴会的常奏音乐，表达"我有嘉宾，鼓瑟吹笙"的诚意，交换"人之好我，示我周行"的高见。

这时候，要说"雅言"。"子所雅言，《诗》《书》、执礼，皆雅言也。"（《论语·述而》）

中国古代的礼乐正统传承乃是夏、商、周，到了周公旦制定礼乐，便将正声称作"雅乐"，带有尊崇的意味。

雅是标准、正统的意思，周人的音乐语言是一种标准音，也是天下万民的榜样。

孔夫子强调：学诗是启蒙，学礼是根基，知书方得启智，达礼方知进退，知书达理只算有了立身之本，之后还要讲究音乐才能，有了艺术品位才算是出师了，才能做官，立于大雅之堂。而这一切的学习，都要使用"雅言"。

"雅言"，就是正言，标准音，也就是官方"普通话"。孔子在教学中，无论吟诗、行礼、讲史，都要摒弃方言而使用"普通话"，也就是周天子使用的官方语言。这就好比今天各省方言不同，在自己的地界可以使用方言，到了正式场合，就必须讲普通话一样。这也解释了当时那些辩士们如何纵横捭阖，游说六国。

西周的国都在镐京和丰京，并称"丰镐"，位于今天西安的长安区，是史上最早称为"京"的城市，作为西周首都沿用三百年，其后迁都洛阳，史称"东周"。所以最早的"雅言"，指的应该是长安官话。

孔子教学的出路在于参政，所有关于礼仪与辞辩的训练，都是为了做个好官，所以教学时不能只讲山东话，这样教出来的学生是没办法朝聘各国发挥所学的。

学好普通话，走遍全天下。

四、《短歌行》与鹿鸣宴

曹操在《短歌行》里直接照搬《鹿鸣》，比《子衿》还多搬两句，可能是聚宴中即席之作，怎么顺口怎么来：

> 对酒当歌，人生几何！譬如朝露，去日苦多。
>
> 慨当以慷，忧思难忘。何以解忧？唯有杜康。
>
> 青青子衿，悠悠我心。但为君故，沉吟至今。
>
> 呦呦鹿鸣，食野之苹。我有嘉宾，鼓瑟吹笙。
>
> 明明如月，何时可掇？忧从中来，不可断绝。
>
> 越陌度阡，枉用相存。契阔谈䜩，心念旧恩。
>
> 月明星稀，乌鹊南飞。绕树三匝，何枝可依？
>
> 山不厌高，海不厌深。周公吐哺，天下归心。

这首诗是宴会标准曲目，相当于我们每年中秋晚会时，主持人必要念一句"海上生明月，天涯共此时"，再请明星唱一首"明月几时有，把酒问青天"，虽是套路，场合使然。

曹操出身寒门，他爹为了依附权势，认了个姓曹的宦官做义父，连姓都跟着改了。这样的出身，自是难登大雅之堂，但他聪慧果决，一路劈杀，竟然挟天子以令诸侯，位极人臣，操纵天下。他非常懂得人才乃是立国之本的道理，曾经三次下令诏贤，无时无刻不表现出一副求贤若渴的贤主风范。

这首诗大概是在丞相府上宴乐时所作。身为权贵，宴会当然要歌小雅之乐，于是他就唱起了《鹿鸣》。这四句实在应景，说的正是高朋满座，笙乐盈耳。但曹操说，我还是不高兴，不满足，望着明月犯相思。

为什么呢？因为远远不够啊。我还需要更多的人才，希望天下英才都能穿江渡海，前来投靠。

明亮皎洁的月光下，南飞的乌鹊绕着树飞了一圈又一圈，它们到底想往哪儿去呀？不如都来我这里吧。不管多少豪杰俊才我都欢迎，高山不辞厚石堆积之高，大海不厌河水汇集之深，我愿如周公一般礼贤下士，让天下英才悉来相从。

周公，就是周文王的四子姬旦，辅佐武王东伐纣王，统一天下，制定礼乐，被尊为儒家元圣，是孔子的毕生偶像。孔子的终极理想就是恢复周公之治，因此孔子晚年时经常流泪长叹："甚矣吾衰也，久矣吾不复梦见周公！"（《论语·述而》）

周公励精图治，礼贤下士，最经典的例子是"一沐三握发，一饭三吐哺"。意思是说他正在洗头，有贤士来访，挽着湿漉漉的头发就出来了；正在吃饭，听见贤士来了，吐出嘴里的食物，来不及下咽就跑出来了。

曹操以"周公吐哺"来比喻自己求贤若渴，希望天下归心，其雄心壮志，或说野心勃勃，尽在诗中矣。

东汉时期，士人主要通过察举、征辟出仕。察举就是选举，一种由下而上推选人才的制度，以"乡举里选"为依据，注重乡里舆论对某位士人才德评判的权威性；征辟则是自上而下选拔官吏的制度，主要是以皇帝特征或聘召的方式，选拔某些有名望的品学兼优的人士，或备顾问，或委任政事。

到了曹操的儿子魏文帝曹丕登基后，则首倡"九品中正制"，由国家设在各地方的"中正"推举贤能，为备选官员写评语、定品级，上报朝廷审核后择优分配。评定的标准有三项：家世、道德、才能。好像已经面面俱到了，可是在执行过程中却偏离了初衷。

因为家世是硬指标，道德和才能却没有准确的尺度，因人而异。选官们又多不愿意推举自己不熟悉的人才，而只在相熟的世家大族里提拔新秀，于是选官制度渐渐沦为门阀世家的囊中物，世家子弟挑剩下的，才轮得到寒门子弟偶尔"捡漏"。这使得门第制度在魏晋时期达到了顶峰，遂出现了"上品无寒门，下品无世族"的社会现象。

九品中正制维系了整个魏晋南北朝，绵延四百年之久。直到隋唐时科举制诞生，孔子倡导的"学而优则仕"才重新成为选仕标准。

在唐朝时，参加科举并不是谁想报考就可以考的，要有资格证。考生的来源主要有两个途径：

一是在京师国子监、弘文馆、崇文馆和各地方州县学馆的学生，通过学校选拔考试合格，再举荐到尚书省参加考试，称为"生徒"。

二是自学成才的学生拿着身份材料到州县报名参加选拔考试，合格后给予"文解"，也就是州县推荐书，每年十月随州县贡品一起送到京师，所以叫"乡贡"。

选送"贡生"可是乡里的大事。出发前会特别举办"鹿鸣宴"，地方官员与众乡亲为举荐的考子们钱行，预祝高中。大家一边吃肉喝酒，一边高唱《鹿鸣》之歌："呦呦鹿鸣，食野之苹……"

后世有人把"鹿鸣宴"曲解成杀鹿吃肉的烧烤大会，实在是没文化的吃货思维，既不懂《诗经》也不了解历史。当然，鹿鸣宴上也可以吃鹿，但吃什么不是重点，唱的这首歌才是点睛。这歌声是祝福也是压力，"得意蛟龙失水鱼"，考上了自然可以衣锦还乡，荣归故里，考不上可怎么办？难道把鹿肉吐出来吗？

晚唐诗人温庭筠在落榜诗中有句发自灵魂的自惭语，"未知鱼跃地，空愧鹿鸣篇"，说的就是这种悲伤境遇了。

《红楼梦》中，宝玉为了与秦钟厮混，重起入学之心。早晨向父亲请安时，因说要上学去，贾政唤进跟班李贵来问："你们成日家跟他上学，他到底念了些什么书？"李贵吓得双膝跪下，碰头有声，连连答："哥儿已经念到第三本《诗经》，什么'呦呦鹿鸣，荷叶浮萍。'小的不敢撒谎。"说得满堂哄笑。

从这个例子也可以见到《鹿鸣》一诗在世人心目中的地位，若不是烂熟文字，又怎逗得读者捧腹？同时，这里也暗示了科举之意，恰与宝玉上学对应。

无论曹操也好，曹雪芹也好，所引用的每一句《诗经》，都太讲究了。

五、笾豆有践

《诗经》的宴饮诗中，除了《鹿鸣》外，《四牡》《皇皇者华》《伐木》也都各具一格，尤其《伐木》，最能帮助我们了解周代宴会的细节：

> 伐木丁丁，鸟鸣嘤嘤。出自幽谷，迁于乔木。嘤其鸣矣，求其友声。相彼鸟矣，犹求友声。矧伊人矣，不求友生？神之听之，终和且平。
>
> 伐木许许，酾酒有藇！既有肥羜，以速诸父。宁适不

来，微我弗顾。於粲洒扫，陈馈八簋。既有肥牡，以速诸舅。宁适不来，微我有咎。

伐木于阪，酾酒有衍。笾豆有践，兄弟无远。民之失德，乾糇以愆。有酒湑我，无酒酤我。坎坎鼓我，蹲蹲舞我。迨我暇矣，饮此湑矣。

诗的开篇极美，以伐木与鸟鸣的声音，一上来就为我们绘制了一幅清旷幽远的野景图。鸟儿出自深谷，飞往高高的树顶，"乔迁"这个词，便是从"迁于乔木"这句诗演化而来的。

诗中说，鸟儿都知道为了呼朋唤友而啼鸣，何况人呢？世间最重要的是友情，上天的神明啊请为我们见证，赐我和乐与安宁。

也就因为在乎这情义，所以我们要时常相聚，也才有了今天的宴会。于是，接下来就是关于宴会的各种规格与仪式了。

酾（shī），是过滤的意思。酾酒，就是过滤过的酒。

有衍（xù），即"衍衍"，酒清澈透明的样子。

羜（zhù），小羊羔；牡，雄畜，诗中指公羊。

馈（kuì），食物。簋（guǐ），古时盛放食物用的圆形器皿，引申为美食、菜式。北京有一条美食街名"簋街"，广东盛行"九大簋菜式"，都源于此。

"陈馈八簋"是极高的标准，可见受邀的客人身份很高。所以主人杀牛宰羊，洒扫庭除，诚恳地邀请叔伯兄弟来赴宴，即使他们没能来，不能说我没诚意。

"诸父"，指同姓亲族；"诸舅"，指异姓姻亲。

周代诸侯贵族间的关系是盘根错节、牵藤扯蔓的，要知道，当年周公分封诸侯，姬姓子侄可是足有五十三个，其余十八个也多半联了姻，要说周天子的亲戚，那可真是应了一句经典戏词："我家的表叔数不清!"所以，不论"诸父"还是"诸舅"，都不是普通亲戚，每个人的背后都代表着一个部族甚至一个国家。

这场宴会，名义上是家宴，口上说着父老兄弟们举杯畅饮吧；事实上是国宴，议论着土地战争这样的天下大事。

讨论的内容显然很让人满意，于是第三段继续喝酒，说着祝酒词：在山坡伐木，将酒杯装满，笾豆成行排列，兄弟亲近勿远，我们要常常聚会，喝酒聊天。

曾子说："笾豆之事，则有司存。"这是说祭祀规则，自有相关部门负责。

"民之失德"，民就是人。失德，在这里代指没规矩，有失公平，不讲原则。

乾糇（hóu），干粮。愆（qiān），过错，过失。有衍，即"衍衍"，满溢的样子。

万事都要讲规矩，不然再小的嫌隙也会惹麻烦。杯中有酒须共饮，瓮中无酒快去酤。敲起鼓来跳起舞，满饮此杯且尽兴!

这便是周朝的宴会，这时候的政治气氛是轻松活泼、充满人情味的，同时又有明确的法则，说话、做事、聚宴都有一定之规。

后来，这味道就慢慢变了，人们越来越不讲规矩，因此孔子感慨：礼崩乐坏，大道废弛。

《采薇》：我什么时候能回家

一、忠孝难两全

小雅·采薇

采薇采薇，薇亦作止。曰归曰归，岁亦莫止。靡室靡家，猃狁之故。不遑启居，猃狁之故。

采薇采薇，薇亦柔止。曰归曰归，心亦忧止。忧心烈烈，载饥载渴。我戍未定，靡使归聘。

采薇采薇，薇亦刚止。曰归曰归，岁亦阳止。王事靡盬，不遑启处。忧心孔疚，我行不来！

彼尔维何？维棠之华。彼路斯何？君子之车。戎车既驾，四牡业业。岂敢定居？一月三捷。

驾彼四牡，四牡骙骙。君子所依，小人所腓。四牡翼翼，象弭鱼服。岂不日戒？猃狁孔棘。

昔我往矣，杨柳依依。今我来思，雨雪霏霏。行道迟迟，载渴载饥。我心伤悲，莫知我哀！

这是一首典型的战争诗，从头至尾交织着两个同样明确的主题：爱国与思乡。

我想念家乡亲人，可是我回不去，因为我要为国而战。没有国，哪有家，所以思念越强烈，斗志越坚决。自古忠孝难两全，战士的心煎熬而自豪。

从《采薇》诞生至今，战争诗歌千千万，但没有一篇能超越它的境界和主题。

这首诗较长，共有六段。这六段又分为三部分，前三段为第一部分，表现战士的思乡之苦。

"采薇采薇，薇亦作止。""采薇采薇，薇亦柔止。""采薇采薇，薇亦刚止。"

三段句式相近，从薇菜的发芽，叶子从柔嫩到刚硬，来表现时间的过渡。

关于"薇"，《汉典》是这么解释的：草名，又名大巢菜。一种一年生或二年生草本植物，花紫红色，结寸许长扁荚，中有种子五六粒，又名野豌豆。这种豆科植物的种子、茎、叶均可食用，所以伯夷、叔齐隐居首阳山的时候，就以采薇为生。这个故事我们等下再说。

"薇亦作止"，指的是薇菜刚刚冒出地面。作是发芽，止是语助词。四川人很爱吃这口，叫"豌豆尖"。

这开篇是一种生活写实，同时也是比兴手法，从采薇说到回家："曰归曰归，岁亦莫止。"

曰，可作发语词理解，也可当作说、讲。莫，通"暮"，年末。

说回家说回家，这转眼又到年底了，却还是回不去。为什么呢？"靡室靡家，玁狁之故。"

靡（mǐ），没有。室与家都是家庭。

这就使战争有了正义的理由，因为异族入侵，我们必须把他们打跑，所以顾不上家啊。非但顾不上回家，就连坐卧休息的时间都没有啊。

遑（huáng），闲暇。启，跪坐。《尔雅·释言》：启，跪也。

古人席地而坐，两膝着席，正襟危坐时腰部伸直，臀部与足离开，叫作跽坐；放松时则臀部贴在足跟上，是为安坐。

这一段内容宛如顶针，一句紧接一句，开篇连续两个"采薇"、两个"曰归"叶韵，尾字又都落在"止"上，后面则重复强调"狁狁之故"，音韵铿锵，朗朗上口。

全段连起来就是：采摘薇菜把歌吟，薇菜发芽我伤心。说要回家回不去，转眼又是一年春。不是小子不想家，异族来袭有敌人；没空坐呀没地儿困，只因敌人太可恨。

孟子说"春秋无义战"，因为多半都是诸侯内讧争地盘，自是不义；但是像《采薇》中这种为了抵御外侮而保家卫国的战争，却是正义的，所以诗中自有一种昂扬之气。

接下来的两段表达的是一样的意思，"薇亦柔止"的"柔"，是比"作"更进一步生长，但仍是嫩芽新绿的样子。而我的心情正一天天变得焦躁忧虑。

"忧心烈烈"，形容忧心如焚，仿佛烈火燃烧。

出来打仗这么久，供给已经不足了，又饥又渴，疲惫不堪。

现在明白为什么要用"采薇"开头了吧？不光是欣赏春光，随便指一样草木鸟兽来比兴，这薇菜可比"关关雎鸠""呦呦鹿鸣"有着更为实用的意义——是要采来吃的。当军粮不足时，采薇可不是尝鲜，而是充饥。

"忧心烈烈，载饥载渴"写出了军队面临的艰难困境，因为战时拖延太久，已是人疲马困，弹尽粮绝，可是归期仍然遥遥无望，也得不到一点儿家乡的讯息。

"我戍未定，靡使归聘。"戍，防守。聘（pìn），问候的音信。

战争中居留不定，驻防的地方不断迁移，以至于无法与家乡互递讯息。因为家里人就是写了信，也不知道往哪儿寄呀。

这时候，就忍不住想起老杜的"烽火连三月，家书抵万金"来，真是千古警句啊。在漫天的烽火中，有什么能比收到一封家书更安慰战士的心呢？

再接下来，"薇亦刚止"。又过去了一些时日，薇菜长得更大，但也变硬了，没有开始那么鲜嫩可口了。

关于"岁亦阳止"有译注说是十月小阳春，但我觉得从初春薇菜发芽一下子就说到十月金秋了，这跨度是不是有点儿大？

而且下文有"维棠之华"，棠棣花开也是在春末。所以我认为时间仍在春天，只是薇菜已经长得很大了，完全露出地面，展开枝叶对着阳光。

"王事靡盬，不遑启处。"盬（gǔ），止息，了结。启处，与"启居"一样，都是休整的意思。

"忧心孔疚，我行不来！"孔是非常，疚是病痛。

时间又过了这么久，王家的差使一直没个终结，战争频仍，连休整的时间都没有。我的心太痛苦了，简直走不动了啊。

歌唱到这里简直太沉重太悲伤了，重叠往复，一唱三叹，将凄楚深沉的戍役之苦与思乡之情表达得淋漓尽致。

物换星移，花开花谢，离家的战士苦苦思念着家乡，天天说要回家可是一直回不了，可是他们会心怀怨恨吗？

那不能。因为这是小雅之歌，是要在朝堂上大声唱给君王大臣们的，怎么能怨怼国君呢？所以，军中应当上下一心，同仇敌忾，明确我们最大的敌人：猃狁之患。

戍地不定，无暇休整，都是因为战事，猃狁来袭，国家有难，匹夫有责，越是思乡，就越应该痛恨敌人，坚定斗志。

思亲盼归的真实情绪与为国征战的责任感，既矛盾又和谐，同时交织在这首军歌中，交织于诗中将士的身上，表达得纠结又真切。

千百年来的征戍诗，从来都没有超出过这两种情境。

二、那朵美丽的棠棣花

接连三段"采薇采薇"反复回旋地铺陈后，诗风突然一转，进入自问自答："彼尔维何？维棠之华。彼路斯何？君子之车。"

居然有心情关注起路边盛开的棠棣花了，于是立刻焕发起所有的信心与斗志。这真是生命最亮丽的瞬间！

也有版本作"维常之华"。常就是棠，华就是花。棠棣花，开于春末。

那路边的是啥？那是美丽的棠棣花；那路上的是啥？那是主将的战车。

这里的君子指主帅，他坐在四匹高头大马拉的车子上，很是威风，当真是"君子一言，驷马难追"。

这两段听上去很像桂林山歌，而且是对唱的那种。让人不禁想象行进的队伍中，小兵们互相打趣，嘻嘻哈哈，一唱一和。

棠棣花是周人非常喜欢的花，《召南》有诗："何彼秾矣？唐棣之华。"自问自答的方式与这首《采薇》如出一辙。

什么花儿最鲜艳啊？自然是那棠棣花。

而《小雅》中亦有另一首周人宴会中歌唱兄弟的诗《棠棣》："棠棣之华，鄂不韡韡（wěi）韡。凡今之人，莫如兄弟。"

所以棠棣花常用来喻示兄弟深情，而这里显然暗示小兵的战友情。这些兵士们拥围在将军的大车旁，自豪高歌："戎车既驾，四牡业业。岂敢定居？一月三捷。"

牡，雄马。业业，高大的样子。

捷，胜利，亦可指交战。三，多次。

主帅坐着马车走在前面，我们跟着主帅的车辙东奔西跑，哪里能安静地休息一日半夜，战斗的爆发那可是随时随地的呀。

下一段"驾彼四牡，四牡骙骙"是同样的意思。

骙（kuí）骙，雄强，威武。

四匹大公马雄骏高大，拉着车子威风凛凛。将军威武地倚车而立，兵士们掩护在车子周围。

"君子所依，小人所腓。"腓（féi），庇护，掩护。

这是行军中的标准队形，帅车夹在中间，兵士们围在四周，既保护帅车，也借着帅车掩护。

前面讲过，周礼军制分为军、师、旅、卒、两、五。军、师、旅的主帅都是大夫，卒、两、五的头头分别为上、中、下士。只有大夫可以乘战车，每辆战车上除了主帅外，通常还要有两位"士"充当"御戎"和"车右"，负责驾车和清障。所以车子周围，一定要跟从着许多小兵，随时听命，保证戎车的顺利前行和主帅的威风不倒。这些兵卒主要由国人构成，有时也会征召一些野人。围护在帅车周围的必定是亲信，也是主帅的脸面，所以下面说"四牡翼翼，象弭鱼服"。

翼翼，整齐的样子。谓马训练有素。

说马走得整齐，自然是为了说军队配合默契，非常正规。所以夸完了车子，就开始夸装配——角弓和箭袋。

弭（mǐ），弓的一种，两端饰以骨角。象弭，就是以象牙装饰的弓。鱼服，鲨鱼皮制的箭袋。

我忍不住要把这段译成一首打油诗：虽然饿得吃野菜，但是装备却不赖。大将有车坐，我们有鱼袋。

小兵们这样辛苦，又累又饿，却不埋怨长官苛刻，反而得意地夸赞帅车多威风，军容多强大，与有荣焉的样子。这是为下者的人之常情，就像小职员喜欢夸耀自己的公司规模有多大，上司在业内有多出名一样。

同时，也是因为这歌要在朝堂歌唱，颂上是必需的基调。所以到了最后，再次强调主题："岂不日戒？猃狁孔棘。"

我们岂能不每天严防戒备，实在是敌人太棘手难缠了呀。

第二部分，由忧伤转为激昂，有疏有密地描写了军容与士气，战士们在帅车的掩护下冲锋陷阵的场面，还有武器精良、军甲整齐、枕夕待旦的警戒，并再次强调了久戍难归的原因。

战争不断，居无定所。战士们尽管心中伤悲，却毫无怨怼，一片忠直，想的是"猃狁孔棘"，念的是国家安危。

难得的是，从年复一年不得归家的忧思想念，到保卫家国一月三捷的使命感，仅用了一句"维棠之华"便完成了过渡，真是令人拍案叫绝的特写定格！

这让我想起一个小故事，说有个人跌落山崖时随手抓住了一根藤，努力向上爬的时候却发现藤已经支持不住他的体重，随时会断掉，而崖上正有条蛇对着他吐信子，使他无法加快爬上，同时山下有只猛虎对着他不断跳跃，如果他掉下来那一定会葬身虎腹的。而就在这千钧一发、腹背受敌的状况下，他看到旁边的石缝里结着一株鲜艳肥美的草莓，于是他伸出手去采了最大的一颗放进嘴里，顿感甜美与满足！

其实人生就是这样，危险是时刻存在的，上面有蛇下面有虎，然而我们只能活在当下，享受这一刻的美丽。如此，生命便是丰盈而美丽的。

这劳苦奔波的战士，载饥载渴，忧心孔疚，每天活在战事和奔徙之间，苦不堪言，然而转眼看到路边的棠棣花，便立刻捕获了这一刻的美丽，也就重拾了生命的骄傲。

因此他才会随之想到，我们军中的大车多么威风啊，四匹骏马拉着它，将军坐在车上，我们依车而行，佩戴着象牙的弓箭，鱼皮的箭囊，从不敢安心歇息，每天奔波来去，可是我们一个月打了三次胜仗呢，这就是战士的自豪！

如此，才能顺利进入最后一段的华彩高歌。

三、近乡情更怯

正如同没听说《击鼓》这首诗的人也会知道"执子之手，与子偕老"一般，纵使不熟悉《采薇》的人，也多半听过"昔我往矣，杨柳依依。今我来思，雨雪霏霏"。实在是这四句太经典了，以至于南朝名士谢安声称诸诗中此句最佳，"偏有雅人深致"。

当年战士们应召入伍、离开家乡时，只见杨柳依依，春光妩媚，仿佛不忍别离；如今奔波在路上，却是雨雪交加，漫天阴霾。

这段文字同《小雅·出车》颇为相类："昔我往矣，黍稷方华。

今我来思，雨雪载途。"

相比来说，将士们惦记着家乡的稻稷收成，似乎比怀念路边杨柳更加生活化，但却少了一份浪漫。所谓"在家千日好，离家一日难"。家乡的水格外清，家乡的月亮格外圆，家乡的杨柳都要比别处来得温柔，这才益见相思之深。

不知道折柳送别的雅意是因为这首诗才开始，还是早在这诗前就有的习俗，总之柳枝与相思早已在三千年的歌咏中密不可分，战士想起家乡时，脑中浮起的第一个画面居然是离乡时那依依的杨柳，摇摇曳曳，仿佛在向自己招手。

无论家乡还是亲人，相思往往是物化的。李白"举头望明月，低头思故乡"，贺知章所思所念"唯有门前镜湖水，春风不改旧时波"，李后主的梦里则是"雕栏玉砌应犹在，只是朱颜改"，而对于身处风雪之中匆匆赶路的老兵来说，此刻最想念的，竟是离乡最后一瞥中那路边青翠的杨柳枝。

"雨雪霏霏"的"雨"，同《小雅·出车》里的"雨雪载途"一样，都有三声与四声两种读音，三声作名词讲，四声作动词，就是下雪的意思。

我向来喜欢只作名词的雨解释，与"雪"并列，和"杨柳"对偶，雨夹雪的归途，不是更加凄迷吗？

既然说到"今我来思""行道迟迟"，可见这征战许久的老兵终于回家了。全诗从第一段"采薇采薇"开始，就在絮叨着"靡室靡家""忧心烈烈""忧心孔疚"，现在终于可以回家了，他却伤感起来，又累又饿，悲从中来，莫可名喻。"行道迟迟，载渴载饥。我心伤悲，莫知我哀！"

王夫之《姜斋诗话》评："以乐景写哀，以哀景写乐，一倍增其哀乐。"

清代方玉润《诗经原始》亦称："此诗之佳，全在末章，真情实景，感时伤事，别有深意，不可言喻，故曰'莫知我哀'。"

这最后一段的情感大爆发，并没有过分渲染或声嘶力竭的表达，就只是以景抒情，用"杨柳依依"和"雨雪霏霏"的反差来表达"我心伤悲"，并且说这种哀伤是不足为外人道，旁人难以理解的。正是"知我者谓我心忧，不知我者谓我何求？悠悠苍天，此何人哉！"

至此，这个疲惫地行走在归乡路上的老兵形象，已经无比鲜明地展示在我们面前。

他饥渴交加，归心似箭，然而却脚步迟缓，疲惫不堪。尽管灵魂恨不得飞奔穿越，身体却是如此虚弱，根本走不快。他走在路上，想着家乡的一草一木，想着亲人的一颦一笑，不知道他们现在可还好？田地可有荒芜？屋垣可有倒塌？亲人可还健在？

一别经年，音讯不通，如今归来，近乡情怯，越想念，越接近，越担忧。同时，可能还会为了自己的一事无成而心虚，战士离开了战场，却没有建功扬名，衣锦还乡，而是"载渴载饥"，采薇为食，这情形有些狼狈，如何见江东父老？

"未老莫还乡，还乡须断肠。"我的心里如此忧伤，可是没有人能懂得这份悲哀。但这悲伤的情绪也只是点到即止，戛然收束，给人们留下久久的反思与回味，仿佛余音绕梁，三日不绝。这也正是此诗末段成为千古经典名句的缘由。

这样的诗句，这样的情怀，怎可不谓之正？不谓之雅？不谓之温柔敦厚？

难怪成为千古征戍诗之祖。

四、长歌怀采薇

最后，我们来说下采薇的故事。

殷商末期，孤竹国的君主临死前传位给三儿子叔齐，但叔齐不肯，认为自己是三子，怎么能抢大哥的王位呢，坚持让位于长兄伯夷；但是伯夷也不肯，觉得这是不遵父命，继位是不孝，为表清白，索性逃走了。叔齐一看，这不行啊，大哥走了，我坐皇位，这不成了逼兄让位还逼兄去国了吗？太不顾兄弟情义了。叔齐便也跟着逃了。

于是白白便宜了二哥，非长非贤，却天上掉馅饼，掉下来个君位。而伯夷、叔齐这哥俩各自出行，却在西岐相遇，正执手相看泪眼呢，忽然听说周文王之子姬发要起兵伐纣的消息。两兄弟觉得姬发不忠不孝，不合礼义，于是交换了一个眼神，齐齐上前拦马力谏："父死不葬，爰及干戈，可谓孝乎？以臣弑君，可谓仁乎？"

意思说，你爹周文王刚死，你守孝不及三年便大动干戈，这是不孝；纣王虽无道，自有老天罚他，你以下犯上，以臣弑君，是谓不仁。

周武王的护卫想揍他俩，被姜子牙劝下了。姜子牙说这两个人仁义啊，不可伤害，让人把他们扶下去了。

尊重归尊重，不听照样不听。武王大军浩浩荡荡地开拔了，不久灭纣平殷，一统天下。周武王弟弟周公旦之后制定礼乐，开创了泱泱西周文明。这是公元前 1046 年的事情。

这对于历史来说绝对是件大好事，是华夏文明的真正起点，但对伯夷、叔齐兄弟来说，却是绝对不能认同的事，因此不肯承认周朝，甚至以吃周天下的粟米为耻，于是归隐首阳山，采食薇菜为生，最终饿死山中。

《史记》载："武王已平殷乱，天下宗周，而伯夷、叔齐耻之，义不食周粟，隐于首阳山，采薇而食之，及饿且死，作歌，其辞曰：'登彼西山兮，采其薇矣。以暴易暴兮，不知其非矣。神农虞夏忽焉没兮，我安适归矣？于嗟徂兮，命之衰矣。'"

这首《采薇歌》的风格，早开《离骚》《天问》之先河，而颇有上古之风。遥想老哥俩饿得气若游丝还要留下绝唱的情形，让人心生怜悯而又觉无奈。

从此以后，凡是诗文中提到采薇、首阳，指的往往是这个"不食周粟"的典故，表达高洁归隐之意。

比如隋末唐初诗人王绩的史上第一首律诗《野望》，尾联"相顾无相识，长歌怀采薇"就是以伯夷、叔齐哥俩争着让位的典故，来讽刺李唐王室父子兄弟同室操戈的玄武门之变，表达了王绩辞官隐退的决心。

再如王维《送綦毋潜落第清空乡》："圣代无隐者，英灵尽来归。遂令东山客，不得顾采薇。"

辛弃疾《鹧鸪天》："谁知孤竹夷齐子，正向空山赋采薇。"

而黄庭坚《放言·其一》"弄水清江曲，采薇南山隅"，则是把伯夷、叔齐和陶渊明三大隐士汇聚一堂。

《隰桑》：暗恋是一棵不开花的树

《诗经》中关于爱情的诗很多，而最让我动容的，却是暗恋。

心想事成是完美的，两情相悦是快乐的，但当爱情只是一个人的事时，它会比恋爱更加深刻、真诚、婉转而纯粹。

古往今来关于暗恋的诗歌中，最为人称道的便是《秦风·蒹葭》："蒹葭苍苍，白露为霜。所谓伊人，在水一方。"

若将范围限定在《诗经》，那么《周南·汉广》次之："南有乔木，不可休思。汉有游女，不可求思。"

另外《陈风》中的《宛丘》与《月出》，也都有人认为是暗恋之歌。"子之汤兮，宛丘之上兮。洵有情兮，而无望兮。"（《宛丘》）"月出皎兮，佼人僚兮。舒窈纠兮，劳心悄兮。"（《月出》）

在不同的国度，用不同的歌声表达着同样无望的爱恋，幽暗而强烈，卑微而盛大，合理而自然。但在贵族宴饮的雅歌中，也公然唱起暗恋之歌，则未免令人错愕，不禁让人想入非非：莫不是一位公主甚至帝姬在宴上命乐妓歌舞，借此向心上人暗传情愫？如此大胆的表白还能叫暗恋吗？

"山有木兮木有枝，心悦君兮君不知。"那个男子，听懂了吗？

小雅·隰桑

隰桑有阿，其叶有难。既见君子，其乐如何。

隰桑有阿，其叶有沃。既见君子，云何不乐。

隰桑有阿，其叶有幽。既见君子，德音孔胶。

心乎爱矣，遐不谓矣。中心藏之，何日忘之。

阿（ē），美好的样子。难（nuó），与娜、傩相通。阿难，即婀娜。

这是典型的起兴，先言桑树之枝条妩媚，在风中摇摇荡荡，宛如一颗不平静的心；接着明确表达见到君子的快乐，久念伊人，思兹念兹，今宵相见，疑患疑真。

这颇像《郑风·风雨》："既见君子，云胡不喜？"

不过，那首诗中的男女显然是相知相识的，不管是不是真的见到了面，女子的情意都堂皇正大；而在《隰桑》中，爱意藏在心中，只是一棵不开花的树，每一根枝条都在向他招手，每一片叶子都在对他微笑。

"其叶有沃"，如同《氓》中的"桑之未落，其叶沃若"，都是同样的意思，形容桑叶肥大光泽。

"其叶有幽"，则形容桑叶发亮的样子，阳光照在厚而密的绿色桑叶上，反射出一种金属般幽蓝的光，有种清脆明快的感觉。

德音，是美好的声音、言语、名声，这里应该是名望。

孔胶，很盛大、很牢固的意思。

显然女子对男子早有耳闻，终于相遇，一见倾心。

接连三段用复沓手法，一唱三叹，重章叠调，只换形容词，不

411

换句式主题。

最后一段忽然变调，直抒胸臆：我心中对你的爱慕啊，不知该如何向你诉说；这情思深藏我心，没有一日能够忘怀。

遐，本应读 xiá，但在这里通"胡"或者"何"。谓，告诉。

藏，通"臧"，读 zāng，意为善；但是读作 cáng，分明也解释得通，藏爱于心，不正是暗恋的基本守则吗？

所以，这首诗的难点在于读音，明明每个字都认识，可是就怕自己读不对；而照着某个版本的注音读了，却又发现另一释本的注音并不相同。其实不必纠结，只要我们能体会到诗中那种曲折深沉的情意，就不算辜负这古老的歌声。

当然，对于雅歌中所有的"君子"，也有诗家认定是泛指周天子，而这首在盛宴上唱起的歌，也就成了赞美天子的颂歌，表达诸王使臣终于看到周王的喜悦之情。

《毛诗序》："《隰桑》，刺幽王也。小人在位，君子在野，思见君子尽心从事之也。"

诗无达诂，且作一家言罢。

席慕蓉曾有一首关于暗恋的经典诗歌《一棵开花的树》，这首诗无疑婉约缠绵，但与《诗经》的含蓄敦厚比起来，却还是热烈了。

同为暗恋诗，席慕蓉的树上开满了盼望的繁花，《蒹葭》却只塑造了一大片苍茫的水草，《汉广》则在江边立起了硕大的乔木，《隰桑》干脆定格成一棵枝繁叶茂的桑树。

《诗经》里它们共同的特点就是：不开花！

《清庙》：遥远的东方有一条龙

一

《毛诗序》："颂者，美盛德之形容，以其成功告于神明者也。"

"颂"，是在宗庙祭祀或举行其他大典时演奏的乐歌，自是黄钟大吕，庄重昂扬。

目前《诗经》的留存中，包括了《周颂》《鲁颂》和《商颂》三个部分，共四十篇，因而又称"三颂"。其内容多属向祖先神灵报告王侯功德的赞美诗，配以舞蹈与礼仪，颇有巫风。

在世界各大文明古国的上古神话演绎中，人类历史上都曾存在过一个人神共处或半人半神的时期，而帝王则是君权神授的真命天子，有着独特的方式可以与他的天父交流，这便是祭祀的源起。

在中国上古神话传说中，人神的界线十分含混，比如有巢氏教人们筑屋，燧人氏教人们取火，伏羲氏发明了八卦，且教人渔猎豢养，还制造了琴，神农氏教人们农作纺织……他们在传说中似乎都是半人半神。

在万物有灵的远古时代，人们对于自然的崇拜形成了最原始的宗教；而这些半人半神的英雄功绩，又使人产生了对于祖先的崇

413

拜。人们会在祭天礼地的同时祈求祖先庇佑，彼时，神与祖先是统一的。

相传中国世袭第一帝——大禹之子夏启向上天学得了《九歌》和《九辩》，于天穆之野郊祭，是谓哀歌，也就是后世的楚辞。

也就是说，颂与楚辞的前身，都是夏商时期的哀歌体。哀歌体并非楚地独有，更非屈原所创。屈原、宋玉都只是作为文化官员对传统歌谣进行整理辑注，并将其进一步发扬光大而已。

毕竟，夏启之后，商周乃至历代帝王都有敬天礼祀之乐，"颂"作为《诗经》的重要组成部分，功能上既然属于宗庙祭祀之乐，时代又紧接殷商，怎么可能与夏启的哀歌体分开呢？

夏启郊祭时，祭的是天，也是祖灵；而夏启自己，最终也乘龙归去，回到了天上，成为后代祭祀的对象。

"三颂"的内容，正是这种文化的延续。

比如《周颂》的"思文后稷，克配彼天"，就是周人祭祀后稷以配天的乐歌，昊天与祖先同时并祀，后稷既是祖先也是天神。

《鲁颂》中最长的《闳宫》则从姜嫄生后稷说起，然后从周的兴起，武王灭商，周公之子封鲁侯，一直说到鲁僖公恢复疆土、修建宫庙，而这一切都是"维天之命""上帝是依"。

《商颂》中的存诗更是以祭祀先祖成汤为主要内容，并言"天命玄鸟，降而生商"，既是祭祖也是祭天。

后辈们在祭祀中歌唱着这些祖宗的功德神迹，一边是学习历史、不忘祖先、表达崇敬之情的过程，一边也是祈求祖先的神力继续保佑后代子孙，这便是"歌颂"或者"颂歌"一词的由来。

二

在讲《周颂》之前，我们先来粗略梳理一下周朝的历史：

周人的祖先可以一直追溯到黄帝，其曾孙帝喾元妃为有邰氏之女姜嫄。姜嫄有一天与女伴出游，踩到了一个巨人的大脚印，竟然因此受孕，生下了一个男孩儿。

这个说法实在不通，于是姜嫄在生下孩子后便打算丢弃，可是丢来丢去就是扔不掉，无论巷衢旷野，都有百兽禽鸟自发组成禁卫军前来护佑。

这个合该被弃的孩子就被随随便便取了个名字叫作"弃"，长大后渐渐显示出他的天赋异禀。他非常擅于稼穑之事，承天命而发明农耕技术，教化万民，后来被尧帝封于有邰（今陕西武功县西南），号曰后稷。

商朝初年，后稷的后代公刘率族人迁居于豳，由耕牧部族渐变为农耕为主的城邑。之后历经九世传位古公亶父，因为受到戎、狄等西北地区游牧部落的侵扰，亶父再次率领族人迁徙至陕西周原，于岐山下渭河流域定居下来，被商王册封为西伯，始称周族，以姬为氏，国力迅速壮大。

古公亶父传位幼子季历，季历与大商王朝联姻，成为商王朝在西方最为重要的一位方伯，所以又称公季。周的势力越来越大，商王文丁深以为忌，于是杀了季历，但仍以周人为西伯。

季历之子继位，就是周朝的奠基者姬昌。此时商朝王位已经传到了暴虐无行的纣王手上，纣因为不信任姬昌，一度将其囚于羑里，还杀了他的儿子并做成肉汤逼迫姬昌喝下。这是比卧薪尝胆更加惨烈的折辱，姬昌居然也咬牙忍下了，后来姬昌被周人以重金美色赎回，自归国后便下定了伐纣的决心。

这个愿望，终于在他的儿子周武王姬发那里达成了。公元前1046年，武王灭商，分封诸侯，封国七十一，比如太公望封于齐、召公奭封于燕等。三年后，周武王崩，其子成王即位，由周公旦辅政。周公、成王、康王时期是西周王朝稳定发展的隆兴之期，史称"成康盛世"。

这些故事，在《大雅·生民》《大雅·公刘》及三颂诗中都有记载，可以捋出一条完整脉络。

且说周文王姬昌，虽然在世时并没有实现统一中原的愿望，却为武王伐纣铺平了道路，深得周人爱戴。他为西伯五十年，招贤纳士，仁慈怀下，遂使周部族进一步壮大。而他最大的功业，莫过于生育能力。传说周文王生子九十九，又收雷震子为义子，遂有"文王百子"之说。

因此世人祭祀文王，亦有祈祷多子多孙的意思，周人宗祭之时，必先颂扬文王功德。《周颂》第一首《清庙》，便是如此：

> 於穆清庙，肃雍显相。
>
> 济济多士，秉文之德。
>
> 对越在天，骏奔走在庙。
>
> 不显不承，无射于人斯！

太史公曰："《关雎》之乱以为风始，《鹿鸣》为小雅始，《文王》为大雅始，《清庙》为颂始。"

清庙，就是清静的宗庙。祭祀当然是在宗庙中进行，因此首先

416

赞美宗庙，并誉之为清庙。清，为清静，清雅，清明，清贵。

开篇"於穆清庙"，於读 wū，赞叹词，相当于现代的"啊"。穆，是庄严、壮美。

肃是严肃、整肃。雍，又作雝（yōng），庄重而和顺的样子。显，高贵显赫。相，助祭的人，这里指助祭的公卿诸侯。

周礼祭祀，主祭由太祝负责，之下还有亚祝和少祝辅助。太祝迎神告天，少祝导引天子，亚祝迎天子于堂外。

开篇八字翻译过来就是：清静的宗庙啊，肃穆庄严；助祭的公卿啊，雍容显贵。

先夸宗庙，再夸卿相，还真是面面俱到，死的活的都照顾了。既然这样周到，那么夸完尊贵的卿相，也要夸一下列席的嘉宾，毕竟能来的也都不是一般人。于是接下来便提到了"济济多士"，也就是祭祀时承担各种职事的公孙大夫。

济济，形容众多，比如人才济济。秉，秉承，操持。

这些操持祭礼的士人啊，济济一堂，各个都怀念着文王的美德，秉承礼度而行。

"对越在天"，对是报答。越是优越，这里是颂扬。在天，指周文王的在天之灵。

骏，敏捷、迅速。

人们口中念颂着文王的在天之灵，脚下也不闲着，要迅捷地在宗庙里奔走不停。

看来这祭祀仪式上是有动作的，而且动作还挺激烈，大约是围着鼎炉奔跑歌舞之类，表现周人"追祖文王而宗武王"，所以要大显大烝，兴高采烈，非如此不足以表现感念之情。

不，通"丕"，读 pī，就是大。承，通"烝"，读 zhēng，美盛。

射，借为"斁"，读yì，表示厌弃。无射，就是永不厌弃。

文王之德盛大发扬，后人永远怀念，传承无穷。

《礼记·祭统》云："夫大尝禘，升歌《清庙》，下而管《象》；朱干玉戚，以舞《大舞》；八佾，以舞《大夏》，此天子之乐也。"

《礼记·明堂位》说："季夏六月，以禘礼祀周公于太庙，升歌《清庙》。"

《礼记·祭统》："夫人尝禘，升歌《清庙》，……此天子之乐也。"

《礼记·孔子燕居》："大飨……两君相见，升歌《清庙》。"

《礼记·文王世子》："天子视学，登歌《清庙》。"

可见这首《清庙》的演奏频率相当之高，难怪太史公奉为颂之始。

在低沉的钟声以及袅袅余音中，我们穿过光阴的幽深隧道，走进周时的轩敞庙堂，看到那些巍峨的建筑，古雅的宫墙，穿着礼服的士大夫们口中念念有词，在廊柱间奔跑不息，如同魅影。

那简直是梦中的情景。

太像一个久远而迷昧的梦境了，而所有颂歌的意境多半都如此，宛如梦呓。因此我们这部书里就只简单地摘取两首《周颂》对"颂"这种文体略作说明，余不赘述，仅使风雅颂三种题材不被遗漏而已。

学界一直存在着"颂是歌诗还是舞诗"的分歧，从《清庙》的"骏奔走在庙"来看，至少最早有颂歌时，人们是有着歌舞的大动作的，更近于巫觋的行为。

早在氏族社会时，人类已经开始有了信仰活动，并且有了专门从事通神的巫觋。《说文》中解释:"觋,能斋肃事神明也。在男曰觋,在女曰巫。"

这证明早期从事通神活动的有男也有女,而且巫在觋前,可见地位之尊。巫的最早产生可能是母系氏族就开始了的。

巫觋能通鬼神,可以请神附体。《汉书·礼乐志》说:"大祝,迎神于庙门,奏嘉至,犹有降神之乐也。"

降神后巫即成为神的代言,所以深受敬重。而正是由于巫风的盛行,带动了歌舞的发展,这也是戏剧的雏形。

在春秋战国时期,巫风发展鼎盛,《礼记》中说鲁大夫季氏之祭,夜以继日,连祭司都倦怠了。此时的祝巫之职皆由士大夫担任,也就是"济济多士"的职责所在。

起初,巫觋的表演单纯是为了酬神,后来延展到民间,渐渐催生了一种新的表演职业,谓之"优"。通常认为,以乐舞为主的称倡优,以戏谑为主的称俳优,这就是最早的伶人。

直到两汉时期,最盛大的表演也都往往与酬神活动有关,所以戏台的诞生,是和庙观紧密相连的,多建在庙宇对面或附近,因为要先演给神看,然后再演给人看。

直到今天,各名寺道观中还常常搭建戏台,这就是一种仿古传承。比如山西保存的古戏台,几乎全部为"神庙戏台"。

所以自古以来,酬神与看戏就是密不可分的。比如《红楼梦》中贾府打醮的神前拈戏,便是沿自这一古老传统,让看戏与占卜并行,带了某种神秘的色彩。

至此,我对《诗经》的题材分类有了自己的概括总结:"风"为民间文学之记录,"雅"为儒士文学之创始,而"颂"是鬼神文化之传承。

最后补充一下，《淮南子》记载：夏启之母为涂山氏，化为嵩山之石，石破而启出。

原来，第一个从石头里蹦出来的不是孙悟空，而是夏启。他且向上天偷得了《九歌》和《九辩》，正如孙悟空偷来了蟠桃与仙丹，是福，也是祸。

三

综上所述，"颂"的产生与中国远古时期的鬼神文化是分不开的。同时，大家可能注意到了，《清庙》全诗都不押韵，与其说是诗，不如说更像是公示文。

"三颂"之中，周颂多不用韵，鲁颂、商颂则用韵。有专家依此推断周颂成文最早，而鲁商二颂则是在学习周颂的基础上，兼顾风雅的特色而后撰写的颂辞，故而用韵。不过，周颂中也有半韵的，我们再来看另外一首《雍》：

> 有来雍雍，至止肃肃。相维辟公，天子穆穆。
>
> 於荐广牡，相予肆祀。假哉皇考！绥予孝子。
>
> 宣哲维人，文武维后。燕及皇天，克昌厥后。
>
> 绥我眉寿，介以繁祉。既右烈考，亦右文母。

《论语》中提及，鲁三桓私下宴飨时，命乐队演奏《雍》曲，孔子因而发怒说："相维辟公，天子穆穆，奚取于三家之堂？"

因为《雍》是天子祭祖才能使用的颂歌，而鲁作为周的后代诸侯国，已经有了自己的颂歌，如今三家却以周颂为祭，是以天子自居，明明白白地僭越。

雍雍、肃肃、穆穆，用法与《清庙》相同，只是将单字换了叠字，可见都是祭祀时常用语。

"相维辟公，天子穆穆"的意思是天子肃穆地主持祭礼，诸侯公卿都来尽职助祭。

三桓本非天子，本来只有"相维辟公"的资格，如今却偏要高唱"天子穆穆"，这不是自己打脸吗？因此孔夫子很不高兴。而且这样的挑衅是一而再再而三的，遂有孔老夫子"八佾舞于庭，是可忍也，孰不可忍也"的暴喝。

古代宫廷舞乐，八人为一行，一行为一佾，"八佾"就是六十四人的队列，是只有天子才能享用的最高配置。诸侯国君舞乐，须减等享之，最多六佾；大夫再减一等，为四佾；士家只用二佾。

然而季氏身为大夫，却翻倍用了八佾的礼乐，这同样是破坏周礼的僭越行为。春秋时礼崩乐坏，由此可见一斑。

荐，进献。牡，指公牛等雄性牲口。肆祀，陈列祭品。

假是大的意思。皇考是对死去父亲的美称，后文烈考同义。

在古礼中，父曰皇考，母曰皇妣。比如有个词叫作"如丧考妣"，就是形容人伤心失态，跟死了爹娘一样。请注意，无论皇考还是皇妣，都是指死去的父母，可不能乱用，不然要闹大笑话，遭大忌讳的。

不过，皇天可不是死去的天，而是上天、上苍、上帝，比如"皇天不负有心人"。神明是不论生死的，而"皇"的原意是辉煌、堂皇。皇天常与"后土"连用，表示天地。

"燕及皇天"，就是设宴奏乐使上苍高兴，遂令赐福百姓，国泰民安。

"克昌厥后"，就是能胜一切苦难，使后代子孙兴盛繁衍。

"既右烈考"的"右"，通"侑"，佐酒食之意；一说"佑"，得到保佑。

"文母"，指周文王之妃太姒，后来亦指有文德的母亲。

全诗大意是：祭祀的队伍从容行进，来到肃穆庄严的庙堂之上。天子主祭，公侯助祭，进献公牛，代我致诚，伟大光明的先父啊，请赐福于你的世代子孙吧！

祖宗的道理我们谨记，文王武王的功德我们感恩，希望上天安宁享乐，子孙后代繁荣昌盛。

昊天先祖啊，请赐我长寿，保佑子孙繁衍吉庆。先孝敬父王歆享，再捧祝母后来尝，父母遗泽，子孙安康。

祖宗贤德，门楣堂皇，孝子贤孙，百世其昌。

真是一首善祝善祷的吉利诗歌。